MW01616452

ANILLOS Y RATAS

Sólo un dios que no dice la verdad puede crear a un ser que se permite creer mentiras

Anillos y ratas

Y todo comenzó con un punto. Todo ocurrió muy rápido. El resto de los *Kill and Bury* todavía no había parado de tocar su tema estandarte homónimo de su primer y último disco, *1491*. Los cachetes de Jok se inflaron levemente con aire tóxico para darle más fuerza al golpe. Sus ojos concentrados no cambiaron su aspecto ni rasgo por más de que haya tenido que interrumpir el solo de guitarra que daba pie a la estrofa final de la canción. La noche y la vida de varios flirtearon con el cambio en ese instante. Algunos lo supieron, otros apenas sintieron algo y unos pocos ni siquiera se dieron cuenta. Nunca fue claro el motivo, pero sí que era la segunda guitarra que Jok rompía en el año. Bueno, en verdad no importaba tanto aquella. Después de todo se la había prestado el hermano del baterista, un típico eterno adolescente libidinoso dueño, gracias a sus padres, de una guitarra de un precio que superaba ampliamente lo que él pudiera interpretar en toda una vida de práctica seria y constante. De todas formas, el eventual precio del instrumento no significó nada: el cráneo de la escoria humana en primera fila del Club Axia (antro de heavy metal, segunda casa de Jok) ya sufrió el beso de la Fender Stratocaster blanca en su tapa craneal. Más épica su corta vida como hacha metalera que como reliquia eterna en el rincón de un cuarto empapelado con posters de animé de mujeres con pechos desproporcionados a su cuerpo.

Si pudiéramos ver la escena cuadro por cuadro notaríamos astillas de arce chirriando como chispas expulsadas desde el epicentro del golpe, reflejando las luces del escenario en tintes azul, verde y púrpura, acompañando al cuerpo de la escoria en caída libre catatónica hacia adelante. A ciento ochenta grados, un manantial de sangre bañando el cuerpo blanco de la guitarra en un rojo rubí. Como si fuera poco para la pobre escoria, el ángulo de caída camino al suelo trazaba una perfecta geometría con el borde del escenario. Casi que se proyectaba una línea punteada parabólica uniendo la frente del sujeto con el borde filoso y siempre desgastado del tablado. La matemática y la geometría encajaban. Golpe seco y contundente; otro punto de fuga de sangre y quizás algo más, mucho no se veía.

Más allá de las luces vistosas del escenario, el ambiente era denso y tendía a una gama de grises. Se podía palpar una nube áspera constante consecuencia de una nula ventilación, equipos de sonido ridículamente altos derritiendo el aire alrededor, luces y máquinas de humo a máxima potencia y decenas de individuos con chaquetas de cuero a punto de ebullición en un verano porteño que prometía ser el más caluroso de la década del cuarenta, y quizás del corriente siglo XXI. Teniendo en cuenta además la sobrepasada concurrencia, el Club se sentía más pequeño que nunca. Escenario alto con amplificadores apilados de pie a techo y un sinfín de cables en el piso, desembocando en una toma eléctrica sucia, anticuada pero resistente. Había más músicos en acción de lo que el marco podía soportar, pero esto era algo común todos los días de la semana. Cualquiera que tocara en ese local debía saber los movimientos y coreografías a realizar para no chocarse con ningún compañero de banda. Al fondo del plató y a la izquierda de la batería, una escalera metálica que subía a un cuarto que hacía tanto de camarín improvisado como de depósito de envases vacíos, productos de limpieza vencidos hace eones, folletos sin repartir de noches anteriores y alguna que otra rata, inquilinas bien conocidas de la casa.

Las bandas históricas y recurrentes de las noches del Club difundieron la idea de que Rodney, sexagenario y obeso dueño del Club, mantenía viva a esa familia de roedores para controlar la plaga de cucarachas que varias veces había amenazado con la clausura del local, causándole gastos extra en sobornos a la ley. Leyenda poco probable sobre el Viejo Rodney y que nadie ha podido comprobar personalmente. Era muy difícil entablar cualquier tipo de conversación y mucho menos relación con el Viejo inglés. Esto no quitaba que todos conocieran tarde o temprano cómo era. Más allá de que las cucarachas siempre ganan cualquier tipo de batalla de especies, la falta de seguridad, permisos y papeles en regla de su Club eran puntos mucho más prioritarios para él que meras cuestiones de higiene de su negocio ("subjetivas" según Rodney).

Ni cucarachas ni mamíferos (roedores o de cualquier orden de especie); a Rodney no le importaban. Al Viejo sólo le importaba el dinero y el rock pesado, ambos lo más rápido y jugosos posibles. Su lema era claro y todos los que se dignaban a acercarse al Club lo tenían presente: "No te conozco y no quiero hablar con vos; si entrás al Club vas a encontrarte con la mejor música, el mejor sonido y la cerveza más fría al mejor precio, pero nada más. Si esperás más que eso, si te parece que no es suficiente, entonces no es tu lugar, andate a la mierda, no te quiero acá. La gente que entra a mi Club debe estar siempre presente. No te voy a cachear en la entrada ni le voy a pagar a nadie para que lo haga por mi, pero adentro no se filma lo que pasa, se vive. Sin celulares. Si lo hacés mejor que no te vea, aunque siempre te veré".

Apoyándose en ese lema, pero sin reconocerlo, Rodney no le pagaba bien ni a sus empleados, ni a las bandas, ni invertía en nada que desarrollara algún bienestar o experiencia más allá de la música y el alcohol a buen precio. El Viejo Rodney armaba su lista de prioridades en base a gastar lo menos posible con el menor esfuerzo posible. El señor inglés había traído esa fórmula (nada secreta ni única en el ambiente) desde su Leeds natal, del cual tuvo que escapar a inicios de siglo perseguido por varios casos de acoso a adolescentes de ambos sexos y deudas con gente con la cual nunca querrías endeudarte. De ahí su apodo popular "Rotney", cambiando la letra 'd' por la 't' formando la sílaba "Rot" o "Putrefacto" en inglés. La 'd' y la 't' suenan tan similares que el Viejo ni siquiera notaba el rebautismo. Aunque lo más probable es que no le importara.

Un metro más adelante del escenario la audiencia, rodeada por paredes despintadas y vidrios rotos a cada paso firme de borcego. Todo calzado menos potente habrá tenido que quitar muchas esquirlas de vasos cerveceros de su suela al día siguiente. Moneda corriente, recuerdos que uno siempre se llevaba del Club. El Viejo Rodney jamás hubiera permitido que sus empleados sirvieran una cerveza en vaso de plástico. Prioridades son prioridades, y "la cerveza más fría" era parte de su lema.

Por más que las mejoras a llevar a cabo en el antro fueran fáciles y efectivas, nadie las añoraba ni necesitaba. La experiencia de una noche en el Club no cambiaba ni ha necesitado cambiar. Después de todo lo que ha pasado, hay que saber apreciar las pequeñas cosas que no han cambiado en los últimos años. No porque "el cambio" fuera o sea "malo", depende. En este caso puntual, si necesitabas un cambio en el Club para volver, entonces no eras digno del Club. La mística, el sentido de pertenencia y el motivo de que sólo las mejores bandas de la escena tocaran allí vivían en la gente, en el sonido intravenoso que se mezclaba con tu sangre. El Club tenía vida propia, tenía un alma que se sentía a metros de entrar. Cuando de pasión y género musical se tratase, la gente elegía primero el cuero, primero las cadenas, primero el heavy metal, primero la filosofía. Segundo la estación, segundo la humedad, segundo el sudor, segundo el bienestar físico. Estas hordas nunca fueron numerosas y cada porción de placer que recibían era suficiente e inolvidable para sentirse así infinitas. Y así será, por los siglos de los siglos. Como profesaba el cartel de entrada al Club junto a una gigantografía de Rob Halford: "... una conexión primitiva que todos necesitamos mantener en nuestras vidas... ".

—Jok, ¡carajo! —se escuchó desde el fondo de la escenografía—. ¿Qué mierda hacés?

El baterista dejó de tocar y, sin soltar las baquetas pero con más velocidad y astucia que el resto de los músicos, se abalanzó sobre Jok abrazándolo por detrás alejándolo del borde del escenario, mientras lo que quedaba de la guitarra ya destrozada y ensangrentada se soltaba de las manos de Jok y caía sobre los retornos acústicos. El resto de los músicos lentamente paró de tocar y, casi de forma robótica como si hubieran programado y predecido la escapada, perfiló hacia la escalera del camarín con tranquilidad sin siquiera quitarse los instrumentos ni hacer contacto visual con Jok ni con el baterista.

Del lado de la audiencia, la escoria ya era alzada por sus secuaces en estado de cólera viendo que su amigo no daba señales de vida. Llevaba como valor extra varios fragmentos de vasos cerveceros rotos en su barbilla y mejillas producto de pisotones de la gente que se había abalanzado hacia adelante buscando disfrutar de los últimos segundos de música. Por suerte para los *Kill and Bury* los secuaces no tenían a mano ningún material contundente para atacar al escenario desde donde se encontraban y, teniendo en cuenta la avalancha final hacia adelante del resto de la audiencia, les era imposible hacerse un lugar para trepar y saltar hacia el escenario en busca de venganza caliente antes de que el mismo se vaciara.

La zona limítrofe entre el escenario y la audiencia ya era un caos, cercana a convertirse en tierra de nadie. Entre los secuaces de la escoria mitad ebrios mitad torpes tratando de escalar la masa de gente que se agolpaba y los dos empleados de seguridad que, mal pagos y mal alimentados, no ofrecían mucha resistencia ni tenían interés en promover la paz y tranquilidad, todo parecía segundo a segundo desmadrarse más. El Viejo Rodney miraba desde la barra con los brazos cruzados sobre su barriga, sin llegar a entrelazarse del todo debido al diámetro de su pecho. Con gafas oscuras, barba blanca y su característica verruga negra en el pómulo izquierdo, no emitía ningún movimiento ni mueca. Estaba atento a todos los detalles de lo que estaba ocurriendo, pero no parecía preocupado por la situación; era de conocimiento popular que el dinero no se devolvía pasara lo que pasara, que si la banda no terminaba su show no cobraba ni un peso y que nadie se atrevería a robar algo del escenario mientras sus ojos estuvieran en él y su mano a corta distancia de la 45 que tenía en el cinturón. El Viejo toleraba muchas cosas tanto fuera como dentro de su local, pero robos de la audiencia a los músicos jamás. Él era guardia y sheriff dentro de su casa, y era el único con el poder de ser corrupto y a la vez juez sin ser juzgado. Todos puntos que figurativamente estaban incluídos en su lema.

—Ya está Gus, soltame —balbuceó Jok con una voz suave, mirando fijo el charco de sangre que se había formado en el borde del escenario—. Asqueroso de mierda, hasta tu sangre es más negra.

—¿Estás? —Gus sacudió a Jok, asegurándose de que le prestara atención.

—Si si, aflojá. Después vemos lo de la viola, ya sabés que te lo voy a devolver.

—Caminá, subí dale...

Jok y Gus, ya en el pie de la escalera, dejaron de forcejear entre ellos entendiendo que la única salida con vida era camino arriba siguiendo al resto de la banda.

Por detrás de Gus ya a mitad de camino a la puerta del camarín Jok buscó tomar un último vistazo del panorama desde una superficie elevada. Giró la cabeza hacia el escenario e instantáneamente sintió una mirada clavándose en su iris. Dado lo acontecido y la altura de la escalera, eran muchas las miradas que se posaban sobre él. Algunas de admiración y camaradería provenientes de quienes conocían a Jok, viejos zorros más experimentados del Club que sabían que estos acontecimientos no hacían más que crear anécdotas inolvidables en noches inolvidables. Unas pocas de perplejidad, viniendo de los primerizos y nuevos seguidores de las bandas. Otras tantas de furia que se acercaban más y más de forma claustrofóbica, fijadas directamente desde los secuaces de la escoria. Pero había una en particular que incomodaba a Jok y que no podía ser categorizada. Una en particular que tronó en el fondo de su córnea en el preciso momento que logró corresponderla, resonando desde su garganta hasta el fin de su espina. Provenía de una figura que, por más de encontrarse en la esquina más lejana al escenario hacia el fondo del garito, resaltaba por sobre el mar de cabelleras y ropa oscura difuminadas por la ceniza gris que embarraba el ambiente. De estatura media, con porte erguido y cabello castaño largo, sólo se podía divisar la parte superior del torso. Con una pinta de cerveza a la mitad en la mano derecha, reposaba su brazo sobre una improvisada barra de cemento que parecía ser parte de los cimientos del local. Se mantenía inmóvil y serena a pesar de la hecatombe alrededor, sin mostrar ningún tipo de sorpresa o curiosidad por lo que ocurría más adelante. Esa quietud y paz corporal hacían que resaltara aún más entre la multitud. Teniendo en cuenta la distancia y la escena en el medio, no se podía definir bien ni el sexo ni la vestimenta de la figura, pero Jok veía sus ojos claros como las notas de su guitarra. Los sentía reptar camino a él con cada milisegundo que pasaba.

En el instante en el que Jok correspondió la mirada de forma desafiante fijando sus ojos y quedándose aún más quieto sobre el borde de la escalera, la figura pestañeó lentamente como queriendo confirmar que el enlace visual entre ella y Jok era concreto, real y adrede. Confiando en que el movimiento fue percibido por Jok, interrumpió su pestañeo con un sorbo de cerveza rápido pero de gran caudal volcando su cabeza levemente hacia atrás, para luego limpiarse la boca con el dorso de una mano repleta de anillos. Jok, por el contrario, no logró pestañear. Era tanto el alboroto y tan revoltosas las partículas que los separaban que no quería perder ni un momento, no quería perder esa conexión tan peculiar. Incómoda, ahogante, pero peculiar. Intentó, sí, un enfoque más abierto y desenfocado para analizar al dueño o dueña de esa mirada de forma más detenida, pero había una fuerza que no lo dejaba alejarse para tomar la imagen con más apertura. Justo cuando sentía que lograba posicionarse mejor en el duelo, y sin entender si lo estaba escuchando realmente o si era un fenómeno dentro de su cabeza, Jok sintió una voz de tono neutro susurrando:

—J...ok. Prop…

Un estruendoso disparo proveniente de la 45 del Viejo Rodney hizo a Jok agacharse de forma automática como reacción de supervivencia instintiva. El Viejo había instalado con sus propias manos una placa de metal gruesa en la esquina superior derecha del escenario, en frente de donde se encontraba la escalera para subir al camarín. Unos centímetros más abajo, un micrófono siempre conectado y apuntando directamente a la placa, que ya se veía humeante por el impacto de la última bala de Rodney y con varias cicatrices de llamadas de atención de otras noches. El objetivo del Viejo era claro: que los perplejos y asustados tanto por el canto de la 45 como por el grito amplificado de la placa corrieran hacia la única salida del Club para darle lugar a él y a su barriga a llegar al escenario, de forma lenta pero a paso firme. Este método ya era conocido y no eran muchos los que abandonaban el lugar, pero suficientes como para poder caminar entre la multitud restante.

La comisaría del barrio estaba en la nómina del Club, por lo que el Viejo tenía vía libre de aplicar sus propios métodos puertas adentro. Rodney aplicaba esos métodos cuando olía un potencial problema para él. En esta oportunidad y viendo además que Rodney se apartó de la barra, parecería que el olor era intenso. Los secuaces de la escoria también entendieron que el mensaje iba en gran parte para ellos, por lo que desistieron de su carrera hacia la base de la escalera y se encaminaron hacia la salida con la escoria en brazos sin poder hacer pie por sí solo. Con frustración y sed de venganza, bajaron las revoluciones conversando entre ellos sobre cómo evitar que el estado crítico de su colega quedara impune.

Luego del acto reflejo instintivo y de recordar el dichoso método de Rodney para dar por terminada la noche, Jok se reincorporó volviendo su mirada a la multitud buscando conectar de nuevo con la figura, esta vez con más ansiedad e intriga y menos desafiante. En la barra de cemento en la cual estaba reposada la figura sólo quedaba la pinta de cerveza vacía.

—Dale subí subí que el Viejo vio algo —Gus empujó a Jok a subir con más vehemencia y menos paciencia que la última vez, con un tono más molesto y cortante.

Jok se vio obligado a seguir cuesta arriba, pero no sin dejar de buscar al individuo hacia el fondo del local, que se encontraba cada vez menos abarrotado de gente mientras Rodney se abría paso hacia el escenario.

Más allá de que el Club ya no estaba lleno, cada paso arriba difuminaba más y más la audiencia abajo, por lo que Jok llegó a la puerta sin haber podido encontrar a la figura. A esta altura la audiencia sólo era un manchón acuarelado con una nube gris por encima reflejando las pobres luces ambientales que comenzaban a encenderse. Los pocos espacios vacíos que se empezaban a notar se veían mojados, repletos de vidrios rotos y con algún que otro cigarro a medio fumar pisoteado. En la barra, los desalineados empleados del Viejo esbozaban una leve y reconfortante sonrisa sabiendo que su turno terminaría antes.

Jok ingresó al camarín seguido por Gus, que cerró la puerta a su paso. Dentro del camarín habían dos sillones de dos cuerpos cada uno posicionados en forma de 'L'. De cuerina negra, maltrechos y repletos de huecos, dejaban ver la goma espuma en su interior. El apoyabrazos más cercano a la puerta ya no tenía relleno y mostraba una madera oscura que era usada de cenicero improvisado. En el medio de la 'L', una mesa ratona de madera pintada de verde musgo completaba el primitivo mobiliario del cuarto. La pintura estaba descascarada y se notaban más trazos color madera que verdes, no sólo debido a la mala mano del pintor sino a los incontables vasos y pies que se apoyaban sobre la mesa noche tras noche. Sobre la mesa, un pilón de folletos mal impresos en blanco y negro anunciando la fecha de la banda en el Club, con uno de ellos enrollado en forma de cilindro sobre un cúmulo de polvo blanco junto a varios envases vacíos de cervezas de litro. En la otra punta de la mesa, un sándwich a medio comer con migas desperdigadas que llegaban hasta el piso. En el techo y justo por encima de la mesa, un aplique en forma de cúpula invertida teñido completamente de negro debido a los cadáveres de insectos que buscaron luz y no vivieron para disfrutarla.

En el sillón próximo a la puerta se encontraban Fefo y Adrik, bajista y segunda guitarra de la banda respectivamente. Fefo posaba sus botas sobre el borde de la mesa mientras buscaba un encendedor en el bolsillo delantero de su chaqueta sin mangas. Adrik recién se sentaba a su lado luego de haber dejado su guitarra parada en la esquina del cuarto.

—Seguís atrás chabón, vas lento. ¿Qué parte no entendés? —comentó Adrik atándose el pelo por detrás de la nuca con una coleta de goma, buscando la mirada de Gus apenas cerrada la puerta.

—Este no entiende nada... —replicó Gus mirando la mesa, mordiéndose el labio inferior y negando con la cabeza lentamente.

13

—Estabas muy lento, te quedás —retrucó Fefo, haciendo cuña con las manos encendiendo un cigarrillo.

—Cualquiera muchachos. Sonó igual que todas las noches, no jodan.

—No —dijeron al unísono Fefo y Adrik.

En absoluto silencio y reprimiendo otra respuesta, Gus se acercó a una esquina del cuarto a dejar sus baquetas y una toalla mojada sobre un pequeño amplificador que solían usar para afinar sus instrumentos de cuerda. Jok siguió a Gus hacia ese rincón, tomó la toalla y limpió los restos de sangre que quedaban en sus manos. Luego caminó por detrás de Gus para desplomarse en el otro sillón.

—175... —rompió el silencio Jok— 175, 176 pulsos por minuto. En el último show 174, por lo menos hasta antes del solo, que siempre subís a 175.

Jok secó sus manos en los muslos del jean azul gastado y luego rascó sus rodillas mientras tronaba su cuello hacia la derecha.

—¿Qué decís? —Fefo tragó el humo y lo expulsó por sus fosas nasales.

Adrik prestó atención a Jok sabiendo que la respuesta no había terminado.

—Que se metan menos vitamina antes de tocar. El tempo iba perfecto —Jok cruzó sus piernas y brazos y recostó su cabeza en el respaldo del sillón mirando hacia arriba—. Ahora, el *Mi* agudo de Adrik sigue sonando mal en la base del mango de la guitarra, ya te pasé el contacto de mi luthier varias veces, no sé qué esperás.

Jok mantenía una postura física defensiva. Por más de que estuviera sentado junto a sus amigos y hablando con sentido, parecía estar en otro lado. No pestañeaba y miraba un punto fijo en el techo sin poder quitarse de encima los ojos y las palabras que resonaron en su cabeza minutos antes. En su cabeza intentaba pintar físicamente a la persona que las había generado, pero no podía hacerlo. Intentaba completar la frase inconclusa interrumpida por el disparo de Rodney, pero no tenía éxito. A pesar de todo lo ocurrido en los últimos días, estaba sintiendo una ansiedad que nunca antes había sentido, con la corazonada de que no había sido el primero ni sería el último contacto con la figura con anillos.

Adrik se inclinó hacia la mesa improvisando una línea gruesa y contundente con el polvo blanco, tomó el cilindro de papel y la hizo desaparecer más rápido que Jok a los argumentos sobre la velocidad de la batería.

—Servite, amigo —Adrik estiró su brazo hacia Jok ofreciéndole el papel, con la sonrisa y el tono de haber escuchado algo familiar.

—No, hoy no —Jok no quitaba la vista del techo.

—¿Qué hizo el pibe, Jokky? Para que le hayas dado de esa manera y encima arrancando el show, la verdad que todavía no lo puedo creer. Vos no sos así —comentó Fefo apoyando sus codos sobre sus rodillas mientras tiraba cenizas en el suelo.

—Sí, ¿Qué pasó? ¿Estás bien? —indagó Adrik con cara de preocupación, mientras preparaba otra línea y pasaba el cilindro a Gus.

Rodney golpeó tres veces y entró cerrando la puerta detrás de él. Se quitó las gafas y las guardó en su bolsillo trasero. Hizo unos segundos de pausa en silencio con los brazos en jarra recuperando el aire con la mirada fija al piso.

—Fuera Linda, fuera —exclamó Rodney empujando con el empeine a una rata que estaba comiendo migas de sandwich del piso—. ¿Me pueden explicar por qué carajos ven una rata y no hacen nada?

—Rotney, ¿para qué golpeás la puerta antes de entrar? —preguntó Gus.

—Tiene miedo de vernos en pelotas y tentarse. Cuando ya te rajaron de un continente por sádico tenés que cuidarte un poco más... —replicó Jok reincorporándose mientras observaba a la rata correr hacia su madriguera en el zócalo de la pared.

—Pendejo no tenés idea de la carne que yo me como. Estás muy lejos —Rodney caminó unos pasos para que todos los miembros de la banda lo vieran de frente.

—Sí ya sé, estoy lejos en edad. Soy demasiado viejo para tus gustos —la banda rió por el comentario de Jok.

—Cáguense de risa, si. Pero hoy no cobran un mango —Rodney miró a Jok—. ¿Tenés idea de quién era, pelotudo? ¿Tenés idea del quilombo en el que me acabás de meter? Lo vi muerto, no reaccionaba. Bardero y asesino, como tu viejo. Preparate que afuera los *Hellraisers* te están esperando y no tienen nada mejor que hacer esta noche, total el pibe al que le diste va a estar un rato largo internado en el hospital... y no sé si va a salir vivo de esta.

Fefo apagó el cigarrillo en el apoyabrazos, Adrik y Gus se sentaron más erguidos. Los tres cambiaron repentinamente sus gestos relajados. No por estar preocupados por el futuro incierto del hospitalizado, pero si por el presente y pasado de la agrupación con la que su líder acababa de meterse. Jok agarró lo que quedaba del sandwich, le dio un mordisco y miró al Viejo por unos segundos mientras masticaba el pan húmedo y chicloso.

—¿Listo? ¿Algo más...?

Jok tragó el bolo alimenticio, se puso de pie, estiró los brazos para llegar al otro lado de la mesa y, con el ceño fruncido aquejado por la sequedad en su garganta, empezó a agitar los envases vacíos de cerveza en busca de un trago que aliviara su bocado. Rodney no le contestó y se quedó inmóvil mirándolo, dándole a entender que esperaba un descargo de su parte.

—¿Querés la respuesta corta o la respuesta larga? —preguntó Jok removiendo saliva con la lengua y sentándose nuevamente en su lugar después de haber revisado todas las botellas sin éxito.

El Viejo miró los sillones buscando un lugar para sentarse, pero la banda ocupaba todo el espacio abriendo las piernas intencionadamente. La caminata desde la barra al escenario y la subida desde la escalera al camarín le seguían pidiendo un descanso a sus rodillas, débiles para soportar semejante peso por mucho tiempo. Rodney se subió los pantalones vencidos y largó una bocanada de aire cansino, mirando a Jok ahora con una postura más desganada y menos expectante.

—Quiero que te dejes de joder pendejo, tengo a casi toda la gente afuera y necesito llamar a la comisaría antes de que los vecinos se quejen y armen quilombo —Rodney tomó el celular de su bolsillo.

—Bueno bueno, va la corta: estaba filmando. Pensé que ibas a estar orgulloso de mi, Rotty —contestó Jok con mucha seriedad y tono sereno, mientras tiraba lo que quedaba del sandwich hacia la madriguera de las ratas.

El resto de la banda sonrió y con ojos bien abiertos esperó expectante la respuesta de Rodney.

—No, no me contestes estupideces. No sé para qué me meto a hacer negocios con pelotudos como ustedes. Ustedes tocan, yo les doy el mejor sonido y les lleno el lugar, ¿qué parte de la ecuación no les cierra la puta madre? —gritó Rodney haciendo movimientos bruscos arriba y abajo con su brazo izquierdo.

—¿Le dijiste "Linda" a la rata porque te parece atractiva o porque le pusiste ese nombre? —indagó Jok mientras el Viejo seguía agitado por sus movimientos—. Si fue por lo primero, entonces no puede ser que esa rata sea la linda de la colonia. A menos que ya la hayas tomado como tu pareja, en ese caso me parece muy bien que le hables así... pero muy mal que la patées. Comunicación, Rotney. Comunicación. Esa es la clave.

Jok se tomó un segundo de pausa mientras miraba a la rata apropiarse del sandwich y llevarlo dentro de la madriguera.

—Si fue por lo segundo, ¿qué otros nombres tenías en carpeta y cómo sabés que es nena? ¿Linda responde cuando la llamás?

El Viejo prendió el celular con una notable expresión de molestia en el rostro. El aparato era una verdadera reliquia que ni siquiera él sabía cómo seguía en funcionamiento. Llamó al primer número de marcado rápido y estuvo unos segundos en espera, ahora dándole la espalda a la banda y caminando lentamente alrededor del camarín.

—Con el Comisario Rodríguez por favor. Dígale que es urgente, de parte de Bill Rodney.

El Viejo se levantó el pantalón y escupió hacia un costado mientras esperaba que lo conectaran, mientras comenzaba a inundar al teléfono de sudor.

—¡Comisario! Qué tal, cómo le va. ¿Cómo anda su mujer? ¿Algún comentario sobre los tés? ¿Qué me dice del de tarta de queso? Ese era para usted, espero no haber causado una discusión en su casa.

17

La banda no llegaba a escuchar la respuesta del otro lado de la llamada, pero sí un tono relajado y jovial.

—Me alegro, me alegro. Bueno usted ya sabe a quién llamar, para mí es un placer. Dígale a la Señora Sonia que le mando cariños, que estando en el apuro en el que estoy no me detuve a saludarla —exclamó Rodney con un tono positivo y risueño—. Disculpe que le haya interrumpido su cena, pero tengo una situación en el Club.

Se escuchaba a Rodríguez hablar por unos segundos mientras Rodney oía con atención.

—Si, por favor. En 40, 45 minutos, le diría que dos móviles... y una ambulancia. No hay problema si llega un poco tarde.

Se escuchó un leve sonido de risa del otro lado del teléfono, seguido de una respuesta corta y seca.

—Perfecto. Buenas noches y gracias Rodríguez, nos vemos mañana. Buen provecho.

El Viejo apagó el celular, lo metió en su bolsillo y giró hacia los sillones.

—Tienen dos minutos para salir de mi casa —Rodney tomó la 45 de su cintura y la apuntó contra la banda.

Gus se levantó rápidamente y se abalanzó sobre Rodney, que en un movimiento veloz disparó contra la guitarra de Adrik apoyada en la esquina y luego volvió su arma contra su dueño. Gus se detuvo.

—No lo voy a repetir de nuevo. Dos minutos. Fuera. Y mucha suerte.

—¿Lo vas a repetir de nuevo otra vez nuevamente? —preguntó Jok.

—¡Un minuto! —el Viejo gritó con ímpetu y apuntó directamente a Jok.

La banda se levantó lentamente y caminó en fila saliendo del camarín. El último era Jok, escoltado por la mira de la 45 y la plena atención de Rodney.

—Marco —Rodney llamó la atención de Jok, que detuvo su salida girando hacia él y apoyando su frente en el cañón del arma de forma intencional. El Viejo tuvo que dar un paso hacia atrás para soportar la fuerza de su empuje—. Feliz cumpleaños.

—Gracias —replicó Jok todavía empujando su frente contra el cañón, levantando los ojos para hacer contacto visual.

Marco reanudó su paso, salió del camarín y cerró la puerta. La rata asomó su cabeza por la madriguera, miró la puerta cerrada pestañeando vertiginosamente y volvió a esconderse.

—¿Dónde estás? ¿Estás acá? Correte. Perdón perdón, permiso.

El día recién comenzaba pero su espalda ya acusaba un grado de humedad y sudor vespertino. Con su distintiva corbata rojo escarlata al hombro, camisa arrugada y pantalones grises por lo menos un talle por encima del adecuado, Rober (como sus colegas lo llamaban) había buscado en las salas de reuniones, en el baño y en los pasillos, pero no lo encontraba por ningún lado. Por más que fuera viernes él sabía que el jefe era el primero en llegar intentando evitar el congestionamiento de hora pico tanto en el transporte camino al trabajo como en la sala de ocio de la empresa. El jefe no era un hombre de mañanas, pero ahorrarse esos bloques y contactos rutinarios al comenzar el día era suficiente para inclinar la balanza hacia estirar el horario matutino.

—¡Señor! —Rober asomó su cabeza por la puerta de entrada de la sala de máquinas expendedoras de café— ¡Señor, al fin lo encuentro! —Entró a la sala con los ojos entrecerrados debido a la exagerada iluminación y al olvido de sus lentes en la guantera del auto.

—Roberto... Marco. Es Marco —contestó Jok con cara de haber pasado una noche larga y de no tener el mismo grado de excitación que el joven gerente de cuentas.

Dave Brubeck tocaba de fondo una versión resumida de Take Five, simplificada a forma de tintineo por la máquina de café. Jok la acompañaba improvisando por encima de la base. Su capacidad de silbar era sorprendente, aplicando vibratos y ligados dignos de un trompetista de conservatorio. Rober había interrumpido su solo rutinario matutino y, por más de que no le sorprendiera, no le agradaba en absoluto haber perdido aquel momento de paz.

—Si si, perdón señ... digo, Marco. ¡Muy buenos días! ¿Ha visto el mail de los de TheraBank? —preguntó Rober con varias revoluciones por encima de la norma de los viernes y mucho más de la norma mañanera.

Jok tomó el café recién hecho de la máquina expendedora, quitó el palillo sin revolver y lo tiró en el tacho de plásticos reciclables. Apoyó su cintura contra la barra de la cocina, sopló ligeramente el vaso de cartón y bebió un sorbo.

—Rober... ¿tenés idea de dónde están las tapitas para el café? No las veo por ningún lado —preguntó Jok ignorando la pregunta del joven mientras abría las gavetas superiores de la barra.

—Si acá acá.

Rober se agachaba de forma expeditiva abriendo un cajón inferior que contenía una caja con tapas de plástico, cuando el sonido de una tela resquebrajándose de forma violenta rompió el silencio. Tomó una tapa y, apresurada pero torpemente, la presionó firme sobre el café de Jok posado sobre la barra, de cierto modo invadiendo su espacio personal. Desestimó el ruido de su pantalón rompiéndose, nada podía quitarlo de su foco.

—¿Leyó? —Rober miró fijamente a Jok ofreciéndole el vaso cubierto con el brazo extendido.

—Tuteame Rober, por favor. Entre tu excesiva formalidad, tus corbatas y tu nombre, me hacés sentir en la edad de piedra.

Jok agarró el vaso de la mano de Rober, tiró de su hombro y lo hizo girar unos grados hacia la derecha mientras miraba su trasero.

—Rompiste tu pantalón, perdoname fue culpa mía. Pero bueno, mejor. Hoy ya lo jubilás y el lunes empezás de nuevo: sin corbata, más tranquilo y con ropa más cómoda.

Jok dio un informal pero fuerte apretón de manos a Rober, que sonreía de forma tímida y nerviosa.

—Buenos días Rober. Las cosas que se usan se desgastan y se terminan rompiendo, es así —Jok agitó la mano de su colega mirándolo a los ojos y regalándole una sonrisa cómplice buscando que se calmara un poco.

—Buenos días Marco. Claro que sí, no hay problema —Rober comenzó a desatarse el nudo de la corbata con la mano que tenía libre haciendo movimientos rápidos y torpes.

—No Rober por favor, quedate tranquilo. Hacé lo que quieras, yo sólo te lo digo para que estés más cómodo. —Jok le soltó la mano y dio una palmada en su hombro—. Según un estudio japonés suprimir el uso habitual de la corbata en estas fechas provoca una diferencia en la sensación térmica de dos grados centígrados. Creo que te vendría bien, querido Roberto.

Jok miró la palma de su mano, que estaba empapada con el sudor del joven. Sonrió y la secó en su pantalón.

—El mail, decime que lo viste por favor —interrumpió Rober, ahora con más tranquilidad.

—Si, lo vi ayer a la noche —comentó Marco sin ánimo de dar detalles, saliendo de la sala en tanto Rober lo seguía.

Los dos caminaron en silencio por unos momentos en dirección al ala en donde compartían un área de trabajo. La oficina era en verdad un viejo galpón reacondicionado, de techo alto y espacios amplios con mucha luz natural, nula polución visual y mesas color crema largas pero angostas. Toda antigua chapa metálica había sido reemplazada por vidrio grueso polarizado, lo que daba una sensación de frescura y libertad no comunes en un ambiente laboral. Lo único no modificado del diseño anterior era el piso de cemento, que generaba un tramado rústico y artísticamente agradable. En las esquinas habían improvisado salas de reuniones a modo de pequeños ambientes privados, rodeadas de paredes de imitación de madera de nogal. En la pared oeste del complejo, que daba a una calle pacífica y recibía más luz que ninguna, una amplia sala de estar vidriada y enteramente amueblada siempre lista para citar a potenciales clientes y para reuniones ejecutivas de primera línea. Esporádicamente en noches de cierre de mes que así lo hubieran requerido Jok se quedaba a dormir en su sillón, razón por la cual el precio y la calidad del mismo superaba ampliamente al del resto del menaje. En cada rincón del galpón se respiraba un entorno emprendedor, que manifestaba su aroma a través de la buena vibra de sus empleados, arquitectura particular y disposición constantemente cambiante de los espacios y decoraciones.

Camino a la sala vidriada Jok y Rober se cruzaron con una mujer imponente de baja estatura y tacos altos, que recién entraba a la oficina haciéndose notar. Se la podía reconocer a lo lejos por el sonido firme pero seco de su calzado, con un paso medianamente veloz pero corto. Unos mofletes naturalmente rosados no requerían de ningún tipo de maquillaje; todas sus facciones eran de una simetría y coloración perfectas. Emitía un aura altamente energética y muy emocional, pero a la vez serena.

—Buenas Lau. En quince sumate porfa —solicitó Jok al pasar.

—Hola. Dale tranquilo. —Con una sonrisa confidente, la simpática mujer de ojos verde esmeralda siguió camino al inicio de su día laboral.

Ya en la sala más importante de la empresa, Jok tomó un racimo de uvas y un pequeño paquete de galletas de la canasta y se sentó en el sillón principal. Rober prefirió quedarse de pie, dando un mensaje implícito de que necesitaba respuesta y acciones sobre el tema que lo incomodaba.

—Lo leí, son dinosaurios yo me ocupo —comentó Jok con estoicismo mientras intentaba abrir el paquete de galletas, por el momento fracasando.

—¿Cómo lo ves? —Rober sonaba preocupado. La respuesta de su jefe no le parecía suficiente.

—Difícil. No creo que se resuelva hoy, pero va a salir. —Jok seguía lidiando con el envoltorio de su desayuno.

—¿Difícil? Dios mío. Dios mío. ¿Viste la cifra que les propuse, no? Si cerramos esta campaña tenemos el 75% del objetivo anual adentro, Marco. ¡Y estamos en Enero!

—Claro.

—Ayer antes de irme a dormir tiré un par de números, ¿Sabés el potencial y la plata que tienen estos tipos? Te lo mandé por mail a la madrugada.

Rober se sentó al lado de Marco abriendo las manos intentando llamarle la atención. La displicencia de Marco lo fastidiaba, pero aún más no saber cuál era su plan. Lo miraba fijo deseoso de una señal que lo tranquilizara y le permitiera encarar el último día de la semana en paz.

—Sí lo vi también. Paquete de mierda, "Abra aquí" las pelotas. —Marco forcejeaba con el paquete y empezaba a usar sus dientes para intentar abrirlo.

—Mi vieja, que en paz descanse, siempre decía que los dientes son lo más caro que uno tiene. En vez de romperte los dientes como un cavernícola y pagarte unos nuevos, ¿Por qué no mejor invertir esa plata en contratar a un sicario que busque al hijo de puta dueño de la patente de la tirita roja del "abre aquí", y se encargue de él y de toda su familia? —Laura había visto la escena por la pared vidriada y se tomó el atrevimiento de entreabrir la puerta para plantear el interrogante.

El paquete se rompió de forma estrepitosa haciendo volar más de la mitad de su contenido apenas terminada la intervención de Laura. Una de las galletas dio contra la frente de Rober, que cerró los ojos de forma instintiva para luego abrirlos y mantenerse en la misma sintonía previa al accidente, con el mismo grado de expectativa. Marco se levantó para recoger lo que quedaba de su desayuno del piso y los costados del sillón. Laura ya había continuado su camino.

—Perdón Rober —Marco juntó una por una las migas que quedaban en el sillón y volvió a sentarse—. Lo veo difícil, pero va a salir. Hoy los llamo, yo me encargo de estos tipos. Hiciste muy bien tu trabajo, pero no podés hacer nada más y mucho menos así. Te van a terminar manipulando y arrinconando, tienen muchas agencias en su carpeta acordate.

Las últimas palabras de Marco no hicieron más que agrandar la mancha de sudor en la espalda de Rober. Sus manos empezaban a dejar vaporosas y pegajosas huellas en toda superficie que se apoyaran.

—No puedo perder esta comisión, Marco. Esto es muy grande para nosotros, y mucho más para mi.

—Nada es muy grande, no nos limitemos. Tenemos que ser más hábiles, eso sí. Dame la mañana para detallarles mejor la propuesta, traducirla a su idioma y mostrarles que somos diferentes. No está en nuestras posibilidades mejorar la propuesta... pero sí mejorar la forma en la cual contamos la historia, en la cual ellos la interpretan y entienden. Después es saber cuándo posicionarnos en el centro del ring y cuándo dejarnos pegar, sólo para posicionarnos mejor para que nuestro siguiente golpe sea más fuerte y determinante.

Marco se levantó, metió una galleta entera en su boca y abriendo su mano hacia la salida dio por terminada la reunión, invitando a Rober a dejarlo solo.

No era la primera vez que Roberto dejaba la sala sin entender las comparaciones, ejemplificaciones o metáforas no-laborales de Marco. El vago detalle del plan de su jefe no lo dejaba tranquilo, pero si la experiencia de haber ganado varias batallas a su lado. Cada idea y concepto que ponía sobre la mesa, cada gesto de su cara y tono de sus palabras le inspiraban seguridad y fiabilidad de manera subconsciente. Rober confiaba en su influencia ciegamente y admiraba sus creativas y por momentos poco ortodoxas formas de encarar y resolver los problemas de llevar una agencia económica y humanamente exitosa. Siempre y cuando el cliente lo entendiera y firmara era suficiente para Rober, y sabía que no había mayor probabilidad de ello que con Marco involucrado. Él sabía que el jefe siempre servía a todos y que si la explicación, comparación o metáfora no era clara, era porque de esa manera lo quería el jefe por el bien del receptor de ese mensaje o enseñanza. A pesar de ello, sabiéndose una persona altamente preparada y rutinaria en todas sus formas y tareas, la constante improvisación de su jefe lo sacaba un poco de quicio.

—¿Por favor me la llamás a Lau? Gracias y de nuevo, gran trabajo. Estamos en la recta final. Bueno... inicial. Pero bien encaminados.

—Si, gracias. Por favor manteneme al tanto.

Invitada casi telepáticamente, Laura entró a la sala con un neceser beige en sus manos. Sin detener su paso lo depositó en las manos de Rober, que caminaba en sentido contrario hacia la salida con el agujero en su trasero cada vez más prominente.

—Avisame si necesitás ayuda —comentó al paso sin hacer contacto visual.

Rober fue directamente al baño a enmendar su pantalón. Laura notó media galleta junto al sillón. Se agachó de costado cuidando que no se levantara su pollera, la agarró y la arrojó al tacho.

—¿Le estabas mirando el culo a Roberto? —indagó Jok con una pequeña sonrisa.

—Si. Como no mirarlo con ese calzoncillo rojo que hace juego con su corbata.

Laura tomó el último racimo de uvas que quedaba de la canasta y se sentó junto a Marco cruzando sus piernas y posándose contra el respaldo. Marco bajó el grado de excitación al cual lo terminó llevando Rober con el problema con su potencial cliente y volvió a tener cara y postura de mañana de viernes.

—¿Cuál es el plan con TheraBank? —preguntó Laura masticando.

—Hoy almuerzo con su director de marketing, el que contestó el mail apurándonos con horrores de ortografía —Jok comió dos uvas seguidas.

—Me imagino que Rober no va a ir así.

—No, no te preocupes. Lo bajé de la comida apenas lo vi esta mañana. Y no por la rotura del pantalón... —contestó Jok con la boca llena de pulpa. Le gustaba alternar lo dulce con lo salado, mantenía sus sentidos más vivos y su rutina de desayuno menos aburrida.

—Ok ya sabés, si el tipo anda raro escribime.

Jok asintió con la cabeza y terminó de masticar. Laura dejó el racimo en la mesa y se acomodó en dirección a Jok, con una postura y solvencia que poco a poco iban ganando presencia en la escena.

—¿Me vas a decir qué te pasa? Solés estar cruzado, pero dos semanas seguidas y encima joderme un viernes a la mañana... sospechoso.

Laura dio unos golpes a la camisa de Jok quitando las migas de galletas que todavía seguían allí. Sus manos de quinceañera no mostraban ni un indicio de sus treintas y largos años. Se quitó los tacos y subió levemente sus rodillas para sentarse en dirección frontal a Jok que, buscando romper con ese intimidante cara a cara, apoyó los codos sobre sus rodillas tomándose las manos por delante.

—Me retiro, Lau. Todo tuyo —dijo Jok con cara neutral.

—¿De qué te retirás? Tenés 35 años, ¿a dónde te retirás? —contestó Laura con tono de burla.

—No sigo, amiga. Te sobra para manejarlo sola —reafirmó Jok ahora mirando a Laura a los ojos.

—No sé si me sobra o no, pero es nuestro y sin vos no lo quiero manejar. Lo armaste de cero —replicó Laura con claros indicios de enojo y preocupación—. Y tampoco esa es la cuestión principal, no entiendo el tema este de "retirarte", por qué me decís que...

—Lau, me es irrelevante. Además es igual o más tuyo que mío. Sin vos nada de esto sería posible. Hoy es mi último día. No quiero despedida, no quiero charlas, no quiero nada. Encargate de todo. Y por favor, no me hables tanto que ya sabés lo que opino de eso.

Laura apoyó su codo derecho sobre el respaldo del sillón, posó su mentón sobre su puño y fijó una mirada melancólica en la última galleta renegada que quedaba en el piso.

—¿Hoy se cumplen dos años, no? —preguntó con voz calma pero segura.

—No mezcles, no tiene nada que ver con eso.

—Yo creo que si, ¿Acaso me vas a decir que amenazar con retirarte justo el día del aniversario de la muerte de tu hija es coincidencia? —comentó Laura con crudeza y evidente molestia, haciéndole notar a Jok que la información por porciones ya le estaba cansando. Eran pocas las personas que podían hablarle a Jok con esa franqueza y recibir una respuesta concreta y amistosa sin ser devorados por una catarata de información, enseñanzas y a veces agravios adornados de poesía y datos—. ¿Hace cuánto nos conocemos, Marco?

Laura tomó a Jok de las manos y tiró hacia su lado.

—Veinte años. Pero seguís con temas irrelevantes, amiga. Y no es una amenaza —Jok soltó sus manos. Laura comenzó a subir el tono de su voz.

—¿Te acordás de lo que nos prometimos hace veinte años cuando los dos nos quedamos afuera? Que ese era el último sueño que se nos iba por depender de alguien más. ¿Te acordás cuánto tardamos en romper esa promesa?

—Once días.

—Contando el viaje de vuelta dos semanas casi, si. Armamos esto juntos, confiando el uno en el otro. Con mucha pasión y sin tener idea en lo que nos estábamos metiendo. Con mucho sentido común, constancia y corazón, demostrándonos que eso era lo único que se necesitaba. Aplicamos nuestros métodos y locuras en algo que no tenía nada que ver con nosotros, y no sólo ganamos sino que cambiamos el juego para siempre. Éramos invencibles.

A Jok no le gustaba escuchar soliloquios, menos si lo dejaban en evidencia y requerían de una futura explicación o aclaración de su parte. Mucho menos si decían verdades que él no quería escuchar. Laura lo conocía tan bien que sabía qué palabras decir para pulsar sus botones. Sabía cuándo interrumpir, cuándo arrinconar, cuándo ir a la yugular y cuándo callar. Estaba desconcertada por la noticia de su amigo, desconfiaba de los motivos y quería llegar al fondo de la ecuación. Lo que en algún momento había sido una historia de amor imposible era en ese momento una porción de su vida que se alejaba sin claridad, luego de veinte años de una transparencia cristalina. Los argumentos sobreentendidos hubieran sido suficientes para convencer a cualquiera sobre una decisión así, pero Laura sabía que Jok pasaba por algo más profundo. No tenía en claro qué era, imposible leerlo. Sólo se podía leer lo que Jok quisiera.

—Mirá dónde estamos ahora. Te reinventaste una y otra vez, sos un tipo amado por todos. Le cambiaste y cambiás la vida a mucha gente, no quieras que te olviden porque no lo van a hacer. Yo mucho menos.

—No estoy donde vos estás ni me enorgullezco de donde estoy. Y tu "mucha gente" no me motiva ni consuela. Me conocés mejor que nadie, Lau. Y sé que vos sabés que yo lo sé —Jok se puso de pie y metió sus manos en los bolsillos, mirando hacia afuera de la sala mientras la oficina se llenaba poco a poco—. También sabés que el discurso que estás iniciando no va a servir. No lo intentes, decisión tomada. Voy a desaparecer. No tiene nada que ver mi hija, no tiene nada que ver con vos, no tiene nada que ver con todo lo demás que pasó. Eso a esta altura ya es primitivo, va más allá. Necesito romper con mi vida.

—¿Desde cuándo tomás decisiones hablando de "tu vida"? Entonces hablame, contame. ¿Hasta dónde va? —Laura se calzó y se puso de pie.

—No me sirve a mi ni te sirve a vos que sigamos hablando. No le des más vueltas.

—¿Ni con una vieja amiga que solías amar?

—No.

—¿Ni con la madre de tu primera y única hija?

Jok no contestó.

Laura sabía que no había nada más que hablar, que Jok había blindado su cabeza con doble candado. Caminó hacia la puerta sin cruzar mirada con él.

—Por lo menos vení el lunes que hay una reunión a la mañana con un tipo que pidió explícitamente hablar con vos, y sólo con vos. Después te ayudo para lo que quieras.

Jok hizo un breve silencio pensativo.

—Depende de cómo vaya lo de Rober si vengo o no a la mañana.

Laura se veía ofendida y enfadada. Sabía que la conversación no terminaría ese día y que tenía el fin de semana para indagar y entender lo que estaba pasando. Jok transpiraba ciertas gotas de misterio e inseguridad que ella nunca había visto antes.

—¿Venís a casa hoy, no? Por lo menos tengamos un momento de intimidad para festejar esta rotura que tanto necesitás —preguntó Laura con cierta ironía y medio cuerpo afuera de la sala.

—No puedo —replicó Jok sin mirarla—. Toco con mi banda. Mañana te llamo.

—Esto no queda acá. A mi me debés una explicación. Puedo darme cuenta cuando querés dejar incertidumbre en el aire y cuando esa incertidumbre está adentro tuyo en algún lugar de tu cabeza —Laura caminó a paso firme retumbando por todo el galpón.

Jok giró su muñeca para revisar el reloj. El calce flojo en su antebrazo denotaba que nunca había ajustado el tamaño del mismo o que había perdido peso hace poco tiempo, o ambas. Dio media vuelta y tomó una uva renegada de la canasta.

Como todos los viernes, el día estaba terminando temprano y se notaba en las estaciones de trabajo de la oficina. Sólo quedaban algunos rezagados que hacían tiempo hasta que abrieran los bares de la zona, y dos o tres fanáticos de su trabajo que no querían irse al fin de semana con temas sin cerrar, por más de que el sábado por la mañana los tuviera pensando en ellos y en algunas ocasiones reabriéndolos adrede.

Rober estaba lavándose los dientes en el baño principal, que consistía de cuatro lavabos integrados en un mismo mueble blanco que atravesaba un pasillo con espejos que iban desde la cintura al techo. En frente de ellos, cuatro puertas y cuatro mingitorios completaban el ambiente. Rober escuchó la cadena de un inodoro activarse y una puerta abrirse. Hasta ese momento pensaba que estaba solo.

—Hola.

—Hola señor —contestó Rober sin quitar el cepillo de dientes de su boca y haciendo contacto visual a través del espejo.

—No me digas señor.

—Perdón… Marco.

Jok puso jabón líquido en sus manos. Se lo veía pensativo.

—Rober, ¿tenés idea de cuántos hombres y mujeres hay en esta empresa?

Rober negó con la cabeza de forma dubitativa. A pesar de la aleatoriedad del tema, no se vio sorprendido por la conversación que estaba iniciando su jefe. Después de años de trabajar con él sabía que el objetivo de una pregunta de ese estilo era ya sea ganar milisegundos para preparar el tema principal de la charla, dar una introducción que ayudara a contextualizar el mismo o ambos. Marco conversaba constantemente consigo mismo en su cabeza, y si abría la boca para involucrarte en el grupo era por el bien de la charla o para darte una lección.

—Incluyendo los repositores que están a medio tiempo, somos en total alrededor de ciento diez personas, y el 45% son hombres —completó Jok.

Rober asentó y abrió los ojos de forma curiosa, más que nada como una señal de respeto y cordialidad ante un tema que por el momento no le interesaba.

—Recuerdo como si fuera ayer cuando señé la compra de este galpón. Más allá de todas las refacciones que teníamos en mente, nunca me convenció del todo el hecho de tener sólo dos baños pequeños por sexo. Pero bueno, en esa época tampoco pensábamos crecer tanto. Ahora somos alrededor de cincuenta hombres y dos baños, tampoco está tan mal.

Jok miraba hacia el lavabo mientras hacía cuentas mentales y quitaba el jabón de sus manos lentamente con agua fría.

—Igual este baño, teniendo en cuenta en dónde está, se usa mucho más. Digamos que entre treinta y treinta y cinco hombres por día pasan por acá, y más de una visita por persona obviamente.

Rober tenía la boca llena de espuma pero seguía cepillándose, haciendo tiempo para escuchar a Marco.

—De esos treinta y cinco hombres subrayemos que, por un tema ya sea de incomodidad, vergüenza o ciclos de flora intestinal muy largos, sólo un 30% usa los inodoros para hacer caca de forma, digamos, recurrente.

Rober se congeló por unos segundos con el cepillo de dientes en la boca. No entendía qué estaba pasando. Intentaba inferir por dónde se encaminaría el argumento, pero no lograba llegar a una teoría razonable. Podía llegar a vender su alma al diablo con tal de cerrar una venta, pero hablar e imaginar materia fecal ajena era cruzar un límite para él.

—Estoy tirando los números muy para abajo, deben ser más del 30% —aclaró Jok mirando a Rober mientras se secaba las manos con varios papeles.

Rober no quiso cruzar la mirada y aprovechó el momento para quitarse el cepillo de la boca y escupir.

—En ese grupo ya tenés muchísimos patrones y comportamientos diferentes: el de flora intestinal lenta que llega a la oficina y depone la cena de la noche anterior, el de flora intestinal rápida que llega a la oficina para evacuar su desayuno, el de flora intestinal regular que hace sus necesidades de forma esporádica. Y sólo esto en turno mañana, porque después del almuerzo ya se repite en cascada.

Rober agachó su cabeza para tomar un sorbo de agua directamente del grifo. Era más fácil hacer cuña con las manos y beber de ellas, pero prefirió hacer eso para ocultar su rostro de incomodidad de la escena. Jok estaba muy comprometido con la charla unidireccional, gesticulando con las manos los números que iba recitando.

—Sumale a ese porcentaje de defecadores periódicos un 5% de hombres de toda la empresa que no suelen hacer caca fuera de su casa, pero que por una emergencia estomacal tienen que ir sí o sí. Nos da un total de alrededor de diez hombres que vienen a este baño en particular a hacer caca de forma recurrente todos los días, más dos que vienen por, para decirlo de alguna manera, emergencia.

Rober ya se sentía incómodo, pero no podía abandonar el baño en plena conversación. Mucho menos teniendo en cuenta que Jok ya había terminado con su trámite y permanecía a su lado sólo para continuar su discurso. Si él lo hacía, por un tema de etiqueta debía quedarse.

—¿Notaste que las paredes son de simil madera?

Rober miró alrededor.

—Instalamos las cañerías en regla y sin innovación ni trasgresión, eso fue fácil. Pero las paredes las planteamos más a modo decorativo. La verdad es que no ventilan bien y que en algún momento deberíamos reacondicionarlas. Además en verano estos baños son un infierno.

—No te sigo Marco, ¿qué me querés decir? —Rober se impacientó intentando cortar el discurso de raíz. Jok sonrió, contento de que finalmente Rober hubiera decidido participar.

—Que en tu cepillada de dientes diaria post almuerzo no estás haciendo más que relacionarte con tus compañeros de una manera que deberías evitar.

Rober fruncía el ceño mientras limpiaba su cepillo de dientes.

—Para el mediodía ya diez hombres hicieron sus necesidades normales de la jornada. Y dos sus necesidades de emergencia, inevitablemente más desagradables que las normales. De seguro, al igual que yo, no ves en el aire partículas o residuos de lo que hicieron tus compañeros, pero sí que los hueles. Compartimos baño mal ventilado, es inevitable fumarse esas partículas… ¿pero querés además meterlas en tu boca y fijarlas en tus dientes?

Rober se sintió raro por unos segundos, con cierto desagrado que empezaba a empeorar exponencialmente debido a la matemática simple que su jefe le había puesto sobre la mesa. Había sido testigo de otra exagerada y larga explicación de un concepto rápido de explicar. A pesar de todo, parte de él lo había disfrutado.

—Es difícil romper con hábitos, enseñanzas, rutinas o costumbres si pensamos en la seguridad que nos han dado durante todo el camino que hemos recorrido de la mano con ellas. Es algo instintivamente animal: la rutina basa su repetición en algo conocido y a veces automatizado. Lo conocido es algo que te ha mantenido vivo hasta el día de hoy, de forma consciente o inconsciente pero sabes que te ha mantenido vivo. La supervivencia es el alimento del instinto. Inconscientemente no queremos abandonar eso, no queremos abandonar esa seguridad que nos dio la recurrencia y la experiencia del pasado. El instinto detesta lo nuevo. Le teme, le incomoda. Pero si vamos al presente, al momento en el cual nos damos cuenta de que esas estructuras a veces impuestas se pueden romper, tengan o no sentido… entonces no se necesita más tiempo que un segundo para cambiar una época entera de costumbre. Pasamos de un proceso familiar a un instante de sentido común, que transforma el trauma de una ruptura en progreso. Como un niño de doce años que se da cuenta de que su padre no siempre tiene la razón, como un adulto que nunca pensó en la materia fecal de sus compañeros de trabajo, como un profesional que no se dejó llevar por los aprietes de los clientes que le dan de comer.

Jok dio media vuelta, caminó hacia el final del pasillo y abrió la puerta de entrada al baño. Rober se quedó quieto mirando su reflejo en el espejo y apoyando sus manos en el lavabo, con brazos estirados.

—Definitivamente hoy soy parte de ese 5% —dijo Jok dándose vuelta hacia Rober, mientras se frotaba la panza con evidente malestar—. Comer comida Mexicana con banqueros un viernes es un cocktail silencioso pero letal.

Rober giró su cuerpo con ansiedad en dirección a Marco. Con una acción torpe y acelerada, su mano derecha siguió el movimiento corporal impulsando su cepillo de dientes por los aires a través de la galería hacia los pies de Marco, quebrándose por la mitad al hacer contacto con el suelo antes de detenerse a unos centímetros de sus zapatos.

—Están adentro, querido Rober. Tenés el contrato firmado en tu escritorio y una copia en tu casilla de correo. Nunca más veo a un cliente un viernes —Jok juntó las partes del cepillo de dientes roto y las puso sobre el lavabo más cercano. Abandonó el baño y cerró la puerta.

Rober respiró hondo en señal de desahogo y felicidad, arrepintiéndose súbitamente al notar el olor que había pasado por alto los últimos diez minutos. Tiró la parte del cepillo que no tenía las cerdas al tacho de basura y guardó el resto en su bolsillo.

—¿Qué hacés acá todavía?

Laura no movió un músculo, se mantuvo firme frente a la computadora. Sólo se escuchaba el ruido de una mecanografía agresiva. Jok detuvo su camino hacia la salida de la oficina, se acercó al espacio de trabajo de Laura, apoyó su morral al costado de la mesa y cerró la tapa de la computadora de su socia.

—Te decía, ¿qué hacés acá todavía? —insistió Marco.

—Te escuché a la primera —Laura volvió a levantar la tapa de su computadora de forma desafiante y con claros residuos de su discusión horas antes por la mañana.

—Una birra. Vamos.

La propuesta llamó la atención de la enojada blonda, que pasó de la ofensa a la curiosidad imaginando una pinta fría en el calor de Enero.

—¿Una? ¿No nos conocés?

—Estoy medio mal de la panza —replicó Marco.

—Según las boludeces que dijiste hoy es tu último viernes. Te agradezco que lo quieras pasar conmigo, pero por una birra con vos no sé si me ocupo la tarde.

Reprimiendo una sonrisa Jok tomó su morral y se dirigió hacia la puerta obviando el último comentario de Laura.

—Se acaba mi cigarrillo y no te veo afuera y te dejo, me voy a casa —Marco gritaba a lo lejos aproximándose a la calle. Laura cerró la tapa de su computadora, se levantó y agarró su cartera.

—Roberto no me devolvió el bolsito. Y encima se cosió el pantalón gris con hilo negro.

—Le volviste a ver el culo. No tenés remedio.

—Estúpido —Laura rió fuerte.

—Sabés que el mío es mejor.

La alarma de fin de turno del hotel alojamiento tomó por sorpresa a Marco arrodillado en el piso situado sobre el borde de la cama. Se encontraba inmerso en la entrepierna de Laura mientras ella gemía suave pero vivazmente.

A distancia a pie de la oficina y cerca de la zona de bares que solían frecuentar, el lugar era un privado y recurrente punto de encuentro entre Jok y Laura, aunque en aquella oportunidad la temática, calidad y tipo de cuarto que estaba disponible no. Cama de dos metros por dos metros, con sábanas blancas desgastadas por excesivas lavadas. Una manta ocre que no abrigaba pero sí rompía tímidamente con la monotonía del blanco yacía en el suelo debido a la vorágine minutos antes. El cuarto era pequeño pero práctico, con un sofá de gabardina azul marino enfrentando la cama y un baño en suite separado por un espejo que hacía a la vez de pared.

—Que no se te ocurra parar ahora —ordenó Laura firmemente con sus piernas abiertas.

El sudor en su cuerpo daba un brillo que iluminaba su bronceado, reflejando suavemente los últimos rayos de luz de noche veraniega que se colaban entre las cortinas. Respirando fuerte y con pequeños espasmos corporales, dejaba salir el aire por la boca de forma rebosante y parecía disfrutar más y más con cada bocanada.

Jok cambió de técnica para apurar el clímax de su amiga, que tensando el cuerpo encorvó su espalda inflando el pecho, dejando caer su cabeza hacia atrás mientras tomaba salvajemente a Marco del cabello. Presionándolo contra su pelvis, fundió la escena con un fuerte y sostenido quejido. Luego del apogeo, se desplomó sobre la cama acariciando la cara de su compañero con los pies de forma afectuosa y apacible mientras se tocaba el cabello.

—No hay caso. Cómo lo disfrutás y cómo me tenés estudiada.

Jok se paró del borde de la cama besando los pies de su amante y fue al baño tambaleando, mientras Laura comenzaba a vestirse lentamente y con desgano.

—Pará pará, quedémonos. ¿A qué hora tocás? —gritó Laura sentada al borde de la cama mientras abrochaba los botones de su blusa, sin darse cuenta de que olvidaba ponerse su ropa interior antes.

—No sé. Pero vámonos, tengo cosas que hacer y es tarde.

—Vos siempre apurado. Lo único más rápido que tu cabeza es tu preocupación por el tiempo que pasó, que te queda o que vas a necesitar. Relajate —Laura se dejó caer sobre la cama con brazos abiertos, piernas juntas y una sonrisa de plena satisfacción, rebotando sutilmente dada la suavidad del colchón. Justo por encima de la cama había un espejo del tamaño del somier, que reflejaba todo el cuerpo de Laura envuelto en sudor. Laura cruzó la mirada con su reflejo y sonrió con depravación y narcisismo.

—No estoy apurado, pero nos volvimos a mentir con las birras… y acá estamos. Tengo cosas que hacer.

—¿Puedo ir?

—¿A dónde? —Marco ya había vuelto del baño, todavía desnudo estaba parado al borde de la cama intentando divisar su ropa interior entre las sábanas deshechas.

—A verte tocar con tu banda —Laura giró levemente recostándose sobre su lado izquierdo, poniendo su cuerpo en dirección a Marco. Apoyó su codo en la cama y su cabeza en su mano, observando de forma sugestiva al cuerpo en forma de Jok. Su camisa abotonada en la parte inferior dejaba ver sus pechos, que eran adornados con un delicado collar dorado con un dije que imitaba la silueta de un lobo. Se le superponía un collar de menor calidad con una cruz gótica como adorno.

Marco tardó unos segundos en darse cuenta de que Laura lo estaba observando. Cuando lo hizo, correspondió la mirada con una sonrisa taimada, acercándose paulatinamente como cazador a su presa y posándose encima de su cuerpo, besándola entre medio de sus pechos con pasión. Laura tomó ferozmente a Jok de la cintura y lo besó de forma nostálgica dando a entender que no quería que ese momento acabara. Él la apartó con sosiego, apoyó sus antebrazos sobre la cama alrededor de la cabeza de Laura y la miró fijamente.

—Hoy no podés venir. Hoy no.

Los dos se miraron en silencio. Después de un día de defensas altas e impenetrables, el bastión sentimental de Jok parecía estar cediendo a través de sus ojos, dando pistas de ello con pequeñas lágrimas y temblores casi imperceptibles. Laura tomó a Jok de la cara con sus dos manos y sin soltarlo lo besó de forma amorosa, con un ruido suave y húmedo.

—Contame —le pidió casi suplicándole, aún con las manos en su cara acariciándole la mejilla y asintiendo con la cabeza. La corta sombra de barba desalineada hacia ruidos hipnóticos con cada roce.

Jok liberó la caricia de Laura y se acostó boca abajo a su lado, tomando una almohada y apoyando su pera sobre sus manos. Se sentía demasiado mínimo como para mirarla a los ojos.

—De verdad, no hay nada que contar... todo se está terminando. O se terminó, depende de cómo lo quieras mirar.

Laura giró y se puso de costado posando la mano izquierda sobre la espalda de Marco, apoyando su cabeza con la derecha.

—Sí, lo estás terminando vos. No te voy a insistir en que me expliques por qué vas a dejar tu propia empresa… pero sí en que me digas qué te pasa. Obviamente al final del camino esas cosas se conectan, pero si entiendo lo segundo calculo que entenderé lo primero.

Jok rotó en sentido a Laura, encontrándose ahora enfrentados. Hizo un breve silencio mientras rozaba los collares de su amiga con la yema de los dedos. Sus nervios ante tal escena no lo dejaban quedarse quieto.

—No me refiero a eso. Se está acabando mi tiempo Lau. Me cansé, no me tengo más paciencia y no me motiva recuperarla.

—Tu tiempo recién empieza. Pasaste por muchas cosas y seguís acá, te levantaste de muchas, amigo —La mano izquierda de Laura recorría el cuerpo de Jok con sensualidad. Ella sabía qué tipo de toque le gustaba—. Hace mucho que nos conocemos, estuve en varias de tus caídas, hoy tengo la suerte de vivir con vos lo que hasta hace unas horas pensé que era el mejor momento de tu vida… ¿y ahora me venís a decir que estás cansado?

El teléfono comenzó a sonar. A la tercera campanada Jok insinuó moverse hacia él, pero fue interrumpido por Laura buscando su atención apretándolo fuerte contra la cama.

—Además, ¿no tenés más paciencia con vos con respecto a qué? Cortá con el misticismo, es interesante y hay veces que hasta me calienta, pero hoy es diferente. Nunca te vi ni escuché así.

Laura quitó la mano de la espalda de Jok y acomodó un mechón de pelo por detrás de su oreja.

—El hecho de que me digas eso me hace ver que estás a años luz de entenderme. Estás a contramano en esta conversación Lau, y no me quiero chocar con vos.

El teléfono dejó de sonar.

—Ni siquiera llegás a rascar la superficie, todos los conceptos que estás poniendo sobre la cama no tienen nada que ver y son irrelevantes —concluyó Marco.

—Entonces dale —Laura lo interrumpió ahora con un tono de disgusto—. Sin vueltas, hablame directo y sin tapujos. Emociones fuera de control pueden hacer estúpido a un hombre inteligente, y de forma muy rara te noto emocionado.

Jok hizo una pausa pensativa. No quería iniciar una conversación profunda, no tenía energías ni ganas, pero sabía que se había puesto en esa situación entrando al hotel con Laura luego de darle la noticia de su partida de la empresa. Tener que explicar años de razonamiento, sufrimiento y dudas en cinco minutos en la cama de un hotel lo incomodaba y hasta le daba pereza. El contexto le molestaba, y el contenido también. Quería que lo dejaran en paz con su cabeza y sus decisiones. A esta altura no tenía hueco en su mente para una conversación así. Había varias maneras de escapar de esa situación, pero sentía honestamente que si a alguien le debía una explicación era a Laura, su socia y compañera de vida más fiel y determinante más allá del sexo y el trabajo.

—Pasan los años... y veo cada día más claro que sigo sin entender nada. Nada de nada. Para qué hago lo que hago, por qué pasa lo que pasa, tanto a mí como al resto del mundo. Vivir en esa ignorancia de forma consciente me agobia y quema por dentro.

—¿Y?

—¿Y qué?

—¿Cuál es esa necesidad de entender las cosas? Siento que ya hablamos de esto mil veces —Laura mostraba algunos indicios de frustración—. Vos tenés hormigas en el culo y sos un tipo muy capaz, Jok. Pero de repente te encerrás a filosofar y el mundo se detiene alrededor tuyo. Como que te aburrís rápido de las cosas que hacés o te pasan y saboteás tu presente y su desarrollo filosofando lo filosofado. Me da vergüenza decirte algo tan cursi justo a vos, pero viví la vida.

—Vos decís que me aburro rápido de las cosas... yo veo que más que aburrimiento es entendimiento, o contextualización de esas cosas. Tarde o temprano su sentido demuestra ser tan minúsculo que mi cuerpo me pide descartarlas y seguir. Bueno, ahí está la diferencia: a día de hoy ya nada más me motiva a seguir.

—Te compro cualquier reflexión existencial que puedas tener, pero hay límites. ¿Me hablás de sentido minúsculo? ¿Qué es minúsculo en lo que hacés y generás? Estás divagando, no me cierra. ¿Y la gente a la cual hacés feliz?

—Mirá más allá Lau. Olvidate de mí por un momento, olvidate de vos y olvidate de esta gente y estos seres vivos que le podrían dar sentido a mi vida y acciones. Hacé el esfuerzo por mirar la historia de nuestra especie, de nuestra raza, de todos nuestros ancestros, de todas las acciones de todas las pequeñas vidas de cada pequeño humano que vivió, vive o vivirá en esta u otra tierra.

—Sí... —contestó Laura, haciendo un esfuerzo por trazar la imagen mental y dejarlo terminar. Parte del encanto de sus charlas y su conexión tenía que ver con permitirse volar y confiar en el abismo, para luego aterrizar con la cabeza más abierta que nunca.

—Todos esos eventos por sí solos son igual de minúsculos. Seguimos mintiéndonos con el altruismo, la empatía, el dar. Con pensar que estamos teniendo una buena vida, con pensar que aportamos a una causa más grande. Lo vivo día a día, y sería egoísta creermelo. La mentira, gran mentira, de vivir en un mundo de privilegios que no es balanceado. Y la mentira, aún más grande mentira, de cambiar el mundo ladrillo por ladrillo.

—¿Hay otra manera de cambiarlo? —indagó Laura.

—No se cambia. La pregunta va más hacia el lado contrario: por qué no existe manera de cambiarlo. Lo que cambia son banalidades. Mejor dicho, lo que nosotros podemos acceder a cambiar son banalidades. Y le doy una vuelta más si querés: por qué yo soy lo que soy y por qué me toca pensar estos pensamientos a mí y no, por ejemplo, a vos. Por qué soy el hombre que soy, por qué es justo para unos e injusto para la abismal mayoría de los otros. Esa es la paciencia que perdí: ya basta, vivir la vida como si nada esperando que las cosas se aclaren, y sabiendo en verdad que no estoy haciendo nada para aclararlas. Pero no para y por mí, sino para y por todo el mundo. Soy insignificante, todos lo somos, y parecemos alienados en nuestra insignificancia, convenciéndonos de forma barata de que estamos haciendo en efecto "algo".

—¿Qué pasó con el Jok simplista de la filosofía de "comer, coger, cagar, dormir"? —replicó rápidamente Laura, casi burlándose de él.

—Sí, siguen siendo los colores primarios de mi vida humana. Pero por más de que sean primarios y básicos, en el mundo en el que vivimos no puedo pintarlos solo. Vivo una situación favorable en la cual tengo todo a mi disposición para poder pintarlos, desde locación en espacio tiempo, hasta economía, organismo apto, y varias cosas más. Llegamos a un mundo en el cual mucha gente ni siquiera puede pintarlos, y nos obligamos a nosotros mismos a ignorarlo, sacando la cabeza afuera del fango como podemos. No sólo a ignorarlo, sino a ignorar los por qué. A la mayoría no le incomoda vivir en esa ignorancia, o hacen cosas para sentirse mejores con ellos mismos con respecto a esa ignorancia. Ya lo viví, ya lo intenté, no me es suficiente. Cada gota que llena el vaso, cae al piso por un agujero que está en el fondo del mismo... que cada vez siento que se agranda más y más. Ya no puedo vivir más en esa ignorancia. Al final del día, teniendo en cuenta todas estas cosas que te digo, no merezco ninguno de los cuatro placeres. Fueron puestos en frente de mis ojos por casualidades y por otro rango de no-casualidades que todos desconocemos y que, quizás lo más grave, no nos desvivimos por conocerlas. Esa apatía que compartimos como especie, como privilegiados, ya me cansó. No tener la capacidad de conocer ni de vivir intentando descubrir los

motivos tanto de esas casualidades como de esas no-casualidades...
me tortura. No sé cómo hacerlo, no sé cómo buscarlas. Es hora de
ponerle fin.

Laura cerró los ojos y negó con la cabeza.

—Estás hablando de la especie más exitosa del planeta. De la
especie que venció a las enfermedades, a las guerras y a la hambruna.
De la especie que poco a poco se está transformando en su propio
dios, empujando los límites de su propia esperanza de vida y
existencia.

—Jamás seremos nuestros propios dioses —Marco contestó con
una sonrisa—. Con la tecnología de hoy y mañana podremos estirar
nuestra vida, regenerándonos quizás tendiendo hacia el infinito, pero
jamás seremos nuestros propios dioses.

—Me refiero a que este es el modelo con el cual hemos perdurado
como especie. Con el cual somos la especie líder de este planeta. La
supervivencia del más apto. Somos los más aptos. Con mucha prueba
y error, que seguimos y seguiremos haciendo en un mundo
constantemente cambiante, pero somos los más aptos —contestó
Laura.

—La palabra *apto* es incomprensiblemente subjetiva. Y además
explica una idoneidad pasiva. Y sabés bien que no perduramos en el
tiempo así. Nuestros antepasados no-sapiens sí, pero nosotros no.
Evolucionamos (o involucionamos) a la supervivencia del más ciego
para algunos, si las casualidades y no-casualidades así te lo marcaron,
o a la supervivencia del más idiota para otros, si las casualidades y
no-casualidades te dieron una mano. Yo me siento ciego e idiota. No
quiero ser más así. Hemos sobrevivido como organismo simbiótico. Y
mi rol en esa simbiosis no me llena más. Las otras partes que se están
alimentando y beneficiando de mí tampoco. Ignorar a las partes de las
cuales yo me estoy alimentando y beneficiando, mucho menos.

—Vos sabés que sos el hombre que sos hoy por lo...

—Y el mundo no es cambiante, lo cambiamos nosotros
—interrumpió—. Y eso que pasé por alto tu definición de "especie
exitosa" y "especie líder". Técnicamente el éxito de una especie radica
en pasar sus genes más fuertes de generación en generación. Solo los

genes de los organismos más aptos, y perdoname que use esa palabra, son los que teóricamente sobreviven. Por más de que el concepto de "fuerte" haya cambiado con los milenios, no se si el muestreo genético promedio que hay hoy en el mundo respeta eso. O mejor dicho, el nuevo concepto de "fuerte" a nivel especie se queda barato. Suena a poco, no se puede describir con una palabra como "fuerte". Es bastante irónico en la mayoría de los casos. Somos un organismo simbiótico fuerte, constituido mayormente por genes débiles e idiotas. Que en conjunto supo alimentarse en masa, aprender a curarse en masa, gestionar sus residuos en masa... pero que como individuo es genéticamente pobre en esa individualidad. Y son esos individuos los que pasan más tiempo con ellos mismos por día, con su consciente y subconsciente. Con sus pesares y sus sueños. Cuando nos hablamos en nuestra cabeza somos individuos, sufridos individuos. ¿De qué éxito me hablás?

—Me perdés —contestó Laura.

—Nací en el siglo XXI —Jok interrumpió con cierto enfado dado lo extensiva que se había tornado la conversación, y con la frustración de no tener la capacidad de sintetizarla y a la vez explicarse como él quería.

—Ajá... —Laura dejó seguir a Jok a pesar de la interrupción.

—Salí sesenta días antes de la panza de mi madre. Sólo siete meses de gestación. ¿Por qué estoy acá?

—Bueno, la medicina contemporánea es algo que...

—Tomo pastillas todas las mañanas para controlar mi enfermedad crónica, pero porque las puedo pagar y porque fueron creadas hace ínfimos cuarenta años. Decime, ¿por qué estoy acá?

Laura miró fijo a Jok, que ahora hablaba con más énfasis y volumen.

—No, pero bueno...

—Irónicamente esta misma enfermedad me salvó la vida, negándome la posibilidad de ser parte de un grupo de gente que terminó siendo asesinada por mi propio padre en una carnicería sin precedentes.

—Si, pero lo que pasó ese día...

—Pero Nina nació impecable, Lau. Cero complicaciones. Fue una nena súper sana. A los tres años me di cuenta de que era una niña prodigio, componiendo canciones en su pianito de juguete y haciendo cuentas matemáticas de nivel secundario. Vos sabías bien como era mi hija.

Jok cambió radicalmente el tono de su voz y la charla empezó a mostrar tintes lúgubres. Había llevado el ambiente al borde de un precipicio, tirándose de él de cabeza con los ojos abiertos. A Laura se le hizo un nudo en la garganta. Bajó su nivel de enojo notoriamente. La luz del cuarto pareció atenuarse.

—Seis años y ya cambiaba el mundo alrededor de ella. Sabés que soy un hombre de ciencia, pero había algo más que su simpatía, inteligencia, carisma, sabiduría, bondad y belleza. Un aura, un hálito mágico en cada apertura de su boca, una orquesta silenciosa en cada pasito que daba.

Laura comenzó a sollozar, dejando caer algunas lágrimas en su pecho.

—La arrancaron de este mundo. Así nomás. Siendo imposible prevenirlo, siendo imposible predecirlo. De todas las personas en kilómetros y kilómetros a la redonda, la menos indicada para irse era ella. Y se la llevaron, la arrancaron pero no de un tirón. Con dolor, con sufrimiento, sabés que no fue rápido ni indoloro —Jok limpió las lágrimas del pecho de Laura, mientras anteponía el dije del lobo por encima del crucifijo—. ¿Y me vas a hablar de que murió por no ser apta? ¿Que es un éxito de la especie líder o que es parte de un plan mayor? Decime, ¿por qué estoy acá?

—Vos sabés que sos el hombre que sos hoy por lo que viviste. Que estás curtido por todo lo que te pasó, que aprendiste de tu vida, tanto de lo bueno como de lo malo. Eso te dio y te da fuerzas para seguir, por eso sos así de fuerte —comentó Laura, con voz quebradiza y demasiado grave para su tono habitual.

—Falacia —contestó Marco sin inmutarse por el estado de su compañera—. Consuelo de película, puro consuelo. No sirve de nada consolarse pensando que todo lo que pasó fue para algo, o que todo lo que pasó me dio algo. ¿De verdad las experiencias te forman? ¿Tan poco dominamos nuestro ser, nuestra personalidad o nuestra forma de actuar? ¿Si tuve experiencias de mierda la resiliencia me hará fuerte y si tuve experiencias buenas la pasividad de la burbuja junto con la brisa de la buena vida me harán débil? ¿Qué clase de cinismo existencial o conductual es ese? Date cuenta que son otras cosas las que dominan nuestra realidad. Muchas no las dominamos, y la otra gran mayoría no las conocemos ni tenemos la capacidad para conocerlas: estas casualidades y no-casualidades que te estoy comentando. Me podés refutar diciendo que la interpretación de esas experiencias o cosas vividas es lo que vale, lo que arma un carácter o una personalidad. Pero la interpretación también tiene que ver con lo que has vivido o no, por lo que es lo mismo. Uno interpreta en base a algo que está dentro de uno, que entró a través y es parte de estas casualidades y no-casualidades.

Laura se acostó boca arriba, intentando descansar un poco su mente. Ambos quedaron en silencio por unos segundos, mientras el teléfono de la habitación volvía a sonar una y otra vez. Ninguno de los dos atendió. Jok viró boca arriba al lado de Laura, rozando sus hombros. Los dos se miraban en el reflejo del espejo del techo.

—Tener a Nina fue lo peor que me pasó y que hice en la vida. De verdad —dijo Jok con voz suave pero cristalina.

El teléfono dejó de sonar.

—No digas algo así. Sé que no pensás eso.

—Desde el momento en el cual nació se transformó en una daga que poco a poco se acercaba a mi cuello. Con cada sonrisa, con cada minuto que pasaba de su corta vida, con cada momento que perdía independencia en mis prioridades y en mis sentimientos. Con cada segundo que la amaba más, más terror en perderla y más grande el dolor potencial a perderla. Con cada momento que me hacía feliz. Una felicidad dependiente de otro ser, que encima no eligió nacer pero que tampoco eligió hacerme feliz… ni morir. Y después el objetivo de la vida es "procrear", y después el más apto es el que "pasa los genes". ¿Acaso esa gente no tiene corazón?

Laura se mantuvo en silencio. A pesar de tener toda la confianza y camaradería con Jok, no se sentía segura de dar una respuesta.

—Qué egoísta fui. Cada situación más o menos importante en mi vida me ha obligado a tomar una decisión egoísta, ya sea conmigo o con alguien. Estoy cansado de ser egoísta. Pero soy responsable y actor protagonista en mi egoísmo. Y digo basta, de una vez por todas.

Jok se reincorporó para tomar un cigarrillo de la mesa de luz y luego volvió a la misma posición en la que estaba. Laura encendió su cigarrillo acercándole un encendedor que estaba al borde de la cama junto a un cenicero repleto. Ambos se quedaron pensando mirando el techo por unos minutos, sin emitir movimiento alguno.

—Me hubiera gustado estar con los chicos ese día. Quizás me hubiera servido para entender un poco más todo lo que pasó —rompió el silencio Marco.

—Marco… —Laura se sentó en posición de loto, ahora dispuesta a estar más activa en la conversación—. No necesitás entender lo que pasó. Lo entendés, pero te falta convencerte y no darle más vueltas.

—¿Convencerme de qué? ¿De que mi viejo manipuló a todo el mundo para generar un daño horrible? —contestó Jok con tranquilidad, ahora mirando a los ojos de su acompañante.

—No, convencerte de que nunca vas a entender ni lo que pasó ni los motivos. ¿Querés elegir el saboteo? Elegilo. ¿Querés elegir la locura? Elegila. ¿Querés elegir la psicopatía? Elegila. Pero son puras teorías incomprobables. Ni el más experimentado psicólogo del equipo siquiera lo vio venir, nadie se osó a sacar conclusiones. Sé que te molesta, pero no tenés la respuesta de todo —Laura tomó a Jok del hombro—. Entendé que no lo vas a entender. Jamás. Como muchas cosas. Como casi todo. Hay cosas que hay que dejar ir, dejar de pensar. Las preguntas que te estás haciendo ahora sobre tu vida, las que estás haciendo sobre lo que hizo tu viejo, hay que dejar ir.

—Quien no quiere pensar, es un fanático. Quien no puede pensar es un idiota. Quien no osa pensar, es un cobarde. Ya casi cuatrocientos cincuenta años de esta frase, hoy más relevante que nunca. Y qué ironía, Francis Bacon murió por curiosear y por pensar. Intentaba comprobar si el frío era bueno para la conservación de los alimentos, y salió a la nieve a enterrar un pollo con la mala suerte de que eso le dio una neumonía, que poco tiempo después acabaría con su vida. Pero claro, espacio tiempo inoportuno: si ese día hubiera sido hoy, se tomaba un medicamento y seguía su vida. O si no pensaba, seguía con su vida. Cobarde pero vivo. Irónicamente es exactamente lo que quiero evitar.

El teléfono volvió a sonar. Jok se levantó a la primera campanada y lo atendió. Escuchó al manager del lugar del otro lado de la línea.

—Sí, cinco minutos.

Jok colgó y se puso de pie, encontrando su calzoncillo justo al lado de la mesa de luz. Destellos de sangre en su parte trasera mostraban indicios somatizados del estrés que venía acarreando en las últimas semanas. Comenzó a vestirse dándole la espalda a Laura.

—Algunos sobreviven sin pensar, a pesar de no ser aptos. Otros mueren pensando, a pesar de ser aptos. A fin de cuentas, dada la realidad que vivimos como especie, ese equilibrio casi simbiótico fue lo que nos mantuvo y mantiene vivos. De una forma dinámica que constantemente muta entre lo bizarro, lo tragicómico, lo surreal y lo siniestro.

Jok siguió vistiéndose, ahora con mayor velocidad.

—A mi también, Marco —Laura se levantó rápidamente y comenzó a vestirse del lado opuesto de la cama, sin mirar a Jok—. A mi también me hubiera gustado estar ese día con todos nuestros amigos. Pero por esas vueltas de la vida no estuvimos, y hoy creo que dí y sigo dando todo lo que puedo dar, como lo prometimos ese día —contestó Laura con melancolía y emoción.

—Yo no —Jok ya tenía los pantalones y la camiseta puesta, comenzaba a ponerse las medias y los zapatos—. Hoy me doy cuenta que lo que dí no fue todo. Mejor dicho, que lo que doy no es nada. Que no sé cómo dar eso que no doy. Y no tengo problema en verdad ni con el pasado ni con el presente, pero sí con el futuro… si no puedo con él.

Laura caminó hacia el baño y cerró la puerta detrás de ella.

Jok y Laura bajaron juntos en un ascensor pequeño de mediados de siglo XX, quietos y sin querer cruzar las miradas. Al llegar a la planta baja, Laura partió vertiginosamente hacia la salida dejando atrás a Jok, casi atropellándolo. Él siguió su camino a paso lento hacia la recepción.

Luego de pagar, Marco salió a la calle para despedirse de su amiga, pero ya no había indicios de ella.

Pasadas las once de la noche Marco luchaba con la cerradura de la puerta de su casa y las pintas de cerveza que aún llevaba en sangre. La llave de metal rugosa y oxidada no lograba calzar los dientes de la vieja puerta de madera, gravemente afectada por la expansión y contracción causada por la humedad. El oscuro pasillo en donde se encontraba era culpable de las marcas de aperturas fallidas que se notaban alrededor de su ojo. La vecina del 7ºB abrió su puerta intentando entender por qué tanto alboroto a esas horas de la noche.

—¿Quién anda ahí?

—Soy yo Iza.

—Ay perdón, pensé que estaban intentando entrar a robar otra vez —advirtió la señora de pelo ceniza, asomando la cabeza por el hueco de su puerta entreabierta y todavía con la traba de seguridad puesta.

—No se preocupe, y perdón por tanto estruendo. Es lo que pasa cuando las cerraduras son malas —contestó Jok.

—¿Querés que te dé mi llave así probás con esa? —preguntó la señora.

—No, gracias. No es la llave, es la cerradura. Cuando la abren mal queda como descalibrada, se lo recuerdo a Mia prácticamente todos los días… —replicó Jok ahora aplicando más fuerza a la cerradura, empujando también con la punta de su pie.

—Mañana le digo al portero que la mire. Si no llamo a los chicos de la cerrajería. Si no estás yo les abro.

—No, gracias. —Jok no tenía ganas de conversar a esas horas y no le molestaba hacerlo evidente. Había tenido suficiente con la disculpa de etiqueta y la breve explicación.

Después de varios intentos Marco logró entrar y, con el máximo sigilo que la situación le permitía, cerró la maltratada puerta detrás de él. Dejó su billetera y llaves en un pequeño mueble de entrada, pero no descolgó el morral de su espalda.

Jok no había terminado de cerrar la traba de la puerta cuando escuchó el ruido de uñas crujir en el piso de parqué. Con un entusiasmo enorme y movimientos espásticos, su mejor amigo se abalanzó sobre él empujándolo contra la puerta mientras retumbaba con un ruido grave y seco.

—Shhh Barón, vas a despertar a todo el mundo.

Marco le dio un fuerte abrazo a su viejo amigo blanco y negro, mientras acariciaba su espalda en busca de calmar su éxtasis. Barón dormía quince horas por día, despertándose y rejuveneciendo cada vez que se encontraba con su dueño luego de largas jornadas de trabajo y demases. Jok lo había rescatado en uno de sus viajes al norte, en donde se cruzó con un club clandestino de peleas de perros pitbull. El perdedor que Marco adoptó por una ínfima suma de dinero a minutos de ser sacrificado terminó siendo su amigo más fiel, y uno de los seres más tranquilos y bondadosos con los que jamás hubiera entablado una relación. Era un perro colosal, musculoso y de fauces más grandes que el promedio de la raza, pero su serenidad y sociabilidad trazaban su carácter. No importaba el tamaño del perro en la pelea, sino el tamaño de la pelea en el perro.

—Hola amigo. Vamos a comer algo.

Jok se quitó los zapatos, medias y camisa, volvió a tomar su morral que había volado segundos antes en la bienvenida y caminó hacia la barra con Barón a su lado. Conectado a un estrecho pasillo, el pequeño monoambiente estaba ocupado principalmente por una cama grande con una televisión colgada en su pared opuesta, de la cual colgaban varios cables que llegaban hasta el piso, rompiendo cualquier estética y simetría. Junto a la cama, una mesa de vidrio con dos sillas de metal completaban el sobrio living, completamente rodeado por libros apilados directamente en el piso, sin bibliotecas ni muebles. Ni siquiera los libros más grandes estaban acomodados como base, por lo que las estructuras parecían serpentear con cada reflejo de luz. Todos se veían destrozados por fuera mostrando un desinterés por lo material, y deteriorados por dentro mostrando un respeto y un amor por sus contenidos. Camino al baño, una barra blanca con dos hornallas enfrentaba a un placard con espacio para dos y con un amplio vidrio como puerta corrediza. El frigorífico entraba hacinado justo al lado del armario, y se observaban varios platos y vasos amontonados encima, con botellas de bebidas alcohólicas alrededor. Hacia el otro lado de la cama, un ventanal grande de techo a suelo daba a un balcón de ladrillo más espacioso que el interior del departamento. Jok había comprado el piso principalmente por este espacio abierto. Teniendo en cuenta el barrio en el que estaba no tenía edificaciones igual de altas cerca, lo que le permitía disfrutar de las pocas estrellas que se podían visualizar en el cielo de la ciudad capital.

El ventanal no tenía cortinas por lo que, por más que fuera de noche, la luna llena veraniega junto con los destellos lumínicos de la ciudad generaban una constante penumbra en el monoambiente, lo suficientemente brillante como para iluminar plácidamente cada rincón, pero lo suficientemente apagada para no molestar el sueño. Jok abrió la heladera, dejando a una tenue luz invadir la vivienda.

La esplendorosa mujer movió sus piernas lado a lado, buscando hacer contacto con otro cuerpo en la cama.

—¿Amor? —preguntó una voz aguda y suave.

—Seguí durmiendo. Le estoy dando algo de comer a Barón.

La mujer respondió con murmullos dormidos, mientras giraba su cuerpo abrazándose con el hombre desnudo que estaba junto a ella. Jok tomó media colita de cuadril que había previamente preparado y guardado en una bolsa y cerró la heladera. Los ojos de Barón se abrieron como dos perlas, moviendo su cola con vehemencia y su boca con suavidad para evitar salivar el piso. Jok tomó la botella casi vacía de Glenlivet de encima de la heladera junto con un vaso de whisky y cruzó el ambiente. Barón siempre a su lado lo acompañó hasta llegar al ventanal, donde lo esperó sentado y expectante hasta que saliera al balcón y le diera el visto bueno con sus ojos para acompañarlo fuera.

Una vez ambos en la íntima terraza, Marco cerró la ventana y apoyó la jugosa carne junto a una reposera playera de tela gastada blanca y azul. El feliz can hizo desaparecer su tentempié con grandes mordidas sosteniendo su presa con sus patas delanteras, mientras Jok quitaba su morral y se sentaba en la cómoda silla mirando directamente hacia afuera. Marco sirvió todo el whisky que quedaba de la botella y estiró los dedos de sus pies sobre el mosaico romano que adornaba el suelo del balcón. Las irregularidades entre piedra y piedra le daban un leve masaje luego del arduo y complejo día. Jok buscaba ciertas uniones de piedras específicas que eran imperfectamente perfectas para un roce placentero. Barón ya había terminado de comer y parecía querer imitar a su amigo disfrutándolo de la misma manera, apoyando todo su cuerpo refregándose con el mosaico a modo de juego y mostrando su sumisión panza arriba. Marco tomó un lento sorbo de su bebida, a la vez que Barón se incorporaba en busca del suyo en su bebedero. Para ambos fue un trago largo y relajante en una noche que finalmente parecía dejarlos solos con sus cabezas y compañías. La silla era lo suficientemente baja como para permitir a Marco estar a la misma altura que su pitbull recostado, alineando perfectamente su mano colgando del brazo de la reposera con la colosal cabeza del can. A pesar de ser un perro viejo ya en sus últimos años de vida, en presencia de Jok Barón se comportaba como un cachorro y sus posturas para quedarse dormido así lo mostraban. Él ya estaba listo para buscar el sueño al lado de su salvador y esperar a que el amanecer los despertara para ir a dar una vuelta juntos.

Jok escuchó al ventanal abrirse y cerrarse detrás de él. El chasquido de un encendedor llamó la atención de Barón, que levantó la cabeza con vigilancia. Una mano se posó sobre el hombro izquierdo de Jok mientras otra tomaba prestado el vaso de whisky de sus manos.

—¿Salís hoy? —se escuchó una voz grave.

—No.

El hombre desnudo se mojó los labios con el whisky y devolvió el vaso ahora con olor a tabaco a Jok. Barón lo miraba fijamente mostrándole sus dientes, con un gruñido casi imperceptible pero amenazante.

—Terrible corte le das de comer a tu perro eh. Qué manjar de carne, es todo un rey. —Jok no contestó—. Me olvidé unas birras en el freezer que tengo que bajar a la heladera antes de que exploten. ¿Querés una?

—No, gracias.

El hombre terminó su cigarrillo en silencio, tiró la colilla por el balcón y dio una palmada a Jok.

—Qué pedazo de animal sos, Barón. Lástima que a veces sos medio malhumorado —comentó el hombre.

—No es malhumorado, sólo que no le gusta que lo jodan ni lo interrumpan. Es muy humano en ese sentido —contestó Jok sin quitar su vista del horizonte—. O algunos humanos somos muy animales en ese sentido.

—Si, pero un perro de este calibre… hay que tener cuidado con esos rayes de personalidad. No sabés para dónde puede tirar, y si justo hay algún extraño cerca...

Jok tomó un trago largo del whisky, vaciando lo que quedaba en el vaso. Normalmente solía rebajarlo con hielo pero esta noche no era normal.

—El mundo se jodió cuando mataron a un perro por morder a una niña y no a un hombre por violarla. Hay que tener cuidado con los rayes que tenemos, más si hay algún extraño cerca —Jok estiró su brazo hacia atrás dando una palmada en la cintura del hombre, que correspondió con una sonrisa. No poseía ni la sobriedad ni el intelecto para seguir conversando.

—Que descanses.

El hombre regresó al departamento, dejando el ventanal abierto. Jok se dio cuenta al no escuchar el sonido del cerrado. Se levantó, lo cerró y volvió a sentarse.

La interrupción ya había pasado y Jok estaba cada vez más relajado mirando el paisaje alrededor y presenciando a la vida manifestarse en una faceta nocturna de mediana calma. Contando las ventanas de los edificios linderos una por una, de tres en tres, de cinco en cinco, de diez en diez. Acariciando a su perro, que yacía a su lado ya dormido. Estimando la velocidad de los autos en base al ruido que percibía de sus motores, estimando la distancia entre las estrellas en base a su separación y luminosidad, nuevamente dejando salir a la matemática que llevaba en su interior y que había tenido que sepultar después de los eventos de hace casi veinte años atrás. Rascando la barbilla de su perro, que sonreía mientras dormía. Viendo las ventanas de los vecinos con luces encendidas imaginando las escenas en su interior, dejando salir la creatividad que siempre lo mantenía ocupado. ¿Por qué soy yo quien plantea estas escenas creativas, divertidas, bizarras y estadísticamente poco probables? ¿Por qué mis redes neuronales interactúan de esa forma para crear esas escenas? ¿Cuáles son los materiales en bruto y qué cosas se suman y multiplican en mi cabeza para lograr un producto nunca antes visto ni imaginado? ¿De dónde provienen estas imágenes, estos guiones creados de la nada? Preguntas que resonaban en la mente de Jok, interrumpiendo sus cuentas e imágenes mentales. Su mente era más poderosa y pisaba más fuerte que lo que entraba por sus ojos. "La inteligencia divirtiéndose", como decía Albert Einstein. "¿O acaso era la inteligencia saboteándose?", dudaba Marco.

Jok recordaba su conversación con Laura y lamentaba no haber podido despedirse de ella como hubiera querido. Había sido la última oportunidad para agradecerle su incondicionalidad, y fue perdida por una mera ofensa debido a temáticas nuevas y particulares que Laura no encontró cómodas ni agradables para conversar. No era costumbre en Laura no entenderlo, y viceversa. Tampoco era costumbre en Marco no estar conforme con su explicación.

Jok metió la mano en su morral revolviendo el fondo con el objetivo de hacer contacto con su pistola Beretta calibre 9 mm. Sintió el frío del armazón y la suavidad del metal con la yema de sus dedos. Cerrando los ojos y posando su cabeza hacia atrás la tomó sin dudar, con dolor pero con una sensación de mucho desahogo. Dejó el morral y posó la pistola sobre sus muslos. Apoyó el vaso de whisky en el piso y, todavía con ojos cerrados, comenzó a recorrer los detalles del arma con sus dedos como ciego familiarizándose con los objetos sintiendo sus partes milímetro a milímetro. Su mente comenzaba a construir la escena que estaba madurando en esa noche estrellada, con un lujo de detalle multisensorial: el contacto del cañón primero con el esmalte de sus dientes delanteros y luego con su lengua, intensificando el gusto amargo a metal nuevo en las papilas gustativas traseras. El eco del aliento rebotando en su garganta y empañando el cuerpo del arma. El cambio de respiraciones automatizadas a respiraciones conscientes contando las últimas inhalaciones y exhalaciones de su vida. La humedad del sudor en su mano ante la aspereza del mango, manteniendo el arma firme debido a la rugosidad de una goma perfectamente diseñada. El leve clic del mecanismo del seguro desactivándose, el sonido más agudo que jamás hubiera escuchado en su vida. El etéreo crujido del gatillo avanzando poco a poco, acompañando a la presión de su dedo sobre el disparador. La explosión del mecanismo de martillado, el golpe, la aceleración y la velocidad. El tronar de la ignición bajando por su esófago. El calor de la bala en el fondo de su garganta y la presión del plomo empujando la carne. El camino del proyectil desgarrando la masa encefálica, violando y mezclando todo fluido a su paso. El seco sonido de la tapa craneal abriendo paso a un agujero de salida. El olor a humo mezclado con sesos, milisegundos después. El zumbido de la bala a la distancia, aminorando su vuelo. Los gritos en el interior del departamento. El silencio, la calma y el descanso afuera. El consuelo de haberlo llevado a cabo, el final de la agonía. La conclusión de facto de las preguntas recurrentes en su cabeza, el retiro por siempre de su mente inquieta, la muerte de la verborragia muda. El calor de su sangre brotando, el frío de su cuerpo vaciándose. El calor de su alma germinando, el frío de su vida apagándose. La silla pintada de rojo, la noche pintada de azul, la vida pintada de negro, la relajación muscular completa. El tiempo detenido, el universo sintetizado en un punto minúsculo.

Marco abrió los ojos. El arma ya se encontraba en su boca, raspando su paladar. Él se mantenía quieto, pensante, pero no dubitativo. Sin darse cuenta, ya habían pasado varios minutos del arma dentro de su cuerpo. Su paladar comenzaba a sangrar levemente por el beso con el cañón, que comenzaba a sudar una mezcla de saliva y sangre. La mezcla comenzaba a deslizarse poco a poco por la Beretta, para luego llegar a sus dedos y mano. Un hilo de líquido terminó llegando hasta el borde de su codo, en donde se empezó a generar una robusta gota. La pequeña brisa veraniega comenzaba a soplar llegando hacia la medianoche, bajando algunos grados del calor agobiante. La gota tonteaba con el viento, pero no con tanta intensidad como para ceder a su baile. El sangrado pasó de leve a mayúsculo, lo suficiente como para que Jok se diera cuenta de ello y ejerciera aún más fuerza con el arma contra la carne de forma masoquista, pensando que de alguna manera extrañaría ese dolor una vez muerto. El caudal de sangre incrementó, causando que la gota terminara ofrendándose al viento y cayendo sobre la cabeza de Barón, que dormía centímetros por debajo de su amo. Barón despertó de manera súbita y, con torpeza, volcó toda el agua de su cuenco. Miró a su dueño con cara de culpa y buscando su perdón, pero se encontró con una escena en la cual él era menos que secundario. Luego de un gran bostezo, Barón intentó cambiar su rol empujando su hocico entre el arma y la boca de Jok, que no pudo hacer frente a su fuerte y voluptuosa mascota y terminó cayendo estrepitosamente hacia atrás, siguiendo al movimiento de la frágil reposera. Marco se quedó inmóvil recostado sobre el piso, recibiendo varios besos de su perro que agitaba la cola con alegría y un poco de curiosidad. Algunos buscando reconfortarlo luego de la caída, otros buscando atención y otros limpiando la sangre mezclada con saliva que había quedado alrededor de sus labios. El arma yacía fuera del alcance de Jok, y Barón volvía a recostarse junto a su dueño.

Marco sintió una vibración en su morral. Sin levantarse del piso metió su mano en el bolsillo secundario y tomó su celular.

—Jokky, compadre. Estoy en veinte minutos.

Pasaron unos segundos y ninguno de los dos habló.

—¿Hola Jok? ¿Hola?

—Si Gus, te escucho —contestó Jok luego de recordar el motivo del llamado.

—¿Qué hacés Marquito querido? Estoy manejando —comentó Gus con voz lejana, hablando en el altavoz del celular.

—¿En cuánto estás? —preguntó Jok con voz cansina.

—En veinte ¿Subo y comemos algo?

—No... no hay nada acá.

—Dale dale, entonces comemos una pizza ahí en la esquina del Axia. Estate abajo en quince. ¡Te conseguí la guitarra de mi hermano!

La strato blanca. No la vende, pero lo puedo convencer si hoy ves que va con vos.

—Gracias, ok después lo vemos. Te dejo que tengo que buscar unos cables y armar la mochila todavía.

—Dale Jokky —replicó Gus.

—Abrazo, ahora nos vemos.

Jok dejó caer el móvil a su lado y giró su cabeza mirando a Barón, que ya estaba nuevamente buscando el sueño. Acarició su barbilla y sonrió. Barón abrió sus ojos y lamió la mano de su dueño. Jok se reincorporó poniéndose de pie, y acomodó la silla en su sitio. Llenó el cuenco de agua nuevamente usando una vieja canilla al borde del balcón.

—Ya estamos a mano, viejo lobo.

Marco entró al departamento, dejando el ventanal lo suficientemente abierto como para que su mascota pudiera moverse libremente. Barón lo siguió con los ojos fijamente, con una mirada que parecía entender lo que su amigo le había comentado. No era una mirada de miedo ni de preocupación, pero si de asimilación de lo que había ocurrido. Su amigo no quería pelear más, y no había nadie que pudiera pagar por su rescate.

Jok estaba en la esquina de su casa esperando a Gus, fumando un cigarrillo y comiendo una empanada que había tomado de la heladera antes de salir. La calle estaba tranquila, sin autos ni peatones. Jok se encontraba distraído mirando las luces de los semáforos titilar, cuando sintió un tirón en su chaqueta.

Jok miró rápidamente hacia atrás pero no vio a nadie. Bajó la mirada y se encontró con un nene de unos cinco o seis años con pelo negro polvoriento, ropa desteñida de varias décadas atrás, ojos rojos y labios secos descascarados. En su mano, un cuchillo de cocina dentado con un plástico de baja calidad como mango.

—Hola amigo. Si, ya te doy.

Jok tomó la mano del chico con agilidad y le hizo arrojar el cuchillo con un movimiento de látigo. Sin soltar al niño tiró su cigarrillo, mordió la empanada y con mucha calma abrió el bolsillo medio de la mochila hurgando en busca de dinero. Notó que el niño no quitaba los ojos de su bocadillo. Jok dejó de hurgar y quitó la empanada de su boca.

—¿Tenés hambre? ¿Querés? —preguntó Jok.

—¡Si! —contestó el pequeño, casi interrumpiendo. Su voz se quebró al hacer contacto visual con los ojos de Marco, con mucho temor y al borde del colapso.

Jok soltó su agarre y cedió lo que quedaba de su refrigerio al niño, que comenzó a devorarlo con velocidad y casi sin pestañear. Entre cada etapa de morder y masticar el niño se detenía a mirar lo que le quedaba por comer, con una mezcla de ansiedad y felicidad. Marco se quedó observándolo por unos instantes. Levantó su mirada y notó un kiosco almacén grande abierto veinticuatro horas, totalmente enrejado con alambres en cuadrícula y con una pequeña apertura por la cual el kiosquero asomaba esperando vender cigarrillos, preservativos y alcohol, lo único que se vendía a esas horas de la noche. Jok se acercó al pequeño espacio entre rejas.

—¿Me das una bolsa de plástico?

—Si. 100 pesos.

Jok metió la mano en su bolsillo y entregó una moneda al kioskero, que procedió a pasarle una bolsa por la ventanilla.

—¿Tenés para pagar con tarjeta?

—Para compras mínimas de dos mil, si —contestó el kiosquero con cara de odiar su turno nocturno.

Marco apoyó su mochila en el piso y abrió todos sus bolsillos. Quitó varios cables, unos atados de cigarrillos, una remera limpia y su billetera e introdujo todo en la bolsa de plástico que recién había comprado. El niño ya había terminado de comer su empanada. Jok se agachó para ponerse a su altura y poder mirarlo cara a cara.

—¿Tenés sed? ¿Querés tomar algo?

—Sí... —contestó el niño con algo de timidez, teniendo en cuenta que ya había comido el refrigerio que le había ofrecido el extraño que segundos antes lo había desarmado con un fugaz movimiento.

Jok se puso nuevamente de pie y se acercó al kioskero.

—¿Me abrís la reja por favor? Quiero comprarte varias cosas que tenés en las góndolas.

—No puedo abrirte. Ya sabés como roban por esta zona —contestó el kioskero.

Jok se dio media vuelta y volvió a enfrentar al niño.

—Agarrá todo lo que quieras y dáselo al señor.

El niño quedó mudo sin entender totalmente lo que el extraño le ofrecía. Jok lo tomó por las axilas y lo levantó del piso, acercándose hacia la ventana del kioskero.

—Dame una mano por favor, agarralo que quiere elegir unas cosas.

El kioskero abrió sus ojos con sorpresa casi con la mitad del cuerpo del niño ya dentro de su local, viéndose prácticamente obligado a ayudarlo a entrar. Supo entender rápidamente lo que estaba pasando y ayudó al niño a caber por la pequeña ventana entre las rejas, primero tomando sus pies, luego protegiendo delicadamente su cara de los bordes oxidados hasta que pudo hacer pie del lado interior del comercio. Segundos después de entrar, el niño se abalanzó hacia los caramelos y alfajores, agarrando lo que podía con sus pequeñas manos y poniendo los artículos sobre el mostrador. Su agitación hacía que varios dulces terminaran en el piso y fueran pisados en sus viajes de ida y vuelta entre las góndolas y la caja. Al kioskero no parecían importarle sus productos dañados, y comenzaba a hacer cuentas con su calculadora. El niño terminó agitado pero satisfecho, alzando las manos al kioskero para que lo ayudara a salir como un bebé queriendo abandonar la cuna. Del lado de la calle, Jok lo ayudó a hacer pie en la vereda.

—Son 8580 pesos con 15.

Jok acercó la tarjeta de crédito al kioskero, que comenzaba a pasarle los productos por la ventana.

—Tomá, abrí bien la mochila —dijo Jok, mientras comenzaba a introducir los productos ante los ojos iluminados del nene—. Cuidala, estuvo mucho tiempo conmigo y nunca me falló.

El kioskero devolvió la tarjeta a Jok, junto con los últimos artículos que quedaban.

—Tomá amigo, no te olvides de esto —el kioskero le pasó una bolsa con varios envases de jugo y paquetes de galletitas—. Con tanto dulce te vas a morir de sed, y hace mucho calor.

—Gracias —le contestaron Jok y el niño al unísono.

Marco y el niño se alejaron del kiosko y volvieron a la esquina en donde se encontraron. Jok se agachó y ayudó al niño a cerrar la mochila, que tenía un peso mayor que el suyo.

—No la sueltes por nada eh.

—No, no. Bueno... se la voy a mostrar a mis hermanitos —contestó el nene con una sonrisa, abriendo un alfajor de chocolate con torpeza. Era la primera vez que lo hacía.

—¡Jok! —se escuchó a lo lejos. Gus estaba a media cuadra asomado por la ventanilla, estacionado en doble fila—. Vamos dale, que se nos hace tarde.

Jok giró para ver desde donde lo llamaba su compañero de banda. El niño se abalanzó hacia él, dándole un fuerte abrazo y colgándose de su cuello. Marco devolvió el abrazo, acariciándole la nuca y apretándole fuerte.

—Cuidá a tus hermanos y no hagas cagadas, que esto recién empieza —Jok se quitó su chaleco negro sin mangas lleno de parches de sus bandas preferidas, se lo puso al niño y le dio un beso en la cabeza.

—Gracias.

El niño se dio media vuelta y se fue corriendo abrazando la mochila, con su nuevo abrigo casi tocando sus rodillas.

Ya en el auto, Gus y Jok se saludaron con un fuerte apretón de manos, seguido de un abrazo.

—¿Y tu mochila? ¿Qué hacés con esta bolsa? —preguntó Gus.

—Nada. Acá tengo todo, con esto me sobra.

—Mirá atrás. Ahí está tu guitarra para hoy. Igual que no se entienda mal, ese no es tu regalo...

—Si, ya sé ya sé —Jok bajó la ventanilla y cerró los ojos—. No necesito ni quiero nada.

—Feliz cumpleaños, amigo.

—Gracias Gus.

—¡Vamos con toda hoy!

—Si. Este es el día en el que los lobos mueren jóvenes.

Los cuatro bajaban por la escalera a paso firme intimidados por la 45 de Rodney que les guiaba el camino metros atrás. En los primeros puestos se escuchaba a Fefo y Adrik discutir sobre una eventual estrategia de salida. Al llegar a la base de la escalera, ambos se dieron vuelta a esperar a que llegaran sus compañeros de banda. El aire abajo ya comenzaba a recuperar el oxígeno que la multitud había absorbido minutos atrás. El ambiente comenzaba a transparentarse y las luces eran cada vez más brillantes. A mitad del recorrido Jok se detuvo para dar un vistazo general al local, haciendo especial énfasis en el metro cuadrado en donde había divisado a la figura por última vez. Con cero probabilidad de que siguiera allí, pero con una inusual atracción que lo hizo mirar de todos modos.

La banda se reagrupó en el pie de la escalera junto a la batería, mientras Jok seguía distraído mirando al resto del Club.

—Bueno muchachos, el mismo plan de siempre: Fefo adelante, el resto dando las estocadas finales a los muñecos que vayan cayendo. ¿Estamos? —comentó Adrik mientras Fefo comenzaba a estirar las articulaciones de sus dedos y su cuello, con movimientos lentos pero profundos.

A efectos bélicos, Fefo era el músculo pesado y más letal del grupo. Su experiencia, potencia y básicos conocimientos de boxeo solían ser suficientes en cualquier esporádica batalla amateur. Varias cicatrices en su cráneo, que se notaban claramente debido a una cabeza totalmente rapada, demostraban que el aprendizaje y la experiencia no habían sido gratis. Era imposible lidiar con él en un uno contra uno y sus rivales aprendían eso en la mayoría de los casos demasiado tarde, recién luego de perder tres o cuatro soldados ante sus facultades. Cuando eso ocurría e intentaban ya sea flanquearlo o comenzar una pelea despareja, la velocidad y estamina de Gus y Marco estaban allí para limpiarle el camino y mantener esa relación de dos puños contra una cara a la vez. Y la ecuación no solía tener más variables que esa: Fefo sabía cómo y dónde pegar, y tenía la eficacia de que cada golpe fuera terminal. Varias quebraduras en sus dedos habían soldado en forma de callos grandes, desproporcionados y lisos, por lo que ya no sufría el dolor de los golpes del hueso contra hueso. Sus articulaciones sufrieron estos cambios y eran limitadas, por lo que su repertorio musical se vio obligado a involucionar desde una guitarra rítmica con potencial a un bajo con ritmos monótonos y básicos. Adrik siempre unos pasos más atrás, sumándose a la trifulca que viera más despareja y con mayor potencial de resultar en una derrota. Su cabeza fría y la distancia privilegiada le permitían ser ese apoyo clave en el momento clave. El plan de guerra era siempre el mismo, con o sin armas, con ventaja o desventaja numérica. Proteger al activo más poderoso e invertir puños y violencia en donde las cosas parecieran tornarse complicadas. Eran años de experiencia de trabajar en equipo.

—Más cerca que nunca hoy, que no va a ser ni mano a mano ni limpio —contestó Fefo caminando hacia el otro lado del escenario. Al llegar allí, comenzó a desenredar las cadenas de metal que se utilizaban para mover los gabinetes Marshall de cuarenta kilos—. Y con lo que nos espera afuera hoy todos con cadenas, que hay que mantener larga distancia sino vamos al piso directo. ¿Estamos?

—No, no estamos —interrumpió Marco de forma desafiante, mirando ahora al resto de la banda mientras Fefo le pasaba una robusta cadena de acero—. Hoy va a ser diferente, salgo yo primero. Conozco muy bien los modos del líder de los *Hellraisers*, y les digo que todo esto puede terminar sin que vuele un golpe.

Todos pusieron cara de desconfianza, a ninguno le parecía gustar la idea ni creían que la solución pudiera ser diplomática, teniendo en cuenta que uno de los integrantes de la banda que los acechaba había sido herido gravemente.

—Denme dos minutos que hablo con él... y apenas les dé la señal activamos. Ya saben, si pegamos primero tenemos la mitad de la batalla ganada... pero tampoco peguemos por pegar.

—Algo me huele raro... pero si decís que puede pasar, entonces te damos esos minutos —replicó Gus—. Igual seamos precavidos, para salir vas a ir último. Estos tipos juegan sucio y tenemos que ver bien cómo están las cosas afuera antes de avanzar y mandarte a un cara a cara.

Marco dudó por unos instantes, pero entendió que no iba a poder llevarles la contra en esa decisión. Sus compañeros ya bastante estaban cediendo ante su propuesta de calma, que era una solución inusual para el grupo.

—Me parece bien. Tampoco nos entreguemos, mantengamos nuestras posiciones lo más que podamos. Compro la idea, sí... pero nadie se mueve sin mi señal.

Todos afirmaron con la cabeza.

Armados, preparados y motivados, Jok y su banda perfilaron hacia el pasillo de entrada al Club. Los rasgos en sus caras cambiaron de relajación post-recital a concentración pre-guerra. No era su primera vez en esta situación, pero sabían que si no alineaban su mente y cuerpo con el momento podría ser la última lid. La preocupación de que un compañero saliera lastimado era mayor que el sentimiento propio de supervivencia, por lo que todos estaban dispuestos a dejar su vida por el otro y a tomar su rol dentro del combate con suma responsabilidad. Cada uno no podía fallar y debía estar preparado para actuar con velocidad pero con mente fría. Las sustancias en sangre comenzaron a disiparse, arrasadas por la adrenalina que los limpiaba buscando aumentar sus chances de supervivencia

Todavía lejos a varios metros de la puerta de entrada, los cuatro ya divisaban una fila de uniformados con pantalones y chaquetas negras sin mangas. Un muchacho alto unos pasos por delante, seguido de dos corpulentos pelilargos de mediana edad, conformaban la primera línea del ejército rival. Con sus chaquetas notablemente más gastadas que las del resto, lucían parches con frases difícilmente legibles pero que fácilmente daban a entender que acusaban ser parte de la vieja escuela de la agrupación. La razón por la cual estaban al frente no era aleatoria, sus rostros de paciencia y tranquilidad mostraban experiencia para entender lo que estaba por venir. Por detrás de ellos un grupo de jóvenes recién salidos de la adolescencia completaba la horda contrincante, que en total triplicaba a la banda de Jok. Los jóvenes eran los que habían presenciado el trazo musical minutos atrás, y los que habían dado la voz de auxilio y venganza a sus superiores. Estos peones se veían más excitados y con sed de venganza, ansiosos por sumarse a la pelea y comenzar a llenar de sangre su camino en la coalición motera. Por el momento reposaban en sus motocicletas norteamericanas nuevas de poco kilometraje, con una actitud altanera y pendenciera. Completaban la escena algunos testigos curiosos que se habían quedado por la zona luego de haber tenido que evacuar el Club, situados lo suficientemente lejos como para no entrometerse con el fuego cruzado.

—¡Ahí está! ¡Dale salí! —se escuchó a un peón gritar desde el fondo de la tropa enemiga.

El líder, con lentes negros y pañuelo gris en su cabello, giró su cabeza hacia la línea de jóvenes y bajó levemente sus gafas, mostrando sus ojos completamente abiertos de forma amenazante. Toda la línea de peones dio medio paso atrás, mirando fijamente al número uno del grupo. El ansioso tragó fuerte, pidió disculpas con una voz que apenas se percibió y se escondió detrás de dos de sus iguales.

—¡Marco! ¡Marco! ¿Seguro que se llama así? —gritó uno de los suboficiales de la primera línea, un verdadero urso de tez indígena con brazos robustos como árboles y ojos a media asta.

—Sí, Torre —contestó el otro suboficial de voz ronca y arenosa, acusando una garganta quebrantada por el tabaco y el alcohol—. Marco, o Paco, o Laco. Algo así.

—¡Marco, se llama Marco! —volvió a gritar el ansioso desde atrás, con una exaltación digna de sustancias químicas en sangre.

El hombre de la voz ronca se acercó hacia el peón y con una bofetada con el revés de la mano eclipsó la mitad de su cara con un sonido seco y doloroso, que lo hizo retroceder hacia el borde de la vereda.

—¡Que te ubiques, pendejo cabrón! —gritó el suboficial con un acento gallego bien marcado.

—¡Marco! —retomó el líder—. Querido Marco... entiendo que tuviste un problema con un miembro de mi agrupación. Te pido que no me hagas perder el tiempo. —El hombre con la voz ronca volvió a posicionarse al lado del líder, escuchándolo con atención y dispuesto a cumplir su responsabilidad de evitar que el mensaje de su rey volviera a ser interrumpido— Ya me arruinaste la noche y me arrastraste a este lugar de mierda... no me obligues a entrar porque va a ser peor lidiar con la histeria del Viejo barriendo tus dientes que con la poca resistencia que me puedas dar vos y tus esbirros. Además... mirá a tu alrededor —El líder abrió sus brazos a la escena, insinuando un contexto favorable para su objetivo—. Si queremos sacarte de ahí, te sacamos. Ahorrame el disgusto por favor.

Marco y su banda no contestaron y tomaron las posiciones finales para emprender su camino a la calle. Apretaron fuerte sus manos sobre las cadenas y, a paso lento pero firme mirando al piso, comenzaron a marchar hacia el enfrentamiento con una sensación de inferioridad e inseguridad pocas veces experimentada en el pasado.

Jok, último en la fila, levantó su mirada observando entre los hombros de sus compañeros metros adelante. No tenía curiosidad por ver lo que le esperaba afuera, sabía que tarde o temprano llegaría a estar cara a cara con el ejército rival. Pero había algo que nuevamente lo incomodaba y que lo hacía anticiparse. Había algo que le subía el mentón, una fuerza que lo hacía mirar más allá de la zona en donde se encontraban los *Hellraisers*. Cruzando la calle, justo en la vereda de enfrente, la figura que lo había atraído minutos antes durante el recital estaba sentada en la silla de plástico de un bar esquinero, nuevamente con una pinta de cerveza a medio tomar en su mano. A pesar de la distancia, esta vez la luz le hacía ver claramente que se trataba de un hombre de unos tempraneros veinticortos años, con una ligera sombra de barba y extremidades largas y flacas. Una vez más el hombre correspondió la mirada de forma penetrante y pestañeó buscando enviar una señal que hiciera evidente que el contacto era a propósito, como ocurrió en el Club.

—J...ok —Marco volvió a escuchar la voz en su cabeza, esta vez más clara y sin contaminación de ruido—. Izqu... Jok... ¡Izquierda!

—¡Izquierda Fefo! —gritó Jok desde el fondo de la fila.

Fefo, unos metros más adelante y ya a un paso de salir del Club, frenó súbitamente ante el grito de alerta de Marco mientras un fierro metálico que buscaba flanquearlo rasguñaba su cabeza. Rápidamente tomó el brazo del agresor, trayéndolo hacia él y aplicándole un puñetazo en la garganta, desactivando el peligro inminente en un segundo. El atacante sucumbió de rodillas tembloroso ante Fefo, que luego lo finiquitó con un rodillazo en la nariz.

Los cuatro dieron varios pasos hacia atrás con la guardia en alta a modo de retirada, mirando hacia los costados cubriendo los flancos mientras otros peones arrastraban al valiente solitario alfil ya inconsciente.

—¡Ey! ¡Ey! —el líder gritó, levantando sus brazos abriendo sus manos en son de paz—. ¡Ya está! Se mandó solo, se mandó solo. Renzo, reteneme a los pibes de una vez, carajo. ¿Qué mierda estás haciendo?

El suboficial gallego, nervioso por complacer a su rey, comenzó a desesperarse haciendo gestos con las manos e intentando ordenar a la tropa con gritos e indicaciones poco claras, mientras Jok y la banda ya se encontraban varios metros dentro del local reorganizándose.

—¿Estás bien Fefo? —preguntó Adrik. Gus caminaba hacia la barra.

—Si, fue un arañazo. Estuvo cerca pero no es nada.

—Nunca estuvimos tan disparejos, muchachos. No creo que nos sirva lo de siempre en esta vuelta —comentó Gus arrojando un trapo que encontró al final de la barra hacia Fefo. El joven bajista secó su herida superficial y le ejerció presión.

—¿Cómo lo viste? —indagó Fefo a Jok. No obtuvo respuesta—. ¡Ey! Que cómo lo viste. ¿Jok?

Jok no contestó, estaba perdido mirando fijamente hacia la figura metros afuera. Después de un primer contacto fallido minutos atrás finalmente pudo entregarle un mensaje que mantuvo vivo a su guerrero más feroz. Ya no era una figura anónima y neutra. Ahora era un extraño que, de alguna manera, los había ayudado. Adrik tomó a

Jok de los hombros, y con un fuerte sacudón intentó hacerlo volver a la realidad.

—Vos nos metiste en esto, así que prestá atención carajo. ¿Qué hacemos?

—Esto es así —interrumpió Fefo, tirando el trapo al piso con desazón e impaciencia—. Salimos de nuevo, pero ahora directo a pelear. Nada de esperar, nada de hablar, ya les dije estos no juegan limpio. No importa lo que hagamos, hoy vamos a tener que embarrarnos sí o sí.

—Bancala, que el plan todavía ni lo aplicamos. Hay que buscar esa tregua, no podemos contra tantos... y menos con estas sorpresas —sugirió sabiamente Gus.

—Sí que podemos. Los pendejos los bajamos rápido siempre y cuando estemos organizados, no saben pelear y están alterados. Salgamos y empecemos a repartir, bien cerca del Club, sin descuidar los flancos —propuso Adrik.

—Esperemos a la cana sino. Mejor una noche en el calabozo que dos semanas en el hospital... o peor —balbuceó Gus.

—No seas ingenuo. Están todos comprados por el Viejo, van a tardar lo que necesiten tardar para que acá corra sangre —respondió Fefo—. Siempre hay más lugar en el hospital que en el calabozo... y vamos a ser muchos ahí afuera.

Los tres seguían debatiendo y teorizando un plan de escape, sin darse cuenta de que Jok seguía sumergido en un estado de trance, inmóvil. Marco comenzó a caminar lentamente hacia afuera, atraído de forma magnética por el ambiente hostil que lo esperaba. Inmersos en su discusión, el resto de los integrantes de la banda notaron el andar de Jok cuando ya era demasiado tarde. Marco se encontraba afuera del local, esta vez solo y a varios metros de su banda. Ya estaba más cerca del líder de los *Hellraisers* que del Club. Sus amigos, no terminando de comprender lo que estaba ocurriendo, comenzaron a correr hacia la entrada.

—¿Qué mierda hacés? ¡Frená Marco!

Por detrás de Jok un grupo de peones entró como estampida al Club, bloqueando la salida de su banda y comenzando una pelea desordenada. Fefo, Adrik y Gus eran ampliamente superados en número, y la velocidad y vehemencia con la cual los peones habían entrado sumado a un pasillo extremadamente angosto los obligó a ir retrocediendo mientras combatían. Los cuerpos se iban apilando a su paso mientras se defendían y reculaban, dificultando aún más un posible avance hacia la puerta en busca de dar apoyo a Jok. La banda no parecía correr peligro ante los inexperimentados miembros novatos de los *Hellraisers*, que conectaban menos de la mitad de los golpes que tiraban, pero su paso estaba totalmente obstaculizado por cuerpos inmóviles desmayados y peones que seguían avanzando con determinación, a veces hasta pisando a sus colegas como alfombras humanas.

Al presenciar el combate desde lejos, la figura tomó lo que quedaba de su cerveza de un trago, se levantó de su silla y se acercó hacia el peón ansioso, que miraba expectante la escena por detrás de sus jefes junto a sus colegas peones de igual y menor rango. Al ver un extraño irrumpir en sus filas, los peones lo sujetaron de sus ropas y comenzaron a increparlo de forma amenazante. La figura mantuvo su postura erguida y, con una serenidad budista, juntó sus manos entrelazando los dedos. Conversó con el peón ansioso en un tono calmado y constante contacto visual. Luego de unos segundos de monólogo el resto de los peones calló sus intimidaciones, hizo un círculo alrededor del extraño y comenzó a prestarle atención, aún sin soltarlo. El relato o historia que estaba comentando los mantuvo expectantes por unos segundos, con sus caras transformándose poco a poco de enojo a preocupación e incomodidad. Logró mantener el foco del grupo en él en vez de en la batalla que se libraba en el Club metros adelante. En uno de los silencios del discurso uno de los peones tomó su teléfono celular y comenzó a escribir de forma apresurada lo que parecía ser un mensaje de texto, pero la figura le llamó la atención convenciéndole de alguna manera que no lo hiciera. A esa altura los peones ya había liberado las ropas de la figura, y ahora eran ellos los que hablaban y preguntaban cosas. La figura daba respuestas extensas y acaloradas pero con un dialecto complejo y rico. Algo raro estaba ocurriendo pero los peones no sabían cómo actuar, el problema parecía superar sus capacidades de acción y organización. El peón ansioso insinuó ir hacia los líderes para comentarles la situación y hasta obtener un consejo, pero la figura lo detuvo con una mano en su hombro y con un mensaje privado en su oído. El peón ansioso miró a sus compañeros, dio varias indicaciones inflando el pecho e improvisando cierta autoridad y con una señal circular apuntando al cielo indicó a todos montar en sus motocicletas. En menos de diez segundos y con estruendosos cantos de pistones metálicos, los peones desaparecieron en fila y a toda velocidad por el fondo de la avenida. El peón ansioso fue el último en partir; la figura se mantuvo verborrágica unos segundos de más particularmente con él aprovechando la privacidad y reteniendo su marcha.

Unos metros más adelante de la zona de salida, el sonido de los motores llamó la atención de la Torre y Renzo, que miraron hacia atrás confundidos con la escena que había quedado: ninguna moto, ningún *Hellraiser*, ningún soldado. Solamente una figura desconocida mirando a sus peones abandonar la batalla sin dar voz de aviso a los veteranos de la agrupación, cruzando a lo lejos todos los semáforos de la avenida en rojo, con una prisa inusual y sin mirar atrás. La figura esbozó una leve sonrisa y, una vez disipado el humo de las llantas quemadas, juntó sus manos por detrás de su espalda y caminó hacia los tres *Hellraisers* que aún no habían entrado en acción. El líder era el único que no lo estaba mirando, mantenía su vista hacia adelante observando a Jok aproximarse hacia la vieja guardia de su agrupación. La figura y Jok llegaron al mismo tiempo a encontrarse con el líder y sus oficiales, pero en flancos opuestos.

—Qué chicos simpáticos que tienen ahí. Mis felicitaciones a sus tutores, mentores y ejemplos de adultos.

Todos, incluyendo al líder y a Jok recién llegado al centro del tablero, miraron al extraño. Nadie emitió un sonido. La voz de la figura acusaba un acento español latinoamericano difícilmente reconocible. Tenía unos tintes particulares de neutralidad y un volumen exageradamente bajo, pero a la vez claro y cristalino. La figura hizo contacto visual con el líder.

—Disculpen mi atrevimiento, pero creo que ya es hora de que vayan a ver a su compañero al hospital. Yo me encargaré de él de aquí en adelante.

El suboficial Renzo cargó su puño derecho y con un movimiento amplio pero muy predecible lanzó un golpe en dirección al mentón de la figura. Con un corto giro de cadera el extraño no sólo esquivó la agresión sino que aprovechó el envión del golpe para aplicar una zancadilla en el pie de apoyo del *Hellraiser*, que terminó cayendo de cara al piso a medio metro de la escena. Renzo se reincorporó al instante, no sin antes dejar un charco de sangre en el pavimento y murmullos de fastidio en el aire. La figura lo miró detenidamente.

—Disculpen mi atrevimiento nuevamente, pero creo que ya es hora de que vayan a ver a su compañero al hospital, y también lleven a este espécimen a arreglar su nariz rota antes de que brote un manantial de sangre. O de vino, si es que pueden oler lo que yo estoy oliendo. Pero bueno, sea cual fuera... cuando baje un poco la hinchazón inicial sucederá, y es altamente probable que suceda en unos minutos.

Con más iniciativa que fe en salir ganador, Renzo insinuó recargar nuevamente su puño pero el líder lo detuvo cruzando su cuerpo con el brazo.

—De acá no se va nadie. ¿Quién mierda sos vos y qué venís a hacer? —increpó el líder de la agrupación motoquera.

—Quien soy es irrelevante, y lo que quiero acá es poder tener un tiempo a solas con el joven. La sincronización no es la mejor, lo sé, pero les garantizo que no puedo esperar a que ustedes resuelvan sus asuntos. Espero sepan comprenderme sin tener que llegar a mayores —replicó la figura.

El líder se quitó las gafas y lo miró detenidamente con los ojos entreabiertos, pensativo. Tomó su teléfono y marcó un número.

—¿Dónde están mis muchachos? —preguntó mientras esperaba que contestaran del otro lado su llamada.

—Van a toda velocidad hacia un hospital equivocado a defender un ataque sorpresa de un grupo rival inexistente. Es probable que la policía llegue antes aquí a que tus piezas de menor valor puedan atender la llamada.

—¿Qué? —el líder seguía esperando que atendieran. La figura parecía impacientarse más y más con las pérdidas de tiempo y explicaciones que le exigía la conversación. Mirando la escena unos metros más atrás, Jok se encontraba sorprendido de finalmente tener a esa persona enigmática tan cerca. Prefirió mantener el silencio y analizar los movimientos y palabras de este individuo tan misterioso que participar.

—Ya, bien —la figura resopló ofuscada ya que se veía obligada a explicarse. Miró las estrellas en dirección norte y luego sur por unos instantes, acarició su corta barba y se acercó unos pasos a la tríada de moteros. Comenzó a caminar alrededor del grupo mientras lo observaban—. Bueno supongo que tengo unos minutos, si. En los libros de texto de psicología, criminalística y otras ciencias o áreas relacionadas se suele categorizar a la manipulación desde el punto de vista ya sea del manipulador o de la manipulación en sí. Pero para entender mejor una manipulación exitosa o fallida, según mi experiencia y parecer, conviene analizarla desde la perspectiva del manipulado. Teniendo en cuenta este punto de vista, existen dos tipos de manipulaciones grupales —La figura terminó su paseo alrededor de los tres moteros, finalmente deteniéndose al lado de Jok pero manteniendo contacto visual con el líder—. Pero perdón, ¡qué estoy diciendo, me corrijo! No necesariamente manipulaciones grupales, individuales también. Es irrelevante el número de objetivos mientras se adapte el nivel intelectual del mensaje a la capacidad receptiva del individuo menos inteligente a manipular, siendo el mensaje lo suficientemente popular —La figura hizo un fugaz guiño de ojo en dirección a Renzo, que pareció no captar del todo la nota. Jok sí lo hizo, pero mantuvo la calma reprimiendo una eventual sonrisa—. Volviendo al tema que nos compete, como les decía, encuentro adecuado dividir los tipos de manipulaciones en dos: las largoplacistas y las cortoplacistas. Tengan en cuenta que el manipulador no siempre es consciente de esta división. Tampoco hace falta que el potencial manipulador sepa sobre esto para llevar a cabo una manipulación exitosa… pero les garantizo que si identifica cómo saciar la sed del potencial manipulado en el momento previo de comenzar su historia, si identifica en qué categoría está... de seguro incrementarán sus chances de éxito.

Un alarido de dolor proveniente del Club interrumpió brevemente el discurso. Los cuerpos apilados en el estrecho pasillo ya cubrían medio metro y los peones todavía habilitados para pelear eran ya unos pocos. La figura y Jok giraron un instante para ver el cuadro y se volvieron.

—Repasemos antes los factores en común. Ambos tipos de manipulaciones tienen una robusta capa interior, un duro núcleo basado en lo mismo: el tiempo, el control y un potencial propósito como enganche. Tiempo que el manipulador desea quitarle al manipulado, pero que el manipulado piensa que en verdad está ganando o ganará. Es la base del engaño. De forma ya sea consciente o subconsciente, el manipulado sabe que en su corta vida no dispone del tiempo para cubrir e interiorizarse en todas las materias que lo rodean. Sin darse cuenta, su instinto de supervivencia lo empuja a pensar que eso desconocido que lo rodea es potencialmente peligroso y que necesita ya sea alejarse, resguardarse o tenerlo bajo control. Este instinto lo motiva a confiar en que el manipulador puede darle una ventaja trabajando para/con él para ayudarlo a gestionar ese tiempo y en consecuencia conocimiento de forma más eficiente y segura. El manipulado confía en que el manipulador es más experto, en que el manipulador tiene buenas intenciones con el fin de un progreso mutuo. Definitivamente prefiere una respuesta proveniente de alguien de forma segura, diestra y concreta, que dudas, incógnitas o faltas de confianza dentro de uno mismo que necesitan de tiempo para ser revertidas o sanadas. Esta ilusión de división de tareas, esta ayuda en la gestión del tiempo, esta ficción tan tentadora y real suena atractiva para el manipulado. Huele a un incremento en sus chances de supervivencia. Si el manipulado fuera omnipresente e inmortal no existiría el manipulador. Y en paralelo, mientras exista el manipulado el manipulador será inmortal. El manipulado supone que el manipulador le ayudará a aprovechar mejor el tiempo y la gestión del conocimiento para, en consecuencia, sobrevivir y poder enfocarse en lo que es más cercano y conocido para el manipulado. El manipulador está dando respuestas rápidas a incógnitas complejas… y lo rápido va a favor del tiempo. Esa familiaridad con lo cercano, esa ganancia de tiempo, esa garantía de supervivencia es "control". Control que el manipulador está ejerciendo sobre el manipulado, y que el manipulado piensa que está ya sea ejerciendo o delegando o compartiendo con el manipulador con confianza. "Confío" en esta persona que tan claramente me muestra el camino. Ambos puntos bien alineados y perfumados conllevan el "propósito". Está en la habilidad del manipulador saber conjugar estos conceptos de forma eficiente o, digamos, real. Es más, la conjugación puede ser tan avanzada y eficiente que hasta el propósito puede ir totalmente en contra de los valores e intereses del manipulado.

—¡Pero calla ya maldito! ¿Y este gilipollas de dónde salió? —Renzo volvió a intentar lastimar al extraño con un golpe espástico, pero esta vez fue Jok quien le aplicó una zancadilla desde atrás apenas iniciado el movimiento de ataque. El suboficial trastabilló pero la Torre logró capturarlo en sus brazos antes de tocar el suelo.

—Hasta acá llegamos —la Torre enfundó un arma y apuntó contra el extraño—. Se acabaron las historias. Tomatelás.

—Ya termino ya termino —contestó la figura señalando con el dedo al agresor, sin sentirse intimidado por la amenaza—, que recién terminamos con el núcleo y no querrás perderte la mejor parte. Por encima de esta capa inicial, y también encontrada en toda manipulación, nos encontramos con una historia bien contada. Con introducción, nudo, desenlace, carga emotiva y detalles: sin una historia bien contada nadie cedería tiempo y control a un manipulador, ni mucho menos inferir un propósito mutuo. Obviamente, la originalidad, estructura, complejidad y atracción de la historia en una manipulación exitosa hace falta que sea proporcional ya sea a la inteligencia del receptor, a la situación contextual-sentimental presente del receptor o a una combinación de ambas. Esta historia debe pensar por el manipulado. El manipulado debe confiar que la historia le está resumiendo un concepto mayor y, de alguna forma, ayudando con su tiempo y entendimiento del mundo que lo rodea. Que entender y seguir esta historia es una buena oportunidad, ya que la historia maneja conceptos mucho más avanzados de lo que el manipulado pueda imaginar o resolver por sí solo. A pesar de todo esto, la profundidad de la ilusión depende más de la percepción de la historia por parte del manipulado que del manipulador. Es muy difícil que el manipulador pueda prever tanto el potencial como el efecto de su historia, su grado depende mucho del manipulado. Así como no hace falta ser primitivo para ser manipulado, tampoco hace falta ser un erudito para manipular —La figura miró a la Torre—. ¿Ya vas a dejar de apuntarme con eso? Con tanto testigo alrededor no creo que sea una buena idea para ti jalar el gatillo. Quizás lo fuera si el que se auto rompió la nariz tuviera el arma en sus manos, ahí sí me preocuparía y pondría en guardia.

La Torre miró a su líder y bajó el arma disgustado luego de verlo asentir con la cabeza. La figura sonrió, a modo de burla imitó el movimiento de cabeza del líder de los *Hellraisers* y continuó su monólogo.

—Es recién en la tercera capa donde podemos comenzar a diferenciar a estos dos grupos que les comentaba en un principio. Las manipulaciones largoplacistas están identificadas con aspiraciones, potencialidad y futuro. Suelen asociarse a un ideal o a una garantía o promesa de un ideal. Son incrementales y mientras más gente participe más grandes terminan siendo, como una bola de nieve cayendo cuesta abajo. Tienen una magia y una mutación que encuentro bellísimas: el manipulado puede evolucionar a manipulador sin darse cuenta. Las manipulaciones largoplacistas sólo pueden perdurar si esta mutación ocurre. Se han hecho populares en las últimas décadas con las viejas y queridas manipulaciones "de propaganda" utilizadas por caracteres de la talla de Hitler o cualquier medio de comunicación imparcial. Por otro lado, las manipulaciones cortoplacistas están identificadas con sentimientos más básicos y puntuales, con acción más presente e instantánea. Con una reacción química más veloz en el cuerpo, con un sentimiento un poco más animal. No hay una aspiración: la respuesta, la devolución debe ser rápida. El manipulado debe ser capaz de casi tocarla, de rozarla con sus dedos. Debe sentir una oportunidad muy cercana y con una carga sentimental lo suficientemente elevada como para no pestañear.

Renzo empujó a un lado a la Torre y a su líder y cargó con vehemencia contra la figura, tomándola del cuello y haciéndola retroceder rápidamente. El extraño aprovechó ese impulso para golpear al agarre de Renzo de abajo hacia arriba, girar sobre sí mismo y posicionarse detrás de él. En unos segundos tomó el brazo de su agresor y lo torció hasta obligarlo a arrodillarse ante él gritando de dolor.

—Se necesitan diferentes capacidades y audiencias para llevar a cabo una manipulación de tal estilo u otro.

Cada vez que Renzo forcejeaba para intentar salirse de la llave la figura ajustaba su agarre torciendo el brazo más y más, intensificando la postura de sumisión y el llanto de aflicción del motero.

—No hay nada que moleste e indigne más al manipulado que le hagan notar que ha sido manipulado. Lo ven como una señal de debilidad, de ser comido vivo por un depredador varios pasos por delante en la cadena alimenticia. Pero no debemos ser tan duros con nosotros mismos cuando esto pasa y nos damos cuenta de ello. Se puede practicar esa consciencia para evitarlo. Estamos intoxicados con ello por repetición. De nuevo, subconsciente o conscientemente. Son actos de puro instinto de supervivencia y en gran medida predecibles. Porque señores, no importa cuánto hemos aprendido y crecido como sociedad y como sujetos con subconsciente y consciente... pero evolutivamente somos nuevos. Necesitaremos de miles de años para alejarnos de nuestro instinto, para erradicarlo. Pensamos que lo hemos hecho, pero dentro nuestro nos mueven las mismas cosas que a nuestros ancestros.

Renzo comenzó a sangrar por la nariz a borbotones. La figura empujó al suboficial hacia sus colegas, que no pudieron sujetarlo causando que vuelva a encontrar el suelo.

—En pocas palabras, todo estaba dado para que tus muchachos nos dejaran tranquilos. En este caso bastó con una historia básica, un conjunto de respuestas básicas a refutos básicos provenientes de intelectos básicos sufriendo una carga emocional elevada, en un contexto de pobrísimo liderazgo que no hizo más que ayudar.

—Voy a quitarte todos los dientes para no tener que escucharte nunca más. Luego te los voy a hacer tragar uno por uno junto con todas tus palabras. Y cuando suelden tus huesos rotos, los callos que se van a formar van a tener tus palabras grabadas y nunca más te vas a olvidar de este día —contestó el líder—. No sé qué es, si tu forma de hablar, si tu aspecto, si tu interrupción, no sé… pero me das ganas de hacerte sufrir. No te voy a dejar ir hasta que recibas toda la tortura que tengo para vos. Seamos mil, seamos tres o sea yo solo.

El sonido de una motocicleta llegando interrumpió el final del discurso de la figura. El peón ansioso, esta vez solitario y más acelerado que cuando había partido minutos antes, bajó sin apagar la máquina y corrió al lado de sus superiores. La figura respiró profundo tomando aire. Tomó una pequeña petaca de alcohol del bolsillo trasero de su pantalón, dio un sorbo y ofreció a los cinco testigos cercanos de la escena. Guardó la petaca en su lugar ante la pasiva negativa de todos.

—Y aquí tenemos al peón que llegó al final del tablero… y retornó vivo como reina. Citando a Nimzovich, y disculpa que no soy un erudito en Alemán, el peón pasado tiene alma, como el hombre, y lo mismo que él, posee aspiraciones dentro de su propio ser, y temores cuya existencia apenas sospecha. No temas, ya has llegado. Tardaste, pero bien por ti muchacho. ¿Cómo te llamas? —comentó el extraño con un tono casi paternal.

—Ya lo sabes bien —El peón hizo un breve silencio pero la figura no contestó—. Me dicen Kaba… —retomó el joven con calma.

—Kaba, de ahora en más únicamente me referiré a ti. En cierto modo te lo has ganado. Se acabaron las explicaciones gratis, Kaba y compañía. Venga, que parecería que hoy la siguiente parada es el hospital, la morgue o el calabozo. Está en vosotros elegir y entender que una de ellas no es una parada.

La figura mezclaba constantemente palabras de español castellano, latinoamericano y otros acentos, lo que sumaba una variable de complejidad e incomodidad aún mayor para los receptores de sus mensajes. El líder ayudó a Renzo a reincorporarse, se quitó la chaqueta y la tiró a un lado. La Torre, Renzo, Kaba y su jefe dieron un paso adelante, preparados para pelear.

—Veo que son muy fieles a su estereotipo. Pero bueno, lo intenté —la figura miró a Jok por sobre su hombro—. Sabes bien que lo intenté...

—Cuatro contra dos. Vaya club de caballeros al que perteneces, dilecto Kaba —comentó la figura dando algunos pasos hacia atrás para recuperar el espacio perdido ante el avance rival. El extraño buscaba en todo momento oportunidades para virar hacia mayores chances de victoria, y Jok lo notaba.

—Nooo, no. Vos sos mío, y sólo mío. Vos y yo tenemos cuentas pendientes —replicó Renzo dando varios pasos delante de sus colegas levantando su guardia. El suboficial pasó a respetar más a su adversario y parecía tomar otros recaudos después de los acontecimientos en el pavimento.

—Kaba, me da fastidio que este señor piense que lo nuestro es personal y que le debo algo. Era Renzo, ¿verdad? La cuenta creo que ya está bastante cerrada. Por favor asegúrate de que su brazo y nariz estén bien —burló la figura, mientras empezaba a danzar en círculos con Renzo, ambos con la guardia en alto—. Yo no voy a pegar primero, ve avisándole. Ya me di por vencido en mi pedido de privacidad con el joven, por lo que tiempo es todo lo que me sobra a mi en este momento.

Renzo se cansó de estudiar a su contrincante y volvió a sus métodos predilectos, avanzando con ímpetu y tirando varios golpes al aire, todos errados. La mitad por la poca visibilidad que la hinchazón y sangre de su nariz rota le causaban y la mitad por los movimientos de esquive que la figura hacía, bailando y flexionando sus rodillas cual boxeador experimentado.

—Kaba, te anticipo un cambio drástico en la matemática de esta batalla. Es mi última advertencia, todavía están a tiempo… —previno el extraño mientras Renzo se cansaba más y más, tirando cada vez menos golpes y buscando aire en cada movimiento.

Antes de terminar su frase, a unos metros la mandíbula de Marco se movió de lado a lado como gelatina, consecuencia de un brutal golpe cruzado de la Torre que violó los códigos de pelea callejera rompiendo el círculo de combate. Jok trastabilló pero pudo mantener el equilibrio y evitar caer. Desde el ángulo opuesto una poderosa embestida tumbó a la Torre, que cayó al piso y comenzó a recibir decenas de golpes en su cara sin darle tiempo a reaccionar o entender lo que estaba ocurriendo. Fefo había sido el primero en liberarse de la batalla de los mil cuerpos y ya estaba dando soporte a su colega y al extraño justiciero que se les había unido, explotando con toda violencia ante el imponente suboficial que había golpeado cobardemente a su amigo. La Torre estaba completamente resquebrajada y en una posición difícil de salir. El líder aprovechó el momento de desorden para ir contra el aturdido Marco, que a pesar de seguir en pie todavía no había logrado reponerse totalmente del flanqueo. Le aplicó un golpe en el abdomen mientras sujetaba su cabello con el objetivo de tomarlo por el cuello. Al ver esto, el extraño rompió su estrategia de no pegar primero y se deshizo de su contrincante golpeándolo en la nariz fuertemente con su codo, en una explosión de sangre y ruido de huesos aún más rotos. La desfiguración en la cara de Renzo ya era considerablemente deformativa, y la sangre de sus heridas lo habían bañado de pies a cabeza. La furia de la figura era contraria a la tranquilidad que había mostrado en sus disertaciones previas; terminó desmayando a Renzo con un golpe de mano abierta directo a la sien más seco que violento.

Justo cuando el extraño se libraba de su batalla y se acercaba a dar ayuda a Jok, en una movida impredecible Kaba estranguló a su líder por el cuello causando que soltara a Marco, en parte por dolor físico y en parte por sorpresa.

—¿Qué hacés pendejo traidor? ¡Soltame! —gritó el líder con la voz limitada por la llave.

Kaba miró a la figura con los ojos completamente abiertos aún comprimiendo el cuello de su líder, dándole a entender que el plan que habían diagramado minutos antes continuaba su marcha y que sus indicaciones iban a ser seguidas a rajatabla. Kaba comenzó a lagrimear y a apretar cada vez más fuerte al cuello de su líder, que con cada segundo que pasaba ofrecía menos resistencia.

El sonido de patrulla de policía irrumpió en la escena, comenzando a sobreponerse a los golpes y gritos de dolor y forcejeo. La figura miró

84

hacia el horizonte de la avenida y divisó las primeras luces de la ley, mezcladas con algunos tintes de ambulancia. El extraño instantáneamente apuró su paso, que hasta ese momento había sido deliberadamente pausado y moroso. Se paró justo en frente del líder.

—Buen trabajo Kaba.

Con dos golpes fugaces y alternados en el borde del cuello, primero durmió velozmente al líder y luego a Kaba, causando que ambos se desvanecieran abrazados sobre el suelo. Metros atrás, Gus y Adrik lograron finalmente liberarse de la hecatombe que se había librado en el pasillo de salida del Club. Llegaron corriendo y se detuvieron al lado de la figura, en una batalla que ya se estaba apagando. La figura los miró por un instante e, imitando su técnica aplicada hacía segundos, durmió ahora a los miembros de banda de Jok. Fefo, levantándose del piso y dejando atrás a una Torre destruida, fue directamente a arrollar a la figura en represalia por su último acto. Con un agache y un hombro aplicado en el milímetro adecuado de la garganta, la figura dejó fuera de combate a Fefo que rodó por el pavimento dada la aceleración que llevaba en su embestida. Su cuerpo se detuvo a los pies de Jok.

En tan solo unos segundos, la batalla como tal quedó desértica transformándose en un duelo. O al menos eso parecía; a esta altura no se entendían claramente las intenciones del extraño, que había demostrado formar parte de un tercer bando clave para la supervivencia de Marco en un principio, pero que ahora lo había puesto cara a cara con él dejando fuera de combate a sus amigos y hasta al peón que se había rebelado siguiendo sus instrucciones. El extraño era ahora una incógnita lo suficientemente hostil como para mantenerse precavido y tenerle cuidado.

Todos los testigos curiosos ya habían abandonado la escena ante el ruido de sirenas aproximándose a lo lejos. Sólo quedaban cuerpos inmóviles, incluyendo los dos que quedaron de pie, y Rodney que caminaba entre los torsos de los peones que habían quedado en el pasillo de su garito, insultando al aire y buscando alguno medianamente consciente para desquitarse con más insultos. La figura caminó entre varios de los cuerpos tanteando piernas y bolsillos. Notó una funda de cuchillo en la pierna izquierda de la Torre, que contenía una navaja con mango de marfil tallada con el logo de la agrupación motera. Con un rápido movimiento la tomó y la reemplazó por otra muy similar en su lugar. Terminó su recorrido llegando a estar cara a cara con Marco.

Una leve brisa tornaba a la calurosa noche de estío más soportable. El vapor saliendo de los cuerpos derribados generaba una película de suave niebla navegando sobre el suelo todo alrededor, causando un fenómeno sumamente único para aquellas temperaturas. Jok y el extraño se encontraban enfrentados con sus cabellos flotando en el viento; el tiempo parecía detenerse. La figura había apagado su furor violento, pero de todos modos mantenía una actitud dominante y una atención extrema. Jok parecía una sombra del extraño; de altura y contextura física similar, espejaba su postura de forma natural. Como había ocurrido en sus encuentros anteriores, el estudio visual y sensorial entre ellos sacaba chispas en la atmósfera.

—Henos aquí, Marco Nnadi segundo. Henos aquí —la figura dio un paso adelante rompiendo el cuadro.

—¿Cómo sabés mi nombre? ¿Qué querés? —Jok dio un pequeño paso atrás. Después de sendos contactos tanto lejanos como cercanos, era obvio que tarde o temprano la figura iba a lograr estar cara a cara con él.

—Muchas preguntas Marco, pero también muchos silencios, miradas fijas y mensajes. Me haces acordar a tu padre —replicó la figura con cierta nostalgia.

—Mi padre murió cuando vos seguro que ni te limpiabas el culo solo, si vas a armar una historia acordate primero de quién tenés enfrente, ¿o acaso olvidaste tus propios monólogos? —Marco elevó el volumen de su voz.

—Es muy difícil que yo me olvide de algo. Para serte sincero ni siquiera sé si es posible, querido Marco —la figura miró al horizonte y divisó a una ambulancia aproximarse a toda velocidad, seguida de una patrulla de policía.

—¿Quién sos y qué querés? ¿Por qué todo esto? —insistió Jok.

—Tú y yo no somos nada diferentes. Lo veo en tus ojos, lo escucho en tus palabras, lo veo en tus actos. Nada diferentes Marco. Lo siento en tus miedos y en tus acciones. Pero son más fuertes que los de tu padre, lo que nos hará vernos varias veces hasta que entiendas quién soy y por qué vengo a cambiar tu vida. Por qué vengo a liberarte y a liberarme.

—¡Ya basta!

Jok rompió las distancias y cargó contra la figura, por más de que sabía que sus probabilidades de lograr conectar un golpe fueran mínimas después de haber presenciado al extraño derrotar a experimentados luchadores casi sin esfuerzo. La figura bloqueó el golpe de Jok tomando su puño con la mano y lo sujetó del cuello de frente, agarrando su nuez y ejerciendo una presión lo suficientemente leve para no lastimarlo pero lo suficientemente fuerte para tenerlo bajo su control. Marco se quedó paralizado del dolor.

—¡Alto al suelo! ¡Los dos! —gritó un oficial de policía bajándose de la primera patrulla que irrumpía en la escena.

La figura soltó a Jok, se puso de rodillas dándole la espalda al oficial y levantó sus manos. El policía tomó su cachiporra y redujo a Jok con un golpe en la espalda.

—¡Alto dije! —gritó el oficial mientras esposaba a Jok.

—¿Qué pasó acá? ¡Gutierrez! Llamame a un par de ambulancias más por favor. Qué gente de mierda por dios... —El camillero de la primera ambulancia en llegar no podía creer el panorama lúgubre que veía— pensé que sólo teníamos que llevar a un par. Este Rodríguez es más estúpido, cómo nos hace laburar...

—¡Rodney! Viejo... ¡aparecé! —exclamó el oficial mientras esposaba al extraño. Jok ya estaba en el piso boca abajo, reducido e inmovilizado.

—Acá estoy —Rodney salió del pasillo del club de forma temerosa, acercándose hacia el oficial.

—¿Qué es todo esto? ¿Vos querés cagarnos el negocio? ¿De verdad son estos dos nada más?

—Si, bueno… fijate que llegaron tarde, fue una batalla campal. Tiros, palos, cadenas, nunca visto. Se escaparon, bajaron todos por Avenida Corrientes, si salen ahora quizás llegan…

—¿Vos pagás la nafta? Olvidate viejo —contestó el conductor de la segunda unidad de policía recién llegada—. Ya te las vas a ver con Rodríguez, tema tuyo. Pero toda esta movida nocturna te va a costar.

Jok entró a la primera patrulla sin ofrecer resistencia. Hizo contacto visual con el extraño, que ya hacía su parte entrando al segundo coche de policía.

—Nos vamos con dos, el resto todos tuyos —el policía le sonrió al camillero, que largó un insulto entre dientes.

—¿Empezó, empezó?

—No, Tita. Vení que los están por leer.

El oficial Barcos acercó una silla de metal a su compañera que se acomodó a su lado en frente de un pequeño televisor de tubo bañado completamente en polvo, con excepción de su rústico botón de encendido. La mugre teñía los colores de la transmisión a un gris plomo, factor en común con el resto de la precaria y abandonada comisaría. Un ventilador de pie con hojas oxidadas era lo único que lograba remover un poco de la suciedad, pero la capa de porquería en cada recoveco era lo suficientemente gruesa como para aferrarse y no volar. Las vestimentas e higiene personal de los empleados de seguridad iban a tono con el ambiente. El calor y las paredes de cemento hacían del entorno aún más claustrofóbico. Las fichas con imágenes en blanco y negro de los delincuentes prófugos de la temporada distribuidas por las paredes eran excusas de los oficiales para mostrarse ocupados más que afiches de búsqueda para lograr capturarlos.

—Te digo que soñé que hoy es mía, Barcos. Son los números que vengo jugando hace diez años y hoy… hoy lo soñé —Tita agarró un pequeño rosario y una estampita de la virgen de su bolsillo delantero—. Si gano no sólo dejo al idiota de mi marido, sino que le pago las tetas nuevas a tu mujer.

—Amén amiga mía, amén. Tomá, tranquilizate —Barcos pasó un mate a Tita, que finiquitó de un sorbo sin quitar los ojos de la pantalla—. Y gracias por lo de las tetas, pero soy un hombre más de culos. Sabés... a fin de cuentas después de un rato las tetas me molestan, como que me estorban. Quizás si fuera una sola y en el medio, pero no sé. Como que se me cruzan en el camino, como que...

—¡Callate, callate que ahí arranca! —Tita interrumpió a su compañero y acercó la silla aún más al televisor.

—... y les recordamos, los números de la lotería nacional de esta semana son: 9... 14... 18... 19... 22... 29... 31... 34... 50... 55 —se escuchó el anuncio en la televisión con voz rasposa debido a la suciedad en las rejillas—. Repetimos: 9, 14, 18, 19, 22, 29, 31, 34, 50, 55.

Tita se quedó en silencio, pálida.

—¿Qué dijo? —preguntó Tita mirando a su compañero.

—Si mi memoria no me falla dijo que salieron 9, 14...

—¡Gané! ¡Hijo de puta gané! A la mierda con todos, ¡Gané!

Tita y Barcos saltaron de sus sillas y se dieron un abrazo mientras botaban en éxtasis.

—¡No me jodas! ¡Mostrame el boleto, el ticket, lo que tengas! —gritó Barcos con extrema felicidad.

Tita hurgó en su bolsillo trasero, tomó un papel arrugado y se lo dio a su compañero sin parar de saltar.

—¡Gané, gané! ¡No lo puedo creer! Policía de mierda, se van todos a la mierda. Vos también Barcos, ¡vos también!

Barcos entendía la alegría de su compañera y reía a carcajadas mientras se ponía sus anteojos de lectura. Se sentó y leyó el papel que Tita le había entregado. Volvió hacia la televisión, observó los números que se desplegaban en pantalla y borró la sonrisa de su cara súbitamente.

—Pará, pará. Que los digan de nuevo... —comentó Barcos en voz baja.

—¿Para qué carajos? Abrí el champagne que sobró de fin de año que mañana lo repongo con el más caro que consiga —contestó Tita con aires de victoria.

—Esperá... —insistió Barcos.

El locutor repetía los números cuando la segunda patrulla que retornaba del Club llegaba a la puerta. De ella bajó primero el oficial de policía, que luego escoltó a la figura esposada hacia el interior de la comisaría.

—Barcos, me fumo un pucho y lo preparo para el calabozo. Ya vengo —El oficial sentó a la figura en un largo banco de madera junto a la pared y salió a fumar por unos instantes. Barcos dio pulgar para arriba a su colega sin quitar los ojos de la televisión. La figura aprovechó el desinterés para balbucear unas palabras en dirección al oficial que lo escoltó, que respondió afirmando con la cabeza con sumo nerviosismo no sin antes asegurarse de que Barcos no lo estuviera mirando.

—Tita… acaban de decir que la lotería queda vacante —afirmó Barcos con cierto temor a la réplica de su compañera.

—¿Vacante? ¿Qué estás diciendo? ¡Son mis números! —Tita tomó el papel de las manos de Barcos y repasó los números rápidamente—. Me quiero morir… no, primero lo quiero matar y después me quiero morir —dijo Tita desplomándose en la silla.

—¿Qué pasó? ¿Ganaste? —preguntó Barcos con timidez.

—¿Vos me estás jodiendo? ¿No escuchaste que quedó vacante? ¡Quedó vacante porque el imbécil de mi marido compró los números equivocados! —Tita saltó de su silla gritando a máximo volumen—. ¡Diez años, Barcos! ¡Diez años esperando esta oportunidad y el estúpido se equivoca justo el día que lo soñé! ¡Me podés explicar qué mierda pasó!

—A ver, pasame ese papel… —comentó Barcos.

—Tomá… pero no lo rompas que lo quiero de prueba para cuando tenga el juicio por el asesinato —Tita devolvió el papel a su compañero, mientras se tomaba la cara sin poder contener las lágrimas. La figura no se movía del banco de madera, posaba su cabeza contra la pared con ojos cerrados.

—Si. Lo que supuse Tita. El problema es que… tus cuatros y tus nueves… se confunden bastante.

—¿Qué decís? Dame eso —Tita arrancó el papel de las manos de Barcos y volvió a leerlo con ansiedad.

—Si Tita. Hagamos esto, traé la denuncia que imprimí hace un rato —Tita fue a su escritorio y tomó el papel donde se encontraba la declaración recién impresa—. Bueno, copiá el primer párrafo a mano donde puedas.

Tita, con mucha furia y molestia, tomó un bolígrafo y copió palabra por palabra lo que leía. Al terminar, entregó el papel a su compañero.

—Qué cagada, si. Mirá esta parte: "...*la víctima persiguió al agresor por cuatro cuadras...*". Veo ese cuatro... y la realidad es que me suena a un cuatro porque ya sabemos los números que salieron en la tele. Pero en verdad leo un nueve... —explicó Barcos mientras simulaba estar escribiendo con el dedo índice los números que comentaba.

—¿Pero vos me estás cargando? ¿Dónde ves un nueve vos? —Tita empujó a su compañero, enojada.

—Lo veo ahí, lo veo ahí... ahí, ahí y especialmente ahí —contestó Barcos señalando todas las ocurrencias ya sea de los cuatros o de los nueves que, en la papeleta escrita a mano por Tita, se veían exactamente iguales.

—Pero vos estás mamado. ¿Ahora la culpa es mía? —Tita acercó el papel a la figura, que presintió que le estaban hablando y abrió sus ojos prestando atención— Mirá flaco, ¿vos ves un cuatro o un nueve?

La figura entrecerró los ojos y leyó atentamente el párrafo manuscrito.

—Si, efectivamente. No es su culpa —contestó la figura.

—¡Já! ¿Viste? No estoy loca... —interrumpió Tita, mirando hacia Barcos.

—No está loca ni es su culpa. Bueno, no sé si es correcto en esta frase el uso de la palabra "culpa". Mejor digamos que "no hay nada que haya podido hacer", que es un poco diferente a no tener culpa —la figura volvió a cerrar los ojos y a posar su cabeza contra la pared.

—¿De qué estás hablando? —preguntó Barcos.

La figura dudó por un momento en contestar y seguir participando de la conversación, pero finalmente se reincorporó abriendo los ojos y mirando a los policías nuevamente.

—En esta época, en esta ciudad, con este empleo y en este horario laboral… permítame inferir que usted ha nacido en un contexto pobre y, estadísticamente, es muy probable que debido a ello muera pobre.

El oficial que lo trajo desde el Club ingresó a la comisaría exhalando el último humo de su cigarrillo, tomó a la figura desde las esposas y caminó junto a ella en dirección al calabozo. El extraño siguió hablando por sobre su hombro.

—Su ortografía desprolija y en general abominable, raíz de una mala educación primaria dado el marco de su familia y suerte, causaron varios años después la confusión de dos números con figuras marcadamente diferentes como un cuatro, que contiene un triángulo, y un nueve, que contiene un círculo. A fin de cuentas, se pierde una fuente de dinero que le hubiera garantizado una estabilidad económica… debido a realidades y factores que ha vivido por su mera condición al nacer. Tiene sentido que le haya pasado a usted. Y a su marido obviamente, que estadísticamente es probable que haya salido de un seno similar sino igual. Y si por las casualidades de la vida su marido hubiera entendido bien su letra y en consecuencia los números… no se estrese en pensar qué hubiera pasado. Porque de alguna u otra manera hubiera dilapidado ese dinero y vuelto a tener que estar haciendo esta guardia en esta comisaría —El oficial que lo estaba escoltando no entendía bien de qué iba el tema, pero tampoco le exigía que no hablara—. Por lo que no, no es su culpa. Usted ya nació con menos oportunidades, por lo que no está en las mismas condiciones que los demás. Y disculpe mi franqueza, señora. Es el mundo de hoy. Es el mundo de siempre.

Barcos se levantó de su silla y con un rápido movimiento con la macana policial dejó sin aire al extraño con un golpe en el estómago. Apagó el televisor y fue a sentarse a su escritorio esquivando la mirada de su compañera. La oficial Tita paró de llorar y se secó las lágrimas con su antebrazo. Volvió a leer su manuscrito detenidamente.

—Es hora de cambiar de números —Tita tomó su ticket de la lotería, negó con la cabeza y lo rompió en varios pedazos que terminaron en el suelo juntándose con el resto de la mugre de todos los días—. Barcos, hacete unos mates que tengo hambre.

—Usted es un sol hermanita, muchas gracias querida.

—Por favor señora Tita, siempre es un placer para las hermanas y toda la parroquia ayudarla ¿me permite pasar a predicar entonces?

Tita ya tenía un buñuelo de papa en su boca que le dificultaba el habla.

—Por supuesto hermana. Ya sabés, a dos metros de distancia de los detenidos y sin hacer contacto. Cualquier cosa gritás y los ubico a golpes.

—La violencia nunca es necesaria ni buena señora Tita. No se preocupe que me voy a cuidar. ¡No se coma todos los buñuelos por favor! Que también son para el señor Barcos y el resto del equipo.

Tita abrió la reja que hacía de entrada al calabozo, un largo pasillo con varias celdas separadas por gruesos barrotes oxidados. Esperó a que la hermana le diera la espalda para guardar todos los buñuelos en su cajonera y así evitar compartirlos con el resto de la comisaría.

De tez blanca como porcelana y una sonrisa siempre amplia y contagiosa, la hermana Atalía comenzó a caminar por el sucio y oscuro pasillo del calabozo ofreciendo presagios religiosos asiduamente aferrada a su biblia, casi tan pesada como ella y tres veces más vieja. Más valiente que alta, la hermana daba todo en cada intento de contacto con los reclusos temporales nocturnos. Era una rutina para ella visitar la comisaría del barrio en cada madrugada buscando aportar, según su creencia, bondad y compasión al mundo. Salvaje a su manera y con mucha motivación, la joven monja no se dejaba intimidar por el entorno de borrachos, rateros y violentos que la rodeaba. Su fe era su escudo protector y su voz su arma.

—Buenas noches hermano, ¿has escuchado ya el mensaje del señor?

Un escupitajo pasó muy cerca del velo de la joven. La hermana no se inmutó y siguió su camino sin mirar atrás.

—Buenas noches hermano, ¿has sentido el poder del señor?

—Si, pero en el culo mientras me sometían dos negros de dos metros cada uno —contestó un hombre recostado contra la pared de la celda número once, seguido de un fuerte eructo.

—¡Ey nena! ¿Te gustaría sentir el verdadero poder entre tus piernas? —gritó un recluso de la celda contigua.

La joven monja no mostró signos de asco ni temor y continuó su marcha religiosamente por el pasillo, mientras las celdas colindantes estallaban de la risa ante los macabros comentarios de los reos.

Más penetraba la hermana el largo pasillo, menos luz y aire había y más olor y sentimiento de encierro. A su vez su inocente perfume de rosas parecía agudizarse con cada paso, llamando la atención de los presos más distraídos. Cada celda que pasaba albergaba detenidos más desagradables y en peor estado de alcoholemia que menos esperanzas de respuesta le daban a la hermana. La batalla de sentidos que generaba su aroma era lo único que lograba unos meros segundos de atención.

Ya casi hacia el final del calabozo, era difícil divisar si las celdas estaban vacías o si había algún detenido ya sea lánguido o durmiendo. La monja, de buen ojo y acostumbrada a noches largas y oscuras de rezos en vela, divisó el fuego de un cigarro cobrando vida en la anteúltima celda. Sin quererlo se acercó más de lo recomendado por la oficial en guardia y se topó con un reo apoyando sus brazos sobre los barrotes mientras despuntaba su vicio. Jok se encontraba tumbado contra la pared en la celda aledaña que finalizaba el calabozo, reposando su codo en la reja y mirando a la monja acercarse al sujeto fumador.

—Buenas noches hermano, ¿conoces la marca del señor? —preguntó la monja con la voz entre quebrada y temerosa, dada la imprevista cercanía con el prisionero.

—Sí, querida hermanita. Claro que conozco y tengo impregnada en fuego la marca de nuestro señor —contestó el extraño, con una voz fácilmente reconocible por Marco.

—Qué hermoso oir eso, hermano. Entonces sabrás que él está aquí en este momento y que nunca te abandonará. ¿Quieres rezar conmigo? —La joven monja se tranquilizó y animó a entablar una conversación con el extraño, que había sido el único que había contestado algo diferente a un insulto.

—Me temo que no estamos hablando del mismo señor, niña —contestó la figura soplando ceniza excedente de su cigarrillo, alejándolo de la niña para no ensuciarla—. También viendo tu túnica y tu libro estoy seguro de que tu definición de *señor* es diferente a la mía. Y, permíteme discrepar, sí que me ha abandonado y no, no está aquí ni ha estado aquí jamás. Él no hace su propio trabajo sucio. O, mejor dicho, jamás podríamos comprender el nivel de suciedad de su trabajo —se ríe mirando hacia el final del calabozo en la celda de Jok—. Bueno… quizás si.

—Mi señor es nuestro señor, ten fé y no lo dudes ni un instante. Entiendo si físicamente lo sientes presente de otra manera, pero es el mismo. El cual su hijo murió por nosotros, por ti y por mi, para y por el perdón de nuestros pecados —replicó la hermana Atalía pisando fuerte con aires de sabiduría, preparando sus armas dogmáticas para seguir dialogando.

—¿Murió por mi? Vaya, eso suena manipulativo. Tu señor… hermana mía... tu señor. Sí, estoy de acuerdo. Es nuestro señor y es el mismo —La figura dio un último largo pitido y apagó su cigarrillo a medio fumar en un barrote de la celda—. La mónada, la unidad: el Uno. El límite de absolutamente todo, el primero antes del inicio y el último antes del final. El sol, incondicional —Lanzó el humo por la nariz mientras hablaba. El aire largado por su voz bailaba con él—. Bueno, no se puede hablar del Uno porque siquiera debatirlo ya es convertirlo en un objeto, lo que implica una separación o división… complicando y violando la esencia de la unidad. El gran creador. El punto… o también el círculo, el centro. El tono musical más puro.

La hermana sonrió tímidamente por la poética definición que había escuchado y se acercó al extraño, que correspondió la sonrisa e hizo contacto visual a pesar de la penumbra. La joven Atalía dio un paso corajudo adelante y tomó al extraño de las manos con fuerza, acomodando antes su biblia bajo el brazo. Las manos masculinas repletas de anillos y surcos yacían con peso muerto en las pequeñas y pulcras manos de la monja, que hacía un esfuerzo por mantenerlas quietas.

—Padre nuestro que estás en los cielos. Santificado sea tu nombre. Venga a nosotros tu…

—¡Pues claro que sí, que venga a nosotros! —interrumpió el extraño. La joven monja se quedó en silencio unos segundos, rió de forma quisquillosa y prosiguió. Las manos del extraño cada vez se sentían menos pesadas.

—Venga a nosotros tu reino. Hágase tu voluntad en la tierra como en el cielo…

—El uno es seguido del dos —interrumpió nuevamente el extraño, suavizando aún más su voz llegando casi a un susurro—. La dualidad. Los dos reinos, la tierra y el cielo. El día y la noche. El sol y la luna, el hombre y la mujer, la vida y la muerte. Los opuestos representados de forma eficiente. Inhalación y exhalación, positivo y negativo, derecha e izquierda, arriba y abajo. El nacimiento del *"otro"*, la otra cara, el binario, la comparación, el método por el cual nuestra mente conoce las cosas. El equilibrio, el tono musical similar una octava más abajo. La línea, su creación uniendo dos puntos.

La hermana Atalía quedó en silencio confundida. No soltó al reo de las manos pero si aligeró la presión. Jok ya se había dado cuenta de que el extraño que se había cruzado en su camino durante la noche era ahora su vecino de celda.

—En el nombre del padre, del hijo y del Espíritu Santo. Amén —La monja terminó su rezo.

—Padre, hijo, Espíritu Santo. El tres, la tríada, el árbol entre el cielo y la tierra. La tercera pata de una mesa proporciona el equilibrio. La solución o el mediador entre el conflicto de pares. Pasado, presente y futuro. Nacimiento, vida y muerte. El triángulo, el primer polígono estable y la definición de la primera superficie. Intervalos de la quinta y su octava, las más bellas armonías de la música además de la propia octava.

—Hermano, disculpe estoy confundida. Dejame seguir con mi oración por favor —interrumpió la joven monja.

—El cuatro es la primera cosa que nace, a partir de dos números dos. La procreación. Símbolo de la Tierra y del mundo natural... por lo que recién aquí entra en juego tu existencia, querida hermana. La base del espacio tridimensional. Fuego, aire, tierra, agua. La división de cuatro estaciones. Toda la materia que podríamos llamar "cotidiana" está formada por protón, neutrón, electrón y electrón-neutrino, cuatro compañeros. Pero no sirve de nada sin el cinco, la vida misma y a la vez el pentáculo. La gracia de dios: los cinco sentidos. La representación de la belleza y a la vez la imperfección. Imperfecto porque le falta muy poco para ser el seis, la semi perfección, la estructura y el orden. Aunque también asociado a los enemigos de dios, porque antecede justo al siguiente número...

La hermana parecía confundida por la sobredosis de información o, según su cara lo expresaba, desinformación. Soltó las manos del extraño y miró fijo al suelo con nervios.

—Llegamos al siete, que es la Virgen. Siempre sola manteniendo poca relación con cualquiera de los otros números... pero a la vez protegiendo y ofreciendo seguridad. Idealismo y sabiduría. Siete fueron sus gozos, pero también siete fueron sus dolores. Siete notas musicales. El cambio de la vida cada siete años: la pérdida de la dentición a los siete años, la pubertad siete años después, la mayoría de edad siete años adelante, la madurez completa, la menopausia luego, las crisis, la vejez. Siete los arcángeles, siete los días de la semana. Perfecto. Crear al mundo en siete días. Por más cómico que suene que haya creado al sol en el séptimo. Pues sin sol... ¿Como existía siquiera el concepto de "día"?

—Bueno bueno, ya basta —la hermana Atalía dio un paso hacia atrás—. Puedo soportar tus historias de números que no sé qué aportan a la oración, pero hermano te pido por favor que no le faltes el respeto a la Virgen. No sigas, evítalo por favor.

—Pero que nadie le ha faltado el respeto a nadie. Recién vamos por el siete, ¿por qué tanta prisa? Yo no tengo otro lugar donde estar, y calculo que si tú estás aquí tampoco. ¡Recién hemos empezado a jugar con los elementos de nuestro señor! Nuestro viaje acaba de empezar...

El extraño acercó su mano lentamente hacia la hermana Atalía buscando nuevamente un contacto físico. La joven monja volvió a acercarse, peinándose un mechón de su cabello suave y lacio como el algodón. Una gota de sudor comenzaba a caer por su mejilla y parecía iluminar cada rincón del calabozo. Entregó su mano con la palma hacia arriba confiando tanto en el hombre que tenía enfrente como en un sentimiento propio inédito sin precedentes. El extraño sonrió agradeciendo el gesto. El roce entre manos comenzó a generar cierta electricidad perceptible sólo por ellos dos.

—Volviendo al uno, al dos y al tres...

La figura comenzó a dibujar círculos y líneas con su índice en la palma de la mano de la mujer, que con esos sutiles contactos se sentía intimidada, incómoda y un poco asustada, pero a la vez interesada y audaz.

—Dibujemos primero un círculo, seguido de una línea horizontal dividiéndolo exáctamente por la mitad. Usemos uno de los puntos donde se cortan estas figuras como el centro de otro círculo. Ahora tenemos dos círculos que se cortan entre sí.

La joven sintió algo inédito mirando a los ojos del extraño, con una atracción que nunca había experimentado en el pasado. Era la primera vez que se encontraba tan cercana a un hombre y de alguna forma sentía una rebeldía particular al estar accediendo al toque de un extraño del sexo opuesto de forma tan sugestiva. La privacidad que le garantizaba tanto la penumbra del calabozo como la nula atención del resto de los detenidos comenzaba a darle mayor tranquilidad, dejándola abrirse a sentimientos nuevos y fogosos de los cuales sólo ella y el destino de sus rezos serían testigos. El extraño devolvió la mirada con una sonrisa y prestó su atención a las manos de la chica, que cada vez se tornaban más húmedas. Jok seguía viendo la escena atentamente y en silencio, como ya lo había hecho en el encuentro con los moteros horas atrás. El extraño le generaba un interés y misticismo tan nuevos que por momentos eran irritantes. A pesar de eso estaba seguro de que la joven no estaba en peligro.

—Si miras con atención luego de trazar estos dos círculos en donde uno pasa por el centro del otro, verás la *vesica piscis* o "vejiga de pez". A menudo se representa a Cristo en el interior de una *vesica*.

La joven monja miró su mano imaginando las figuras que el extraño relataba. Su piel era tan suave e impoluta que las uñas del hombre dejaban leves marcas rojas en ella al pintar las figuras, causándole un dolor lo suficientemente placentero como para dejarlo seguir. El placer masoquista tanto físico como espiritual iba creciendo milímetro a milímetro con cada pequeña herida en su piel.

—Si seguimos la misma idea pero ahora haciendo "caminar" un círculo alrededor de sí mismo, llegamos a este diseño en forma de flor —El extraño dibujó seis círculos rodeando al círculo interior, todos del mismo tamaño y cortándose con su círculo consecuente en el mismo lugar—. Puedes probarlo con vasos, aros, lo que quieras... pero sigue siendo algo precioso. "*Seis alrededor de uno*" es un tema que abre el Antiguo Testamento de la Biblia, con los seis días de la Creación y el séptimo de descanso. Seis son los protones contenidos en el núcleo del Carbono... el material en bruto que sustenta toda la vida.

La monja rompió su tentación carnal con fuerza y dio varios pasos hacia atrás dejando caer su biblia al piso de forma súbita y estruendosa, retumbando con eco en todo el ambiente. Rápidamente se agachó para recuperarla y volvió a mirar al extraño, ahora a varios metros de distancia. La joven estaba notablemente alterada, con una fina capa de sudor que hacía enaltecer su perfecto cutis. Sintió un leve peso desconocido en su dedo anular izquierdo. Sin darse cuenta el extraño le había obsequiado un hermoso anillo plateado con una piedra de esmeralda en el centro, tomándose el atrevimiento de ponérselo en el dedo sin que ella lo notara.

—Igual que el uno genera el seis, el seis genera el doce. Si te lo permiten, cuando vuelvas a tu convento intenta armar varias bolas de masa del mismo tamaño. Verás que en un espacio bidimensional, hacen falta seis para rodear a una bola interior. Y que en un espacio tridimensional hacen falta doce para rodear a esa bola interior. No importa el tamaño de las bolas siempre será igual, siempre darán esos números. Un maestro rodeado de doce discípulos... la historia del Nuevo Testamento.

La hermana comenzó a caminar hacia la salida recitando una oración por lo bajo y haciendo la señal de la cruz de forma repetida y desprolija.

—Y para terminar, mi número favorito. El trece.

Atalía frenó su paso a los pocos metros, dándole la espalda al extraño y abrazando su biblia. La incomodidad que le generaba la historia a la vez exorcizaba algo muy fuerte en su interior.

—La capacidad de regeneración. La metamorfosis, la transformación. La capacidad de mutar infinitamente y experimentar un nuevo universo de realidades y sensaciones, la explosión misma de la conciencia y el empuje extremo de los límites de lo posible e imposible. Poner en jaque todo aprendizaje e historia. La muerte súbita de lo que no creíamos, de lo que elegimos callar. El abrazo a lo nuevo. Dejarse morir... para volver a nacer. La reconfiguración de la naturaleza. Nuestro deseo de abundancia en la cosecha, de fecundidad y buen presagio. El equinoccio de primavera cuando todo vuelve a brotar y la tierra vuelve a darnos de su fruto. Una mera fecha en nuestro calendario, una mera posición de nuestro planeta con respecto al sol. Las festividades que tú llamas "Pascuas"... lo que tú llamas "resurrección". Y todo vuelve a comenzar.

La joven Atalía retomó su camino esta vez corriendo y sumamente conmovida, al borde del llanto. El pasillo del calabozo se sentía más largo con cada zancada.

—Su reino ya está aquí, hermana mía. El reino que junto con todos sus hermosos seres tardó solo siete días en construirse pero que van miles y miles de años de muerte y sufrimiento todos los días, por toda la eternidad. ¡Un reino sin esmero en su fabricación pero con exhaustivo detalle en su defecación! ¡Una semana por una eternidad! ¡Ese es el puto bis de todos los días! ¡Éste es su reino! —gritó el extraño, haciendo que la monja apurara su paso aún más— ¡Y no es fé lo que necesitas para ver que hay cosas más poderosas y misteriosas que rigen hasta lo que tú promulgas! ¡No es fé lo que necesitas para invocar al verdadero creador!

—Y todo este trauma a la pobre chica para dejarnos solos. ¿Quién sos? —preguntó Jok a espaldas del extraño, irrumpiendo una escena que veía apagarse.

—Nunca es un mal momento para dar una buena lección de matemática e invocar a la realidad más pura y objetiva. Y si esa lección ayuda a que por lo menos una persona se sienta un lunar descolorido flotando en la nada, pues aún mejor —La figura giró y se acercó hacia la celda vecina donde se encontraba Jok—. Buenas madrugadas, Marco. Disculpa los imprevistos y las pérdidas de tiempo. Mi nombre es Yura, y es imperioso que nos pongamos a trabajar cuanto antes.

—¿Yura...? No tenés cara de ruso, Yura. Y mucho menos acento de Europa del Este. ¿Me vas a decir cuál es tu verdadero nombre?

El ahora no tan extraño sonrió con fuerza mientras ofrecía un cigarrillo a Marco.

—Son muchos los nombres que me han puesto y tuve a lo largo de mi vida. Yura no es el nombre con el que nací últimamente, no. Pero de todos los que he tenido es de los que más me agrada. Es fuerte, bisilábico... no lo sé, actualmente me apetece llamarme así.

Marco sumaba confusiones a su cabeza mientras negaba el cigarrillo que Yura le estaba convidando. Habían pasado ya varias horas de su primer encuentro con la mirada del extraño que tenía enfrente, pero ahora estaba en un contexto diferente sin escapatoria ni interrupción próxima. Por más de que lo escuchaba, se encontraba en parte distraído en su mente recopilando todas las incógnitas y acciones que necesitaba aclarar. Jok era un hombre ansioso y, como tal, sus pensamientos a veces iban más rápido y desprolijos que la realidad que se cruzaba ante sus ojos. El marco y el tiempo eran los adecuados, pero de todas formas se sentía apresurado y acorralado ante tanta duda. Percibía en paralelo una transparencia y confianza cristalinas por parte de Yura, lo que por momentos polarizaba su incomodidad y lo relajaba. A pesar de estar cruzando las primeras palabras con su compañero de calabozo, algo adentro suyo le hacía sentir que la persona que tenía enfrente era la única que podía darle un motivo a escuchar y prestar atención, a entender. Su forma de hablar sonaba a un constante recital de sinfonías perfectamente compuestas e interpretadas, dijera lo que dijese. Su velocidad y seguridad para contestar era algo que nunca había experimentado en su vida, casi anticipándose y prediciendo sus palabras en cada intervención, siempre al borde de la interrupción.

—Si, tenés razón. Somos parecidos Yura. En lo hinchapelotas que nos tornamos al dar cierto tipo de respuestas, tengo que reconocerlo —Marco se puso de pie y colgó sus brazos en los barrotes que dividían ambas celdas. Con su respuesta vacía y casi banal buscaba quitarse la tensión que le fluía por dentro. Por primera vez en su vida sentía que la persona que tenía enfrente estaba varios pasos por delante de él en lo que iba a decir y en lo que iba a contestar. Ese sentimiento lo obligaba a hacer preguntas básicas, a acortar sus silencios y a apurar sus tiempos de análisis. Se sentía un analfabeto temporal, pero con sed de aprender y conocer un nuevo mundo que intuía se estaba por presentar ante sus ojos—. Si venís siguiéndome, contactándome y, a esta altura, no sé si ayudándome... también calculo que tendrás respuestas para todas mis preguntas, y que tendrás un motivo muy grande para hacer todo lo que has hecho esta noche.

—La única pregunta que deberías estar haciéndote es la que vengo intentando preguntarte hace horas, querido Marco.

Jok intentaba llevar la conversación a su ritmo, pero la figura seguía demostrando que se hablaría a su cadencia y compás.

—¡Querido las pelotas! Pero después de todo... estamos los dos acá porque así vos lo quisiste... y así vos lo lograste. Me es imposible saber desde cuándo en la noche, cómo y qué de todas las cosas que dijiste fueron para llevarnos exactamente a este lugar, pero sí que esto es lo que insinuabas. —Por más que Jok no quería dar el brazo a torcer, entendía que eventualmente la conversación terminaría en tratar todos los puntos que Yura procurara. Las dudas estaban del lado de Marco, las respuestas del lado del extraño. Aún así era consciente de que el poder lo tenía él, que era el buscado.

—Pues bueno, comencemos entonces. ¿Quieres que hable yo o quieres cubrir esas dudas que tanto te inquietan? —Yura se acercó hacia un pequeño lavatorio con apliques de metal maltrechos por la cal y comenzó a quitarse sus anillos uno por uno con extremo cuidado. Cada anillo que se quitaba iba a un bolsillo diferente ya sea de su pantalón o de su chaqueta. Al terminar el extraño y metódico ritual, comenzó a mojarse las manos y la cara—. Yo tengo una pregunta para hacerte, por lo que comienza tú que de seguro tienes más. Ya sabes, tantas interrupciones esta noche no nos han permitido conocernos como planeaba. Mis disculpas por las cuales fui responsable.

—¿Quién sos? —preguntó Marco con zozobra mientras lo observaba refrescarse.

—Es la segunda vez que me lo preguntas en la noche… y si evité darte una respuesta es porque es quizás la pregunta más compleja que pudieras haberme hecho en primera instancia. Y también tiene la respuesta más subjetiva posible. ¿Qué tipo de respuesta buscas específicamente utilizando ese pronombre? —replicó Yura mientras le quitaba la suciedad a los restos de un jabón que parecía pintado por carbón—. Te animo a que preguntes algo más concreto… y que poco a poco, en base a respuestas más objetivas a esas preguntas espero más precisas, puedas armar la respuesta a esa primera incógnita que tienes. Llegando a lo que verdaderamente quieres expresar utilizando ese "quién". Discúlpame que no pueda leer tu interior para entenderlo… y disculpa que no pueda darte una respuesta más directa.

—¿Cómo sabés quién soy? —replicó Marco casi sin dejarlo terminar, cambiando el ángulo de la pregunta sobrepasado por tanta vuelta.

—Conocí a tu padre, ya te lo dije hace unas horas. Él me ha hablado mucho de ti, de lo importante y talentoso que eres. Marco era un hombre de pocas palabras pero muy verborrágico cuando se trataba ya sea de ciencias o de su hijo. Verás, él siempre…

—¡Pará, ya basta pendejo! ¿Cuántos tenés, veinticinco años? ¿Y me venís a hablar de anécdotas de un hombre que murió hace veinte? Dudo que a un tipo como vos se le pueda escapar un detalle tan absurdo. Le estás errando por varios años de vida —interrumpió Jok con un tono molesto y agresivo. Pocas veces alguien había tenido la capacidad de quitarlo de su centro de esa manera.

—Exacto. No lo podrías haber aclarado mejor. No se me podría escapar algo así... y no se me escapa. Porque insisto: conocí a tu padre. No lo intentes comprender basándote en mi juventud física y asociándolo a mis años, no lo comprenderás jamás con tu concepto corriente y usual de vida, de inicio y fin. Porque según lo que tú conoces la vida termina. Y la vida a mi no sólo me sobra, sino que nunca me faltará. Mi vida no acaba ni acabará nunca.

Yura terminó de pulir el jabón logrando una elipse pequeña pero impoluta, sin rastros de suciedad. Recién en ese momento se dispuso a lavar sus manos con profundidad. Hizo una breve pausa abriéndose la braceta de su pantalón mientras se paraba enfrentado a un hueco en el piso que hacía de váter. El ruido agudo de su orina rebotando contra el metal oxidado del inodoro acompañaba la calma. El tiempo que el extraño mantenía el chorro constante era sorprendente. Jok lo miraba confundido y en silencio, analizando sus oraciones palabra por palabra e intentando descifrar cuánto era un acertijo y cuánto era un mensaje real y directo. Muchas de las acciones que había presenciado de la figura en las últimas horas habían sido extrañas, particulares. Marco sentía que Yura no buscaba vacilarlo, pero todo sonaba muy raro y desconocido como para dejar de sospechar y hacer preguntas. Los eventos y situaciones improbables que había vivido esa noche habían tenido a Yura como protagonista, por lo que no estaba preparado para menospreciar y minimizar la realidad que veía y los relatos que escuchaba. Marco hacía esfuerzos por no quedar cruzado en un mar de preguntas tontas, intentando estar a la altura de la circunstancia.

—Dejame atar un par de ideas entonces... ¿Me estás diciendo que venís del pasado? —preguntó Jok con cierto matiz de humor, aunque en verdad esperaba una respuesta lo más seria y concreta posible. Marco sentía que necesitaba mantenerlo al habla, que cada palabra que saliera de su boca daba algún tipo de mensaje subliminal. Aunque a esta altura ya le costaba diferenciar su juicio real de la paranoia.

—No, eso no es ni será posible jamás —Yura contestó subiendo el tono de su voz para superar el eco de la orina en el metal—. Si viniera del pasado lo más probable es que las pestes, gérmenes y enfermedades avanzadas y adaptadas a esta época liquidaran rápidamente a mi organismo inadaptado. O por lo menos no me dejarían estar interactuando con otros seres sin volar en fiebre o luciendo un aspecto físico deplorable —La orina seguía corriendo—.

Lo dichoso es que, si viniera del futuro, eso te estaría pasando a ti. Todas las enfermedades, pestes y organismos futuristas evolucionados que yo trajera conmigo podrían acabar con los seres vivos actuales en un santiamén. Sólo imagínate cuán devastante fue para los nativos americanos en la invasión Europea de las américas. Los microorganismos "invitados" que trajeron los antiguos Europeos, sumada a su religiosa violencia, se cargaron nada más y nada menos que a sesenta millones de locales. Y eso no es nada comparado con lo ocurrido con los Dinódianos hace eones, pero bueno, no es una historia que conocerás jamás. Curiosa la fragilidad que el tiempo y el espacio termina desplegando en todas sus facetas y formas, y curiosos los seres que recorren su camino…

—¿Entonces qué sos, inmortal? —interrumpió Marco, siguiendo con ideas que él pensaba irrisorias pero que, de todas formas, necesitaba descartar.

—No, no soy inmortal. No logro superar la muerte como tal… pero sí volver de ella de forma indeterminada. Aunque todo depende de tu concepto de muerte… —Yura subió su bragueta y comenzó nuevamente a lavarse las manos, esta vez con menos énfasis—. Y de tu concepto de vida. Si asocias la vida a algo físico y concreto ligado totalmente a tu cuerpo entonces no, no soy inmortal. Verás, desde el inicio de los tiempos que vuelvo a nacer, crecer y marchitarme… —contestó Yura, todavía dándole la espalda a Marco.

—¿Desde el inicio de los tiempos? ¿Estás esperando que mi siguiente pregunta sea si sos Jesús, Buda, Lucifer, la muerte, etcétera? —Marco parecía estar mofándose del extraño… aunque seguía buscando respuestas reales por más de que en esa noche la realidad parecía curvarse en cada oración.

—¡Qué gracioso eres! —replicó Yura agitando sus manos para secarse luego de haber terminado. Comenzó a caminar hacia Jok lentamente mientras se ponía de vuelta sus anillos uno por uno con sumo cuidado—. Pero no, no soy ninguno de esos personajes tan pintorescos y heroicos. ¿Verdad que esas historias sí que son buenas, eh? Ya te contaré algunas anécdotas sobre ellas llegado el momento. Siempre y cuando me lo permitas, obviamente.

El hemisferio más racional de Marco lo intentaba convencer de que estaba en presencia de un demente. Siendo un hombre de ciencia no podía darse el lujo de siquiera analizar semejante fábula. Pero había algo que lo mantenía atento y dubitativo. Eran muchas las cosas que lo habían sorprendido ya ese día, y nada le parecía lo suficientemente excéntrico como para ser descartado. Actos y sentimientos de esa noche se estaban presentando con una gama de colores distinta, única.

—Si sigo tirando de la cuerda entonces, básicamente, me estás diciendo que no te podés morir…

—Mi cuerpo es igual de frágil que el tuyo, siento los mismos dolores físicos y mis límites tanto sensoriales como carnales son idénticos a los de una persona común y corriente. Pero mi mente, mi yo, mi experiencia… no sólo vuelve a este mundo una y otra vez, sino que difícilmente olvida todo lo que ha vivido. Reencarno constantemente manteniendo mi conciencia, mi recuerdo y mi razón, por decirlo de alguna manera. Cambiando mi aspecto exterior en cada caso, lamentablemente.

Yura llegó al borde de su celda estando cara a cara con Jok justo en el momento que terminó su última frase. Marco sonrió y dejó escapar una breve carcajada. Un golpe de sobriedad lo hizo dar varios pasos para atrás y dejar de analizar las palabras de Yura. Se acostó en el piso de costado dando la espalda al extraño y cerró los ojos, deteniendo abruptamente la búsqueda de un significado.

—Yo no te puedo creer, quién me vino a cruzar con este loco de mierda…

Pasaban las horas y Marco seguía intentando dormir sin éxito. El calabozo tupido y claustrofóbico era una cumbre por encima de las nubes comparado con el encierro que sufría en su cabeza, repleta de frases e ideas improbables e inconclusas que volvían a surgir. Sentía que su pelea interna era una batalla épica sin precedentes, y no iba a tirar la toalla hasta salir vencedor. Por más de que tuviera que abrir esa batalla a nuevos horizontes, estaba dispuesto a llegar hasta el final.

—Entendé que nunca fue mi estilo creer historias que me cuente cualquiera que se me cruce por delante —Jok irrumpió su bullicio interno con seguridad, apagando las voces en su cabeza y levantándose—. Pero sería algo verdaderamente increíble si fuera verdad... y me gustaría darte la oportunidad de probarlo. Por lo que probámelo: demostrame todo lo que me estás diciendo. He visto lo que has hecho esta noche con tus palabras, por lo cual sería un error basarme en ellas para creerte... pero sería también un error no dejarte, de una vez, que te bases en hechos y no en palabras.

—Es muy curioso, Marco. No me sorprendes —Yura seguía de pie frente a la celda de Jok en el mismo lugar que horas atrás. Esbozó una sonrisa melancólica. Esperaba un planteo de ese estilo— No me sorprendes en absoluto. Tu padre me arrinconó con exactamente el mismo desafío. Con palabras un poco más directas, con ideas más concretas de cómo probarlo, pero a fin de cuentas el mismo concepto.

—Entonces probámelo como decís que se lo probaste a mi padre. Que seguro que me necesitás más de lo que lo necesitabas a él, sino no estarías acá...

—Pues con tu padre siento que hubiera sido más sencillo. Es una lástima que no haya llegado a tiempo y ya no esté aquí —interrumpió Yura haciendo fuerte contacto visual con Marco—. Pero ante tal pedido me gustaría tener en claro antes una cosa: Propósito.

—¿Qué? —contestó Marco, concluyendo que esa palabra había sido la interrumpida por el disparo del Viejo Rodney horas atrás. Era la primera vez en la conversación que Yura cambiaba de tema de forma tan abrupta, pero Jok sentía que de todas maneras tenía que ver con lo que estaban hablando.

—Propósito, Jok. Intenté preguntártelo en el primer encuentro que tuvimos durante tu exagerado y violento episodio en el escenario. ¿Cuál es tu propósito, querido Marco?

—¿Cómo hiciste lo de los ojos? ¿Cómo conectaste de esa manera con mi mirada y cómo me hablaste de esa forma telepática? —Marco recordó ese momento sin explicación racional, viéndose obligado a cambiar súbitamente la línea de la conversación. No podía evitar pensar más en las preguntas que tenía en su cabeza que en armar una respuesta concreta al planteo de Yura.

—Bueno, nada complejo. Un poco aburrido y cliché, pero nada complejo. Todos los seres tenemos la habilidad del contacto o conexión extracorporal con otros seres, de forma consciente o inconsciente. Algunos lo sienten cuando alguien habla o hasta desea el mal de su persona. Otros cuando le ocurre algo a un ser particularmente cercano. Otros cuando un ser emocionalmente dedicado, como una mascota, se encuentra cerca... otros, como tú, cuando los están mirando. Los factores en común son dos: emociones fuertes, negativas o positivas, pero impetuosas... y dos o más seres buscando un sentimiento que solos no pueden reproducir. Que están buscando resolver algo personal con asistencia o apoyo de un contraparte, podríamos decir en una forma de simbiosis emocional. Bueno, dependiendo el caso... esa simbiosis puede ser un parasitismo emocional. En nuestro caso, haber cruzado la mirada ayudó a tener un punto fijo de foco para ese contacto extracorporal: yo buscaba algo, tú buscabas algo. Nada del otro mundo como te decía, todos nacemos con esa habilidad... que dependiendo de los actores puede llegar hasta lograr una conversación sin hablar. En fin, al no ser algo instintivo ni fácil de practicar, se suele perder en los anales de los genes.

—¿Que yo buscaba algo? —interrumpió Jok.

—Ya me comienza a enfadar tu falta de educación, te tenía mejor. ¿Vas a seguir preguntando por encima de mi única pregunta evitando siquiera pensar en una respuesta?

Marco aprovechó la cercanía y guardia baja de Yura y con un movimiento ágil lo tomó por las ropas a la altura de sus hombros. Lo acercó hacia él de un sacudón tocando frente con frente, separados únicamente por los barrotes de las celdas que no estaban lo suficientemente separados como para asomar la cabeza completamente de un lado al otro.

—Propósito. ¿Cuál es tu propósito, Jok? —insistió Yura, sin ofrecer resistencia pero con un tono de voz más fuerte.

—¿Quién sos y qué querés de mí? —contestó Jok con notable agitación ejerciendo más fuerza intentando dar un golpe alfa de autoridad.

Yura torció los brazos de Marco hacia adentro y escapó fácilmente de la llave. Terminó su movimiento tomando a Jok de su pecho, imitando el mismo agarre que antes lo sujetaba pero con el doble de fuerza.

—Te quedas en querer creerlo en vez de querer vivirlo, en vez de querer saberlo. Es por eso que a tu padre pude probárselo y a ti no. Tu padre tenía un propósito, uno robusto y fuerte. Un objetivo, una meta existencial que lo mantenía vivo y con pasión. Era un hombre de fiar —Marco intentó zafarse de la llave pero Yura contrarrestó su movimiento trabando los codos. Luego de varios agites todo siguió de la misma manera—. ¿Sabes cuánto tardó tu padre en entender cuál era su propósito? ¿Sabes lo claro y cristalino que lo tenía? En cambio tú Marco… ¡tú! ¡mírate!

Yura giró el brazo derecho de Marco mostrando la superficie interna del antebrazo hacia arriba, haciendo que se arrodillara de dolor. Los antebrazos de Jok dejaban ver las marcas de otros intentos fallidos por irse del mundo. En cada intento por escapar Yura obligaba al brazo de Jok a rasparse contra los barrotes, causando que la herrumbre de los mismos pintara de rojo las cicatrices que Jok llevaba. Los cortes oblicuos que se había autoinfligido semanas atrás no habían sido lo suficientemente profundos como para causar el sangrado incontrolable que esperaba para acabar con su vida.

—No me creo tus historias... —Jok contestó retorciéndose de dolor mientras sus cicatrices poco a poco volvían a abrirse, mezclando la sangre con el óxido—. Todas esas patrañas son las mismas cartas que jugaste en el club. Toda esa palabrería del tiempo y el control.

—¿Historias? ¿Mis historias? Déjame hablarte de historias, estúpido. Has nacido, aprendido, crecido, fallado, llorado, elegido, defendido, reinventado, procreado, discriminado, mentido, empatizado, todo en base a un juicio que piensas es tuyo y original... pero en verdad está totalmente sesgado por la cualidad única que nos diferencia del total de las demás especies: el creer historias. Muchas de ellas las has heredado sin darte cuenta, por supuesto. Es más, es incorrecto decir siquiera que fueron juicios de tu parte. Muchas de ellas son parte de la cultura y el mundo en el que vives. Pero al bajar cabeza y aceptarlas las has creído al fin. Esa cualidad exclusiva humana que nos caracteriza a ti, a mi, a tu ancestro más lejano. Eso que ha trazado el fundamento puro de nuestra evolución, de nuestra escalada como especie, de nuestra reproducción desmedida cual plaga, de nuestra organización en sociedad: el no necesitar presenciar algo en vivo para creerlo, el no necesitar vivir algo en carne propia para saberlo verdadero. El creer historias. ¿Y eres tú el que quiere marcar el ritmo de las preguntas aquí? Tenlo bien en claro: no es esta celda lo que te priva de tu libertad. Las construcciones en tu cabeza son más duras que ningún otro metal. Tan duras que hasta los genes se estrellan en ellas. A fin de cuentas debes recordar que eres un simio avanzado, no un ángel caído.

Yura empujó a Jok, que chocó fuertemente contra la pared para luego caer al piso.

—Sé que sientes que algo no está bien. No estoy aquí por casualidad, muchacho. Sé que estás cambiando por dentro, que algo te come vivo y que, por más de que pienses que lo sabes bien, no lo sabes verdaderamente. No lo explicas bien porque o no tienes respuesta o no confías en esa explicación —Yura acomodó su chaqueta, que había quedado sumamente arrugada del forcejeo segundos atrás—. Pero a fin de cuentas, a pesar de eso... a pesar de toparte con esas dudas... te congelas. Apagas ese fuego que está naciendo en ti sepultándolo con metros de arena, sin preguntarte por qué lo haces. O peor aún, te lo preguntas... pero te da miedo reinventarte para obtener una respuesta. Eres adicto a las historias pero te da miedo una historia que nunca te han contado, solo porque tiene actores y tramas que no se comparan con tus hábitos de historias. En cambio preguntas banalidades y te quejas, sólo haces eso. El hecho de que tengas la cabeza en el lugar donde la tienes no hace más que quitarte aún más valor. Eres un privilegiado, pero como no aprovechas ese privilegio terminas siendo un cobarde. No logras encontrar satisfacción ni reconfortamiento en nada de lo que haces.

Todo es minúsculo, barato, sencillo. Nada es grande, trascendental, exitoso. Cometes el pecado máximo más atroz que podrías cometer: no tomas acciones en base a tus descubrimientos.

Jok se sentó contra la pared, haciendo gestos de dolor y reposando su cabeza contra el cemento gastado y grumoso.

—¿Mi padre lo valía? —Jok se puso de pie buscando contraatacar aún afligido por el golpe. Necesitaba ganar tiempo en su cabeza para procesar las acusaciones de Yura, y su padre fue lo primero que se le vino en mente—. ¿Vos sabés cómo murió, no? ¿Sabés que se llevó a varios con él?

—Sí, lo sé —contestó Jok, bajando el volumen de su voz y asomándose por los barrotes intentando volver a una conversación tranquila—. Tu padre marcó su destino gracias a mi. Todo lo bueno y lo malo que hizo, por más de que sean totalmente subjetivos esos términos en este caso, fue gracias a mi. Era parte de su propósito. No intentes entenderlo ahora.

—Si no lo valgo entonces quisiera saber qué te motiva a entrometerte en mi vida de esta manera y a hacerme estos planteos delirantes —contestó Marco con un tono desafiante—. Si no lo valiera no te hubieras tomado todas estas molestias. Por más de que la vida te sobre calculo que año tras año, década tras década, cada vez la gente te repele y desagrada más y más, y las relaciones humanas te son indiferentes. Entonces sea quien seas, loco o sano, mortal o inmortal, ¿qué querés de mí?

—Propósito, Marco. Sé los por qué de la falta de tu respuesta. Pero lo más relevante y lo que es una oportunidad para ti: sé cómo encender la llama de tu vida nuevamente. Sé cómo embarcarte en esa búsqueda de tu propósito, sé cómo darte verdaderamente un motivo por el cual estar aquí. Tú solo estás descubriendo los errores y las corrupciones en la trama de las historias que te han contado y que has vivido. Pero una parte tuya sigue escuchando y confiando atenta a los pies del relator, sentado en una alfombra gastada sonriendo y reconfortándote ante una fogata de ensueño, bebiendo un chocolate caliente y aplaudiendo cuando termina cuento tras cuento, para luego irte a dormir con un beso en la mejilla y levantarte al día siguiente sólo para repetir lo mismo una y otra vez.

La propuesta de Yura no movió ni un músculo de Jok. A pesar de lo dramática y misteriosa de la misma y de la sensación inusual que le generaba, el juicio y la acusación del hasta hace unos momentos extraño individuo pesaban menos que la duda existencial que venía arrastrando hace meses. Jok sentía que su mente estaba blindada a cualquier idea o motivación con respecto a las preguntas sin respuesta tatuadas en su interior. No existía en su universo una estela de propósito lo suficientemente tentadora como para mantener su atención por mucho tiempo. No por lo menos que respete los parámetros de realidad que le eran familiares.

Ambos hicieron silencio por unos minutos. Jok se sentó contra la pared y Yura con las piernas cruzadas en el centro de su celda. Las miradas estaban fijas entre ellos, iris contra iris. La tensión alrededor bajaba la temperatura de todo el calabozo y el frío se podía sentir al respirar. El ambiente comenzaba a mutar hacia un frigorífico bajo cero aún más comprimido. El aire se transformaba en estalactitas que cortaban la carne por dentro en cada inhalación. Marco tenía la boca seca, necesitaba de aquella pausa para tranquilizarse y analizar.

—No sé qué hago contestando tus locuras y hablando con vos de igual a igual —Jok intentaba dar la imagen de que buscaba un punto final a la conversación, cuando en verdad esperaba un enfoque distinto por parte de Yura—. Ni confío en ningún tipo de altruismo de tu parte. Rayás la perversión nombrando a mi padre.

Yura se puso de pie y colgó sus brazos en los barrotes de la celda, en el mismo lugar en donde Jok se había puesto horas atrás.

—No es altruismo, claro que no. ¿Acaso tú crees que me gusta tener que hablar contigo o que disfruto de ello? Por cada hora que paso con alguien necesito estar un par de días solo para recuperar mi salud mental. Creeme que lo mío no es altruismo, nada más alejado de la realidad.

El silencio volvió a inundar las últimas celdas del calabozo. Ambos quedaron mirando puntos fijos perdidos en la pared, recordando con nostalgia diferentes escenas de sus vidas. Con cada frase que pasaba

Marco sentía que debía dejar ir sus dudas y lanzarse hacia un panorama que paulatinamente se iba aclarando, aunque los colores eran todavía demasiado oscuros como para ver una pizca de luz. La voz de Yura le brindaba un sentimiento de confianza y verdad, pero regirse por sus sentimientos no seguía las variables que él necesitaba para que una realidad fuera lo suficientemente real.

Yura volvió a buscar a Jok con la mirada.

—Así como te has tomado el atrevimiento de permitirte creerme al definir lo que yo siento por las personas que voy conociendo en mi infinita vida... intenta seguir siendo parte de mi "locura" o de mi "perversión", como tú lo quieras llamar. Aunque sea por un momento, intenta improvisar y meterte en lo que tú piensas es una fantasía desestimable. Intenta meterte por unos instantes en el universo que te estoy contando. Cierra los ojos y convéncete de que es real. Haz el esfuerzo por entrar en mi historia, aunque sea por un instante. Abre tus brazos a los vicios de tu especie.

—¿Qué querés? —Marco no quería seguir discutiendo. Quería dejar de lado de una vez toda la parafernalia que de una forma masoquista también estaba disfrutando.

—¿Estás ahí? ¿Hiciste el esfuerzo de entrar en ese mundo irrisorio que piensas estoy fabulando?

—Sí, qué querés... —Jok decidió seguirle el juego.

—¿Qué ves? ¿Qué preguntas tendrías? De nuevo, no dudes sobre lo que te estoy diciendo. Si todo lo que te estoy contando, que entiendo no crees, fuera real: ¿Qué preguntas te gustaría que te contestara? ¿Qué incógnitas tendrías en una eventual realidad en la cual estuvieras convencido de que lo que te estoy contando es cierto?

—¿Cómo es posible? —susurró Jok luego de varios segundos de reflexión.

—¿Qué? Habla un poco más fuerte. Si no tienes confianza en lo que dices, sigue meditándolo.

—Que cómo es posible... —replicó Jok subiendo el volumen— ¡Cómo es posible que seas siempre una misma persona reencarnada!

—¡Tan sencillo y tan complejo a la vez! ¡Ahí está el Nnadi científico, buscando el por qué de las cosas, el cómo es posible responde mucho más! Buscando los cimientos de la realidad, los por qué y los cómo por delante de cualquier otra incógnita. No te interesa todo lo que pueda contarte de toda una eternidad de vida, prefieres indagar en la búsqueda de esa factibilidad, buscar esa respuesta divina. Esa respuesta te dará la fórmula para luego contestar por ti mismo el resto de las dudas. Una respuesta difícil para hacer sencillas el resto de las dudas. Ciencia pura —Yura sacó un paquete de cigarrillos de su bolsillo trasero. Con asombro notó que se había quedado sin tabaco—. Pues no sé cómo es posible. ¡No lo sé!

—¿Sabés quién lo ha hecho posible? —replicó Jok— ¿Sabes por qué lo ha hecho posible?

Con cada párrafo que compartían Marco parecía estar aprendiendo que necesitaba preguntas específicas para obtener respuestas específicas de su compañero de calabozo. Quizás no específicas todavía, pero sí más relevantes para los cimientos de lo que escuchaba. Yura hurgó en su bolsillo delantero y encontró un cigarrillo huérfano maltrecho, pero completo.

—Sí a la primera pregunta, no a la segunda —Yura encendió su último cigarro—. Y también sé cuál será tu próxima pregunta. Al fin hemos progresado en algo. ¿Quieres el último cigarro?

El quejido de la reja de entrada al calabozo volvió a hacer eco a lo largo del pasillo, rompiendo con la realidad paralela en la cual Yura y Marco estaban flotando.

—¡Guardia! —Yura gritó en dirección al comienzo del calabozo—. ¡Esto aún no ha terminado, recién estamos comenzando!

El sonido de los mocasines rompiendo contra el piso como gotas de agua acompañaba un aroma floral reconocible. Todos los reos presentes parecían moderarse a medida que la fragancia y la velocidad de la caminata incrementaban, acompañando el momento en el que los primeros rayos de luz del alba se asomaban por la minúscula ventana de la esquina superior de la cárcel. La hermana Atalía llegó nuevamente al final del calabozo, esta vez con un olor más penetrante y vivaz que el de horas atrás y un brillo peculiar.

Rápidamente hizo contacto visual con Yura. Con la luz iluminando la mitad de su cara, Yura y Marco quedaron absortos con su belleza. Sus ojos color miel se veían emocionados, haciendo difícil no distraerse al hacer contacto visual. La joven monja era un verdadero deleite de sentidos.

—Hermana... ¿Qué hace aquí? ¿Cómo entró sola?— Yura mostró una preocupación hasta el momento inédita hacia cualquier otra persona. Estiró su mano para volver a tomarla.

—No hay nadie, estaba abierto... solo entré... —contestó Atalía confundida, luego de darse cuenta que era raro que no se hubiera encontrado con ningún obstáculo para volver a ingresar al calabozo. Automáticamente Yura dio varios pasos para atrás, se puso de rodillas y cerró sus ojos.

—Váyase, linda. Ahora. Apúrese...

Las botas del oficial Barcos fueron sonando in crescendo hasta llegar a orillas de la celda de Yura. Detrás de él, una comitiva de uniformados de cuero imposibles de cuantificar venía pisándole los talones. Barcos lucía pálido y temblando con nerviosismo buscaba la llave correcta de la celda de Yura. Hizo un breve contacto visual con Marco y bajó los ojos al piso con vergüenza. El resto de los reos se alejó lo máximo posible de las puertas de sus celdas, pero atentos a la situación.

Barcos abrió la celda de Yura y buscó con desesperación la llave para liberar a Marco. Los vírgenes rayos de luz matutinos sólo iluminaban a la joven monja y a sus manos. El amanecer parecía haberse detenido allí; la tierra no seguía girando.

—¿Quién es Marco? —dijo una voz desconocida, todavía en la penumbra.

Jok dio un paso al frente. Atalía dio un paso atrás asustada, apartándose de la línea de visión del inquiridor.

Por detrás de la sombra pasos a toda velocidad anegaron la celda de Yura, rodeándolo por completo. Yura siguió con su postura sumisa sin ofrecer ningún tipo de resistencia. Recibió un golpe de lleno en la cabeza que lo dejó desmayado en el piso con una herida contundente.

El individuo que había hecho la pregunta dio un paso al frente haciéndose ver.

—Nos vamos, llévense a los tres.

—Sí comisario, ahora mismo.

El comisario Rodríguez fijó su mirada en un Yura ensangrentado que estaba siendo arrastrado hacia la salida por dos hombres, mientras Atalía se hundía en un miedo silencioso acompañando al grupo sumándose como rehén obligada.

—Me recomendaron que no lo dejara hablar... —Rodríguez tomó el último cigarrillo de Yura que yacía todavía prendido y lo finiquitó con una bocanada. Tragó el humo sin dejar salir ni una estela.

No eran horas de la noche para caminar sola por un barrio tan peligroso, y mucho menos para una joven monja. Las cinco cuadras que separaban a la comisaría del convento de Las Hermanas de la Congregación de Nuestro Señor se habían multiplicado. El nuevo camino que tomó la hermana Atalía era un breve recreo de la disciplina y el acatamiento a las reglas que la caracterizaban. Por primera vez en mucho tiempo la joven sentía que la voz en su cabeza era femenina y conocida, de carácter y con suma objetividad. Una voz que le decía que caminara de más, que se perdiera, que conociera nuevas calles y que se planteara nuevos desafíos rompiendo todo precepto aprendido en el pasado. Una tímida voz casi susurrante, que comenzaba a motivarla a buscar el verdadero bien propio, con un amor por la vida irreconocible hasta ese entonces. Una voz que le generaba un hormigueo en el cuerpo, y en la cual le hacía sentir orgullo verse reflejada.

Dada su larga caminata nocturna, fue la última de toda la congregación en volver al convento. La hermana Dina, la segunda más anciana y experimentada de todas las monjas, acostumbraba esperar a sus aprendices en la puerta para obligarlas a liberarse de toda impureza y pecado del mundo exterior, con rezos y frases que imploraban misericordia y perdón. Con una leve barba blanca casi imperceptible por su piel arrugada pero brillante, la hermana Dina era la segunda al mando y de las pocas con la autoridad y la voz para tomar decisiones en la agrupación. Excesivamente exigente con las adolescentes y utilizando métodos de la vieja escuela, estaba dispuesta a mover cielo, tierra y mar para evitar que lo que ella definía como "vicios de la modernidad" tentaran a sus alumnas. Veía a las salidas de voluntariado como fuentes de pecado y de contacto con el mal, como casi toda tarea que no tuviera que ver con incrementar las horas de rezo y el suplicar disculpas. Si de ella dependiera, nadie abandonaría el convento ni siquiera de forma temporal.

—¿Dónde estabas? —Dina completó con una fugaz señal de la cruz.

—Disculpe hermana, me atrasé en mi voluntariado en la comisaría catorce —contestó Atalía replicando la misma señal y cumplimentando con un beso en la mano.

—¿Y por qué venís por ahí, si la comisaría está por el otro lado? —inquirió su superior apuntando hacia el lado opuesto por donde arribó Atalía.

Sin experiencia en mentiras e intimidada por el porte de Dina, la joven monja quedó en silencio mirando al piso.

—Tu biblia... está sucia —Ambas miraron el lomo de la biblia, que se había descosido y ensuciado a raíz del accidente que sufrió minutos atrás en su encuentro con Yura—. Eres la cuarta generación de hermanas de la congregación que tiene el honor de llevar esa preciosa biblia, ¿Y así planeas devolverla a tu hogar? ¿De dónde surge esa falta de respeto? ¿De dónde surge tal egoísmo?

—Pero fue un accidente, disculpe hermana. Verá yo...

—Y tienes el decoro de levantarme la voz e inundar la conversación con mentiras. No quiero escuchar tus excusas, niña. Luego de completar tus responsabilidades diarias de limpieza en la cocina, hoy reemplazarás a la hermana Fabiola en sus tareas de higiene de la matriarca. Y antes de irte a dormir, cincuenta *"Dios te salve María"* y cincuenta *"Padre Nuestro"* en la puerta de mi habitación. Y bien fuerte, que quiero escucharte hasta por encima de mis rezos.

La hermana Atalía asintió, todavía cabizbaja. Se apuró en entrar teniendo en cuenta que dado al castigo impuesto le esperaba una larga madrugada. Todavía desconcertada e iluminada por sus nuevos sentimientos, nada parecía ocupar su cabeza más que el encuentro con Yura. Sin mucho esfuerzo recordaba la conversación palabra por palabra. Cada vez que la voz de Yura se escuchaba en su mente recitando de forma poética el nuevo mundo, un calor penetrante se adueñaba de todo su cuerpo y sus sentidos se afilaban. Cada frase y concepto que volvía a repetir hacía olvidarle pasajes de la biblia que había memorizado durante toda su vida. Su voz interior estaba aprendiendo a hablar, y lo que decía era hermoso y extremadamente complejo. Aquella nueva voz forjaba una personalidad que la estaba enamorando.

—Hermana Atalía, espere —Dina la hizo frenar y voltearse.

—¿Si hermana?

—Mejor que sean cien de cada una. Vete ya.

El convento albergaba un puñado de mujeres de todas las edades dispuestas a donar su única vida a las plegarias y al seguimiento a rajatabla de los lineamientos estrictos de su credo. De los monasterios más antiguos de todo el continente, la arquitectura franciscana medieval teñida por la contaminación vivía suspendida en una burbuja de tiempo que contrastaba con un barrio de edificaciones residenciales y comerciales de finales del siglo XX. Sin instalación eléctrica, la luz de las velas y la cocina a leña eran hábitos obligados en el lugar. Las monjas de *verdadera orden*, como las cabecillas se auto denominaron durante siglos, habían logrado vencer a gigantes inmobiliarios y asiduos gobiernos manteniendo el terreno intacto con algunas excepciones de reformas por deterioros inevitables. El aguerrido e inquebrantable liderazgo de las jefas se hacía notar en los pasillos del convento: existía una delgada línea entre el respeto y el miedo. Como consecuencia, en las últimas décadas las barracas de las monjas aprendices se veían cada vez más vacías, mostrando que las formas y rutinas de la *verdadera orden* no lograban sembrar semilla en la mente de las nuevas generaciones. Perdiendo batallas año tras año ante un estilo de vida moderno que era más fresco que las viejas partituras adoctrinadas por la *verdadera orden*, nunca se cambiaron los métodos ni la forma de interpretar sus mensajes. La exégesis heredada de los textos sagrados de las fundadoras había creado un ecosistema de ortodoxia extrema que, dada la realidad del resto de la ciudad, costaba calar en las nuevas prospectas. Las pocas que sí se sumaban a la hermandad, en la mayoría de los casos escapando de una vida traumática, estaban involucradas en un ciento por ciento con la misión. Las monjas líderes promulgaban que el mundo estaba corrupto y que las habitantes del convento eran las únicas cuerdas, por más de que los cuartos vacíos siguieran multiplicándose repitiendo el eco del silencio y exponiendo sus viejos colchones devorados por polillas.

Ayudar a la matriarca solía ser el privilegio para unas pocas, una tarea envidiable dentro de las escasas alternativas que existían para romper la rutina en el convento. Pero desde la senilidad y consecuente pérdida de control de esfínteres de la primera al mando, la labor dejó de ser un beneficio para convertirse en una desagradable sanción. Sólo bastaba con notar lo difícil que era quitar las manchas de la túnica luego de desvestir, transportar, higienizar, secar y volver a vestir a la decrépita monja. Atalía llevaba ya más de quince minutos fregando el volado de su pollera, sin lograr volver al blanco impoluto de sus bordes. Sólo en casos así de extremos se les permitía higienizarse de esa manera. Las hermanas acostumbraban lavar sus túnicas una vez por mes, justo al día siguiente de la terminación del período de sangrado menstrual. No por un tema de higiene, sino por una costumbre de respeto y pulcritud ante el Señor. Las ancianas ya entradas en la menopausia no solían siquiera cambiar sus túnicas durante años, como símbolo aún más profundo del compromiso con su causa. Atalía se dio por vencida en su intento de quitar las manchas de excremento de su jefa, condenada a vestir su túnica descolorida como símbolo por su falta.

Dadas las horas de madrugada, las tareas extra y el hecho de que había sido la última de las hermanas en regresar de su voluntariado, Atalía iba a poder gozar de un momento de privacidad en el baño sin ser interrumpida por la siguiente en línea. Esa noche no hizo falta calentar la olla con agua, ya que la temperatura ambiente era lo suficientemente agradable como para darse un baño con el agua directamente del pozo. Hacía ya varias décadas que las monjas fundadoras de la *verdadera orden* habían retirado todo espejo y cristal claro del convento por miedo a promover el narcisismo y el pecado carnal en sus mujeres. La joven monja solía tapar el desagüe con un pañuelo para llenar el lavamanos de agua y así poder verse reflejada en algún lado. Atalía quitó su velo y miró fijo al agua. El goteo infinito de la canilla antigua y descalibrada nunca permitía que el espejismo se viera estático, pero a pesar de eso aquella vez percibía que la imagen se veía más borrosa que de costumbre. Atalía había descubierto que su parámetro de nitidez era mucho más nebuloso del cual podía aspirar, que había un mundo bello y puro más allá. No hacía falta verlo, no hacía falta presenciarlo. Era un mundo que se pintaba a través de preguntas y de dudas hacia absolutamente todo lo que pensaba y le habían enseñado como real y factual. La simple ignorancia de no conocer las respuestas a sus nuevas incógnitas era suficiente fundamento para saber que las mismas eran bellas y humildes.

La joven monja agarró un cuchillo para pelar fruta del bolsillo derecho de su túnica, que minutos antes había podido tomar prestado en sus labores de cocina. Del bolsillo izquierdo tomó un gran lingote blanco de jabón de ropa que había birlado de la despensa. Tarareando por lo bajo melodías de misa, comenzó a cortar cuidadosamente varias formas irregulares de jabón. Algunas las desechaba directamente en el inodoro, otras las pulía y perfeccionaba intentando lograr varias piezas esféricas iguales. Al cabo de unos minutos logró hacerse con trece perlas blancas de perfecto tamaño, lisas y suaves. Su experiencia confeccionando rosarios de madera y sus parvas manos de niña habían ayudado a que las perlas fueran lo suficientemente pequeñas para caber en sus dos manos. Comenzó a jugar con las formas y las posiciones aprovechando que el jabón comenzaba a derretirse y fundirse en sus palmas, logrando estructuras más complejas con las uniones de las perlas. Luego de varios intentos logró emular la forma que Yura le había relatado horas atrás en el calabozo. Doce bolas alrededor de una. El golpe de ver en vivo la demostración de tal figura fue muy emocionante para ella. El hecho de haber podido construirla de forma independiente, tocarla y demostrar que era real le generaba una sensación nueva y serena. Ver la exactitud manifestada fue un golpe de sobriedad en una vida embriagada de historias. Atalía rió con dulzura y dejó caer las trece perlas fusionadas en su improvisado espejo de agua. Segundo tras segundo sus lágrimas empezaban a mezclarse con el agua que la miraba desde abajo, mientras todo comenzaba a teñirse de blanco por la licuación de los jabones en su fondo. El único testigo de su artesanía terminó por devorar los jabones en cuestión de minutos, reencarnando a un blanco seda de donde rebotaba toda luz negando el espejo. Sus lágrimas se detuvieron resultando en un lienzo blanco como la leche. La joven nunca antes se había visto tan bonita en un reflejo.

Salió de la ducha sin siquiera recordar si el agua había tocado su cuerpo o no, la limpieza era en otro espectro. Camino al cuarto de la hermana Dina luego del baño más refrescante de toda su vida, la joven Atalía no podía evitar pensar en todo lo que había vivido esa noche. Se encontraba confundida; la sensación de encierro que la atormentaba en ese momento era mucho más agobiante que el calabozo en el cual había estado predicando horas atrás. Sentía una claustrofobia que, casi descompuesta, la obligó a aminorar su paso y apoyarse contra la pared de piedra que acompañaba su camino. Las rocas que la componían eran lo suficientemente frías como para lograr una agradable temperatura en verano pero un crudo frío en invierno. La joven posó su cara contra las polvorientas piedras buscando templar su frente para recuperarse, pero no lo lograba. La comisaría y el convento parecían haber cambiado sus roles de prisión y hogar. El convento donde conoció a Yura albergando realidad y sentimientos nuevos cada vez tenía más presencia en su cabeza que la cárcel de historias, penitencia y sufrimiento en la que vivía. De forma repentina su pecho comenzó a cerrarse y el sentimiento de privación de libertad se intensificó. Con cada bocanada de aire el recuerdo de la celda de Yura se iluminaba más y el largo pasillo del convento se hacía más angosto. A duras penas pudo arrastrarse hasta la entrada de la habitación de Dina, ponerse de rodillas y dar dos golpes a la puerta de madera. Los mismos se sintieron como arañazos.

—Al fin, niña. Comienza —se escuchó del otro lado con antipatía e impaciencia.

Se hizo silencio. Atalía seguía de rodillas, temblando, paralizada sin poder emitir un sonido. Su prisión se había materializado en ataduras de pies y manos y en una venda en su boca. La luz de la luna creaba una sombra perfecta en el piso que tambaleaba con cada esfuerzo por recordar el primer verso de la oración y romper la pausa. El olor a cuero viejo mezclado con tierra no hacía más que empeorar la situación.

—¡No escucho!

—Dios te salve María… —comenzó la joven haciendo un esfuerzo abismal por recordar las palabras que más veces había repetido en su vida, pero que parecían nunca haber existido.

La parálisis de Atalía se intensificó hacia un nudo en la garganta. Las náuseas comenzaron a apoderarse de su cuerpo. Lo único inmaculado era su mente, pero se encontraba en otro sitio. Fuera donde estuviese, ya había logrado sabotear su memoria y su oración y abrazarse a su nueva conciencia.

—¿Niña?

—… llena eres de gracia —Su voz sonaba quebrada y ya dejaba en evidencia que algo andaba mal.

Atalía hacía esfuerzos enormes por seguir, pero su nuevo yo hablaba otro idioma y rezaba otras lenguas. Los sentimientos libidinosos comenzaron a quemar sus manos, justo en las zonas que habían tenido contacto con el extraño horas atrás. El fuego empezó a subir por sus brazos hasta llegar a sus pechos. Sus muslos comenzaron a contraerse. El hecho de que dios permitiera aquella lujuria carnal la crucificaban.

—¿Niña? ¡Niña!

La joven monja abrió fuerte sus ojos librándose repentinamente de su parálisis. Se puso de pie y comenzó a correr en dirección a las escaleras que conectaban su pabellón con el principal de las hermanas de mayor rango, y el pabellón principal con las torres y las capillas que rodeaban al convento.

No sabía hacia dónde ni para qué, pero Atalía no paraba de correr. Con cada metro que pasaba lograba subir el vértigo y la intensidad de su liberación. Pateó sus mocasines hacia un lado para evitar seguir haciendo tanto ruido. Luego de subir cientos de escalones de una torre que nunca había recorrido antes, logró perderse de vista y sonido del resto de las hermanas que comenzaban a asomarse por los pasillos perplejas por el alboroto a altas horas de la madrugada. Finalmente encontró una puerta entreabierta e ingresó buscando un escondite temporal.

La planta a la que había accedido no había albergado vida humana hacía décadas. El pequeño cuarto cuadrangular en el cual se refugiaba estaba completamente vacío, con excepción de un reclinatorio para rezar y una gran cruz de madera colgada de la pared. Crucificado en la cruz, un Cristo de hierro oscuro con los pies brillantes claros desgastados por incontables besos mostraban que varias hermanas habían rezado y vivido allí por mucho tiempo. La estructura del reclinatorio se veía al borde del colapso deteriorada por las termitas y la erosión natural de décadas. Tanto el piso como las paredes eran de una piedra aún más antigua y menos trabajada que la del resto del convento, como si ese cuarto olvidado hubiera formado parte de los cimientos de la edificación cientos de años atrás. Entre las piedras, la tierra y el polvo acumulados que no albergaban ningún tipo de vida se generaba un olor sucio constante.

Atalía se acurrucó en un rincón en posición fetal y echó a llorar como nunca antes. Era un llanto en parte culposo y en parte liberador. La tendencia a la culpabilidad, al escape del enfrentamiento y al cementado de la duda con vigas de acero de silencio y abnegación parecían debilitarse con cada minuto que pasaba. Aún no podía recordar los versos de las oraciones que había aprendido desde niña, pero no estaba ejerciendo ningún tipo de esfuerzo para hacerlo. Estaba obsesionada por recordar los sentimientos que sabía habían ocurrido en el calabozo horas atrás, pero que podía repetir por sí misma a cuentagotas. El toque del extraño había dejado marcas en su mente, algunas de las cuales se convencía que eran transgresoras pero igual así las quería revivir. Sentía la caricia a su alma aún más erótica que la caricia a sus manos. Después de varios minutos de intentarlo, pudo divisar la cara del extraño en su cabeza. Su sonrisa, el tono de su voz, el hilado de sus frases. Gradualmente a través de su recuerdo multisensorial logró abstraerse de su realidad física y escapar de ese cuarto para encontrarse a solas con la imagen del prisionero y la voz de su conciencia. Poco a poco su corazón fue latiendo más lento y su cuerpo relajándose.

Un ruido de pasos sigilosos la sacó de su trance súbitamente. La puerta comenzó a crujir mientras un resplandor de luz de vela se asomaba por la rendija. La misma comenzó a abrirse despacio. Atalía se reincorporó, secó sus lágrimas y en unos segundos dio la espalda a la puerta arrodillándose en el reclinatorio. Cerró sus ojos, juntó sus manos y comenzó a balbucear por lo bajo frases inentendibles imitando un rezo e intentando disimular su pesar. Un destello en el fondo de su retina le hacía notar que la luz de la vela ya estaba en la habitación y se había detenido justo detrás de ella. La joven sabía que las monjas no podían tocarse ni llamarse la atención en medio de un rezo y mucho menos en un reclinatorio, por lo que Atalía decidió quedarse inmóvil hasta que la luz desapareciera. La madera resquebrajada del reclinatorio comenzaba a hacerle daño en su piel.

Luego de unos minutos volvió la oscuridad. Finos rayos de luz de la luna se colaban por un óculo posicionado justo por encima del crucifijo, por lo que se podían notar las siluetas fácilmente. El tinte del vidrio de la ventana teñía el ambiente de un tenue azul oscuro. Atalía abrió sus ojos e intensificó sus sentidos buscando una presencia en el cuarto. Luego de no sentir nada respiró hondo y volvió a quebrarse, esta vez llorando tendido con lamentos desesperados. Una mano se posó sobre ella. Tomada por sorpresa, Atalía se echó a un lado hacia un rincón. Con lenguaje de señas, la monja que había irrumpido en la habitación pidió disculpas y saludó a Atalía.

—Hola —contestó Atalía tanto de forma oral como con sus manos.

La tímida Eva, con una leve sonrisa nerviosa y sin hacer contacto visual, volvió a comunicarse con signos varios pidiendo disculpas avergonzada por haber causado tal susto. En la revuelta de Atalía hacia el cuarto, y ayudada por su gran sentido de la vista agudizado por su casi nula exposición a la luz natural, Eva la había divisado subir las escaleras hasta el pasillo vacío. Sordomuda de nacimiento, no tenía ni dos meses de vida cuando fue abandonada en las puertas del convento arropada en una manta. Era de las pocas que había vivido toda su vida dentro de la comunidad sin tener contacto alguno con el exterior, ni siquiera por algún tipo de voluntariado o para recibir víveres. La sobreprotección que tanto la matriarca como la hermana Dina ejercían sobre ella era más abrumadora que con cualquier otra, ya que la veían un ser vulnerable a la civilización que vivía puertas afuera. Dina sabía lenguaje de señas gracias a una de sus mentoras que había fallecido décadas atrás, por lo que era la única que podía comunicarse de forma fluida con ella. La única razón por la cual Eva también lo sabía era porque Dina se lo había enseñado exclusivamente por y para el rezo, lo que hacía que su repertorio fuera bastante acotado. Comunicarse con el resto de sus hermanas no era una necesidad, por lo que Dina en ningún momento siquiera insinuó con expandir sus conocimientos al resto de la congregación. Todo lo relacionado con nuevos mundos, sean físicos, artísticos o lingüísticos, era censurado por las dictadoras de la *verdadera orden*. Si el oficio o habilidad a aprender no servía para la autosuficiencia de la comunidad ya sea a través de tareas de cocina, limpieza, confección o rezo, entonces debía ser exterminado de raíz. Con los años Eva pudo aprender a leer los labios, pero su autodidactismo la hacía casi una analfabeta. Atalía improvisaba lo que podía en base a su intuición.

—Dejame sola, hermana. Por favor.

Aún con lágrimas en los ojos, Atalía rogó por privacidad. La tristeza se sintió en la cara de la hermana Eva que, de cuclillas, se acercó a Atalía. Con un toque suave pero a la vez áspero por yemas endurecidas de tareas de costura, Eva limpió restos de astillas de las rodillas de Atalía que ya comenzaban a sangrar. Atalía alejó sus rodillas del camino sintiéndose incómoda por la invasión de su espacio personal alejándose de Eva. La joven impedida volvió a bajar su mentón apenada. Por el poco contacto con las otras monjas no lograba comprender enteramente los estándares de las relaciones entre hermanas. Consciente de su ignorancia, hacía esfuerzos por mantener más conexiones e integrarse. Eva sufría constantemente de sus limitaciones, pero mucho más de vivir en un contexto en el cual se engrandecían. Sus mentoras no parecían querer ni adaptarse a ella ni ayudarla; su rol para ellas era el del rezo y poco más. Ni siquiera estaba preparada para las tareas más sencillas del día a día. Atalía era de las pocas que buscaba enseñarle y ayudarle en lo que pudiera. Con cierto nivel de rebeldía, cada vez que ambas coincidían en alguna tarea del convento Atalía buscaba instruirla y ejemplificar todo paso por paso para que a Eva se le hiciera más sencillo imitarla.

Eva tomó una caja de cerillos de su bolsillo y volvió a encender el candelabro, esta vez con ambas velas para iluminar el cuarto mejor. Posó el candelabro en el piso justo en el centro del ambiente y se sentó junto a Atalía. En silencio, sin saber qué tipo de señales emitir, Eva quería hacerle compañía para mostrarle su apoyo. No sabía qué le ocurría ni cómo podía ayudarla, pero no tenía planes de dejarla sola en un momento de tal debilidad. El llanto en soledad de las monjas no era una novedad, pero sí la escena tan dramática que había protagonizado Atalía.

Eva hacía todo lo posible por llamar la atención de Atalía, buscando distraerla de eso que tanto la acongojaba. En varias oportunidades comenzó diferentes rezos a través de su lenguaje de señas, pero Atalía no la siguió en ninguno de ellos. Al borde de darse por vencida, la monja Eva divisó el anillo de esmeralda en el dedo anular izquierdo de Atalía obsequiado por Yura horas atrás y lo señaló con curiosidad. Hizo unas señales con su mano para indicar que le gustaría verlo más de cerca. Atalía sonrió y se quitó el anillo.

—Dame tu mano, probátelo a ver que tal.

Eva dudó por unos instantes, tanto por el contacto físico propuesto por su hermana como por el acto indisciplinado y lujurioso de verse atraída por una joya. Terminó cediendo dada la intimidad de la madrugada y la sensación de calma que poco a poco se iba construyendo en el ambiente. Estiró su mano izquierda con la palma hacia abajo mientras Atalía la tomaba por la muñeca. El anillo entró a la perfección, casi sin esfuerzo. Eva alzó su mano buscando la luz de las velas para tener una mejor vista. La diminuta esmeralda mezclaba los reflejos de la luz de la vela con la luna, logrando un verde agua que parecía una alucinación.

—Es tuyo, te lo regalo. Y gracias.

Eva se regocijó con el regalo. Era consciente de que Atalía había incumplido las normas del convento al haber vestido una joya que no fuera la sobria cadena de plata que todas las monjas llevaban desde su comunión, o algún que otro rosario de madera artesanal. Eva se sentía cómplice de esa insurgencia liderada por su compañera, y sabía también que tenía el apoyo de ella para intentar mantenerla en secreto. Sería fácil teniendo en cuenta que rara vez compartía momentos con Dina sin tener sus manos juntas en penitencia.

Eva hizo un intento por levantarse pero su hermana seguía sujetándola de la mano. Atalía besó delicadamente el anillo en su dedo y la miró a los ojos. Ambas se quedaron inmóviles por unos segundos, sintiendo que todos sus sentidos se mezclaban. Poco a poco sus músculos faciales se fueron relajando hasta borrar sus sonrisas del todo. Ninguna de las dos pestañeaba, el agarre mutó hacia una dócil caricia. Los nervios en Eva comenzaron a notarse, mojándose los labios con la lengua en busca de quitarse la sequedad de la boca. Atalía, con más confianza y sintiéndose empoderada decidida a nunca más prohibirse lo que su cabeza le rogaba, se puso de rodillas en frente de Eva sentándose sobre sus talones. Con un liso movimiento subió su pollera hasta la línea de sus dos muslos, deteniéndose a centímetros de su ingle. La hermana Eva giró su cabeza hacia un lado con pudor apretando los ojos y temblando. Rápidamente Atalía tomó su cara y la volvió a direccionar hacia ella, intensificando la caricia con su otra mano buscando su calma. Ayudándose con las dos tiró de Eva con suavidad obligándola a sentir su cara con los dedos, intentando bajar aún más su nerviosismo. La imagen se congelaba mientras el reflejo del anillo parecía avivarse y crepitar como un fuego silvestre. La blanca tez de Atalía se bañaba del azul verde imitando un maquillaje audaz y juvenil perfectamente aplicado. El calor humano en aumento junto con el movimiento de las velas tronaban en las piedras del piso, mientras el aire más puro y fresco que nunca hacía eco en cada esquina. En un rapto de lujuria, Atalía se apoderó de la otra mano de Eva obligándola a posarla sobre su cuerpo. Eva se dejaba llevar, sintiéndose incómoda pero a la vez curiosa y excitada por la situación. Atalía despegó de sus muslos y con un fino beso en la mejilla de Eva quebró el ambiente en pedazos. La mezcla de perfumes hizo que sus dos bocas se quedaran a centímetros la una de la otra disfrutando del aroma a libertad. Sin notarlo Atalía y Eva fueron girando sus cabezas acercándose paulatinamente hasta culminar con un pequeño beso en la boca que las encontró con los ojos cerrados. Con cada segundo que pasaba la mano de Eva recorría la pierna de Atalía con más profundidad, generando un vértigo sutil que las electrocutaba. Al llegar al borde de la entrepierna Atalía avanzó con un beso húmedo y osado que menguó cualquier tipo de incomodidad en Eva. El apasionado beso detuvo el tiempo y destruyó un castillo de construcciones falsas. El descargo de Atalía causó que se le erize la piel, resultando en una estática que la relajó completamente. Vehemente por lo conseguido pero mucho más por finalmente enfrentarse a estos nuevos sentimientos cara a cara, Atalía comenzó a lagrimear mientras la mano de Eva subía su túnica por encima de su cintura. Atalía hizo lo mismo con la de Eva.

Los cuerpos desnudos convirtiéndose en uno robaban el oxígeno de la habitación, haciendo bailar al fuego de las velas luchando por sobrevivir. Las dos poseían siluetas de similares proporciones, aunque Atalía era de una contextura física un poco más delgada y tonificada. A pesar de no tener acceso a elementos básicos ni de higiene femenina ni de depilación estética, ambas poseían lampiños cuerpos en su totalidad, lo que acrecentaba aún más su brillo y contrastes de luz. Las jóvenes envueltas en un manto de color se dejaban llevar al máximo, inexperimentadas pero más cerca de la libertad y la pasión que nadie jamás. La ambición por seguir redescubriendo lo que el tacto hacía con su cuerpo obsesionaba a Atalía, a la vez de querer compartir esos toques con su compañera de forma altruista. Con cada centímetro de libertad que recorría, con cada eslabón de la cadena que cortaba, buscaba asegurarse de que Eva la estuviera siguiendo en su rescate tomada de la mano. Con el crucifijo como único testigo, Eva liberó el abrazo e insinuó bajar su cabeza hacia la entrepierna de su compañera. A medio camino Atalía la detuvo, la tomó del cuello con un agarre suave y la obligó a sentarse en el reclinatorio cambiando de roles, no sin antes tomar su túnica del piso para utilizar como almohada. Comenzó a recorrer su cuerpo hacia abajo lamiéndola desde el cuello, pasando por entremedio de sus pechos hasta su cintura, muy atenta a percibir las contracciones de su compañera para intensificar las zonas más erógenas. Al llegar a su entrepierna tomó fuerte sus dos muslos haciéndose lugar. Era la primera vez que se arrodillaba frente a una figura religiosa sin tener que recitar un texto memorizado que en lo profundo de su corazón le hacía más daño que otra cosa. Era la primera vez que se arrodillaba dejándole un sentido al mundo, amando sin rencores ni barreras y alimentándose de ese amor. Eva gritó exhalando todo su aire de una vez, reproduciendo sonidos que ni ella sabía que podía hacer. Su discapacidad cada vez se sentía más mental que física, la sensación de vivir era aún más placentera que la carnal. El reprimir era la minusvalía más grande de su vida que parecía estar esfumándose lamida tras lamida. Ambas estaban siendo las protagonistas de la primera historia de su existencia, la primera guionada y conducida por ellas. Y, por única vez, era una historia que no querían que acabara y que las atrapaba más y más con cada caricia.

Luego de cruzar los límites de su prisión, Atalía y Eva se sintieron libres corriendo desnudas por el campo, con una lluvia gruesa recorriendo todo su cuerpo refrescándolas y generando cosquillas de placer. Su emancipación las motivó a dejar de moderar sus gemidos y orgasmos, despertando así su verdadero animal interior. Sintiéndose las únicas amantes del mundo dejaron de inhibir sus gritos y se perdieron en el acto, sin medir ni preocuparse por ningún tipo de consecuencias. Lo que parecían segundos de su danza a la luz de las velas ya habían sido en realidad horas de constante pasión, cariño y rebeldía. Por momentos el pecado se burlaba de la ternura, pero sabiendo que el único pecado era el que les habían inculcado. Los sentimientos de dolor, herejía y vergüenza que les advirtieron no existían.

No era claro si los ruidos en el exterior del cuarto no las preocupaban en absoluto o si directamente no los escuchaban debido a su estado de trance. Del otro lado de la puerta, las hermanas se abarrotaban rezando ferozmente en voz alta y haciendo señales de la cruz de forma ininterrumpida, sin animarse a golpear o entrar al cuarto. Con paso firme y haciéndose lugar entre las monjas de forma violenta, la hermana Dina se acercaba furiosa. No por ser consciente o escuchar aún lo que ocurría entre las jóvenes, pero si por desconocer el paradero de Atalía y por ver tal rabieta en medio de la madrugada. Su mente no podía permitirle imaginarse siquiera la situación que la esperaba puertas adentro. Llegando a los primeros lugares de la fila de monjas curiosas, Dina miró a la multitud y levantó sus manos.

—¡Inmediatamente, hermanas! Inmediatamente todas a sus cuartos, tenemos un día largo por delante en nuestra misión con el Señor. No sé qué hacen acá, ¡Ya mismo se van todas! Ustedes tres, a la capilla. Vos y vos, con la matriarca a comenzar su día.

Dina pudo escuchar los primeros murmullos recién al terminar su discurso. Con curiosidad y un poco de miedo apoyó su oreja contra la puerta. Un gemido voraz de Eva le dio un golpe visceral que hizo que retrocediera cinco pasos cual demonio ante agua bendita. Era un ruido que jamás había escuchado en su vida. Ninguna de sus superioras la había instruido al respecto en sus más de sesenta años de largas horas de capacitación sobre formas de corrupción y tentaciones del mal. En cada historia que iba heredando generación tras generación, los hechos expuestos como "reales" sobre las tentaciones carnales se iban alejando más y más de la verdad, alterados y trastocados por la interpretación e inventiva subconsciente de las maestras de turno. Muy similar a lo ocurrido con sus libros sagrados. La reacción de la hermana Dina no hizo más que perturbar aún más a las monjas que, unos pasos más atrás, todavía no habían acatado sus órdenes. El ruido y el olor a transgresión en el ambiente estaba transformando también a ellas de alguna manera. Con mayor convicción y necesitando mostrar autoridad ante el público, la hermana Dina dio tres fuertes golpes en la madera con el puño cerrado. La puerta se entreabrió ligeramente, dejando salir una estela de polvo acompañada de una débil luz acarreando fuertes gritos. Los ruidos en el cuarto no cesaron ante el llamado de atención y la impaciencia de Dina comenzó a mutar al pánico. Varias hermanas dieron un paso hacia atrás, unas pocas hacia adelante. Dina obligada por la situación empujó la puerta de par en par y se asomó tímidamente, presenciando la escena en primera persona. Los cuerpos azul verdes de sus súbditas siendo uno, la religión de toda una generación desangrándose, el aroma a humano mezclado con cera de las velas violando el olor de centenares de años de encierro y dogma cementado que se cortaba como el aire.

La hermana Eva hizo contacto visual con su superior en estado de shock. Consternada por haber sido descubierta en plena acción, se puso de pie tomando sus ropas y zapatos y salió corriendo horrorizada por el pasillo, mientras el resto de sus hermanas se abrían a su paso murmurando por lo bajo y tomando las cruces de sus cuellos fuertemente. Con una reacción totalmente contraria, Atalía se estiró en el piso exhalando hondo con una gran sonrisa de satisfacción. Se puso de pie sin apurarse, tomándose su tiempo y un poco fastidiada de que todo había acabado. El polvo del cuarto comenzó a disiparse, volviendo la suciedad a su estado estacionario en el piso. El ambiente comenzó a aclararse y los detalles del cuarto a reaparecer. Con la sonrisa todavía en su cara y sin prestarle atención a Dina, Atalía apagó ambas velas con un soplido sensual que pareció hacer eco en todo el convento. Recién cuando el humo se detuvo comenzó a caminar hacia la puerta, con un movimiento de caderas hipnótico por accidente. Totalmente desnuda y dejando sus ropas atrás, una fina niebla teñida por los colores de la noche y la luna fue escolta de la joven saliendo a paso firme, lento pero sagaz. Sus curvas resaltadas por el sudor y las partículas de polvo dejaron perplejas a toda la congregación que, al mismo tiempo, no podía quitar los ojos de ella. Aquel olor a sudor era una fragancia irreconocible para las monjas, pero les daba cosquillas en su interior. La escena se mantuvo en blanco y negro, con expeción de una Atalía llena de luz. La joven se perdió en las escaleras camino a su cuarto.

Luego de asegurarse de que Atalía no estaba cerca, el resto de las hermanas comenzó a bajar por las escaleras y a retornar a sus respectivos pabellones. La hermana Dina, sin palabras ni reacciones, se quedó sola en el cuarto paralizada y con suma dificultad para respirar. En el piso sólo quedaba el candelabro con las velas extinguidas casi consumidas por completo y las ropas de Atalía. Justo al lado, una sección del piso se veía más limpia dada la suciedad que Eva y Atalía se habían llevado con ellas, dejando huellas de lo que había ocurrido. Por accidente Dina divisó en el piso un diminuto corte de color que rompía con la monotonía gris. Se acercó unos pasos para verlo mejor. Una pequeña flor rosa con un delicado tallo verde lima había brotado de entre dos piedras de forma milagrosa, mostrando que la nueva vida se hacía camino. Dina la miró fijamente por unos segundos. Se agachó para tomarla del suelo, acercando sus dedos a la intersección en donde había crecido para arrancarla de raíz. A centímetros de su tallo la hermana dudó y frenó su movimiento. Cerró la mano y se puso de pie sin siquiera tocarla.

—Gordo... teléfono. Gordo. ¡Gordo!

Sonia dio una cachetada a su marido, que se encontraba casi inconsciente durmiendo luego de una larga noche de asado, mujeres y otros vicios. El comisario Rodríguez contestó una obscenidad, con una voz mitad de dormido y mitad de resaca. La fina sábana bajera de seda lo abrazaba sin dejarlo mover.

—Es el hincha pelotas de Rodney, dice que es urgente.

Su marido no le contestó y volvió a conciliar el sueño con un ronquido grave, girando y dándole la espalda a su mujer. Sonia, ya sin paciencia a esas alturas de la madrugada, le dio un puntapié en la pierna. La patada hizo bailar al colchón de agua como gelatina, haciendo que el comisario se quejara antes de recibir el golpe.

—Atendé y dejame seguir durmiendo a mí, ¡la puta que te parió! Somos los únicos boludos de la ciudad con teléfono fijo, y soy la única boluda que lo tiene de su lado de la cama. Y encima le tiene que pasar los llamados al señor importante que se hace el dormido. ¡Atendé carajo!

Insultando por lo bajo Rodríguez tomó el teléfono inalámbrico sin girar ni abrir los ojos y lo puso en su oído. El calor de la noche amplificado en el viejo plástico noventoso hacían que el aparato se impregnara del sudor de su cara, a pesar del aire acondicionado a máxima potencia.

—Más te vale que haya fallado una entrega, que haya algún muerto, o ambas. ¿Qué mierda te pasa?

Se escucharon palabras nerviosas del otro lado de la línea. Rodríguez fue despertándose a medida que las escuchaba, limpiando sus ojos de todo sueño y ensuciando sus ojeras de madrugada. Con un esfuerzo abismal entre brazo, codo y cadera se sentó al borde de la cama, se puso un peluquín maltrecho que estaba descansando en su mesa de luz y cortó el teléfono sin contestar. Luego de refunfuñar al aire se puso de pie y perfiló hacia el baño tambaleando por el alcohol que aún seguía en sus venas y el reuma en sus rodillas que se intensificaba día tras día.

—No hagas ruido cuando vuelvas. Y llevate los tés esos rancios que te regaló el viejo, no traigas nunca más algo a la casa que venga de él —Sonia volvió a ponerse su antifaz para dormir.

Sus ojos estaban hinchados por los golpes, pero de todas formas podía diferenciar el ambiente en donde lo mantenían cautivo. Jok reconocía fácilmente el lugar donde había estado tocando con su banda horas atrás, a pesar de encontrarse atado de pies y manos con tiras de plástico y sentado contra la pared. La batería y los amplificadores seguían en el escenario y la puerta del camarín abierta. El vacío del salón se rompía con pilas de basura acumulada en puntos esporádicos como hojas de otoño, barridas por empleados que habían buscado deshacerse de la tarea deprisa para disfrutar de su noche libre. Algunas ratas ya husmeaban nuevas oportunidades, sin importarles estar expuestas en la sala principal. El olor a basura caliente mezclada con sangre sesgaba cualquier tipo de percepción más allá. Jok sentía el mismo sabor en su boca, lo que lo obligaba a escupir constantemente para descomprimir el gusto. Toda su cara le dolía ante el más mínimo movimiento. Tanteando con su lengua se daba cuenta de que algunos de sus dientes faltaban, causa evidente del sangrado prominente más allá de los cortes superficiales en sus labios. A su izquierda una aterrada Atalía con leves marcas en su cara y temblando de miedo vestía un atuendo medianamente informal que había podido hurtar en su escape del convento. Todavía de fácil asociación con una hermandad religiosa, pero menos ortodoxo que lo que solía vestir. A su derecha Yura inmóvil, desmayado y con un aspecto peor al de Marco. Junto a él, un muchacho aún más desfigurado que se le hacía familiar pero que no podía reconocer del todo.

Marco giró su cabeza hacia la chica.

—Tranquila. ¿Estás bien? —preguntó en voz baja.

—Si... —contestó la joven casi sin aliento y con la cabeza apoyada contra la pared. Tenía un ojo morado y un rasguño en su mejilla, pero más allá de eso no parecía haber recibido la paliza que Jok, Yura y el desconocido llevaban consigo.

Analizando la situación detenidamente, Jok tenía ciertas esperanzas de salir de allí con vida teniendo en cuenta que no los habían matado en un descampado o en el calabozo mismo. Aunque la ilusión de seguir viviendo no lo motivaba demasiado, sí el no arrastrar con ella a una inocente chica y a una penetrante duda con respecto a las intenciones y al origen de Yura.

Unos metros más adelante a pasos de la barra, una mesa improvisada con barriles de cerveza de metal abollado y cinco taburetes alrededor se adueñaban del centro del salón. Dos de ellos estaban ocupados por personas de espalda con chaquetas de cuero. El individuo en la esquina dio un largo sorbo a una botella de whisky nacional y apuntó con el testimonio a su compañero. La Torre, con varios moretones en su cara y la mirada fija en su pistola posada sobre el barril más cercano, negó con la cabeza. Más allá de que sus rasgos estuvieran deformados por la pelea, se podía notar que estaba incómodo y perturbado. Renzo volvía del baño con un paso cansino, todavía atontado por la severa tunda que había sufrido horas atrás y por los puntos de sutura mal aplicados por el médico aprendiz de guardia. Su nariz seguía hinchada, con una venda cubriendo gran parte de su visión y sangre seca acumulada alrededor. Por toda la congestión que esto generaba en el centro de su cara, sus ojos se veían llorosos y su voz aún más ronca y bloqueada.

—Tomá gallego —El líder pasó la botella a Renzo, que se desplomó en una banqueta dejándose caer como si hubiera caminado toda la noche. Renzo sonrió con los ojos cerrados sin beber de la botella y se quitó las vendas ensangrentadas que tenía en los codos.

—El cago que me acabo de mandar... fue lo más lindo que me pasó en la semana sin dudas —contestó—. No seguí en el trono porque tenemos estos asuntos que resolver... sino no me sacan de ahí hasta pasado mañana.

—Sos un asco gordo, la puta que te parió... —El líder quitó la botella de las manos del suboficial con disgusto y volvió a tomar.

Jok pudo reconocer su voz fácilmente. Con la cara menos herida que su secuaz pero todavía frágil por el nocaut sufrido, el líder giró en dirección a los prisioneros.

—Se despertó uno —Rodríguez entró por la puerta principal apagando un cigarrillo en la pared y señalando a Jok.

El líder y Renzo miraron en dirección a los prisioneros y sin darles mucha importancia siguieron bebiendo, buscando anestesiar sus cuerpos todavía doloridos. La Torre cargó su arma.

—Marco es, ¿no? —preguntó el comisario.

—Dejen ir a la monja, no tiene nada que ver con nada —replicó Jok.

—¿Monja? —Rodríguez la observó desde lejos—. Monja sin velo, con un cuerpo del infierno... y sola en una comisaría a altas horas de la noche. ¡Cuidado con esta eh! —Todos los secuestradores rieron al unísono, menos La Torre que se puso de pie con ímpetu.

—Terminemos con esto —El lánguido motero interrumpió las risas apuntando hacia los prisioneros.

—Sentate. Ahora —contestó Rodríguez sujetando el arma de su cinturón sin desenfundar.

Con contundencia el comisario obligó a la Torre a calmar las aguas. Luego de cruzar la mirada por unos segundos la Torre se sentó ofuscada arrojando su arma contra la mesa, mientras Rodríguez seguía su camino en dirección a los prisioneros. Se detuvo a medio andar agarrando una gran astilla de los escombros de la guitarra al borde del escenario. Empezó a jugar con ella imitando el golpe de una baqueta en una batería de mentira, reanudando su paso. Esquivando los charcos de agua y cerveza del show de la noche llegó hasta el muchacho desvanecido sentado en la punta y lo sujetó por el cabello. Le tomó el pulso con sus dedos y lo soltó dejando caer su cabeza hacia atrás. Marco pudo notar que el muchacho era el joven motero que los había ayudado cambiando de bando en la pelea en la puerta del bar.

—¿Cómo te llamás? —indagó el comisario ahora tomándole el pulso a Yura.

Nadie contestó.

—Que cómo te llamás —el comisario se acercó a la chica y la miró fijo a los ojos mientras se limpiaba los restos de sangre de sus manos con un pañuelo.

—Atalía.

—Atalía... —Rodríguez comenzó a observar de cerca la cruz que la joven tenía colgando del cuello, reconociendo el delicado dije de otras oportunidades en las cuales monjas del convento del barrio habían ido a pregonar a su comisaría. Acercó la estaca de madera a su cara de forma amenazante, sujetándola del brazo—. Tres de fernet, una de whisky, una de ron.

Con un corte seco con la improvisada cuchilla rompió los plásticos que unían las manos de Atalía y luego repitió con las ataduras de los pies. La joven respiró hondo y se reincorporó, yendo hacia la barra rápidamente. Sin saber cómo hacerlo ni lo que eran esas bebidas alcohólicas comenzó a confeccionar el trago que el comisario le había pedido, leyendo las etiquetas de las botellas con miedo a equivocarse.

—Sin apuro. Poné bien las medidas —gritó Rodríguez sentándose junto con el resto de los moteros, mientras le indicaba el tamaño que esperaba de sus medidas con los dedos.

Al mismo tiempo que Atalía comenzaba a diferenciar las botellas, Rodney salía de la cocina con varios boles con queso, diferentes embutidos, pan y algunos frutos secos.

—¡Al fin, Viejo! No escatimes, ¿sacaste de lo bueno, no? —preguntó el líder.

Rodney asintió con la cabeza, con más ganas de que se terminara la noche que nadie. Él sólo había seguido instrucciones llamando al comisario, pero no esperaba que todos se dieran cita en su bar con prisioneros incluidos. Luego de dejar los manjares en la mesa volvió al otro lado de la barra buscando distancia de la escena y sabiendo que no era un igual.

Apenas Rodney apoyó los cuencos en los barriles, el líder angurriento se abalanzó sobre los embutidos adueñándose de los mejores y apoyándolos cerca de él. Luego se dispuso a comer con tranquilidad el resto de la picada de menor calidad. Renzo comía más que nada por costumbre, no tenía la capacidad de saborear las

141

comidas con la inflamación que llevaba. El comisario bostezó fuertemente e improvisó un bocadillo juntando varias cosas entre panes.

—Era la final del mundo. Yo era un pibe eh, me habían convocado para jugar en la selección una semana antes de que comenzara el mundial. Fue casi por accidente. —Atalía llegó a la mesa y apoyó un vaso lleno al lado del comisario. Comenzó a caminar hacia el grupo de prisioneros—. No, nena. Acá. —El comisario agarró una banqueta y la posicionó a su lado. Atalía se quedó pensativa unos segundos, juntó sus manos y se sumó cabizbaja y encorvada al grupo de secuestradores. El comisario continuó—. Y bueno, faltaban cinco minutos y el delantero titular pide el cambio. Entro yo con mucho miedo, era un pibe, un adolescente. Confiado de mis cualidades, pero un pibe al fin. En la última jugada me tiran un pase en profundidad imposible. Como estaba fresco lo corro y llego. Estaba mano a mano con el arquero, los defensores ni siquiera cerca. El estadio lleno, las pulsaciones a mil. Yo ya en el área a punto de patear —Rodríguez tomó un sorbo de su trago y puso cara de placer por saborear la amargura y el golpe de alcohol que buscaba—. Y siento la mordida. Una patada terrible, descalificadora. Me levanté y miré alrededor, buscaba ojos cómplices y el grito de la hinchada, buscaba el sonido del silbato cobrando el penal que nos iba a hacer campeones del mundo. Pero sólo vi a mi mujer —El comisario mezcló su bebida con el dedo índice, todavía con algunos rastros de sangre de los prisioneros. No pareció importarle—. Mi mujer, con cara de orto, arrugas hasta el piso y un teléfono en la mano. Con satisfacción por haber tenido una excusa para golpearme, una excusa para hacer algo que interrumpiera mi goce más profundo. No hay nada más placentero que despertar de golpe a una persona que odias —Secó su dedo en el pantalón—. Una parte de mi se alegra por ella...

Rodríguez terminó su bebida con un fondo blanco y apuntando al vaso vacío le indicó a Atalía que le repitiera el trago. Mientras la joven lo preparaba, el comisario aprovechó para comer algún que otro queso mientras pensaba mirando un punto fijo de la mesa sin pestañear.

—Mucho más que el alcohol, que las mujeres, que la droga... dormir. El sueño de un ex-preso es sagrado. Eso es hermoso, eso es lo que más disfruto. Si fuera capaz dormiría veinte horas. Pero no. Todo el esfuerzo que hago, todo lo que dejo de hacer... parecería no bastar.

—Estos tipos, que no se qué quieren... —interrumpió el líder.

—No terminé —El comisario lo detuvo con el índice en alto. Continuó mientras Atalía volvía a la mesa, esta vez habiendo armado el trago con una velocidad digna de una profesional—. Llego a la comisaría y me entero que la entrega de esta semana se ve comprometida porque tres cuartos de mí logística está en el hospital en terapia intensiva, y que los que tienen que asegurarse de que todo funcione están pelotudeando buscando venganza en vez de estar asegurándose de que el servicio que doy no se vea afectado. ¿Desde cuándo sus prioridades son más prioritarias que las mías? ¿Desde cuando sus peleas antes que su trabajo? ¿Quién les da de comer, desagradecidos de mierda?

Todos hicieron silencio. Al líder no le había gustado nada la acusación. Tomó un trago largo de la botella de whisky intentando que la respuesta agresiva se ahogara con el alcohol bajando por su garganta.

—Comisario, hay gente de afuera que está jodiendo en la zona. Hoy son estos tres, mañana son cinco, pasado tenemos a toda su agrupación en la primera fila del Club o saboteando nuestros cargamentos —replicó el líder con confianza, mientras intentaba exprimir las últimas gotas de una botella que se había vaciado hacía instantes.

—¿Qué me querés decir? ¿Me estás amenazando o incriminando algo?

—Te estoy diciendo que están invadiendo nuestro territorio y que hay dos maneras de hacerlo —Se puso de pie y fue a buscar otra botella de whisky a la barra. Rodney ya lo estaba esperando con una nueva—. No, no me des más esta mierda, dame esa —Enojado apuntó con la botella vacía a una botella de mayor calidad en la estantería superior. Rodney hizo caso sin chistar; el líder continuó con su planteo volviendo hacia Rodríguez—. O controlás que ninguno de los hijos de puta de *Los Philos* crucen para este lado, sean cuantos sean... o va a correr sangre y te vas a manchar vos, el Club y toda la ciudad.

Un fuerte vómito de sangre y bilis seguido de una tos ahogada llamó la atención de la agrupación que discutía sus problemas. Yura dio una bocanada de aire, como si hubiera estado sofocado bajo el agua a modo de tortura. Terminó escupiendo los últimos restos de líquido que tenía en la boca. El piso ya empezaba a tomar un color tinto desagradable, emanando un olor nauseabundo. Las ratas se hacían un festín.

—Alguien que me explique por qué sigue vivo este cabrón —Renzo se puso de pie y cargó contra Yura que, a pesar de haber vuelto en razón, seguía moribundo.

—Quieto —Rodríguez lo tomó de la chaqueta previniendo que avance—. Gallego ya tuviste lugar para desquitarte y toda tu mierda. Si se molestaron en llamarme para sacarlos del calabozo, las decisiones y las acciones de ahora en más pasan por mi.

El Viejo Rodney no lo pudo soportar más. Tomó una mopa de la cocina y se dispuso a limpiar todas las porquerías que estaban escupiendo y expulsando los prisioneros. No preocupado por el vaho que comenzaba a llenar el salón, sino por el desayuno improvisado de sus ratas que luego lo haría sufrir por eventuales excrementos aún más desagradables.

—Nena —Rodney miró a Atalía—, andá a la cocina. En la heladera vas a ver un bidón con un líquido negro. Servile un vaso corto al muchacho.

Atalía salió corriendo en parte espantada por el estado en el que estaba Yura y en parte desesperada por alejarse de la discusión. Renzo volvió a sentarse al mismo tiempo que Rodríguez se paraba.

—Primero creo que tenés que resolver lo que pasa en tu familia. Acá tenés un pibe que llevaba tus colores pero ahora está cagado a palos, ¿o me equivoco?

El líder no contestó, cada vez con más cara de disgusto no tenía problema en hacerlo evidente.

La joven monja abrió la heladera y encontró un bidón de plástico gris de cinco litros a medio tomar. Leyó la etiqueta pintada con marcador negro: *Oxizakre*. Tomó un pequeño vaso y lo llenó por completo, derramando alcohol en el piso por estar distraída mirando alrededor buscando algún tipo de arma o ayuda a mano. Logró hacerse con un cuchillo de cocina que Rodney había utilizado para preparar la picada minutos atrás. Metió su mano en un bolsillo interior secreto en su vestido en el cual las monjas solían guardar una biblia en miniatura. Cambió de arma quitando la biblia, dejándola sobre el fregadero luego de darle un beso y guardando el cuchillo en su lugar, sin entender del todo para qué pero sabiendo que podría servir más en aquel contexto. Atalía volvió de la cocina con el pequeño vaso y fue directo a Yura, sin pedir permiso. Le dio de tomar de un brebaje negro y espeso, con sedimentos en su fondo y sombras que parecían moverse por si solas. A pesar de estar alejando su cara lo más posible de la superficie en donde efervesía el líquido, el olor mentolado mezclado con alquitrán caliente la descomponía. Yura dio un trago y despertó de repente, tosiendo y retorciéndose como si el alma le volviera al cuerpo. Rodríguez comenzó a reír.

—Vamos vamos, Viejo. Ofrecenos una ronda de esa mierda a nosotros también, ¡lo tenías escondido!

Rodney no contestó, seguía trapeando las piscinas del salón. Exageraba los movimientos de forma extremadamente lenta, haciendo evidente que no quería participar en la escena. Rodríguez y los moteros estaban cada vez más alcoholizados y se notaba en el tono de sus discusiones.

—Dale pendeja despertate, traete una ronda para todos. ¿Cuánto más voy a tener que explicarte las cosas acá? —gritó el comisario dando un golpe en la mesa mientras Atalía volvía corriendo hacia la cocina.

Yura levantó lentamente su cabeza, sumamente mareado y con los ojos entreabiertos. En la nubosidad del ambiente causada por la sangre y suciedad de su cara pudo ver a Atalía en la cocina, reflejada en un espejo de la barra que justo apuntaba hacia donde estaba preparando los tragos con nerviosismo. El espejo estaba posicionado estratégicamente para que los empleados que manejaban la barra no se chocaran con los que venían desde la cocina. Yura sonrió plácidamente viendo a la joven monja confeccionar las bebidas. Hilos de baba y sangre caían de su boca y parecían congelarse en el aire antes de caer al piso. Atalía estaba tardando demasiado y los secuestradores comenzaban a sospechar algo, poniéndose impacientes mirando hacia la barra. Justo cuando el líder estaba a punto de actuar, Yura comenzó a toser y carraspear con exageración. En parte para llamar la atención lejos de Atalía y en parte para despejar su tráquea bloqueada por sangre y saliva.

—Es curioso —Todos lo miraron. Yura parecía recuperarse poco a poco y escupitajo a escupitajo—. Es curioso como todo rodea a las mismas cosas. Es curioso cuán básicos son, pero a la vez cuánto han aprendido a complejizarse.

Yura se puso de pie haciendo un tremendo esfuerzo, impulsándose contra la pared tambaleando y todavía maniatado.

—No te muevas —Renzo sacó su pistola y apuntó a Yura, esta vez sin estar dispuesto a tener ninguna pelea mano a mano.

—Aquí me quedo, querido Renzo. No te agobies, sólo necesitaba estirar las piernas —contestó Yura quedándose quieto contra la pared—. Necesitaba además tener un mejor panorama de la escena, que desde ahí abajo no veía nada.

—Así que vos sos el que no debería hablar. Tu cara me es familiar... de algún lado me sonás... —El comisario no dio cabida al inicio de conversación de Yura y cambió rotundamente de tema. Se quedó observando pensativo a su prisionero por unos segundos—. Sí... en alguna que otra entrega te debo haber visto moviendo cajas. ¿Qué quiere Deko? Él sabe bien que las cifras no son negociables y que están cerradas para todo el año, si necesita que le mande los dedos de tus manos para que lo entienda lo haré.

—No te confundas, Deko no quiere saber nada con cambiar las cifras —contestó Yura con solvencia, sin dar lugar a dudas—. El negocio marcha bien y no quiere de ninguna manera romper lo que no está roto. Tú sabes que él puede tener muchas diferencias con ustedes, pero que es un hombre fiel a su palabra que evitará en lo posible que corra más sangre. El último problema que tuvimos lo hizo recapacitar y no está pensando en ninguna movida que ponga en peligro esto.

—¡No le creas ni una palabra a este hijo de puta! —Renzo alzó aún más la voz, todavía apuntando a Yura.

—Comisario, me es inevitable hacerle notar que esta misma actitud se manifestó horas atrás. Mientras que esta gente fanática de las películas de acción que trabaja para usted siga jugando a los vaqueros no podremos hablar entre adultos —contestó Yura mirando fijo a Rodríguez—. Como si no estuviera ya lo suficiente amenazado, molido a golpes y maniatado. ¿Por qué tanto miedo?

—Sentate, Renzo. Dejá el arma. Última vez que te lo digo —señaló amenazante el comisario.

—Eso es, siéntate —replicó Yura—. Un poco más lejos si puedes. Eso es.

—¿Dónde está esta pendeja? ¡Nena! —el líder gritó en dirección a la barra, intranquilo por lo mucho que se estaba demorando Atalía y por el poco alcohol que quedaba en la mesa. La Torre seguía inmóvil, sin ánimos de hablar ni participar.

—Ya viene, la puedo ver por el espejo no te preocupes. Vamos, que es la primera vez que la chica sirve tragos a sus secuestradores mientras otras personas desconocidas se desangran a su lado. Creo que hay que darle crédito, lo está haciendo muy bien. ¿Acaso tienes miedo de que una simple monja haga un escape imprevisible? ¿Qué historia es esa? —Yura intentó llamar la atención y minimizar la paranoia del líder.

—Continuá. ¿Qué quieren?

—Ya, esto es así... —Yura ganaba tiempo para armar el plan en su cabeza y pensar la mejor manera de escapar de la situación. Balbucear unos nexos coordinantes y ganar meros segundos le era suficiente para armar una red de justificantes— El problema está en el sur. Deko no está nada contento con su distribuidor en esa zona. La presión política está demasiado presente en ciertos barrios lo que hace que las tarifas con la policía suban y el margen de ganancias baje. Ya no le hace sentido el riesgo que está tomando por el beneficio que le trae.

Jok escuchaba atentamente. Sospechaba que lo que estaba diciendo Yura eran patrañas inventadas, pero que a fin de cuentas estaba haciendo todo lo posible para mantenerlos con vida mientras ideaba una escapatoria.

—Comisario, entienda que Deko está perdiendo terreno en su distrito y que quiere hacer negocios con usted. Piensa que su red de distribución puede ampliarse, siempre y cuando esté de acuerdo con las tasas que él maneja.

—¿A eso han venido? —preguntó el comisario encendiendo un cigarro y poniéndose cara a cara con Yura—. Deko sabe que no existe tasa ni acuerdo que me pueda hacer trabajar para él, que no hay mesa de negociación que nos pueda ver sentados y dándonos la mano. No me gusta rendirle cuentas a nadie, y mucho menos a un traidor vende patria como él. El peaje que le estamos cobrando por usar nuestras calles es y será la única transacción entre las dos agrupaciones. Y que agradezca que la mantenemos, bien sabe que puedo aplastarlo en un instante.

La respuesta casi determinante del comisario tomó a Yura por sorpresa, que veía cómo sus argumentos por mantener una charla pacífica se iban extinguiendo. Necesitaba ganar más tiempo pero la presión de Rodríguez era cada vez mayor.

—Verá, señor comisario. El mensaje clave no era ese, es decir...

—No hay nada que ver —Rodríguez volvió a cortar a Yura, esta vez con un tono violento y perdiendo la paciencia—. No me importa el mensaje que me estás dando, ¡no tranzo con tasas de ningún tipo!

—¿De qué tasas estamos hablando? —interrumpió Marco todavía sentado contra la pared. Tanto el comisario como Yura lo miraron con sorpresa, pero por diferentes motivos—. No hablemos de tasas, comisario. Por más de que para eso nos haya enviado Deko, no es a eso a lo que hemos venido. Después de todo, las tasas son sólo tasas... y hacen que los que negocian a través de ellas terminen traicionándose y vendiéndose al mejor postor. La confianza que hace que nos organicemos y trabajemos tranquilos es mucho más importante que un mero número a final del día.

Jok entró en la conversación al ver que las mentiras de Yura perdían peso ante los principios comerciales inquebrantables de Rodríguez. El líder se vio sorprendido por estar escuchando al comisario negociar con las personas que habían desarticulado su banda horas atrás, pero sin más opciones atendía expectante a lo que estaba pasando.

—Cuidado, comisario. No muerda fuerte que hay carozo... —comentó en voz baja el líder con escepticismo.

—¿Qué proponés? —el comisario se acercó a Jok desestimando la advertencia de su segundo.

—Te propongo ganar todo el mercado. Te propongo que controles toda la Capital Federal de una vez por todas, y que tus defensas pasen a ser los límites de la ciudad. Y vos sabés siendo policía lo imposible que será cruzarlos para cualquier célula limítrofe que quiera rebelarse. Cuando blindes la capital todo será más fácil...

Atalía volvió de la cocina con una bandeja plateada. En ella cinco vasos pequeños llenos a tope con el brebaje negro que minutos atrás había revivido a Yura. Apoyó la bandeja en la improvisada mesa y dio unos pasos hacia atrás, quitándose el sudor de la cara con su antebrazo. Ninguno de los secuestradores quitó la vista de lo que estaba ocurriendo entre el comisario y Yura, ignorando por completo a Atalía.

—Deko está débil, comisario —Luego de haber ganado varios segundos para pensar, Yura estaba preparado para volver a participar—. Está débil y sabe que o comienza a negociar con los peces gordos o tarde o temprano se lo van a comer. Y no hay pez más gordo que el que maneja la otra mitad de la ciudad. Con esta información que te estamos dando y nuestra ayuda, pensamos que es hora de comer. Nosotros sabemos que los traidores que se codean en esta organización no hacen más que debilitarlos a ustedes también, por lo que quien active primero un contraataque va a ser el único que sobreviva. Hay que actuar ya.

Rodríguez tomó del cuello a Yura y lo empujó contra la pared.

—¿Y quiénes son ustedes, miserables, para venir a darme esta información y pensar que los voy a dejar salir vivos de acá? No importa a quién le están siendo desleales, ya sé que son traicioneros y que no son gente de fiar.

—Conocemos los códigos, comisario. Compartimos una larga historia de agrupaciones y de cómo funcionan las cosas. Sabemos que un acuerdo así necesita claras demostraciones de buena voluntad —comentó Jok con mucha tranquilidad, dando una señal de que estaba por encima de la situación—. Los están debilitando desde adentro, eso es un hecho. Pasan por delante de sus ojos, están en esta zona ensuciando las cosas y robando información. Deko conoce el juego y también tiene su red de espionaje dentro de los *Hellraisers*. Esto es algo que se hizo siempre, de los dos lados... y serías muy necio si lo negaras. Si no pueden darse cuenta y eliminar sus propios problemas, pues deberían replantearse su capacidad de liderar un negocio en el largo plazo.

Atalía no entendía lo que estaba pasando. Se quedó parada esperando órdenes de algún lado, mientras miraba los vasos con ansiedad. Su cara se llenaba de dudas y aún más incomodidad.

—Para que confíes en nosotros, en las últimas horas te hemos ayudado a deshacerte de los topos que sabés que existen... pero no tenías identificados.

—¿Topos? ¿De qué estás hablando? —el líder interrumpió poniéndose de pie—. Esta agrupación está limpia y siempre lo estuvo.

—El pendejo que sigue en el hospital con la cabeza abierta en mil pedazos —Jok habló en dirección al líder—, viene reclutando a los pibes más jóvenes de los *Hellraisers* para cruzar de vereda hace meses. ¿Acaso no te das cuenta de quiénes son tus cabecillas y por qué? ¿Y qué me decís de este pibe que tenés acá sentado? —Jok miró en dirección a Kaba, moribundo a su lado contra la pared—. Te agarró en plena pelea, se te dio vuelta en el momento que más lo necesitabas. ¿Te tiene que abrir la heladera en tu casa para que te des cuenta de que no te sigue?

—Suéltanos... y tendrás la lista completa de los que faltan. Negociemos —completó Yura casi pisando a Marco. A pesar de estar inventando todo al paso los dos parecían completamente alineados con los mensajes.

—No le creas ni una palabra a estos mamarrachos, jefe —La Torre se levantó enfadada.

—Uy, atentos a quién se despertó —Yura miró sonriente a la Torre—. Claro, faltaba una lacra más, el próximo en la lista. El que estuvo más callado en toda la noche, pero también sospechosamente el más ansioso por actuar en contra nuestra.

—¿Qué mierda decís? —La Torre tomó el arma de la mesa. Los ánimos se caldeaban más y más con cada frase. Los paños fríos que por momentos ponía el comisario eran lo único que evitaba el desmadre.

—Disculpen, ¿quién tiene mi cuchillo? —Se hizo silencio por unos segundos. Nadie le contestó a Yura, que hacía un repaso visual por cada secuestrador esperando una respuesta. Marco tampoco entendía de qué iba la pregunta—. Rodríguez, sus empleados de la comisaría estaban demasiado ocupados como para despojarme de armas antes de encarcelarme... pero ahora sinceramente no siento mi cuchillo en el pie, por lo que infiero que alguno de ustedes lo debe tener. ¿Quién lo tiene? ¿Gordito, vos?

Renzo no contestó. El líder tomó un cuchillo de su chaqueta y lo apoyó en la mesa. El cuchillo era muy similar al que Yura le había puesto en la bota a la Torre mientras yacía desmayado en la calle.

—Dos islas cruzadas por tres rayas paralelas y un círculo. Los tres socios fundadores de *Los Philos*, unidos por la Guerra de Malvinas y hermanados por las motos, viajando de norte a sur por el recuerdo y para que se haga justicia con lo que le corresponde a los veteranos de guerra, héroes de la patria —Yura levantó la cabeza mirando hacia el cuchillo, motivando a que verificaran los datos que relataba—. Abajo mis siglas.

—Ahora es nuestro, trofeo de guerra.

El líder sacó su navaja de la agrupación de su bota y comenzó a tachar las siglas que estaban talladas en el cuchillo.

—Fue hace ya varios años que este señor, que no se como se llama, le vendió su alma a Deko —Yura habló en dirección a la Torre—. Y todo por un mero resentimiento y el pesar de ese operativo que salió mal. Entiendo que ustedes querían dar un golpe en la mesa, pero las cosas se desmadraron muy rápido. En los tiempos que vivimos perder tanta gente, sea del bando que sea, no es bueno para nadie —siguió Yura, volviendo a mirar a la Torre.

Rodríguez se acercó a la Torre desde atrás mirándolo fijo. Con mucha delicadeza le quitó el arma de la mano, mientras le apuntaba con la suya. La Torre no ofreció resistencia sintiendo la mirada del comisario y su arma en la nuca.

—¿Pero qué mierda es esto? Rodríguez, ¡no vaya a caer en tal historieta! —se defendió la Torre.

—Esa noche varios *Hellraisers* estuvieron en desacuerdo con la emboscada, con la corrida de sangre en vano. Fue una movida descuidada, por llamarla de alguna manera. Pero bueno, hubo un antes y un después en sus líneas. Comenzaron a armarse los subgrupos que saben que existen. De todos los que vinieron a tocar la puerta para pasarse de bando el único que convenció a Deko fue él. El resto eran niños con la cabeza caliente buscando venganza —Los ojos de todos se posaron sobre la Torre—. Si no me quieren creer y necesitan pruebas, miren su tobillo. Miren a nuestra agrupación...

Renzo se abalanzó sobre la Torre, que rodeada por la pistola del comisario y convencido de que en su pierna estaba el cuchillo de su agrupación no mostró señales de pelea u oposición.

—Traidor... hijo de puta... ¿cómo pudiste? Si diste la vida por este club, si este club dio la vida por vos ¿cómo pudiste? —Renzo quedó perplejo al ver el cuchillo de *Los Philos*, pero aún más perpleja la Torre por la reacción de su amigo.

—¡Me lo plantaron boludo date cuenta! ¡Qué es esto! —la Torre se dio vuelta para hablar en dirección a Renzo y el comisario.

—De rodillas —El comisario puso su pistola sobre la cabeza de la Torre.

—Estás protegiendo a un *Philo* que te está lavando la cabeza imbécil, jamás traicionaría a nuestra familia —La Torre se cruzó de brazos poniendo su honor por encima de su vida—, antes muerto.

—¿En qué momento te "planté" eso? ¿Te das cuenta que no tiene sentido lo que decís? —preguntó Yura por detrás—. Esa excusa

Hollywoodense no sirve en la vida real. Si vas a contar una historia asegúrate de que los datos y los momentos cierran...

La Torre ya al límite y siendo el centro de atención obligado por la situación, golpeó el arma del comisario y con un empujón lo tiró hacia atrás. Tomó la suya de la mesa y se acercó con vehemencia a Yura. Apuntando a su cabeza gatilló dos veces pero su arma hizo ruido sin martillar.

Atalía gritó y se puso de rodillas cubriendo sus oídos. Se escucharon dos disparos y un golpe. La Torre cayó al piso estrepitosamente, largando un profundo grito de dolor. Los disparos de Renzo no fueron letales, pero el impacto en las dos rodillas de la Torre hicieron que soltara el arma y quedara tumbado sin poder levantarse.

—No hables, no hables... —Renzo tomó unos plásticos de su bolsillo y ató de manos y pies a la Torre, que ahora era un prisionero más—. Era esto o uno en la cabeza. Agradeceme después, traidor.

La Torre rompió en llanto, mientras la sangre de sus heridas brotaba sin parar. La acusación en su contra por parte de sus hermanos era mayor sufrimiento que las lesiones. No podía entender cómo su única razón para vivir lo estaba condenando. La situación lo asustaba, se encontraba roto por dentro y llorando como un niño. Su desesperación no le permitía defenderse con argumentos suficientes. Él era consciente de cómo se trataban a los traidores y eso lo condicionaba, fuera o no culpable.

—Tranquilo —el comisario se reincorporó y, apuntando a Renzo, lo obligó a sentarse nuevamente junto al líder que palpaba su chaqueta encontrando su arma, ya tarde para la acción—. Terminemos con este circo de una vez.

Rodríguez caminó hacia la mesa y tomó uno de los vasos con el brebaje negro.

—Comisario, le juro que...

—Como lo hemos respetado durante décadas, y como nuestro manifiesto lo exige a través de años de historia y de mandamientos heredados de nuestros padres fundadores... levanto el voto en la mesa de los *Hellraisers* —el líder interrumpió a la Torre y se puso de pie tomando otro de los vasos.

—No me vengas con estos juegos de niños... —interrumpió Rodríguez.

La votación en la mesa chica de los cabecillas de la agrupación era una costumbre obligada que se respetaba desde el inicio de los tiempos, sin excepción. Cualquier tipo de acción que pudiera resultar ya sea en un cambio en la estructura de la organización, en un nuevo modelo de negocios o en la crucifixión de algún miembro debía llevarse a la mesa y tener un voto mayoritario para que ocurriese. En el pasado el voto debía ser unánime, pero luego de la última masacre en la cual murieron la mitad de los líderes esto cambió para siempre. No cumplir con lo establecido en una mesa de voto significaba la expulsión definitiva del rebelde de la organización, en los casos más laxos. Esta capa de orden lograba mantener cierta unidad y calma en un grupo de gente impulsiva, siempre enfocada a resolver los problemas a corto plazo hipotecando sus oportunidades a largo.

—Primer tema: desterrar a nuestros hermanos acusados de traición. Segundo tema: aceptar la propuesta de *Los Philos* —Renzo afirmó con la cabeza. Rodríguez lo miró fijo sin dar ninguna señal, molesto por la burocracia pero consciente de que había que respetarla—. Por lo primero, voto por no. Voto por no tomar esa decisión ahora, creyéndole a dos personas que no conocemos que están haciendo lo que sea por sobrevivir —siguió el líder, mirando fijo al comisario dando un fuerte golpe de autoridad.

—Voto por...

—Vos no votás. Agradecé que esto se lleva a votación, hijo de puta —Rodríguez apagó el voto de la Torre de forma indeclinable—. Yo voto por sí. Las pruebas son suficientes y contundentes, no hay juicio que pueda sostener lo contrario. Y no intentes llevarlo por donde quieras diciéndoles "hermanos". Son traidores.

—Me resulta gracioso ver que se toman el lujo de dar sus opiniones —comentó Yura—. ¿Es esto una votación o un debate de las niñas exploradoras? ¿Tan poca seguridad tienen entre ustedes que tienen que fundamentar sus juicios? La política es la historia más siniestra y horrible de todas. Especialmente la democracia. ¿Ustedes creen que para resolver un problema físico o matemático la solución está en la respuesta más popular... o en la correcta? ¿El valor de opinión de este gallego vale más que el de usted, comisario? ¿Por qué suponemos que el voto democrático es lo más justo, cuando en verdad se está siendo injusto con los más sapienses para dar una respuesta correcta? ¿Quizás no popular, pero sí correcta?

Se hizo un silencio incómodo. Rodríguez y el líder miraron fijo a Renzo, que ante la baja de la Torre tenía el voto definitivo que rompería la paridad. Renzo abrió los ojos sorprendido por el voto final que recaía sobre él. Con la Torre en la mesa solía votar por la opción que iba ganando, pero en esta oportunidad él era el amo y señor del destino de los implicados. Renzo era bueno siguiendo instrucciones pero no tomando decisiones. Esa razón junto a un verdadero talento para la mecánica de motos habían sido sus claves para subir en la jerarquía de la agrupación.

—Bueno... em... —Renzo se encontraba dividido en su cabeza. Siendo un hombre muy básico y visual, no podía quitarse de la mente el cuchillo que había encontrado en la bota de su compañero y no tenía la capacidad para siquiera plantearse escenarios en los cuales la Torre fuera inocente. A su vez, la amistad y camaradería de hace más de veinte años y las innumerables veces en las cuales la Torre le había salvado la vida lo hacían dudar. Sus principios individuales, por más minúsculos que fueran, colisionaban con su dogma colectivo y no estaba preparado para actuar. Nunca se había encontrado con la situación de tener que pensar por sí mismo—. Voto... mi voto es sí, culpable. Lo lamento, amigo —Renzo se derrumbó sobre una silla y puso la cara entre sus manos. El líder sorprendido negó con la cabeza. La Torre cerró los ojos ya consciente de su destino y de que no habría lugar a una defensa.

—No tienen idea de lo que están haciendo. Pero así son las reglas... y así siempre lo fueron. Ellas son más grandes que lo que pueda decir o explicar —lamentó la Torre—. Y nosotros somos muy pequeños. La agrupación debe seguir.

El dogma de la agrupación también había inundado el juicio de la Torre, a tal punto de que estaba aceptando su destino sin chistar. El líder hizo sonar el vaso contra la mesa como llamada de atención a los otros que habían votado. Los tres alzaron sus negras bebidas en alto, hicieron un brindis ruidoso y vaciaron sus vasos con un fondo blanco.

—¡Y así será! —dijeron al unísono, con cara de disgusto por el golpe del prieto trago amargo. Los tres tuvieron que cerrar los ojos para pasar el brebaje por su garganta.

El comisario sonrió y se acercó a la Torre, poniendo su arma contra su sien. Al mismo tiempo Yura sonrió, mientras Marco y Atalía miraban expectantes.

—Acá no, comisario, ¡esto nunca fue parte del acuerdo! —interrumpió la ejecución Rodney.

—Andate para atrás, correte —contestó el comisario sin dar lugar a la petición. Su borrachera hacía que los movimientos fueran espásticos.

—Esto no es así Rodríguez, su historia en la agrupación hace que el exilio sea una opción, hay que llevarlo a la mesa de voto —replicó Renzo con lágrimas en los ojos.

—Las pelotas, este tipo no puede seguir vivo, es peligroso. Pone en jaque a todo el negocio, ¡no puede salir de acá!

—No —El líder apuntó su arma contra Rodríguez—. Vos no sos más grande que esto. Vos no podés imponer tus propias reglas. Serás jefe en tu propio mundo, pero acá no. Esto se resuelve más tarde, y se acabó. El exilio sigue siendo una opción.

Ambos bajaron sus armas en señal de paz y se sentaron. Con la Torre reducida y la inestabilidad que mostraban sus secuaces, el comisario entendió que debía ceder ante esa condición. A diferencia del jefe y de Renzo, él sí había llegado alto en la jerarquía de la agrupación a base de política, negocios y estratagemas que requerían un mínimo de sentido común. Rodríguez no era un motero ni mucho menos, pero sí una persona que necesitaba de un grupo de individuos como los *Hellraisers* que le diera músculo para llevar a cabo su ecosistema de corrupción y comercio. El líder, a pesar de ser consciente de ello, sabía los beneficios que el policía le traía a la agrupación por lo que fue fácil para él convencer al resto de los superiores a aceptar como uno más a alguien que poco tenía que ver con su filosofía inicial. Las historias que armaron los cimientos de la agrupación no tenían por qué no ir adaptándose y mutando a lo que la organización necesitase para sobrevivir, a los roles que la agrupación crease para crecer. Los miembros actuales no eran los más fuertes ni útiles, pero si los más moldeables y en cierto sentido adaptados a lo que los jefes necesitaron para seguir siendo jefes.

Atalía volvió de la cocina con otra ronda de tragos negros para que estuvieran listos para el final del segundo sufragio. Nadie se había dado cuenta de que había desaparecido por unos instantes para anticiparse al pedido de los secuestradores. Esta vez trajo un vaso de más y el bidón entero, en caso de que el viejo Rodney se quisiera sumar al brindis de la agrupación. El comisario sonrió y asintió con la cabeza complacido por el detalle.

—Sigamos. Segundo tema: qué hacemos con estos —reinició el líder—. Viendo todo lo que pasó hoy... es jodido saber en quién confiar y en quién no. Lo que tengo seguro es que estos me dan mala espina. Le digo que no a sus propuestas, pero lamentablemente veo que tienen información que hace que no podamos liberarlos. Ahora que sabemos que algo están guardando... no voy a parar hasta saber la verdad. Por más que nos lleve todo el día, por más que mueran en el intento.

—No hay información que sacarles, ¡tenemos que matarlos ahora! —Renzo dio su voto con seguridad. Se hizo silencio esperando el comentario final del comisario, por más de que fuera imposible dar vuelta la votación.

—Perdón, gordo. Que no aclaraste si el voto es sí o no y las pautas del referéndum son muy estrictas. ¿Cuál es tu voto? —interrumpió Yura con una voz intencionadamente suave y baja, mofándose del motero.

Renzo arremetió contra Yura y comenzó a ahorcarlo.

—Mi voto... es no. No confiar en vosotros.

Renzo empujó a Yura que cayó al piso, sin poder amortiguar la caída con sus brazos.

—Gallego, traelo —ordenó Rodríguez.

Renzo, entusiasmado por ver que el comisario iba a actuar contra Yura, lo levantó de los hombros y lo sentó en una banqueta como si fuera una marioneta.

—Y yo que pensaba que el salón olía mal, eras vos Renzo —bromeó Yura.

Renzo le dio un golpe de puño en la cara, obligándolo a escupir sangre nuevamente. El comisario se puso sus gafas para ver de cerca y miró fijo a Yura, que correspondió la mirada con los ojos a media asta.

—No. No confío. Y nos vas a decir todo, porque sino no sólo te voy a torturar a vos y a tu novio… sino también a la putita esa que no parás de mirar.

Los tres secuestradores tomaron su vaso en alto una vez más y lo finiquitaron dando por terminada la sesión.

—¡Y así será! —gritaron el jefe y Rodríguez. Renzo intentó decir la misma frase pero terminó balbuceando algo que no se terminó de entender. Su cara comenzaba a ponerse pálida. Mareado se sentó lentamente para evitar caerse. Yura lo notó en la esquina de sus ojos mientras se enfocaba en Rodríguez.

—Rodney, venite. Uno por los viejos tiempos.

Rodríguez sirvió otra ronda, esta vez incluyendo un vaso para el dueño del bar. Rodney muy ofuscado por cómo iba desarrollándose la noche se sentó en la mesa para terminar con el trámite. Con mucha experiencia al respecto como sus ratas, notó algo extraño en su bebida y la olió al acercarla a sus labios. No bebió.

—¡Salud! —Renzo no tocó su bebida, ni siquiera se movió. Nadie parecía notarlo, pero con cada minuto que pasaba se encontraba más quieto haciendo esfuerzos por no colapsar.

El comisario estrelló el vaso contra el piso, tomó el cuchillo reglamentario de su bota y agarró a Yura de las manos.

—Comencemos. Te voy a soltar, como me pediste —sujetó el dedo meñique de Yura y lo apoyó contra la mesa—, pero de a pedazos hasta que me digas uno por uno quiénes son de Deko.

Con un fugaz movimiento, Rodríguez cortó la primera falange del dedo de Yura y la arrojó en la pila de basura más populada por ratas.

Todos los presentes escucharon el ruido de los huesos romperse y la carne desgarrarse seguidos de la cuchilla chocando contra el metal de la mesa, pero Yura no emitió ni un sonido. Mantuvo su ritmo de respiración como si no hubiera sentido dolor o sensación alguna. Uno de los anillos que tenía en ese mismo dedo cayó sobre la mesa haciendo un sutil ruido de cristal, que pareció resonar en todo el bar hasta generar un estruendo tenebroso en el tímpano de los secuestradores. El comisario lo tomó y lo observó con detenimiento haciendo especial énfasis en el cuerpo del anillo, una especie de marfil que por su textura parecía hueso, coronado por sendas pequeñas piedras blanco mate deterioradas por los años. Jok miraba atento la situación, viendo como las oportunidades que tenían para negociar se habían terminado en manos del comisario.

—Ustedes lo dijeron. El pez grande se come al más chico. Pensabas que con tus propuestas podías inflarte e inhibirme pareciendo más grande pero no, acá estoy yo con la boca abierta y viéndote desde arriba. Ahora, o te como a mordiscos... o me dices lo que necesitamos y te como sin sufrimiento, de un bocado —El comisario tomó su pañuelo y limpió la sangre del cuchillo.

—¿Lo que necesitan? —Yura rió por lo bajo.

—Al grano —respondió Rodríguez impaciente, alineando la cuchilla en la segunda falange de su dedo lacerado.

—Me quedan todavía veintisiete falanges en las manos, dando por sentado que con el cuchillo que tienes de los pulgares sólo podrás cortarme las primeras dos... por lo que fichas me quedan. ¿Me permites?

—Seguí —El comisario afirmó con la cabeza, alejando la cuchilla de la mano de Yura.

—Viendo como se comportan sé lo que necesitan, pero está completamente aberrado por todas las historias que tienen en la cabeza.

—¡Historias de mentira que venís trayendo desde que abriste la boca! —el líder interrumpió de forma enérgica, pero pronunciando las palabras con dificultad. Tosió al terminar.

—No, ¡esas son otras historias, pelilargo! Me refiero a las historias que nublan su consciencia y les dificultan quedarse en los básicos. Lo que necesitan es comer —Yura señaló al líder con su dedo maltrecho, mientras las gotas de sangre comenzaban a inundar la mesa—, por más de que hayas guardado esas cosas para comerlas más tarde... quién sabe cuándo y si en efecto podrás hacerlo. Dormir —miró a Rodríguez—, por más de que hayas interrumpido como tú has dicho "el placer más grande de tu vida" para tener una reunión de negocios con prisioneros como invitados especiales. Cagar —apuntó a Renzo haciendo una mueca de asco— por más de que, y me cuesta imaginármelo, tus intestinos todavía tengan materiales para expulsar y tu esfínter siga pidiendo a gritos rozar contra ellos como adolescente enamorado. Y todavía no he identificado del todo quién en este grupo necesita "coger"... pero sospecho que el viejo ese que está ahí, por más de que hace mucho tiempo que seguro no tiene una alegría sin pagar... por lo que en cierto modo está obligado universalmente a no hacerlo sin romper la ley. Aunque quizás la necesidad de coger sea lo que los une como grupo. Después de todo, un club estrictamente de caballeros, con puro cuero y telas de jean apretadas, compartiendo el disfrute de la vibración de motores en su trasero... quizás su solución esté más cerca de lo que piensan. O bueno, de cierto modo quizás ya lo saben y por eso están aquí. Sería muy pintoresco si todas las necesidades se vieran reflejadas en ustedes, colegas. Nos vendría como anillo al dedo para esta conversación.

Rodríguez volvió a tomar la mano de Yura y cortó la segunda falange de su dedo meñique, haciendo fuerza para romper el hueso más grueso que tardó en ceder.

—Hace unas horas habíamos debatido... bueno en verdad fue más un monólogo, me corrijo. Cuando conocí a tus compañeros había monologado sobre la relación entre el tiempo, el control, el propósito y las manipulaciones —comentó Yura como si nada hubiera pasado. La sangre brotaba de forma bastante contundente de sus heridas.

El líder hizo un carraspeo áspero, intentando liberar su garganta. Alejó la botella de whisky de su alcance y comenzó a frotarse la cara.

Rodríguez también sintió algo en su piel y cuerpo que no era normal. Su percepción de las cosas parecía estar cambiando, y definitivamente no tenía que ver exclusivamente con el alcohol.

—Es dichoso ver que esos mismos corolarios fueron claves para la subsistencia de tu agrupación a través del tiempo. Pero no nos apresuremos, te dono un par de falanges a cambio de que me permitas explicártelo. No solo creo que valdrá la pena sino que... Jok —giró en dirección a Marco— esto lo hago por ti también, escucha bien que nos será útil luego. Al final no todo es tiempo perdido —volvió hacia Rodríguez—. Si no podemos mantener un hilo constante de privacidad tendremos que improvisar en medio de secuestros, peleas y demases. Por suerte esto está por acabar...

El comisario posó el cuchillo sobre la tercera falange del dedo meñique de Yura, pero no pudo ejercer la fuerza suficiente para llegar siquiera a cortar la carne. Una línea de sangre en la piel de Yura mostraba que la cuchilla seguía afilada, pero el tajo era meramente superficial. Rodríguez hacía esfuerzos para darle contundencia al corte, pero su mano no le respondía. Le daba la indicación de cortar y aplicar el castigo, pero su cuerpo no actuaba como quería. Renzo ya parecía estar en otro mundo, con la boca entreabierta y los ojos perdidos.

—Pero para que lo entiendas mejor, demos un par de pasos para atrás. O mejor dicho, todo lo contrario: vamos a acercarnos. Acerquemos un poco la lupa. No hablemos de agrupaciones. Más cerca. No hablemos de sociedades, por lo menos no todavía. No hablemos de capitalismo ni de comunismo ni de otras religiones políticas, no. Hablemos de genética. Hablemos de las condiciones y falencias, de bendiciones y limitaciones técnicas de nuestros organismos, de las barreras que existen en la materia que compone a los seres. Podríamos decir que teniendo en cuenta nuestro conjunto particular de células, y comparándonos considerando cada organismo, el homo sapiens es único. Sin importar cuán avanzado o primitivo pareciera el espécimen —miró rápidamente a Renzo con una sonrisa—, somos únicos. Si el ser humano es un ser único en el mundo, con una capacidad de razonamiento, de comunicación, de organización y de empatía (o falta de, cualquiera de sus polos), entonces ¿por qué se suele estudiar su evolución y adaptación con los mismos patrones y lineamientos evolutivos que todos? —Yura quitó la mano de la guadaña y se sentó más relajado en la banqueta—. ¿De qué forma ha evolucionado el homo sapiens que, a día de hoy, no tiene el mismo estado que las demás especies? ¿Qué lo ha separado tanto de las demás para que llegue a este punto inédito en la historia de las especies y del mundo? Los estudios sobre la evolución en general van sobre ramas complejas; las teorías sobre extinción y especismo están en constante crecimiento y, valga la redundancia, evolución. Sería incorrecto decir que los patrones evolutivos fueron los mismos... si a fin de cuentas todos partimos de la misma materia pero ahora nos encontramos en un estado singular en todo el planeta. Por lo menos desde un punto de vista de teoría llevada a la práctica, de hipótesis-conclusión. Ya con nosotros, ya con nuestra raza... nos encontramos ante una excepción potente y más que determinante para el pasado, presente y futuro de este mundo. Sería incorrecto quedarnos con lo que todos conocemos sobre la "adaptabilidad" y la "supervivencia del más apto" —Yura hizo la mímica de los apóstrofes con el tercio del meñique que le quedaba, salpicando sangre todo alrededor.

La Torre veía a sus compañeros con una actitud rara y desenfocada y comenzaba a preocuparse de que los prisioneros se rebelaran ante tal displicencia en su guardia. Forcejeó pero no pudo librarse de las ataduras. Atalía se notaba afectada por la situación de tortura, lagrimeando temblorosa y cubriéndose la boca estupefacta.

—Creo que la supervivencia del más apto si es una ley universal. Quizás sí haya que utilizar los mismos parámetros evolutivos, pero lo que haya que cambiar sea el concepto de "apto". O el contexto de esa palabra "apto". Digamos... ¿apto para qué? ¿Para sobrevivir de forma sostenida en el tiempo? ¿Para que, genéticamente, no me extinga y siga pasando mi descendencia?

—¿Importa el cómo? —Jok se vio atraído por los conceptos que exponía Yura y se animaba a participar, sin tener nada que perder—. ¿Podemos decir que las vacas son el organismo más apto del mundo porque hay más vacas que cualquier otra especie en el mundo? ¿O tenemos que tener en cuenta que casi su totalidad está en mataderos y fecundan, nacen, se alimentan, sufren y mueren en base a las relativas necesidades de otra especie?

—¿Y los humanos? Al final el concepto de *"reproducirse para sobrevivir"* es tan anticuado como la religión, los países o las grandes empresas. ¿Cuál es el objeto de la supervivencia si la generación siguiente es más miserable que la anterior? ¿Cuál es el objeto si como grupo organizado seguimos perdurando a coste del sometimiento de ciertas minorías, sean o no de nuestra misma especie? ¿Por qué cuando analizamos los logros de la raza humana hablamos como si la misma fuera una entidad única... cuando la simbiosis desproporcionada y el parasitismo entre sus individuos son evidencia de que esto no es así? ¿Acaso los humanos hubieran perdurado en el tiempo sin un grupo de minorías que fecundan, nacen, se alimentan, ríen y lloran en base a las necesidades de otros humanos? Nosotros también somos nuestras propias vacas. En fin, ese *"cómo"*, como tú dices Marco... es quizás lo más importante de esta conversación. Y ese *"cómo"* es la razón de la interminable pelea entre lo que nos pide nuestra genética y lo que le respondemos con nuestros comportamientos y forma de vivir. La causa de prácticamente todos nuestros males psicológicos, y gran parte de los físicos. Pero son muy pocos los que pueden verdaderamente escuchar a su interior.

Con un esfuerzo físico sobrehumano, el líder tomó la pistola de su chaqueta y apuntó a la cabeza de Yura. Pasados unos segundos comenzó a temblar y su arma a multiplicar su peso. Toda su ropa parecía arder como si estuviera hecha de ácido. Los pelos tiesos en todo su cuerpo eran espinas intentando escapar de un núcleo que latía y se sentía putrefacto. El líder comenzó a rechinar sus dientes e intentar enfocar con sus ojos.

El canto de la joven arrolló violentamente su mente; su arma se le cayó de las manos al mismo tiempo que su brazo golpeaba contra la mesa.

—Aleluya... alelu... aleluya...

Atalía abrió su boca dejando salir una voz aguda soprana perfectamente afinada. Todas las miradas giraron rápidamente en torno a ella. La única palabra que se mencionaba en su canto traía un eco que erizaba la piel, pero que a su vez hacía sentir cierta tenebrosidad en los secuestradores y suma calma en las víctimas. La voz dejaba descubrir nuevos matices cada segundo que pasaba, mezclando una frescura juvenil con una complejidad y robustez veterana.

—Aleluya… alelu… ya...

Los secuestradores comenzaron a sentir un revoltijo en sus pechos que intentaba salir rompiéndoles la caja torácica. Poco a poco evolucionó a una opresión que los sofocaba y los hacía cada vez más pequeños. Las palabras de Atalía jugaban con la melodía deconstruyendo sílaba por sílaba, estirándose y retorciéndose.

—Aleluya… alelu, aleluya.

Yura cortó los agarres con un seco movimiento de muñecas y recuperó su anillo, tomándolo de unas manos catatónicas que no se resistieron. Luego de volvérselo a poner pero en el dedo meñique de su otra mano, hurgó en el bolsillo delantero de Rodríguez quitándole su pañuelo y utilizándolo de torniquete en su mano herida. Atalía seguía cantando con los ojos cerrados, transportándose a otro lugar e inflando su pecho. Ya no se veía nerviosa, parecía flotar por encima de la escena y mimetizarse con su canto. Las ataduras de los prisioneros se sentían más livianas con cada estrofa.

Los tres secuestradores libres se encontraban somnolientos, con suma dificultad para moverse y una respiración muy acelerada. Con las pupilas pequeñas y haciendo esfuerzos para enfocar, se notaba en sus interiores unos latidos cardíacos rápidos que acompañaban el canto constante de la joven. Sus bocas estaban secas, pero era Renzo el único que comenzaba a babear y mover sus labios intentando evitarlo. El jefe intentó hablar, pero sólo se escucharon ruidos raros por una mala articulación del lenguaje. La libertad de los moteros comenzaba a cuestionarse a través de cuerpos que no reaccionaban.

Aprovechando la situación y con total calma, Yura tomó el cuchillo de Rodríguez y cortó las ataduras de sus pies. Luego de liberarse se dio el lujo de caminar lentamente alrededor de las mesas juntando las armas de todos los moteros, acompañado por el canto de Atalía cual sacerdote recolectando las ofrendas al final de una misa. Mientras tanto Jok y la Torre observaban anonadados. Rodney estaba quieto, con las manos agarradas en penitencia y los ojos cerrados. Ninguno de los presentes parecía a esa altura una amenaza.

—Volvamos al *"cómo"*. Crucémoslo con el concepto de *"apto"* —Yura continuó con la explicación como si nada hubiera ocurrido, importándole más su discurso que el estado de los secuestradores—. A diferencia del resto de las especies, el homo sapiens tiene tres fundamentos básicos en su adaptabilidad. Tres, podríamos llamarlos, mandamientos evolutivos: tiempo, control y propósito. Les suena, ¿verdad? Hasta podríamos decir que el tercero es una consecuencia de los primeros dos, y que este tercero también es el más diferente con respecto a los fundamentos evolutivos de las demás especies. Podríamos debatir diferentes interpretaciones de tiempo y control de otros organismos. También decir que el propósito de otras especies genéticamente es procrear, mantener su descendencia genética y sobrevivir... pero los colores, los fundamentos y las motivaciones del propósito en el humano moderno son únicos y característicos de su especie. El propósito en el humano ha cambiado abismalmente el concepto de la adaptabilidad y la supervivencia.

Yura notó que una curiosa rata estaba lamiendo pequeñas gotas de sangre que habían caído de su herida hacia el piso. Liberó el torniquete de su dedo, tomó uno de los cuencos de comida ya vacíos y lo llenó hasta la mitad para luego depositarlo al pie de la mesa. La rata miró con desconfianza por unos segundos.

—Aprovecha, pequeña.

—Se llama Linda —exclamó Marco.

—Aprovecha, Linda.

La rata pareció entender el mensaje y no dudó en meterse íntegramente dentro del cuenco para beber más cómoda. Con los ojos cerrados y sin detenerse para respirar, se sumergió en el placer bebiendo de forma ininterrumpida. Yura le hizo una pequeña caricia que ni siquiera notó.

—Tiempo, control y en consecuencia tener un propósito —prosiguió Yura—. El tiempo es universal y es lo que se necesita para que las cosas pasen, para que las cosas cambien. Es una línea que, nos guste o no, la hayamos corrompido o no, compartimos con todo y con todos. Luego cuánto incide en el desarrollo de cada organismo depende de muchos otros factores, pero no modifican a la variable en sí. A menos que los eventos sean violentamente violados, las cosas tienen que pasar por un determinado tiempo, de forma sostenida, para generar un cambio. Los genes son duros de roer.

Yura puso sus manos en la cara de Rodríguez, intentando abrirle los párpados para hacer contacto visual. Los ojos del líder se movían con espasmos perdidos, lo que no le permitía enfocar la mirada.

—El control es relativo, y siempre lo será, pero a fin de cuentas es una sensación que permite hacerte sentir a salvo ante una adversidad o ante un peligro. Es un conjunto de pasos o de pensamientos metodológicos que generan ciertas reacciones químicas en el cuerpo que llevan a esa tranquilidad, si podemos llamarla de alguna manera. A menor riesgo mayor control. Aunque, otra vez… corromper el control es tan fácil como relativizar el riesgo. "Los tigres y los tiburones son maravillosos y pacíficos, debemos cuidarnos de las palomas" dijo el papá gusano a sus hijitos.

Yura se acercó a Jok y lo ayudó a liberarse de sus ataduras. Incrementó el volumen de su voz para que todo el salón pudiera escucharlo claramente. Kaba seguía inmóvil por lo que Yura no le dio interés alguno.

—Y el propósito, altamente manipulable dada su subjetividad. Genéticamente el propósito es bien objetivo. Pero sobre una capa bastardeada de tiempo y con una violación sistemática del control… en un puñado de miles de años y con unas buenas historias se convierte en lo más subjetivo del mundo. Por más de que genéticamente siga siendo objetivo y nuestro interior nos los siga diciendo, nos siga queriendo encauzar hacia lo que verdaderamente necesita… el propósito es sumamente moldeable y no es único para toda la especie.

Marco se puso de pie, refregando sus muñecas para liberar el dolor que le habían causado las ataduras. Accidentalmente Yura hizo contacto visual con la Torre.

—¿Llamás a todo este palabrerío una "buena historia"? —refutó la Torre.

—Las historias nos rodean, estimado prisionero. No estoy planteando una teoría, estoy observando. ¿Cuán frágil somos como especie si nuestro propósito depende de lo que nos cuentan y en consecuencia creemos, y no de lo que sentimos? Y peor aún, ¿cuán macabro es nuestro presente si las historias del pasado han modificado nuestros sentimientos y hasta nuestra adaptabilidad?

—A mi nadie me dice qué creer ni qué sentir...

—A nadie le gusta reconocer que es un actor activo o pasivo de esas historias sin saberlo —contestó Yura—. Es cuestión de abrir un poco los ojos e intentar identificar esas historias desde una perspectiva diferente. Pues para evitar susceptibilidades y ofensas intenta sino analizarlo no como actor sino como audiencia. Es a través de la creencia de historias que hemos prosperado como especie. Que nos han podido organizar para que cada uno de nosotros tome un rol, siguiendo una historia aún más grande. Nos podemos pasar toda la mañana, en el área que quieras y en la época que quieras.

Yura recuperó su cuchillo de la mesa y con sus pulgares limpió los restos de metal que el líder había raspado de sus iniciales. Comenzó a recorrer las líneas del dibujo de las islas que ocupaban la mayor parte del mango.

—Desde el día en el cual a alguien se le ocurrió trazar límites imaginarios circunvalando un territorio llamándolo *"propio"*, hasta el día en el cual alguien pensó más allá y lo llamó *"país"*. O el día en el cual a alguien le pareció bonito trazar todas esas delimitaciones en un mapa, intentando replicar de forma imposible un mundo esférico-elíptico en una vista aérea de dos dimensiones. "Bueno, a este país... lo haré un poco más grande". "Y sí, de ahora en más esta parte de aquí será 'el arriba', y esta parte de aquí 'el abajo'". O desde el día en el cual a alguien se le ocurrió crear el concepto de los "apellidos" en base a los roles u oficios que cumplíamos en nuestras comunidades, como también a características físicas. A veces me detengo a pensar cuán interesante sería reiniciar la creación de los apellidos en base a nuestros roles actuales. ¿Cuál piensas que sería el tuyo? "Señor Juan Carlos Matón lo felicito, le hemos aprobado su hipoteca". "José Esbirro, ¡felicitaciones es una niña!". "Y el premio para el mejor coreógrafo de la temporada es para... ¡Fernando Violento!" —Marco rió—. El primer paso es ser consciente de estas historias. El segundo es reconocer que somos parte. El tercero es reconocer que no siempre conoceremos su origen, ni que las conoceremos todas. El enemigo más grande del conocimiento no es la ignorancia, sino la ilusión del conocimiento. Pero también, la ignorancia genera confianza más frecuentemente que el conocimiento. Dixit ya sabes a quién.

La Torre nuevamente intentó romper con los plásticos que lo ataban, pero no lo logró. Cada segundo que pasaba lo encontraba más débil, perdiendo mucha sangre por las heridas en sus rodillas.

—Y podemos seguir bajando. Historias de que ese territorio delimitado tiene un nombre, y que todos los que viven en ese territorio están de alguna manera hermanados, por más diferentes que sean. Y que por el mero hecho de haber nacido físicamente en ese territorio debo seguir ciertas normas para las cuales es irrelevante si estoy de acuerdo con ellas o no, después de todo, esa historia es más importante que mi vida. Y que ese territorio con nombre es un ente que genera un papel colorido sellado y con un número puntual, que me va a decir cuánto vale cierta tarea o rol que estoy cumpliendo, y me va a permitir hacer de *"vale"* para canjear por otro servicio u objeto que quiera adquirir. Imagínate si mañana todos sufriéramos una lobotomía monetaria y todos olvidáramos el concepto de *"dólar"* y el poder que eso conlleva. ¿La fuerza está en la moneda o en la magnánima historia que finalmente hemos creado alrededor de ella? ¿La fuerza está en las empresas, en los países o en el poder de la historia que organiza a todas las personas que se la creen o que forman parte de ella de forma cuasi-dictatorial? El mundo es un mundo libre, siempre y cuando Romeo sea Romeo y Julieta sea Julieta. Hay ciertos aspectos del guión que no podemos reescribir. Es difícil plantearlo, lo sé. Más aún si hemos heredado esa historia por milenios y si estamos culturalmente sometidos a seguirla y, en consecuencia, creerla. Lindo, feo. Bueno, malo. Gordo, flaco. ¿Cuánto es en base a lo que te indica tu interior y cuánto es en base a lo que has aprendido? ¿Te piensas que la realidad real es necesariamente tan polarizada? ¿La realidad acaso no existe sin una consciencia que la interprete? ¿Y si esa consciencia se modifica, se modifica la realidad? Estas complejidades, prisionero mío. Estas complejidades son "historias". Pero atento, no somos los únicos que creemos historias. No somos los únicos que necesitamos de complejidades para sobrevivir como especie. Hay algo más que es particular en nosotros, en los homo sapiens, y que tiene que ver con esto...

El líder se desplomó en la mesa y comenzó a tiritar. El tono grave de su cabeza golpeando contra el metal interrumpió a Yura. La mesa se tambaleó sin caerse. Renzo y Rodríguez miraban de reojo a Yura, inmóviles sin poder participar. Parecían poseídos por el canto de Atalía que no cesaba. Con cada estrofa que pasaba Atalía se sentía más confiada y tranquila. Su voz había cambiado de temblorosa e insegura a relajada y sensual.

—Aleluya... aleluya...

—Solo mira a tu organización. Lineal, con una jerarquía básica poco compleja, pero más compleja que un organismo en soledad. Una especie tampoco necesita ser compleja para sobrevivir, no. Hasta en algunos casos todo lo contrario. Entiende que la "complejidad" está en cómo se organiza y cómo se relaciona con el mundo en el que vive. Pero sí que necesita ser compleja para que sus individuos sobrevivan más allá de sus capacidades individuales, valga la redundancia.

Dejando de lado las decenas de construcciones de género sociales y psicológicas popularizadas en este milenio, se necesita un espécimen macho y un espécimen hembra para engendrar otro espécimen, y ya con eso para propagar la misma especie a través del mecanismo de la reproducción y garantizar un linaje. Pero si nos quedamos únicamente en esta ecuación, las limitaciones propias individuales son las que tarde o temprano harán que la peste, la hambruna, una mutación o algún tipo de conflicto con otra especie o el entorno mismo terminen extinguiendo la especie. Por lo que ya sea de forma autónoma como una especie organizada sacando lo mejor de cada individuo, o aprovechándose de otras especies para cubrir ciertos aspectos que sus individuos no logran cubrir por sus limitaciones genéticas, sin importar qué razón sea, la complejidad de una especie la determina su capacidad de crear, asignar y respetar roles. Si estás solo, mueres. Si estás solo, no sobrevives... por lo menos no por mucho tiempo, por lo menos no garantizarás tu linaje.

Yura trepó sobre la barra para cruzar hacia el lado opuesto. Tomó un vaso que estaba secándose y comenzó a accionar los diferentes grifos de cerveza, que estaban prácticamente vacíos y largando una espesa capa de espuma. Juntando los fondos de cada barril logró llenar su vaso. Volvió a trepar la barra y se reincorporó al salón principal.

—Mira las abejas, por ejemplo. Se organizan en colonias y cada colonia tiene una abeja reina, que es la única hembra sexualmente desarrollada. El resto de las integrantes de la colonia lo sabe y cumple otros roles. Las obreras, hembras también pero sexualmente subdesarrolladas, son las que de verdad trabajan más y hacen casi todas las tareas del grupo. O los zánganos, que tienen el lujo de vivir para fornicar con las reinas vírgenes. Ni siquiera tienen aguijón por lo que su rol es meramente sexual, la envidia para algunos. Sino mira también a los elefantes. Sus manadas tienen estructuras que podemos decir son bastante complejas y además muy diferentes a las de otros animales. Las hembras y los machos viven en, digamos, rebaños diferentes. Las hembras son sociables, hasta con especímenes de otras manadas. Los machos no, no son tan sociales y les gusta aislarse. Lo que sí, pueden salir del rebaño para socializar y buscar pareja... pero cuando lo consiguen vuelven a su manada. Los elefantes más mayores suelen ir por los bordes del grupo, mientras que los jóvenes más fuertes y vigorosos por el centro, como símbolo de seguridad y protección. Ahora, ¿Quién crea esos roles? ¿Cuál ha sido el inicio de esa organización y de esa optimización de los recursos? ¿Acaso las abejas genéticamente nacen con roles y saben de qué va su vida o de qué va el aporte a su grupo? Con lo cómodo que está echada en el piso, ¿por qué la cebra recién nacida sabe que debe ponerse de pie y seguir a su madre a todos lados? La respuesta puede ser que generación tras generación de cebras recién nacidas echadas en el piso y devoradas por hienas y leones han erradicado ese comportamiento relajado neonato de la especie. Como resultado ha prosperado el linaje de cebras más aptas a la Sabana que se ponen de pie a minutos de nacer, logrando que a día de hoy esto sea parte de, por decirlo de forma sencilla, su instinto. Evolución básica, amén Darwin. Pero más allá del instinto, ¿hay algo más? Porque es curioso, los humanos han llegado a crear roles que van más allá de su planificación genética. No sólo fueron estas limpiezas evolutivas cimentales, no. Al inicio de los tiempos del homo sapiens, fue el lenguaje, la organización y la asignación de roles la que le permitió prosperar por sobre otras especies y por sobre otros homo etcéteras. El humano necesitó de roles más que nadie para suplir las ausencias de sus limitaciones genéticas y acelerar su desarrollo, sin tener que esperar milenios para que la evolución lo adaptara (o lo erradicara). La unión organizada sustituyó a añares de refinamiento genético. O aceleró, no lo sé. Tengo la garganta seca —Yura tomó un largo sorbo de su pinta—. Pfff, ¡caliente! En fin: roles.

Marco aprovechó la situación para revolver los bolsillos de Renzo en busca de los precintos que los moteros habían utilizado para inmovilizarlo. Luego de encontrarlos pasó a maniatar a los nuevos prisioneros paralizados. Al llegar a Rodney notó que su vaso con la oscura bebida estaba completamente lleno.

—A mi no, Marco —Rodney, todavía con sus manos en penitencia, sorprendió a Jok mostrando que estaba lúcido. Alejó sus manos de su agarre y abrió los ojos—. Solo estoy disfrutando de la música...

El Viejo volvió a cerrar los ojos quedándose sereno y calmo en su lugar. Marco lo observó por unos instantes y viendo que no presentaba resistencia alguna accedió a su pedido, no sin antes quitarle el arma de su cinturón. Rodney no causó ningún problema por ello. Atalía continuaba con su canto, ya con una sonrisa plena en su rostro.

—Aleluya... aleluya.

—Sin contar al instinto, porque después de todo no es en sí un "aprendizaje activo" sino una "escritura genética", para todas las especies los comportamientos se aprenden de dos maneras. La primera y la más común, por imitación. Un espécimen de una especie aprende de otro espécimen de la misma especie a través de la imitación de lo que está pasando o de lo que le están mostrando en vivo. Desde los inicios la vida misma es una experiencia repleta de imitaciones y aprendizajes que se viven cuerpo a cuerpo. El espécimen lo ve, lo siente, lo huele, lo escucha. A través de esos sentimientos conectados con el momento se quema, se congela, se divierte, se preocupa, se regocija, sufre y comprende. Aprende por imitación, copiando.

—Aleluya... alelu, aleluya. —Atalía seguía cantando con los ojos cerrados, pero a la vez escuchando lo que decía Yura y recordando todo lo que había vivido en las últimas horas, desde su primera experiencia sexual hasta su rebeldía existencial. Las palabras de Yura no hacían más que incrementar sus sentidos; estaba absorbiendo todo como una esponja.

—La segunda manera de aprender, aún más salvaje y cruda, es a través de la prueba y el error. El contexto y el entorno están en constante cambio, por lo que toda especie tendrá nuevos desafíos que la enfrentará a situaciones inéditas que nunca antes habían sido planteadas y aprendidas. Adaptarse a estos nuevos retos es algo clave. Un espécimen puede verse motivado a probar nuevos horizontes. Pero con uno no basta: miles y miles de generaciones se necesitan para que la prueba y el error pase a ser un nuevo comportamiento, algo que una especie naturalice y luego pase por imitación a la siguiente generación. Obviamente los líderes de este cambio tendrán que sufrir alguna mutación genética que los haga diferentes y los empuje a liderar el cambio desde un comportamiento o una característica nueva de la especie, como Darwin demostró. Algunos especímenes tendrán más habilidad para una cosa que para otra, por lo que en especies con organizaciones más complejas podrán directamente dedicarse a eso. Como una abeja que cuida una colmena, otra abeja que va a buscar polen a las flores u otra abeja que se relaja y goza. Pero aquí es donde se traza la línea...

—Alelu... ya —Atalía cesó su canto, a esa altura somnoliento, y se largó a llorar desconsoladamente poniéndose de rodillas agarrándose la cara.

—Una línea donde de un lado quedamos nosotros solos y del otro lado todas, absolutamente todas las demás especies: ¿qué pasa si un individuo miente sobre la "prueba"? ¿Si cuenta un cuento sobre un error o una victoria para manipular un aprendizaje? El ser humano tiene una tercera manera de aprender las cosas, dudando si "aprender" es el verbo correcto en este contexto, aunque de seguro lo suficiente para entenderlo. Esto es lo que verdaderamente lo hace único y lo que lo ha transformado. Una tercera manera de comportarse, aprende comportamientos, crear roles y pasar la información de generación a generación... sin la necesidad de esperar milenios de limpieza existencial, mutaciones y cambios rotundos en sus genes. Esta forma está basada en una capacidad única del humano, que lo ha hecho dominar este mundo: la capacidad de creer historias. Creer, la palabra más humana que existe. Somos la única especie que no necesita tener ejemplificado en vivo lo que está contando otro espécimen, lo que se está pasando a la siguiente generación de forma no-genética o no-experimental. Que no necesitamos vivir en carne propia para imitar, que no necesitamos verlo ni tocarlo para creerlo y para copiarlo. Que podemos aprender algo que solo vive en las palabras y no en la experiencia. Que vemos veracidad en un relato. Solo necesitamos contar, solo necesitamos que nos cuenten. Solo necesitamos convencer, solo necesitamos ser convencidos. Y la palabra "contar" lleva consigo un manto de subjetividad abismal. Estamos preparados genéticamente para querer creer historias y para tener la capacidad de crearlas. Para confiar en que un relato nos está describiendo realmente una experiencia que ha sido vivida por otro ser, que ha sido vista por otros ojos. Que la línea que separa esa experiencia relatada y la realidad no existe. Nos encanta convencernos, somos adictos a ello, adictos a esas historias. Nuestros antepasados que comenzaron a organizarse creyendo historias han erradicado de la tierra a los que no. De alguna manera es la humanidad como organismo único y simbiótico quien las ha vivido, y nosotros sólo somos una parte de ese organismo que está recibiendo información... lo que nos basta para que sintamos que es nuestro. Creer una historia es dar por sentado de forma inconsciente que la realidad puede ser relatada. Es confiar ciegamente en el todo por sobre nuestro individualismo. Es que mis sentidos primarios puedan hacerse a un lado y confiar en algo que no he presenciado. Si algunos teorizan que el quinto sentido es la intuición... pues el sexto es su hermano mayor, más cabrón y un tanto soberbio: la fe. No la fe desde un punto de vista religioso, sino desde un punto de vista de creer algo que no está en frente de mis ojos pero que otros ojos sí han visto, o aseguran que han visto. Y estamos diagramados para creer historias. Mientras más jóven es el espécimen humano, menos dudas tendrá ante lo que no ve y más fácil le será el creer historias... lo cual es más peligroso aún.

Yura se acercó a Atalía y tomándola del brazo la ayudó a ponerse de pie. La miró fijamente a los ojos y con una sonrisa le acarició la cara, susurrando unas palabras por lo bajo. Se fundieron en un abrazo que pareció durar años. Atalía sintió una explosión interna que causó un exorcismo y una reescritura profunda en su ser. Sus músculos y tendones se relajaron como nunca y sintió que respiraba por primera vez. Al principio se sentía avergonzada de incomodar a Yura con su afecto, pero rápidamente se dio cuenta de que esos sentimientos eran solo reminiscencias de viejos desechos, como el olor de un cesto de basura vacío luego de quitar la bolsa.

—La mente humana se ha desarrollado para retener historias mucho más fácil que datos o estadísticas. Sobre todo cuando las historias coinciden con experiencias similares que ha vivido la persona que las escucha, o cuando estas historias cubren una duda, un debate o una incomodidad interna de la persona —Yura dio un beso en la mano a Atalía que, todavía alborotada, se apoyó en él para sentarse en una banqueta cercana a la barra. Comenzó a caminar alrededor de los moteros, imposibilitados de actuar pero aún conscientes—. Las historias nos cambian para siempre. Los sentimientos que nos generan continúan resonando incluso después de que se cuente la historia. Casi que se tatúan e imprimen en nuestro interior.

Marco tomó una silla y se sentó, agotado físicamente por todo lo que había ocurrido en las últimas horas. Agarró el vaso de Rodney lleno del líquido negro buscando limpiar su garganta y, luego de olerlo, lo tiró contra el grupo de ratas que husmeaba el basural más cercano. Todas salieron corriendo hacia la madriguera más próxima, espantadas por un olor peligroso que se les hacía familiar.

—Esto es ya bastante interesante a nivel individual, pensando en un emisor y un receptor... ¿pero qué pasa si las experiencias que esta persona ha vivido han ocurrido en base a otras historias heredadas? A fin de cuentas las historias que heredamos traen consigo roles, actores, premisas, reglas, contextos, organizaciones, nuevas verdades. Podemos tirar de la cuerda, y tirar de la cuerda. ¿Pero verdaderamente cuánta cuerda hay? ¿Hasta dónde se llega? ¿Qué hay en la otra punta y en qué árbol está atada la soga?

Yura se sentó al lado de Jok y dio vuelta su pinta de cerveza dejando caer todo el contenido en el piso. Luego apoyó el vaso vacío en una mesa e hizo contacto visual con Rodríguez.

—Nuestro consciente no lo hace... pero nuestro inconsciente sí. De diferentes maneras, pero lo hace. Tira de esa cuerda. Sospecha, está incómodo. Nos da varios indicios de ello. Acaricia nuestros genes, y se acurruca con ellos recordándonos lo que verdaderamente somos. Si no le prestamos oído pasa de la caricia al pellizco y del pellizco a la tortura. Intenta darnos señales de socorro conscientes y físicas que nos cuesta escuchar y entender. Y como no le respondemos con los actos que nos pide, llegamos a que nuestro sistema biológico y psicológico... sufra por dentro. A que nuestra adaptabilidad biológica sea débil. Sí, nuestra civilización ha prosperado. Somos cada vez más, pero más débiles biológica y psicológicamente. Los genes ya no importan en nuestra evolución, sino cuál es nuestro rol en las historias. No somos iguales ante la vida, no somos iguales ni tenemos las mismas oportunidades en este organismo simbiótico que es la humanidad. A algunos nos toca ser una parte privilegiada, a algunos

nos toca ser la frente, la boca, los ojos, la libido... pero otros heredan el culo, los intestinos, la mierda, el esfínter. La debilidad y la fortaleza genética ya no son parámetros para nadie, ya no son parámetros de supervivencia. Nuestra psicología está sesgada. El ello, el yo, el superyo... viene con instrucciones que no podemos interpretar y que han sido traducidas a un idioma que no podemos entender. Es parte del rol, obviamente. Nuestro aprendizaje cognitivo ha cambiado para siempre, nuestros estímulos, los procesos que ocurren dentro nuestro. Se han subestimado tanto las historias que creamos para organizarnos que han terminado dentro nuestro mutando a nuestros genes de una manera inexplicable. No somos más libres, no. Mejor dicho, la libertad y el concepto de lo que es ser libre no es más que otra historia que podemos leer, escuchar y que nos cuentan. Nuestras experiencias no son más nuestras, no somos amos y señores de nuestra vida y de nuestros actos. Las historias proyectan un halo de luz benevolente sobre cada linaje y desenlace que pensamos nos ha hecho prosperar... pero eso no es real. Ya no sabemos lo que es.

Rodríguez lentamente fue cediendo de costado, hasta caer al piso en peso muerto. Yura volvió a ponerse de pie, intentando levantar a Rodríguez sin éxito. Se puso de cuclillas para estar cerca de la cara del comisario.

—Particularmente tú... particularmente tú —lo tomó del cabello—. Eres obsoleto. Tu propósito es obsoleto. Tus sistemas internos y genes no están preparados para ser felices, sino para sobrevivir. ¿Si te gusta dormir qué mierda haces aquí? ¿A qué nivel las historias han modificado tus bases y prioridades? ¿Cuánto sufres en verdad y qué indicios te da tu cuerpo y tu interior de este sufrimiento? —lo soltó dejándolo caer. Rodríguez cerró los ojos buscando descanso.

Luego de un último forcejeo, la Torre logró soltarse. En un intento por escapar se puso de pie con dolor e intentó correr hacia la salida, pero las heridas en sus piernas hicieron que su motricidad no reaccionara como él hubiera querido. A medio camino hacia su libertad se detuvo y, consciente de sus nulas chances de escapar o de confrontar a los prisioneros rebelados, terminó yendo hacia el escenario y acostándose sobre él. Yura se acercó, le quitó el cinturón y le aplicó un torniquete improvisado en su pierna más comprometida. La Torre vencida lo agradeció.

—La magia ocurre cuando estas historias se rompen. Y la magia no necesita de milenios de aprendizaje, de milenios de roles. Esto puede ocurrir en un segundo, con una mera sinapsis neuronal. Allí está el verdadero cambio en un humano: el que muta sin necesitar de sus genes para ello. La gente que tiene esa capacidad... es diferente. Uno nunca está preparado para enfrentarse a esa gente, no existe ninguna estadística que pueda prevenir, que pueda anticiparse a sus comportamientos. Su deshumanidad entre humanos las hace diferentes. La deshumanidad está asociada, en la historia que nos hemos contado, con la crueldad, el ser despiadado y antipático... cuando irónicamente la deshumanidad es todo lo contrario.

—Déjame en paz... son libres... desaparezcan de la ciudad —La Torre se sentó de lado ajustando el torniquete que Yura le había aplicado y enfrentándolo. El estado físico de los secuestradores seguía degradándose y veía claro que, por más de estar en pleno juicio por parte de la agrupación, dadas las circunstancias su voz era la siguiente al mando.

—Ustedes, como parte privilegiada de esta élite del mundo... espero que ya se estén lamentando por las construcciones que han heredado y que se han inventado, y por la magia que no han generado —con cada frase que Yura hilaba los dolores en el cuerpo de todos los *Hellraisers* se agudizaban—. Pero bueno, es como lo han aprendido y como lo han heredado. Son las reglas de este mundo moderno. No es mucha la culpa que los debería atormentar… después de todo, no son ustedes quienes han complejizado las cosas. Pero sí son ustedes quienes han tenido las oportunidades de darse cuenta de ello, y sí son responsables por no saber interpretar las señales. No han sido lo suficientemente aptos. Han escuchado a la voz incorrecta.

Luego de ayudar a parar el sangrado de la Torre, Yura se paró al lado del jefe notando los embutidos de calidad que se había reservado al inicio de la toma de rehenes. Los mismos ya estaban sudados y a temperatura ambiente, pero probablemente en su mejor estado.

—Tú, a diferencia de tu socio, priorizaste la comida. De todos los manjares que había sobre la mesa... estos que te reservaste, que entiendo son los que más te gustan, aquí están —Tomó un cubo de salame, lo olió y le dio un mordisco.

El líder, todavía con la cara en el metal y con las manos por detrás de la espalda luego de las ataduras de Marco, hizo movimientos corporales en dirección a Yura sin las fuerzas suficientes para confrontarlo. Apenas pudo ponerse erguido por unos segundos, para luego desplomarse nuevamente sobre la mesa terminando recostado sobre algunos restos de comida. Yura se acercó a su oído para que lo escuchara claro.

—Dime, ¿si te gustan más esos putos embutidos por qué no los comiste? —El líder espumeaba intentando hablar pero no le salían las palabras— ¿En qué momento empezaste a dejar para el final lo que más te gusta, sabiendo que "el final" es lo más relativo de este mundo?

Desde el suelo un intento de grito por parte de Rodríguez llamó la atención de Yura por unos momentos. Mirando en esa dirección hizo contacto visual con Renzo, sentado completamente catatónico con los ojos abiertos. A pesar de no estar recostado o en el suelo era el que peor se veía, ya con un pie y medio en el inframundo.

—Mi fiel y robusto Renzo. Mi gallego. El más guapo. Hostia, joder.

Yura puso una mano en su hombro derecho mientras lo peinaba con la mano lacerada. La sangre que volcaba en su cabello hacía de gomina logrando un tinte pelirrojo y un aspecto aún más sucio de lo que estaba. Yura miraba un punto fijo a lo lejos y manejaba el pelo de Renzo mientras comentaba cual estilista cotilleando sobre los últimos tabloides un sábado por la tarde.

—Escuchar tus lamentos y ver que toda esta situación ha resultado en que no hayas podido seguir expulsando tus heces en la comodidad del baño... me causa tres sensaciones. La primera de impotencia por la inhibición de tu necesidad, similar a lo que me causa la interrupción del sueño del comisario y el desperdicio de los mejores bocados por parte de tu otro superior. La segunda de repulsión. No por ti, no te confundas. Sino porque mi nariz me indica que el estado en el que estás ha hecho que aflojes tus esfínteres y vacíes tu interior en pleno salón —miró hacia abajo notando una marca de excremento asomarse por el tobillo de Renzo—. Y la tercera de impotencia también, pero desde un sentimiento paternal y altruista. Impotencia de que no logres romper los tabúes con los que has vivido y abrirte al placer anal... pero del sentido contrario al que nos has comentado hoy que te gusta practicar —acarició su lóbulo derecho acercándose a su oído—. Anímate —dijo susurrando con un tono sugestivo. Si disfrutas cuando sale de seguro disfrutaras cuando entra. Después de todo tu punto G está ahí... aunque dudo que sepas lo que es de seguro sabes cómo se siente.

Renzo vomitó gran parte de la bebida y la comida que había ingerido en las últimas horas y terminó cediendo hacia adelante contra la mesa.

—Hijo de puta, ¿qué les hiciste? —interrumpió la Torre.

—¿A mí me hablas? —Yura se señaló y levantó los hombros sorprendido. Caminó hacia Jok buscando una sonrisa cómplice, pero sin encontrarla—. Pues nada, se lo han hecho ellos solos, ¿que no lo ves?

—¿Qué clase de brujería es esta?

El sufrimiento se había terminado para Rodríguez, Renzo y el líder. Sus sendas cabezas ya no se mantenían erguidas en sus cuellos y posaban ya sea en el metal de la mesa o el cemento del suelo. Los tres respiraban, se mantenían vivos pero en un estado comatoso. Rodney abrió los ojos, se puso de pie y con paso cansino comenzó a juntar los diferentes vasos y cuencos que habían quedado en la mesa y en la barra. Luego se dirigió hacia la cocina consciente de que la mañana estaba llegando a su fin.

—¿Brujería? Entiendo que abrazado a las historias es inevitable pensar a través de los roles, de las acciones y limitaciones característicos de cada rol. A fin de cuentas, la probabilidad de que un rol tome una acción o se rebele a su guión depende, según tu mundo, de las características de ese rol. Mira a qué nivel has llegado que tu primera teoría es una fantasía, ¡una brujería dices! Al final la gran mayoría de las cosas tiene una explicación científica más bonita, eso sí, menos estrafalaria. Pero, ¿sabes qué es lo bello de la probabilidad? Que cuando apuestas un pleno a una probabilidad minoritaria, a una probabilidad que forma parte de la "poca o escasa chance" y ese grupo termina ocurriendo o manifestándose... te verás sentado solo viendo como la estadística se pasa por los huevos la matemática y los números. Los deshumanos se comen la probabilidad, se comen los roles. Esta nueva historia es la real para ti y lo más fuerte y concreto que te ha pasado y aprenderás hoy.

La rata que bebía de la sangre de Yura terminó su desayuno. Con movimientos torpes dadas sus cortas patas luchó por salir del cuenco repetidas veces hasta cansarse y quedarse quieta vencida, pero no asustada. A través de una mirada inocente conectó con Yura, que con una sonrisa dio vuelta el cuenco para dejar salir al pequeño roedor que se unió al resto de su familia.

—Ellas no nos miran con tus ojos. No nos juzgan con tus principios. Ellas aprenden de lo que ven y de lo que perciben pasivamente a través de milenios de descendencia genética. Ellas sólo aceptarían un cuenco de bebida de alguien en quien confían a través de hechos... no de roles.

—¿Sabés por qué lo hice? —Atalía interrumpió la explicación y tomó a Yura del brazo, obligándolo a hacer contacto visual con ella.

—Sí... lo sé —replicó Yura.

—Es la primera vez que canto con mi propia voz, sola. Es la primera vez que me escucho. Es la primera vez que lo disfruto.

—Fue hermoso. Gracias.

—Sentí al cantar lo mismo que sentí cuando hablabas en la prisión. Cuando hablaste recién... y cuando mezclaba las bebidas en la cocina.

Ambos se quedaron en silencio clavando sus miradas por unos instantes. Yura perdió el duelo por primera vez en su vida y bajó la vista.

—¿Nos vamos? —descomprimió.

—No tengo lugar a donde ir. No tengo idea de qué hacer... pero de alguna manera estoy tranquila.

—Ven conmigo, si te parece.

—Pero... recién te conozco. Solo conozco tus historias.

—Ofrezco ayudarte a romper los pactos que esta noche has comenzado a borrar de tu vida... y embarcarte en un verdadero viaje espiritual. Te estaré acompañando, pero será un viaje solitario.

Yura ofreció su mano a Atalía que luego de dudar unos segundos la tomó con fuerza. Los dos comenzaron a caminar lentamente hacia la puerta mirándose. Kaba abrió un ojo y observó la escena sin moverse. Marco se aproximó a él y cortó las ataduras de sus manos y pies, para luego seguir al resto hacia la salida. Kaba aún estaba demasiado turbado para reincorporarse.

Atalía miró hacia atrás e hizo un repaso por los moteros con suma culpa y con un escalofrío que le subía por las piernas.

—Estarán bien en unas horas, no te preocupes —Yura intentó calmarla tomándola de los hombros y apartando su vista de los secuestradores desmayados.

—Niña —gritó Rodney desde la cocina—. Te olvidás esto.

Levantando la mano desde lejos mostró la pequeña biblia que Atalía había dejado en el fregadero. En su otra mano, una lata de veneno para ratas vencida con un óxido rojo oscuro que había comido gran parte de la etiqueta. Atalía soltó la mano de Yura y volvió hacia Rodney mientras buscaba algo en su bolsillo. Los ruidos de sus mocasines brincando parecían gotas de lluvia.

—Muchas gracias, señor. No la necesito. Y disculpe, casi lo olvido.

Atalía devolvió el cuchillo robado a Rodney, sujetándolo desde la cuchilla y entregándolo por el mango.

Rodney volvió a la cocina, guardó el cuchillo en un cajón y tiró el resto de los objetos a la basura, incluida la biblia.

—Buenos días.

Luego de terminar con la limpieza de la cocina, la barra y el salón, el viejo Rodney marchó a paso lento hacia el camarín, buscando tomar una siesta que le devolviera un poco de vitalidad para enfrentarse con los problemas por venir cuando los moteros se recuperaran. Acostado en el maltrecho sillón comenzó a plantearse si llamar a una ambulancia para terminar antes o si simular que él también había sido envenenado para que los moteros no se lo tomaran personal. Sea cual fuera su decisión tendría que mentir nuevamente, y ya estaba cansado de ello.

Minutos después de haber podido conciliar el sueño, un ruido en el salón lo despertó. Los pasos graves y distanciados no sonaban a los trotes apresurados que solía escuchar de las ratas. Con mucho cuidado y cierto temor se asomó por la apertura de la puerta para ver qué ocurría abajo. Alcanzó a ver a Yura agazapado cara a cara con Kaba, que seguía recostado contra la pared. Yura tomó el pañuelo que había acomodado en su mano como torniquete y lo sujetó firmemente contra la cara de Kaba, tapando su boca y orificios nasales y aplicando una fuerza sostenida. Luego de unos breves espasmos y un débil forcejeo, Kaba dejó de moverse.

—Esta vez estuviste cerca. Pero todavía muy lejos.

Rodney no quiso delatar su escondite por lo que cerró los ojos y esperó a que la escena terminara. Luego de comprobar que Kaba no tuviera pulso, Yura se puso de pie y abandonó el lugar.

Al mismo tiempo que los ruidos de sus botas desaparecían, el sonido de la sirena de ambulancia comenzó a hacerse cada vez más fuerte.

Un nacimiento

Sus viejas y polvorientas zapatillas de lona y su camiseta musculosa cortada a cuchillo se habían perdido en los desafortunados eventos de la noche, iniciados por los actos violentos en el recital. Los equipos de audio y cables habían quedado atrás, no estaba claro si se los había olvidado o si a esa altura no le importaban. No tenía manera de establecer contacto con sus amigos músicos hospitalizados, tanto por no saber en dónde estaban internados como por el evidente robo de sus teléfonos celulares por parte de los camilleros y enfermeros de guardia, buscando propinas para cubrir lo que un sueldo irrisorio jamás cubrió. La repentina tormenta veraniega que caía sobre él ayudó a aminorar el cansancio y el dolor corporal de una mañana de fin de semana que encontraba a la ciudad semivacía, con sus habitantes ya sea durmiendo hasta tarde o preparando sus heladeras portátiles para atiborrarse en la playa de un pueblo costero nacional y popular, confiando con ingenuidad en un pronóstico del clima ineficiente que les volvía a fallar por enésima vez.

Después de una jornada que parecía eterna, era un placer para Marco caminar por el medio de la avenida semidesnudo, disfrutando la rugosidad del pavimento en cada paso escoltado por la interminable hilera de autos estacionados en ambas manos. Evitando la claustrofóbica vereda invadida por árboles porteños que lo triplicaban en edad, con raíces fuertes inalcanzables rompiendo todo cemento en su camino por seguir creciendo, causando obras de remodelación jamás priorizadas y arreglos improvisados antiestéticos que mezclaban diferentes tipos y colores de baldosas. La incertidumbre y la mezcla de identidades eran parte del ADN de la ciudad, parte de su encanto desordenado mutado en caos. Una sinergia imperfecta del primer mundo con el tercero, basado en una matemática imposible en la teoría pero real en la práctica.

Las diminutas y delicadas flores de la copa de las Tipas y los Jacarandás habían sido arrebatadas por la lluvia en su paso al suelo, tapizando el borde del asfalto en amarillo y violeta y haciendo parecer al centro de la calle una alfombra de pavimento abrillantada por el agua. La falta de autos circulando acrecentaba aún más la ilusión y el protagonismo de la soledad, acompañada pasivamente por el aroma a lluvia mezclada con naturaleza urbana.

Jok disfrutaba del espejismo caminando con los brazos abiertos y las gélidas gotas de lluvia limpiando su cuerpo, con el lujo de no toparse con nada ni nadie alrededor. Por momentos caminaba con los ojos cerrados adrede, intentando seguir una línea recta contando los segundos que se animaba a mantener su vista en negro y desafiándose a incrementarlos intento tras intento. Las gotas de sudor no cesaban y se mezclaban con el agua que caía del cielo llegando a su lengua en tonos salados y dulces. Su meditación en movimiento de alguna manera anestesiaba los dientes partidos y las encías hirviendo en su boca. Con esta distracción inconsciente pero eficaz, logró recorrer las largas cuadras que separaban al Club de su casa. Sintiendo que la fortuna por un instante estaba de su lado notó que lo único que no había perdido en toda la noche era la llave de su puerta. No fue mucho el esfuerzo que necesitó para convencer a su vecina de planta que le abriera el portal de entrada al edificio. Desde que perdió a su marido en la gripe de finales del '20, la señora Isabel buscaba cualquier excusa para sumar puntos con sus vecinos y así motivar contactos con otros seres.

Barón se encontraba durmiendo en la cama deshecha sin nadie adentro, algo raro a esas horas de un sábado pero que no inmutó a Jok. Luego de un baño rápido para quitarse la calle de encima y de llenar el cuenco de su perro con comida balanceada, se quedó dormido junto a Barón mientras sostenía una bolsa con hielo en su mandíbula. Por primera vez su voz interior estaba muda, agobiada por lo vivido en las últimas horas. No tenía la capacidad de mantenerse despierto debatiendo y digiriendo las palabras de los actores de la noche, tanto por el cansancio físico que lo aquejaba como por el eco de la sobredosis de ruido, dudas e información que acarreaba.

El aguacero estival que caía no mostraba intenciones de parar, con una capa contundente de nubes negras que tapaban el sol y hacían descender la temperatura a la mitad, fenómeno común en las ciudades del sur a principio de año. Marco no necesitó bajar las persianas para dormir profundamente durante todo el día, sin contar con algunos momentos en los cuales Barón lo despertaba lamiéndole sus heridas o llorando pidiendo un refrigerio extra y menos industrial. A pesar de lo súbito del sueño, fue inevitable para Marco que Yura apareciera en él.

Era de esos sueños en los cuales desde el comienzo uno es consciente de que está soñando. Moviéndose, pensando y relacionándose con su entorno con cuidado, Marco evitaba cometer cualquier acción repentina que lo llevara a despertarse y perder la oportunidad de vivir en otro mundo, plagado de mensajes y respuestas pero vacío de obligaciones y consecuencias. Intentando que la mitad de su cerebro arquitecta e ilustradora del sueño y sus historias no se diera cuenta de que la otra mitad la estaba viviendo en un estado de semi consciencia. Su voz interna parecería no haberse dado por vencida e iba a llegar hasta el final para conversar con él y no dejar cabos sueltos, fuese donde fuese, gritando o con simples imágenes.

La escena del sueño era una copia exacta de lo vivido en el retorno obligado al bar horas atrás. Los mismos detalles y las mismas palabras, con la excepción de que Laura estaba allí. Sentada en una mesa aparte, sobre vestida para la ocasión y maquillada con tonalidades de noche que hacían contraste con su vestido lamé tornasolado. Solo una persona como Laura podía vestir esas telas y colores y verse refinada. Definitivamente su último recuerdo físico de ella era el del hotel alojamiento, ya que dejaba ver sus piernas perfectas bronceadas cruzadas acompañando una sonrisa seductora aún más hipnótica que la delicada raya de sus pechos centímetros más abajo.

A medida que Yura iba recitando su monólogo calcado palabra por palabra, Marco lo repetía en su cabeza. No estaba claro en qué plano o espectro estaba la voz que lo imitaba. A pesar de la paz que sentía en el sueño, vivía cierta agonía en el plano físico. El bruxismo en su ser durmiente hacía chillar sus dientes y acrecentar el dolor de los que habían sido destrozados por sus captores. Sus párpados cerrados se movían con una velocidad que hacía peligrar la ficción.

Luego del primer brindis motoquero con el brebaje negro envenenado, fue a Marco a quien seleccionaron para la tortura final en vez de a Yura. A pesar de ser el mismo cerebro que cambió el guión, la mitad protagonista se sorprendió de forma genuina con el giro en la trama. Marco sintió el corte en su dedo meñique, causando un cierre fuerte de su mano que yacía debajo de la almohada. Su percepción del sueño iba cambiando, pasando de primera a tercera persona y viceversa constantemente. Ser testigo de su propia tortura por momentos le reconfortaba y angustiaba al mismo tiempo, lo cual lo transformaba en una pesadilla macabra. Por mucho que fuera consciente de estar viviendo una realidad paralela, sus sentimientos eran extremadamente profundos. Espantado por lo concreto del dolor intentó despertar pero no pudo. El sufrimiento físico era demasiado real, el gusto a sangre y el olor a suciedad idénticos y las ataduras demasiado ajustadas. Atrapado en un ataúd de sueño y tormento, Marco hacía esfuerzos por romper con su fantasía pero no lograba escapar. Cerró fuerte los ojos y mordió su lengua intentando hacerse aún más daño, pero de nada sirvió. Las restricciones en sus muñecas y pies no eran nada comparadas con la prisión de la cual no podía despertar. De un momento a otro la voz de Laura se acrecentó en el bar, silenciando todo lo demás e intensificando el padecimiento físico. Sujetando la navaja estaba ella, con su mano ensangrentada y su cabello rubio planchado e impoluto. El resto del salón se encontraba ahora vacío, con la excepción de una presencia física detrás de él que no podía ver. La percibía familiar, con una luz propia que iluminaba todo lo que tenía enfrente. Se sentía conmovido por ella sin saber por qué. Intentó girar su cabeza para ver quién era sin éxito.

—Antes era más fácil... —Marco escuchó la voz de Laura con un tono imperativo que tembló en todo su cuerpo. Giró hacia ella asustado.

—Diferente —se escuchó una voz suave y angelical que se clavó en su tímpano.

—Eramos pocos —siguió Laura—. La ambición más grande era no morir para disfrutar de un nuevo día. Descubrir un nuevo mundo haciendo más grande al nuestro, paso por paso, estación por estación. Estar en constante movimiento, conocer en dónde vivíamos, tocar la tierra, quemarnos, mojarnos. Sufrir el frío, disfrutar lo cálido. Sufrir el calor, disfrutar lo refrescante. Investigar, destruir, crear, aprender. Entender qué comer para hacernos más fuertes, para sobrevivir. Rechazar lo que nos debilitaba, comprender los mensajes y las transiciones de la naturaleza. Ser conscientes de los riesgos y las oportunidades. Buscar el mejor lugar para desarrollarnos. Nos matamos entre nosotros, matamos a esos que eran diferentes físicamente. Limpiamos lo viejo y lo inadaptado, engendramos lo nuevo. Traicionamos y nos hermanamos. Fuimos humildes, balanceados, conscientes. Nos conocimos como especie. Miramos a los cielos y nos enamoramos de nuestra existencia. Nuestro propósito era fuerte y claro, sobrevivir. Sobrevivir y ser más de nosotros. Nuestros roles se basaban en organizarnos para eso.

Jok sintió una mano caliente en su cara. Era pequeña, no llegaba a cubrirla toda. Un inocente perfume frutal invadió todo su cuerpo. La niña dio un beso suave en su mejilla, mojando su durmiente cara. Su hija caminó hasta Laura y sonrió con una mirada nostálgica y enamoradiza.

—Mi amor... —Marco rompió en llanto. La niña comenzó a hacer esfuerzos para inhibir sus lágrimas mordiendo su labio inferior. Miró a Laura para que prosiguiera, mientras algunas pequeñas gotas escapaban hacia sus cachetes rosados. Sus mofletes eran tan perfectos e inflados que las gotas caían con gran velocidad.

—Cuando nos asentamos mejor, y durante miles de años, algo más allá nos daba fe para seguir. Nos daba un propósito diferente y más poético. Nos convencimos de que la moralidad, el bien y el mal, venían dados por alguien que nos estaba esperando. Que nos ponía a prueba constantemente. Que definía lo blanco y lo negro, sin lugar a la existencia de ningún tipo de grises. Que las enfermedades y las guerras eran un medio para un fin divino. Todo tenía un sentido. No había que preguntárselo, había que confiar. No debíamos cargarnos con toda la responsabilidad de nuestros actos, buscábamos apuntar hacia una dirección mística y no dar lugar a dudas. Buscábamos confiar en esos elegidos que eran los voceros de lo divino. No éramos los únicos que seguíamos esa línea de pensamiento. Nos matamos entre nosotros defendiendo a nuestra deidad y acallando a los negadores. Nuestro propósito... era vivir para un mejor más allá. Era no tomarse personal las realidades de la vida, minimizando su impacto a través de la fe. Mentirnos para tener una razón. Mentirnos en darnos una importancia... en darnos un rol de dueños de este mundo y centro del universo, enviados con una misión. Orquestado por una clase privilegiada que lo que hacía era sobrevivir de forma más próspera en el acá a cuesta de promesas del más allá, asignando y corrompiendo roles para tomar decisiones con celeridad.

—Sí —aportó la niña con una voz completamente rota, inhalando fuerte para aliviar su congestión.

—Luego llegó la modernidad. Ya a esta altura el propósito individual se había extinguido junto con el potencial de raza líder que podríamos haber sido, dando nacimiento a un propósito colectivo vicioso, ciego, egoísta y depravado. Vencimos la hambruna, las guerras y las enfermedades como colectivo, pero creamos otros sufrimientos en la vida, individuales, iguales o más nocivos que los que erradicamos: creamos formas casi imbatibles de hambruna existencial, de guerras interiores y de enfermedades mentales. Evolucionamos de forma colectiva hacia un cuadrante que nos sigue mostrando cuán primitivos somos en nuestra individualidad.

—Te quiero, te extraño —la niña abrazó a su padre y se quedó colgado a él, apretando con todas las fuerzas que tenía en su pequeño cuerpo y entrelazando las manos por detrás de la nuca sin ánimos de soltar jamás.

—Y hoy... hoy somos nuestros propios dioses. Somos nuestra propia deidad, somos incestos existenciales. No queremos terminar "el acá". Queremos vivir por siempre. Cueste lo que cueste, mueran los que mueran con tal de seguir viviendo. Y volveremos al principio. Todo termina, lo bueno y lo malo. Y así como todo termina, todo comienza. Es un ciclo. Lo bueno y lo malo. Aunque lo bueno es lo único que nos da nostalgia. O por lo menos así nos gusta pensarlo...

La niña y Laura desaparecieron. La tormenta llegó a su apogeo con un enfado resonante. Un estruendoso hilo de luz gutural iluminó el cielo de la noche y apagó súbitamente las luces de la ciudad. Jok abrió los ojos.

Habían pasado dos horas desde que Barón había interrumpido temporalmente el sueño de Jok por última vez. Con los horarios cruzados, Marco despertó de noche con su departamento abrazado en una oscuridad matizada por las titilantes luces verdes del reloj del microondas reiniciado por los cortes de luz recurrentes. En una sombría danza de distracciones, su electrodoméstico se armonizaba con los rayos blancos azules que alumbraban sus paredes cada vez con más periodicidad y por mayor tiempo. La gotera en su fregadero descalibrado por los temblores de los autobuses rebotando sobre los imbatibles adoquines había cambiado a un tono agudo y a una frecuencia mayor. La tormenta se había posado justo encima de él; el clima se debatía en su cabeza.

La temperatura rozaba un frío otoñal y el cambio repentino pero no inusual de temperatura hacía crujir las maderas viejas y maltrechas del piso, lamentos de la contracción y expansión y de una mala carpintería. El barrio comenzaba a inundarse, como suele pasar en cualquier ciudad con bases de la época colonial y jefes de gobierno corruptos expertos en malgastar impuestos. Las heridas de Marco se habían secado dando lugar a manchas de sangre granate por toda la cama. Su cuerpo comenzó a descubrir dolores nuevos e hincharse en varios lugares que Marco no recordaba como golpeados. Los cortes que requerían de costuras para sanar le hacían notar que no iban a cerrarse por sí solos, ardiendo ante cualquier contacto con algún tejido. La cama lo tiraba hacia abajo y la noche negra se le colgaba de los hombros. No se había recuperado del todo, pero decidió despertarse para ver por qué su perro había dejado de suspender su siesta. Barón solía ser muy correcto y educado con sus peticiones, pero si luego de repetidos intentos no eran atendidas podía llegar incluso a morder para llamar la atención. Sin reincorporarse del todo Marco comenzó a llamar a su amigo con silbidos y golpes sobre el colchón. Luego de varios intentos sin éxito, Jok se sentó al borde de la cama para tener una mejor visión del monoambiente. Justo a su lado yacía su perro, con el cuerpo completamente estirado y relajado. Su cara esbozaba una sonrisa de placer como si estuviera soñando con el mejor corte de carne entregado en el campo más verde y brotado. Marco golpeó el colchón más fuerte permitiéndole a Barón volver a la cama, pero el perro no respondió. Fijó su mirada en el robusto pecho del animal, esperando un movimiento de respiración que nunca llegó. Se acercó al borde de su cuerpo aprovechando para acariciar las gastadas almohadillas de las patas delanteras de su amigo, partes prohibidas para cualquier humano incluso para él. Con un llanto nostálgico pero feliz, sintió satisfacción de haber hecho su parte y pena por no haberlo mirado a los ojos en su último respiro.

Jok se sentó en el piso rodeando el cuerpo del animal con sus piernas y posando su espalda sobre el borde de la cama. Pasando a limpio todos los acontecimientos de la noche, las dudas que por momentos habían crecido en su cabeza se habían disipado en su soledad y en su luto. Eligió conscientemente hacer oídos sordos a cualquier tipo de mensaje o señal de su sueño, con excepción de que debía unirse con su hija en el más allá. Sabía que había mucho por procesar, que debía seguir preguntándose, pero no le quedaban fuerzas ni motivantes. Metió la mano debajo de su cama y tomó la pequeña caja de metal en donde había guardado su Berretta horas atrás. Asegurándose de que el arma estuviera lista chequeó que el cargador tuviera municiones. Metiendo el cañón en su boca y tomando a su amigo de la mano, jaló del gatillo sin perder el tiempo evitando dar lugar a que su mente volviera a visualizar el desenlace. La detonación del arma cantó al unísono con el rayo más brutal de toda la noche, dejando un eco crepitante en el barrio que tardó varios segundos en disiparse.

No dolió tanto como esperaba. Jok se quedó inmóvil, expectante a que el ardor en su boca terminase cuando la muerte se consumiera.

No vio pasar su vida por delante de sus ojos, no vio una luz marcándole el camino ni se arrepintió de sus peores errores. No lamentó el tiempo perdido ni los desafíos que no se había animado a enfrentar. No sintió el empuje de la fuerza de la bala tirarlo hacia la cama ni mucho menos. Con cada segundo que pasaba sentía más calor y malestar en su boca, pero sentía al fin. Sin poder soportarlo más, Marco abrió los ojos dejando caer su pistola y escupiendo una brea negra. El sabor a pólvora y el olor a quemado lo hicieron toser, con sus ojos sumamente irritados sensibles a cualquier estímulo. Casi sin poder ver se puso de pie y a paso lento se dirigió hacia la cocina, tomando agua directamente de la canilla. Luego de despejar sus ojos con el chorro frío comenzó a observar cómo era el más allá. La sequedad en su boca no se detenía y el dolor de sus heridas de la noche se agudizaba aún más. Dándose cuenta de que el más allá traía consigo los mismos sentimientos negativos que la vida, comenzó a sospechar que algo andaba mal. Confundido buscó el casquillo de la bala mientras tocaba su nuca en busca de un orificio de salida. Delatado por la estela de un rayo, por accidente notó una sombra de pie en su terraza que hablaba con una mujer. La figura notó que la estaban mirando, cerró el paraguas, abrió el ventanal y se unió a la escena.

—No estás muerto, tonto —Yura cerró el paraguas, limpiando las gotas rezagadas que quedaban en su chaqueta—. Aunque ahora que verdaderamente has intentado consumarlo, estamos listos. ¿Puedo fumar?

Jok no contestó. Las malas noticias seguían apilándose, consciente de que seguía vivo y de que esa persona insistente no lo dejaba en paz. Yura no tuvo paciencia para esperar una respuesta y encendió un cigarro.

—No te ofrezco uno porque te debes estar quemando la garganta con el fogueo de la bala de savia. Quizás un vaso de whisky te vendría mejor... aunque le serví el último a Atalía. Le pedí que se quedara afuera así podíamos terminar de hablar, si no es mucha molestia. No lo es para ella, he tenido tiempo de explicárselo y es lo suficientemente astuta como para entenderlo.

—¿Qué querés ahora? Dejame tranquilo de una vez... —A pesar de la intrusión en su casa Jok se estaba tomando la situación con suma calma, vencido ante cualquier problema o planteo externo. Estaba vacío de rabia o de ofensa, sencillamente no sentía nada más allá de una intranquilidad incómoda.

—No voy a generar un debate alrededor de la elección cliché y sumamente ineficiente de tu forma de querer quitarte la vida. Pero si te preguntaré, ¿por qué te pegaste un tiro?

—No tengo por qué darte explicaciones, estoy harto de tus palabras.

—Estás harto de tu vida, pero no tienes la capacidad de quitártela. Al igual que mis palabras. ¿En verdad prefieres no verme más y evitar descubrir el verdadero propósito de tu vida? ¿Es tan vaga tu ambición?

—¿Ambición? Vos solo con tus monólogos y enseñanzas cavás tus propios pozos dándome más razones por las cuales no creer tus historias, ¿acaso no te das cuenta?

—No te lo tomes personal conmigo, no focalices tu respuesta en mí. Olvídate de mí, si así te sirve. Hablemos limpios de historias.

Marco caminó hacia el borde de la cama y tomó el arma que yacía en el piso. Le quitó el cargador y lo tiró a un lado al ver que las balas no eran reales. Quitó la sábana y envolvió a Barón con ella, para luego posarlo sobre el colchón.

—No me lo tomo personal con vos. Dame mi cargador.

—Sí que lo haces. Tu refuto no tiene que ver con que no te interesa saber tu propósito, sino conmigo y con creerme. En ningún momento has hablado de tu propósito. Es fácil entonces concluir que sí, te interesaría creerme porque eso podría llevar a que existiera ese propósito tan esquivo para ti.

Jok se quedó en silencio nuevamente, pero esta vez un silencio con un tinte más caprichoso. Marco nunca llevaba bien las discusiones en las cuales quedaba en evidencia.

—No hay propósito —interrumpió mirándolo fijo a los ojos—, por lo menos no existe para mí, en mi individualidad. Hace mucho tiempo.

Marco dio un paso al frente comenzando a seguirle el juego a Yura. Por una cuestión de ego personal no quería irse del mundo silenciándose ante su última batalla.

—Bueno, dentro de todo es positivo que hables de individualidad. Que de cierto modo en soledad recién puedas pensar en ti, en tus actos y consecuencias. Verdaderamente en tu "persona". Habiendo dicho eso, considero que la gran causa de la falta de crecimiento personal es la baja predisposición a ser desafiado —contestó Yura.

—No tengo ningún problema con mi crecimiento personal ni me estás desafiando al preguntarme cuál es mi propósito. No me estás desafiando al decirme que sos inmortal o que revivís infinitamente, o como sea que fuera. No es una baja predisposición, sino los desafíos que no existen... y un lunático que quiere venderme una historia contando historias sobre historias. No hay desafío en nada de eso.

—Pero espera, no está mal... no está nada mal. Un gran paso para deshumanizarte es ser un indesafiado. Como te decía, ya sea por la baja predisposición a ser desafiado... o por convencimiento de la inexistencia de desafíos. En la mayoría de los casos, y más que nada por temas psicológicos y sociales, la gente se define estar en el segundo grupo... pero es un grupo meramente teórico, no existe como tal. En todos los casos se está en el primero, en todos los casos hay una baja a nula predisposición. El segundo grupo suele ser un estado mental de ignorancia, sufrimiento, pesimismo y mediocridad, no un lugar. Es igual al primer grupo pero con un manto de histeria y negación en sus excusas que hacen pensar que no existe desafío como tal. Como te está pasando a ti. Ningún pesimista ha descubierto jamás un nuevo mundo, ha tenido la audacia de comenzar con una hoja en blanco o ha abierto una nueva era en su vida reinventado sus modos. Ningún pesimista se ha desafiado a sí mismo verdadera y honestamente.

—Permiso —evitando interrumpir Atalía llevaba esperando en la puerta de la ventana durante varios segundos. Cansada de esperar, actuó quizás en el momento menos indicado. Su paraguas era de peor calidad que el de Yura, por lo que la mitad de las gotas que cubría terminaban mojándola de todos modos.

—Hola —Jok saludó de forma irónica. Más allá de estar molesto porque ella era también una invitada de facto, de cierto modo le agradaba.

Atalía entró y se sentó en una de las sillas al lado de la cama. Apoyó el vaso de whisky lleno sobre la mesa. Sus labios estaban marcados en el borde imprimiendo una huella perfecta y el líquido estaba en la misma medida que al servirlo.

—En la práctica nadie puede estar ahí. Estar ahí es un desafío en sí mismo, lo que paradójicamente eliminaría el grupo —siguió Yura, retomando la conversación en donde había quedado.

—Entonces estamos de acuerdo.

—¿En qué?

—En que lo que vos llamás "crecimiento personal" a través de los "desafíos" no es algo concreto, no es algo objetivo. Que depende de cada uno y que tiene mucho que ver con las meras historias del mundo en el que vivimos. Que es una zanahoria delante que nos mantiene con vida. Una zanahoria que de por sí no es nada apetitosa, pero que nos han entrenado para querer darle un mordisco tras otro... por más de que no nos llene ni nos apetezca.

—Sí, no lo podrías haber dicho mejor.

—Entonces, ¿me vas a devolver mi cargador así terminamos con esto?

—Para el selecto grupo de los indesafiados, los que no consiguen desafío alguno que los motive a nada, su razón de vivir o su vida misma suele ser diferente —Yura seguía sin dar lugar a los pedidos de Jok—. Si le sumas a eso el inconformismo existencial... bueno, es un cocktail explosivo.

—Es muy vaga la frase "inconformismo existencial". Lo hacés sonar como una depresión adolescente y cuasi hippie, pero va más allá.

—¡Ja! —A Yura se le escapó una risa sarcástica seguida de una mirada al techo—, para todos su caso siempre "va más allá", para todos su caso "es único". La vida es una perra, pero no te lo tomes personal. Sí, la definición es vaga, pero sencilla y clara en su vagancia. Tú no eres un indesafiado por apatía o por incapacidad. Tú sabes de los placeres de la vida. Los conoces y además tienes acceso libre a ellos, eres un iluminado, un afortunado. Además eres consciente de que fueron otorgados, de que no fueron ganados por ti. Pero a pesar de eso estás dispuesto a hipotecarlos con tal de vivir la realidad de no ser uno más, de no relajarte en esa fortuna. Ves cosas evidentes que te hacen mal, que no quieres dejar pasar por alto. Que te gustaría querer hacerlo, pero que no puedes. Es algo que debería sonar noble, pero que no lo es ni contigo ni con nadie. Mírate, este cocktail ya ha explotado a tope —Yura movió las manos de un lado a otro intentando quitar el olor a quemado del disparo de unos momentos atrás—. Si me permites describirlo en una frase: luego de haberla probado y meditado quieres esquivar a toda costa vivir una vida ficticia y superficial pero feliz. Y has elegido vivir una vida de tristeza y angustia pero real.

—Como especie no hemos podido medir la felicidad —interrumpió Marco—. Qué carajos, hasta el avance de las naciones se mide por su poder económico, por su PBI o por su tasa de empleo. No por su tasa de felicidad. Ni siquiera en la escuela se motiva y se enseña a buscar la felicidad. No es culpa del sistema educativo, no. El mismo está adaptado al sistema madre que se alimenta de jóvenes, cocinados a fuego lento para mantenerlo con vida, rechoncho y satisfecho. ¿Cuán desvergonzado es eso? Si ponés todas las cartas sobre la mesa y te abrís a la honestidad... es imposible saber sobre la felicidad cuando el objetivo de los que manejan la agenda de este mundo es el lucro. Y para colmo, la magia más grande del cinismo de nuestra sociedad: si todos viviéramos para ser felices, si todos tuviéramos únicamente esa historia en mente, o ese estímulo químico en nuestro cerebro como meta... el mundo sería un lugar mucho más infeliz. Por lo menos justo, por lo menos promedio, por lo menos parejo... pero más infeliz. La felicidad individual globalizada es una mera teoría imposible de llevar a la práctica sin una eventual infelicidad colectiva. Por lo menos hoy es así. Felicidad temporal para unos pocos a coste de infelicidad para otros. Y punto final. ¿Me das mi cargador?

—¿Tú te piensas que eso fue siempre así? La modernidad es así. La realidad actual, por diferentes razones... si que es una perra.

—La realidad de una persona que no quiere formar parte de la masa simbiótica que somos —aclaró Jok—. Aunque no sé qué mierda estoy haciendo dándote explicaciones.

Yura acercó su mano a Jok solicitando su arma. Marco no se la dio. Luego de unos segundos en tablas, Yura sacó un cargador de su bolsillo y se lo entregó mirando al piso vencido. Marco cargó el arma y esperó a que Yura continuara.

—¿En verdad te estás quejando? ¿Qué te falta? ¿Eres un privilegiado y así te quejas? ¿Así lo aprovechas?

—No lo siento aprovechado ni nada de lo que planteo me hace un privilegiado. Sería un privilegiado si pudiera vivir en paz, si no fuera consciente de estas cosas. El privilegio ocurre cuando piensas que algo no es un problema porque no es un problema para ti personalmente. Hoy en día... ya siento que todo es personal. Mi individualidad no puede escapar de mi globalidad.

—Y todo lo que te rodea, toda cadena en este mundo de la cual seas parte ya sea activa o pasiva... es un problema para ti, si te estoy entendiendo correctamente —interrumpió Yura.

—No existe ser una parte pasiva de la cadena —contestó Marco.

—¿A qué te refieres?

—Esté matando a una persona, esté consumiendo un producto o esté tirado en la cama mirando una gotera caer sobre un balde... tengo la suficiente involucración activa en este ecosistema. Por más excusas, intentos de minificar, justificaciones o patrones de "normalidad" que podamos debatir para aligerar el peso de un acto... se explique como se explique, soy parte.

La escena se congeló por unos instantes. Marco tomó el vaso de whisky de la mesa.

—¿Y bien? ¿Lo harás o no? —desafió Yura— Solo escucho quejas y ninguna solución. Vengo toda la noche planteándote un nuevo desafío, pero no hay caso.

—¿Quién sos? ¿Qué sos? Y esta vez sin vueltas —Marco tomó un sorbo y apuntó su arma al pecho de Yura. No pensaba irse sin entender qué estaba pasando. Algo adentro suyo estaba pidiendo a gritos una oportunidad para seguir viviendo.

—Soy un matemático.

—¿Matemático?

—Nunca fui lo suficientemente bueno para la física, pero fui demasiado bueno para la filosofía. La matemática está justo ahí en el medio. Digamos, un arquitecto venido a menos por momentos... y venido a más por otros.

—Entonces sos un hombre de ciencias.

—Mmm si, para que puedas meterme en alguna caja y no te compliques te digo que sí.

—Un hombre de ciencias que destaca la manipulación, el relato y las historias como agente cambiante de nuestros genes, evolución y especie. ¿Escuchas lo raro que suena eso?

—Ahí es donde estás equivocado. Los genes son a los organismos individuales lo que las historias son al grupo, a la sociedad, a la civilización. Unos están escritos en nuestras células, otros en nuestra cultura. Estas historias son la genética más grande y globalizada que pueda existir. No hay más ciencia que eso, no existe ciencia más universal.

—Qué raro que es que siempre tengas una respuesta para todo. Mezclando cosas, buscando enfoques. Las historias y la ciencia no van de la mano, lo abarques como lo abarques.

—Lo sigues pensando en silos, lo estás pensando en bloques separados. ¿De qué sirven las reglas del juego si no hay alguien para explicarlas y jugadores para jugarlas, no? Solo alguien que conoce sus funciones y fórmulas puede hacerlo. No es responsabilidad mía que las reglas sean esas, no es responsabilidad mía que la perfección de este mundo se torne imperfecta con los actores que hay en él.

—Claro, qué conveniente.

—No. Lo conveniente de la situación no lo estás viendo. Vengo a sacarte de este pozo, colega. No desvíes más el tema. Vengo a destapar la fórmula de los genes. De todos ellos.

—¿Confiarías en alguien que aparece para darte justo lo que necesitás? Creo que es más probable que lo que necesite no sea lo que me estás ofreciendo.

—Ni sabes lo que necesitas ni sabes lo que te estoy ofreciendo. Estás con arma en mano dispuesto a no preguntártelo más, dispuesto a apagar tu vida sin saber qué hay después, indiferente sobre lo que hay ahora y demasiado abarrotado para reconocer el pasado —Marco tomó el whisky de un largo sorbo, buscando romper el contacto visual fastidiado con el enfrentamiento—. No te sientes cómodo de que tu tarea, tu performance en la vida sea vista mejor a otra. De que tú, con tus esfuerzos, suerte y circunstancias incontrolables, estés donde estés... y a pesar de todo sientas que no te lo mereces. Al final tiene sentido por qué a pesar de tener las cualidades nunca has sido ni serás una persona de ciencias. Tú no eres de ciencias, no. Eres uno más de este ecosistema que tanto crucificas. Te faltan pelotas. Te falta echar de lado estos conceptos, digamos, "morales"... y preocuparte por lo verdadero, lo comprobable... como todos los grandes aventureros de este mundo lo han hecho. Parecería que no vives la vida, sino que la aceptas.

—Nada de lo que me pregunto tiene respuesta científica. Teniendo estas cosas en mi cabeza, no hay acto más honesto y verdadero que quitarme la vida. Ante la falta de una respuesta comprobable, es el acercamiento científico más exacto que puedo darle.

—96% del universo está compuesto por algo que no entiendes. Del restante 4%, ¿cuán selectivo vas a ser en tomar decisiones en base a lo que sí entiendes?

—Ya he tomado la decisión.

—Eso no es una decisión. No juzgo que te quieras quitar la vida; insano el que nunca se ha planteado el suicidio. No eres el culpable de que las cosas sean como son, pero si el responsable.

—¿Que yo soy responsable de todo esto?

—Sí, claro que lo eres. Eres parte de la convivencia anónima que tanto criticas. Eres parte de una especie y una sociedad en la cual un médico de guardia atiende a un violador apaleado por los vecinos del barrio, siendo su rol más importante que sus principios. Donde un abogado defiende a un asesino como si su vida dependiera de ello. Donde el recolector de basura mete sus manos en los desechos de un docente que acusó una gastritis falsa para no ir al trabajo, debido a la resaca generada por una noche de juerga en una discoteca llena de menores de edad sin herramientas psicológicas para lidiar con un mayor de edad con capacidad de convencerles a hacer cosas que no quieren. Donde los productos que compra un juez corrupto en un supermercado son escaneados uno por uno mientras sus víctimas están pudriéndose en la cárcel. Donde un grupo de europeos acomodados exige la protección del Amazonas sentados en una mesa con detalles en oro incaico, en un cuarto con aire acondicionado desde una ciudad gris y estática que se asentó arrasando con el verde paraíso tropical que antes era. Donde un pedófilo mira por internet y desde la comodidad de su salón a un niño torturado, acariciando con su mano derecha la cabeza de un ser de cuatro patas que fue moldeado por generaciones en base a su belleza física y sumisión... mientras que con su mano izquierda come las vísceras de otro ser moldeado por generaciones para ser rechoncho y jugoso, empaquetado en un aro de carne cocinada entre dos panes. La cadena está anonimizada. La cadena busca que no hagas preguntas en bien del organismo simbiótico. La cadena está infectada y siempre lo estará... y especialmente si sigue habiendo gente como tú que no aprovecha las oportunidades, que no toma decisiones. A partir de la evolución que hemos recorrido y a la asignación de roles, como individuos nos hemos visto forzados a no tomar decisiones. Ya no sabemos vivir de otra manera. Somos ahora adictos a no tomar decisiones, a seguir lo que otra parte de este organismo simbiótico con otros roles asignados nos ha indicado. Es la manipulación perfecta. Lograr que la gente esquive por completo la toma de decisiones, dejando eso para otros que nos han convencido lo hacen y saben mejor. Que la gente crea lo que se cuenta y no lo que es. Pero tú tienes el privilegio de por momentos no creer. Con tener el conocimiento no es suficiente, debes aplicarlo. Quererlo o decirlo no es suficiente, debes hacerlo. Toma acciones de tus descubrimientos.

—No sabés lo que decís —Marco dejó de apuntar a Yura con el arma.

—Tu comunidad es tan sínica que hasta ha inventado cosas para hacer sentir mejor a gente como tú y mantenerlos satisfechos. Hacer donaciones es muy fácil, pero el voluntariado en vida es más comprometido. No un voluntariado desde el punto de vista de ayudar a niños de familias carenciadas a aprender el abecedario, sino desde el cambio y el compromiso. Pero te sientes inútil, te sientes un grano de arena en el Sahara. No te sientes orgulloso de esos pensamientos o principios, ni te motivan. No sientes que exista voluntariado. ¿Y sabes por qué? Porque en ello no hay respuestas... nada de eso te da respuestas directas. Son parches de nicotina a una vida encerrado en una cápsula de humo con paredes de alquitrán. No hay mayor torniquete que vivir en dignidad en la miseria mental, con tu puta existencia pudriéndose gangrenada.

—¡Es que no existen respuestas a mis putas preguntas! —Jok se apuntó a la cabeza.

—Has dejado que lo que no puedes controlar envenene lo que puedes controlar, y la verdad que tiene sentido. La falta de respuestas a las pocas preguntas que tienes hace que te termines cuestionando absolutamente todo. Y claro que lo sabes, y claro que lo sientes: el reconforte grupal jamás va a suplantar al individual al final del día, cuando tienes la discusión con tu cabeza, que es tu verdadero organismo. El verdadero organismo es una simbiosis de a dos, de tú y tu cabeza, más que cualquier otra cosa. Y la vida no puede ser más dura que para una persona que su voz interior le genera náuseas. No la puedes callar, no la puedes golpear, no la puedes matar.

—¡Callate!

—La única realidad es la realidad de cada uno.La realidad se construye si la consciencia del observador está ahí. Se pueden compartir experiencias y puntos de vista, se puede debatir, podemos hablar de factores en común, podemos comparar vivencias. Pero el sentimiento de cada una es único e intransferible. Único e intransferible. Como el dolor. Como la puta vida misma. Tu mente cambia, tu cuerpo cambia. No eres el mismo. Todo lo que sufres por un lado te convierte en la persona más fuerte que has conocido por el otro. No es una línea, no es algo constante. Nunca se detiene, nunca se termina. Cambia todo el tiempo, para bien y para mal. Eres el más fuerte del mundo y en un segundo el más débil, una escoria. Te mantiene en movimiento. Mantenerse en movimiento es lo mejor que te puede pasar en una vida en la cual nos morimos día a día. Cada día que no te mueves por elección propia es un día que regalas. Cada día que te pones excusas es un día que tienes demasiado miedo, en el cual dejas a tu cuerpo regir tu vida con las limitaciones que tiene.

—¡Callate!

—Pues tira de una vez —Yura hizo una señal displicente con la mano, resoplando fuerte después de haber hablado sin parar a una gran velocidad—. Hazlo por las familias sometidas en las plantaciones del norte para que jóvenes acomodados puedan tener su yerba mate plantada, cosechada y servida en su porongo de plástico mientras estudian para rendir por segunda vez materias recursadas de primer año de la carrera de Psicología, en una universidad privada costeada por padres que se odian entre sí, pero mucho más a ellos mismos. Hazlo por los negros congoleses que son esclavizados en las minas de silicio para que tú puedas subir la foto de tu comida norteamericana desde la comodidad de tu teléfono celular, mientras te quejas por la pobre cobertura del wifi y la falta de mostaza antigua en tus patatas fritas. Hazlo por la madre que después de un largo tratamiento de inseminación sujeta a su hijo neonato muerto y azulado, mientras a sólo unos kilómetros de distancia una mujer pobre está muriendo con dolor infectada por heridas mal curadas de un aborto clandestino realizado con una percha, debido a leyes que están basadas en conjeturas de una moral parcial que abandona a la mitad mientras proteje a la otra mitad que pueden salirse del sistema con su capital. Hazlo por el cáncer generado por los aditivos que se saben malignos pero que se utilizan de todas formas para generar adicción a las comidas. Hazlo por los insulsos vacíos de sentido que no tienen nada en el mundo por lo que enorgullecerse y en consecuencia vanaglorian a la nación en la cual han nacido por casualidad y sin elección alguna, mientras otras almas esclavizadas por un mundo que no comprende que el amor y la atracción física no son una elección deben reprimir sus sentimientos por otros seres de su mismo sexo mientras son juzgados vilmente. Hazlo por los millones de dólares que cuesta la pirotécnica del espectáculo de medio tiempo del partido final del deporte más popular del país más dominante del mundo, que en vez de extinguirse en pólvora podrían alimentar a un pequeño país tercermundista por una década —El dolor de cabeza de Jok se acrecentó; cerró los ojos y comenzó a tiritar y a gritar con dolor y furia. Yura subió el volumen de su voz adrede—. Hazlo por un mundo en el cual el mausoleo que alberga los cuerpos inertes de una familia muerta es más grande que el monoambiente de una familia viva que trabaja de sol a sol. Hazlo por un mundo en el cual una ambulancia llega una hora tarde a destino mientras la aplicación para pedir tu merienda te permite geolocalizar a un trabajador sin derechos que entrega a tiempo tu burrito de cochinita recalentado al microondas. Hazlo por un mundo en el cual el Partenón, las pirámides, la muralla china y toda estructura trascendental de cada civilización ha sido construida por esclavos, o por una versión más siniestra de la esclavitud que ni siquiera puedes imaginarte. Hazlo por la herencia situacional y monetaria que hace que tú tengas oportunidades y otras personas obligaciones. Y espero no me esté explicando mal, espero no te desligues de esto, no quiero tampoco que veas lejano y ajeno lo que pasa en el mundo. Mírate a ti, tú también creíste en el amor y creíste que no te iban a fallar, pero sabes bien todo lo ocurrido. Creíste que se iba a ir el dolor, pero sigue y seguirá allí. Hazlo por eso también. Aunque jalando del gatillo, técnicamente no estás haciendo nada. Vamos Jok, haz nada. Tú, que eres consciente de todo esto y no has hecho nada al respecto. Tú, que no lo literalizas pero te jactas de tu superioridad. Haz lo mismo de siempre, haz nada.

La tormenta se detuvo y la habitación se tiñó de negro. Un vacío total acompañó la calma. Por unos segundos sólo se escuchó la respiración agitada de Marco.

—Callate... —a pesar de la pausa Jok insistió en pedir silencio. No estaba claro si le hablaba a Yura o a su voz interior. Los latidos de su corazón comenzaron a sonar en sus tímpanos, su mano comenzó a temblar y por primera vez en la noche comenzó a sentir miedo.

—¡Pero qué estoy diciendo! ¡Tú no haces ni harás nada, por más de que lo intentes! Estés o no estés aquí alrededor tuyo todo seguirá igual. El Amazonas seguirá incendiándose, los océanos en ebullición, los arrecifes de coral muriendo, el ártico en llamas, el norte derritiéndose, el permafrost colapsando, la tierra cada vez más desértica y los ecosistemas pasando de resquebrajarse a romperse. Pero nada de eso afecta a la tierra en sí, sólo a sus habitantes. Todas las historias habidas y por haber se borrarán de raíz. La tierra pasará por miles de millones de estados similares antes de colapsar por completo. Y tú estás solo aquí. Consciente de todo, privilegiado, pero vencido. ¿Qué más necesitas? ¿Qué esperas que pase, qué otra oportunidad tendrás? Pues si no estás dispuesto... jala. Tú lo has dicho muy bien, no soy tu psicólogo. Uno menos. Jala.

Jok tiró del gatillo y luego de otro estruendo cayó en la cama. El vaso vacío voló por los aires estrellándose contra una pila de libros, pero sin romperse. Atalía se puso de pie mirando a Yura asustada, conteniéndose para no llorar y dando pasos cortos para atrás buscando tomar distancia de la escena. Yura la miró logrando que se tranquilizara y caminó al lado de ella.

Miró a Marco tendido en la cama. Respiró hondo y tronó su cuello.

—Hazlo por esa entidad mística a la cual agradecemos por todo y culpamos por nada ¿Qué hiciste el momento después de la muerte de tu hija? —Yura se acercó al vaso que yacía en el piso, lo tomó e inspiró profundamente metiendo su nariz dentro—. Caliente... y arratonado.

Marco no se movió. Atalía volvió a sentarse después de ver la reacción calma de Yura. Aún nerviosa quedó mirando fijo la cara de Jok, anonadada. La tormenta comenzó a renacer, sintiéndose más eléctrica y poderosa que antes.

—No en el momento que la mataron. No cuando te avisaron por teléfono, no cuando fuiste a reconocerla a la morgue, no cuando lloraste abrazado al pequeño cajón, tampoco cuando te ahogaste en licor para olvidarlo. Ni siquiera cuando te despediste de ella antes de la cremación o cuando te diste una ducha al llegar a tu casa y vaciaste su cuarto para intentar olvidarla en vano. Me refiero al momento en el cual tu vida volvió a la rutina, volvió a comenzar de forma obligada. El día después al luto, el día que te viste obligado a continuar. ¿Qué hiciste? ¿Qué se te cruzaba por la cabeza? ¿Para qué tanta espera hasta hoy?

—¡Respuestas! —Marco se levantó enfurecido por haberse disparado con otro cargador de fogueo, pero mucho más por el tema traído sobre la mesa.

—¿Qué te contestaron? ¿Con qué te encontraste?

—¡Que nada de esto tiene sentido! —Marco agarró del cuello a Yura y lo tiró al piso con vehemencia. Comenzó a golpearlo en el rostro sin detenerse haciendo movimientos largos para imprimirle más fuerza a los puñetazos mientras lloraba desconsoladamente.

—¡Sí! ¿Y qué más? —Yura contestaba en los momentos en los cuales Jok descansaba tomando aire para seguir descargando su cólera. Su voz se mezclaba con la sangre que inundaba su boca.

—¡Que el mundo está podrido! ¡Que todo es condicional, que el mal y el bien no existen!

—Trascender el bien y el mal es darse cuenta de que Dios y Satanás viven en tí, que ambos son usted. Es hacerse responsable. ¡Hacerse responsable!

—¡Callate de una vez, lunático de mierda! ¡Dejame ir en paz! —Jok ya no veía la cara de Yura, que estaba inmersa en un baño de sangre. Agotado dejó de golpearlo y se tiró hacia atrás, recostándose en el piso. Sus nudillos estaban arruinados y los sentía latir por todo el cuerpo.

Yura limpió la sangre de su cara. Respirando asfixiado tardó en reincorporarse. Detrás de su cara desfigurada se asomaba una sonrisa de iluminación. Obligó a Jok a hacer contacto visual con él.

—Pues allí está tu paz, Jok. ¿Qué son más fuertes, tus ganas de no vivir o tus ganas de contestar preguntas fundamentadas con ciencia, se tarde lo que se tarde?

—Necesito... estar en paz. Necesito... respuestas. Necesito la respuesta.

—Eso estará por verse. Y espero verte a los ojos cuando tengas la respuesta. Cuando quien permitió ese desbalance, y además accedió a que tú por sobre otros humanos lo notaras, esté confesándose enfrente tuyo. Cuando él se haga las preguntas en vez de ti. Cuando te pongas cara a cara con eso.

—Basta... basta de esto... andate de mi casa. No me interesa, no quiero más, no puedo más. No hay más nada en este mundo —Jok se tomó la cara con las manos.

—No conoces nada de este mundo. Un hombre de ciencia no puede ser tan necio e inocente para pensar que los fundamentos de las reglas de esta dimensión están al alcance de sus ojos. La ciencia que defines como ciencia no se compara con lo que te estoy ofreciendo.

—¿Qué me ofrecés? —Vencido Marco paró de llorar. La cabeza le estallaba y había perdido casi toda su voz. Se sentó y puso su espalda contra la cama buscando respirar un aire constructivo en el torbellino de destrucción personal que liberaba.

—Ir hasta el final. Ponerte cara a cara con el individuo que tiene las respuestas que no conoces. No puedo prometerte que sean todas, pero piensa en progreso no en perfección.

Jok cerró los ojos, inmóvil pensó verdaderamente en lo que estaba escuchando. No emitió ni un sonido, dando pie a Yura a seguir con sus ideas.

—Ya conoces mi historia. No con el detalle que te gustaría a tí ni con el que me gustaría a mí. No el detalle de mis vidas, ni de mis éxitos y fracasos. Pero si la de mi situación —Yura se sentó a su lado—. Yo también busco respuestas. No las tengo, pero sé quien si.

—¿Siendo un matemático verdaderamente dices que la respuesta está en "alguien"? ¿En un individuo?

—Sí.

—En alguien… en una persona.

—En un individuo. No sé cómo definir a una persona siguiendo tus criterios.

—Justo, en un individuo entonces. En que algo o alguien está detrás de toda esta maraña de cosas que nos rodean. ¿Me explico bien? —Jok polemizaba en un tono soberbio, casi irónico.

—Pues no lo sé, no sé si las palabras que estás usando están describiendo lo que tienes en tu cabeza. No voy a entrar en teorías neodarwinianas, ni ningún tipo de casualidad temporal opuesta en la cual el universo es una inmensa mente consciente que prueba constantemente todas las posibilidades y va obteniendo las mejores soluciones para darle vida al mundo. También olvídate de la idea de que vivimos en uno de los universos paralelos aleatorios e infinitos, teoría que básicamente inventa cantidades colosales de datos nuevos e improbables.

—¿Y cuál es el problema con una cantidad colosal de datos?

—Ninguna, siempre y cuando estén ahí realmente para probar lo que subyacen. La probabilidad y credibilidad de las teorías modernas cósmicas o filosóficas están muy cerca de competir en su ridiculez con teorías de que la tierra es plana, solo que aún no existen mentes con los instrumentos necesarios para descartarlas de forma fundamentada.

—La matemática de este universo es perfecta, tengamos o no todas las fórmulas o indicativos para demostrarlo.

—Estás siendo igual de fanático que era la chica que conocimos hace unas horas y terminó salvándonos la vida —miró rápido a Atalía—, pero con otra deidad. De nuevo, 96% del universo es desconocido para ti y para cualquiera. ¿En verdad me vas a hablar de perfección? —Yura puso cara de confusión, esbozando una sonrisa sarcástica—. Por lo menos ella sí se ha animado a romper con las construcciones que había en su cabeza. La matemática es "perfecta", como tú dices, solo porque nadie se ha topado con una manera distinta de validar sus fórmulas. Si rompiéramos con estos conceptos de "perfección", tanto los misterios cósmicos como otros dilemas de la vida ya estarían más cerca de ser contestados, confía en lo que te digo. Las preguntas sin respuesta de las matemáticas y de este mundo en general no tienen que ver con la materia en sí, sino con las limitaciones de la civilización y el humano en general al aplicar teorías y, en consecuencia, soluciones a sus dilemas.

—Depende, depende de cómo lo veas. Podemos pasarnos toda la noche filosofando sobre esto...

—No es filosofía, sigue siendo matemática, sigue siendo probabilidad. Después de todo esto que hemos comentado... y siendo consciente de lo que sabes, las posibilidades de que el universo sencillamente "se adecúe a la vida" son tan poco probables. ¿Necesitas que te lo explique de forma más sencilla? ¿De verdad piensas que el universo y todas sus reglas fueron ideadas y diseñadas para la vida? ¿No crees que existe un motivo para tal perfección? Y me tomo la licencia de usar esa palabra, ya que te gusta tanto.

—O imperfección. Definí lo que significa para vos "la vida".

—Me matas, Marco. Tu capacidad de no cambiar, de no reinventarte. De quedarte en la capa más superficial. De filosofar y hablar de matemática faltando el respeto a la matemática misma.

Por primera vez en toda la noche Yura dio indicios de cansancio. Se puso de pie y caminó alrededor del departamento con las manos en los bolsillos, como buscando algo. Palpó su bolsillo trasero y sacó una cuchilla de los *Hellraisers* que había robado horas atrás. La levantó por encima de sus ojos buscando algún reflejo del exterior que la iluminara. Marco se distrajo mirando fijo la lluvia.

—Demos dos pasos para atrás: explicaciones sencillas. La navaja de Occam —la atención de Marco volvió a enfocarse en Yura—. En igualdad de condiciones, la explicación más sencilla suele ser la más probable. Si tenemos dos teorías en igualdad de condiciones que además llegan a las mismas consecuencias… pues la más simple tiene más probabilidades de ser correcta que la compleja.

—Y vuelves a las historias, y vuelves a los teoremas y teorías no-matemáticas para intentar manipular mi percepción de las cosas. Citar a la navaja de Occam no va a fundamentar mejor tus puntos.

—No te digo que elijas ni descartes ahora. Te digo que lo vivas. Que lo pruebes, que motivado por todo lo que hemos hablado, haya sido o no un teorema, apliques un método científico a ello. Que partas de lo simple y probable. Que generes una igualdad de condiciones en todo para poder concluir luego. Enfrente tuyo tienes a alguien que puede darte ambos puntos de inicio —Yura posó la navaja sobre la cama justo al lado de Jok—. Que puede destrozar cualquier complejidad en un instante de ciencia y de realidad.

—Todo esto es palabrería. No necesitas convencerme de nada. Entendelo y dejá de perder tu tiempo. Ahí está la puerta.

—¿Vas a irte y dejar de lado semejante propuesta? Se egoísta, hazlo por ti y en nombre de quién eres, por el hombre de ciencia y de verdad que quieres ser. ¿Vas a mirar para otro lado cuando los hechos y la realidad misma te dan la oportunidad de saber lo que ningún otro hombre sabe?

—Estos no son hechos. Somos insignificantes. No existe respuesta para nosotros, no somos nada en este mundo. Pensar que hay algo para nosotros es darnos una grandeza que no tenemos como especie.

—Te sorprenderías. Mírame a mí, mira lo que soy.

—¿Para qué me necesitás? ¿Qué tiene que ver esto conmigo? —Jok despegó su cabeza del borde de la cama y miró a Yura fijo a los ojos.

—Busco respuestas de por qué me pasa esto. De qué he hecho para llevar esta condición, de por qué soy único en el mundo.

—No contestaste mi pregunta. ¿Qué tiene que ver esto conmigo? ¿Por qué a mí?

—Te necesito... porque en el momento en el cual verdaderamente pensaba que era único, tu padre me demostró lo contrario. En ese momento he visto a tu padre en el más allá, rompiendo con una unidad que pensé que iba a ser eterna. Él no era como todos. Y como tu padre ya no está, tú eres lo más cercano a él que se me ocurre en este mundo.

—Mi viejo era un tipo regular. Una mente privilegiada, pero regular en sus formas y cosas —interrumpió Marco, que bajó su expectativa volviendo a recostar su cabeza rendido.

—Yo soy un tipo regular, pero con ciertas condiciones que me mantienen aquí contra cualquier lógica.

—¿En verdad vamos a seguir con esta historia? ¿Cómo esperas que baje la cabeza y te crea?

—Eres un adicto a no tomar decisiones. A seguir lo que tu rol te ha asignado. Tienes un golpe de sobriedad y descubres que quieres salir de ese rol, pero cuando estás al borde de saltar te arrepientes. Y vuelves a tu rutinaria bebida insípida pero adictiva.

—No esperes que siga tu idea de la inmortalidad. No hay caso —Marco se reincorporó sentándose en la cama y agarrándose la cara con las manos nuevamente.

—No hay caso... —Yura negó con la cabeza lentamente, en cierto modo ofendido— Pero bien... pero bien, mejor. No hay caso. Me voy. Pense que eras de esas personas que disfrutaba de sus interrogantes, en vez de exigirle beneficios o privilegios.

Yura miró por la ventana buscando el horizonte, que estaba completamente cubierto por una cortina de lluvia. Respiró hondo como sabiendo lo que venía, intentando darse fuerzas y convenciéndose sobre los próximos pasos.

—Por más de que no te guste... tiene sentido que no te crea.

—Tiene sentido, si. Lo tiene... —Yura sonó vencido—. Pero hay una manera. Es la única manera. ¿Qué es lo único que puede refutar la ciencia? Pues mayor y mejor ciencia. No tu religión, no tus sentimientos, no tus opiniones, no historias.

Yura pisó el talón de su zapato izquierdo con el pie derecho, para luego hacer lo mismo con su media. Repitió lo mismo con el pie contrario, quedando descalzo. Ambos pies estaban todavía mojados por la lluvia y dejaban ver unas uñas completamente destrozadas, con cúmulos de sangre seca en sus vértices.

—¿Qué hacés? —preguntó Marco. Atalía estaba más tranquila pero no menos expectante.

—Lo intenté, pero te pido disculpas. Te subestimé en base al estado mental en el que estás... pero después de todo, eres hijo de tu padre. La cruda realidad es que la sociedad termina eliminando a individuos como tú. Son tratados como una molestia, una peste. Y una peste que destruye a la especie que le sirve de anfitrión tiene poco futuro —Yura se quitó la camiseta, tapando su boca accidentalmente cuando pasaba por su cuello hacia el final de la frase. A pesar de ello, Jok pudo escuchar sus palabras con claridad.

—¿Qué estás haciendo?

—Vas a mantenerte con vida, querido Marco. No desaparezcas. No vas a dejar que esto te gane. Vas a sobrevivir con lo que tienes y mirar hacia otro lado. Lo vas a hacer por tí, en nombre de quien eres, un hombre de ciencia y de verdad —Se desabrochó el pantalón, todavía dándole la espalda a Marco y mirando por la ventana—. Vas a esperar a que pueda demostrarte que la oportunidad de saber lo que ningún otro hombre sabe está ahí. No le escupas la cara al aprendizaje supremo, espérame.

Jok se puso de pie. Yura se quitó el pantalón y el calzoncillo con el mismo movimiento, quedando enteramente desnudo a excepción de sus manos repletas de anillos de diferentes colores, materiales y formas.

—Ven conmigo —comenzó a caminar hacia la terraza, dejando huellas perfectas de sus pies húmedos en el parqué. La voz de Yura volvió a la misma serenidad y pausa que al comienzo de la noche anterior.

Jok quedó confundido y dudó por unos momentos ante el repentino acto.

—Estoy desarmado y en pelotas. Ven. Sígueme —Yura dio un vistazo a Jok girando la cabeza, sorprendido por su duda.

Marco accedió y comenzó a seguirlo.

—Atalía. Cierra, déjanos solos.

—¿Qué? —asombrada y un poco distraída, Atalía no esperaba que le hablaran y no entendió la indicación. Yura se acercó a ella y tomó su cara entre sus manos, dándole un prolongado beso. Era la primera vez que veía a un hombre desnudo pero no se sentía inhibida.

—Cierra la persiana detrás nuestro. Hasta abajo, completamente. No la muevas hasta que Marco te lo indique, por favor —Atalía afirmó con la cabeza y lo tomó de las manos. Luego de unos segundos Yura se soltó y fue hacia el balcón, seguido por Marco—. La ventana, ciérrala también.

Con los dos en el balcón, Atalía cerró la rústica persiana con movimientos lentos. El chirrido del metal mostró que no solía cerrarse con frecuencia.

Yura apoyó sus manos en la baranda del balcón y miró la lluvia caer. Bastaron unos pocos segundos para quedar completamente inmerso en agua. La lluvia era tan densa que tuvo que comenzar a respirar por la boca para evitar ahogarse.

—Cuan histéricos somos con la muerte, ¿no? Le ponemos suero a nuestros abuelitos para que agonicen horas, días, semanas, meses, años... pero tenemos una cadena de matanza para agilizar otro tipo de muertes. Nos damos el lujo de medir con diferentes varas en base a argumentos que ya casi nadie se pregunta.

—¿La histeria es con la muerte o con el humanismo? —comentó Marco por lo bajo, pero con toda intención de ser escuchado.

Yura se dio vuelta y confrontó a Jok, que ahora también estaba empapado de pies a cabeza. Con un lento movimiento abrió sus dos manos con las palmas hacia abajo y las acercó a Marco.

—Las afirmaciones extraordinarias precisan de pruebas extraordinarias —Marco miró las manos de Yura. Un desfile de anillos nunca antes vistos copaban sus finos y largos dedos, bastante arrugados para su edad. Luego de analizarlos uno por uno hizo contacto visual buscando que prosiguiera—. A fin de cuentas, esa sí es una realidad universal que calculo no tendrás argumentos para discernir. Lo que cuenta no es lo que nos gustaría creer, no lo que algunos meros testigos digan que vieron o que probaron... sino lo que está basado en evidencia, rigurosa y examinada evidencia. Evidencia que no pueda ser contradicha con un experimento físico que podamos percibir con alguno de nuestros sentidos conscientes. Mi querido Carl Sagan, nunca más relevante que aquí y ahora.

Marco volvió a sentir la misma conexión extrasensorial que lo había invadido al inicio de la noche, cuando contactó con Yura por primera vez. Estando tan cerca la electricidad del encuentro parecía transportarse a las gotas que pegaban contra su piel. Cada una de ellas generaba un pequeño dolor al estallar, retumbando de forma estridente haciendo eco en su cabeza.

—¿Cuántos anillos llevo?

Jok no contestó. La lluvia se intensificaba con cada segundo que pasaba.

—Que cuántos anillos llevo. Sé que ya lo sabes, sé que ya los has contado.

—Doce.

—Exacto. Dos en cada dedo anular, índice y medio. Te voy a pedir que me quites los anillos uno por uno y que los guardes. Intenta en lo posible no perderlos.

—¿Para qué?

—¿Cuántas maneras diferentes de quitarme los anillos tienes? ¿Cuántas combinatorias?

Jok miró fijo sus manos por unos segundos.

—Mmm… más de siete millones.

—Vamos, Marco, que puedes hacerlo mejor que eso. ¿Cuántas exactamente? Teniendo en cuenta todas las combinatorias de dedos y anillos, ¿Cuántas formas diferentes en total?

—A ver —Jok hizo la cuenta mental—. Siete millones, cuatrocientos ochenta y cuatro mil… cuatrocientos.

—Empieza a quitármelos. De nuevo, uno por uno y con suma atención —interrumpió Yura sin dejarlo terminar con la millonaria cifra.

El hombre desnudo abrazado por la oscuridad de la noche y los destellos de los relámpagos estaba inmóvil sudando lluvia, esperando con las manos quietas hacia abajo y los dedos bien abiertos. Marco se replanteó lo que estaba pasando y comenzó a calcular las repercusiones de lo que estaba por venir. Miró las manos de Yura con atención, hechizado por la variedad y curioso por el acto. Tomó el primer anillo del índice izquierdo, un círculo maltrecho de hueso cubierto por una lámina de un material exótico pero resistente.

—Comenzaste por uno verdaderamente especial. Tienes en tus manos una pieza perfecta confeccionada a partir de los huesos de Shapultek. No soy una persona vengativa ni mucho menos, pero Shapultek fue el responsable de dos de mis muertes… tres si yo no hubiera hecho algo al respecto. Y de lo que es aún peor, del sometimiento de toda mi colonia y del genocidio sin piedad en sendas batallas territoriales en el norte de américa. Nada existía como lo conoces. Éramos homo sapiens contra otra especie mutada con una notable ventaja física, pero desventaja intelectual. Bastaron algunas décadas para erradicarlos y para tomar este trofeo de guerra. Quizás el que tiene más carga negativa de todos los que tengo, pero bueno para recordar. Ese fue un día bisagra en verdad. Fue una vida bisagra. Una lastima que se esté mojando así, pero créeme que la situación lo amerita.

Marco lo miró fijo a los ojos buscando leer alguna señal que denote ya sea una mentira o una broma. Sin poder percibir nada, volvió su vista a las manos y sujetó un anillo sin quitarlo, congelado interpretando los pensamientos en su cabeza. Una pequeña laguna de agua ya comenzaba a inundar su balcón, especialmente en donde estaban parados ellos, como si estuvieran hundiendo los ladrillos con su peso. Marco se enfocó nuevamente y quitó otro anillo.

—Tomé este de los dedos muertos de un peregrino, allá por el siglo XVI. Su mala alimentación e higiene me hicieron dudar siquiera en tocarlo, pero la verdad es que es un anillo único que no quería perder la oportunidad de tener. No conozco su historia. Lo único que sé es que les enseñamos a pescar, a cultivar, a sobrevivir. Sentía que de alguna manera este anillo me correspondía como parte de pago.

Jok miró los detalles de cerca con más atención antes de ir por el dedo anular derecho. Apenas lo tocó Yura se encontró bloqueado sin hablar, viéndose sumamente conmovido y respirando fuerte.

—Era de mi madre. Definitivamente la mejor que tuve —hacía esfuerzos por continuar sin quebrarse—. Es el único recuerdo que me queda de ella luego de que me vendieran como esclavo en el siglo XIX. Al volver a la plantación de algodón ella ya estaba muerta. Fueron entre dos y cuatro millones los que murieron en los treinta y seis mil barcos que cruzaron el atlántico en alrededor de trescientos cincuenta años, en la migración forzada más grande de la historia. Mi querida madre. Vivió una vida corta y sometida, pero dejó mucho más en este mundo de lo que te puedes imaginar. Fue una verdadera mentora para mí, y una motivación sin igual.

Marco tomó el segundo anillo del mismo dedo. Yura tragó fuerte y dio vuelta la página en su cabeza.

—Griego, de oro. El más valioso si lo quieres empeñar, pero te recomendaría no hacerlo. Es una pieza única para la cual te costará obtener lo que verdaderamente vale, menos aún en este país. No existe una colección lo suficientemente versátil de la cual pueda ser parte. Ni un coleccionista lo suficientemente instruido.

Jok siguió desnudando los dedos de Yura. Con cada anillo que quitaba ponía más en evidencia los dedos largos y fruncidos marcados en blanco por las siluetas de los anillos que no se había quitado hace añares. Ambos ya estaban sumados en la lluvia. La cortina era tan espesa y la visión tan reducida que se les dificultaba verse. Por el contrario, los anillos parecían tener luz propia, transmitiendo un sentimiento multisensorial.

—Egipcio. Robado de la tumba de mi servidor.

Cada vez quedaban menos anillos y las historias eran más confusas.

—Época de la inquisición. Ese anillo me salvó la vida. Por lo menos esa.

Siguiente.

—Mongolia, siglo XII.

El agua dificultaba quitar los anillos que menos se habían movido, como si estuvieran pegados en su piel siendo parte de él y no queriendo abandonar las manos de su amo.

—Anillo de familia de la dinastía Xia. De Jade.

Las manos se encontraban semi vacías. Marco seguía quitando los anillos con una mano, posándolos sobre la palma de la otra.

—Piedra preciosa de la antigua mesopotamia. Eso ni siquiera tiene valor. Es tan antiguo que no entraría en ninguna colección de forma justa. Tuve que trabajar en él varias veces para que no se deshiciese en cenizas y polvo.

Por primera vez Marco tomó el anillo de un dedo medio.

—El dedo medio representa el "yo". ¿Qué tienes que decirme sobre este? —preguntó Jok tomando un anillo de piedra compuesto por cientos de estalagmitas rotas por igual.

—Este... pues no estás preparado para la historia de este. Fue el primero. Fue el más macabro, pero el más importante.

Ya solo quedaban dos.

—Reliquia Neanderthal. De la época en la que los genocidios se burlaban de todos los genocidios posteriores.

—El último...

—El último. Actualidad. Imitación de plata, oxidado. No sé de dónde lo saqué, solo me pareció bonito. Espero que me dure unos años más.

Marco lo juntó con el resto de los anillos y mostró su palma abierta a Yura, que luego de agitar sus manos sin sentir peso tronó sus dedos y sonrió relajado. Hizo un cuenco con las manos para juntar agua de lluvia y se lavó la cara. Olió sus manos, cerrando los ojos en trance y repasando dedo por dedo con su nariz.

—Querido Jok. Esta manera es la única manera —se dio vuelta enfrentando al borde del balcón—. Espero que con pruebas extraordinarias puedas creer lo extraordinario. Pero eso sí, necesito que esperes.

—¿Qué querés que espere? —preguntó Jok.

—Esperame a mi. Te buscaré. Espera veinte, treinta, cuarenta años si es necesario. Pero espérame.

—¿Esperarte para qué?

—Para verme nuevamente y creerme —Yura hizo un esfuerzo con sus brazos para subirse a la baranda y se paró al borde de la cornisa mirando hacia afuera. Eran once pisos de techo alto que lo separaban del pavimento. Sus dedos de los pies ya estaban mirando al precipicio—. Para verme, seguirme y entender tu propósito. Para enfrentarte cara a cara con el responsable de todo esto. No el culpable, no nos lavemos las manos... pero sí el responsable.

Jok apretó los anillos con fuerza. Yura levantó la cabeza buscando las caricias de la lluvia en su cutis. A pesar de que la baranda fuera circular, mantenía el equilibrio como un trapecista.

—No quiero vivir más...

—Sé que no lo harás, Marco. Sé que me esperarás —Yura giró su cabeza mirándolo sobre su hombro—. No hay nadie aquí. No tengo vestimenta, no tengo nada, solo estamos tú y yo. Lo único que te pido antes de que mueras... es que me esperes. Lo único que espero de tí es que hagas esta excepción. Toma acción de tus descubrimientos. Déjame ayudarte a descubrirlos y tenles paciencia. Dame tiempo para llegar a ellos. Confía en mí que será fantástico para ti descubrir que estás equivocado. De hecho será liberador, no es una amenaza para nadie salvo para tu ego. Date tiempo para abrir tu cabeza.

—Esperá.

—¿Lo sientes, Marco? ¿Sientes ese eco de muerte? ¿Lo sientes? Hoy está más vivo que nunca. Está entre nosotros, nos acaricia. ¿Lo sientes? Vaya que está presente. Cierra los ojos.

—Esperá, no hagas tonterías.

—¿Sabes que es la primera vez que me quitaré la vida? Tantas una detrás de otra… y nunca me animé a hacerlo. No he tenido vida en la cual no me lo he pensado, pero nunca me he animado.

—Entonces de cierto modo tener tantas vidas te hizo dudar de si la actual era la última que te quedaba...

Yura no contestó. Se lo veía pensativo y meditativo. Girando con cuidado abrió sus brazos y dio la espalda al vacío cerrando los ojos. Su cabello mojado se entrometía con su cara. Algunos mechones llegaban hasta la boca. Sus pies se encorvaban como garras para sujetarse bien a la baranda.

—Es un buen punto, nunca lo vi de esa manera.

—¿Y qué pasa si el suicidio es el escape a tu martirio?

—¿A qué te refieres?

—Que si el escape a tu constante renacimiento es, en efecto, que tú tomes la decisión de no vivir más.

—Es un escenario dichoso, si. Pues en ese caso... bien por mí y mal por tí.

—¿Mal por mí?

—Sí, mal por tí. Porque quedarás vivo esperándome. Porque quedarás vivo esperando por esa oportunidad para entender tu propósito. Además... nosotros no tomamos ese tipo de decisiones.

—¡Esperá!

—¿Qué vas a hacer cuando lo enfrentes? ¿Qué le vas a preguntar? —indagó Yura.

—Que qué le voy a preguntar...

—Sí.

—No sé —Jok cedió su desconfío y lo pensó honestamente, pero se vio apurado por contestar y con poca capacidad para improvisar una respuesta que no sonara insustancial—. La verdad... no sé.

—¿Has vivido toda tu vida preguntándote esto pero nunca has fantaseado lo suficiente como para emular la situación en tu cabeza? —Yura rió—. Pues no importa, tienes tiempo para pensarlo. Naciste muy tarde para explorar el mundo... y muy pronto para explorar el universo. Pero a tiempo para entender todas las preguntas que por años tu raza se ha hecho. No lo desperdicies. La próxima vez que te vea espero que tengas una respuesta más concreta.

Lentamente Yura comenzó a inclinarse hacia atrás.

—¡Esperá! —Jok se acercaba lentamente a Yura, con pasos pequeños y los brazos estirados hacia él.

—Sé que no lo harás, Marco. Nos vemos pronto. Guarda bien esos anillos, vendré por ellos.

—¡Esperá!

—Asegúrate de que la chica reciba la carta que quedó en el bolsillo posterior derecho de mi pantalón.

Marco rompió con el sigilo y corrió hacia el borde de la terraza intentando salvar a Yura, que ya había superado la inclinación límite para reincorporarse. Llegó a sus piernas con el tiempo suficiente para abrazarlo y salvarlo de la caída, pero se detuvo en el último instante. Sintió que debía dejarlo caer.

—¡No! —el grito de Jok sonó como un descargo de energía acumulada. Se estaba librando de la figura que lo estuvo atormentando pero a la vez sintiéndose mínimo ante la escena. Después de todo, quitarse la vida no parecía ser tan difícil pero quedaban en evidencia sus limitaciones para hacerlo. La persiana comenzó a subir rápidamente. A medio camino y luego de un fuerte crujido, terminó por trabarse dada la violencia con la cual estaban tirando de ella del otro lado.

Yura comenzó a extinguirse metro a metro, nunca quitando la sonrisa de su rostro. Abajo de él un regimiento de árboles cubría toda la calzada, con excepción de un claro de cinco metros cuadrados que mostraba el pavimento y que estaba alineado justo con la caída libre.

Cuando alcanzó la velocidad de las gotas de lluvia, Yura pareció flotar y el tiempo detenerse. Su cabello se abrió despejando su cara. En ese preciso momento abrió sus ojos. Luego de quedar petrificado por unos instantes Marco se asomó para verlo caer, aferrándose fuerte al metal de la baranda con mucho vértigo. Clavaron su mirada haciendo contacto visual. Con cada metro que recorría Yura, Marco se sentía más cerca de su propósito, más cerca de las respuestas. Por más de que los ojos de cada uno no eran completamente visibles a la distancia, siguieron conectados todo el camino hacia el golpe seco contra la vereda.

La lluvia se detuvo, Jok se sentó en el piso inundado de su balcón a meditar. Una fuerte ráfaga de viento movió las hojas de los árboles de la calle, que cerraron el claro abrazando el lugar de caída como si tuvieran vida propia. La avenida completa se transformó en una estera verde clara con el brillo del sol que comenzaba a asomarse entre las nubes disipadas. La ciudad poco a poco comenzó a dar señales de vida.

Hoy me encuentro más dubitativo que nunca en mis vidas. Sintiéndome un adolescente después de muchos años, tanto sentimental como físicamente. Con un alcance en ese "muchos" que jamás lograré ni lograrás dimensionar del todo pero que, te aseguro, tiende a la eternidad. Con una vergüenza propia que me hace destruir y deconstruir este mensaje una y otra vez, y al mismo tiempo con unas ganas maduras y verdaderas de poder aportar algo en tu vida... que está por comenzar.

Qué poco nos conocemos verdaderamente. Ni yo a ti, ni tú a mi. Ni siquiera a nosotros mismos. Uno nunca acaba de aprender, solo que a veces no quiere verlo. Solo que a veces olvida la insignificancia de uno mismo y la vastedad de la ignorancia, en todas sus formas y colores.

Cuan dichosa puede ser la vida que nos enfrentó en una situación tan particular como la que ya conoces. Yo sin expectativas de ti, dando pasos abismales hacia atrás buscando alejarte acostumbrado a relaciones esporádicas sin sentido alguno. Tú demostrando valor, superando tus propias expectativas de ti misma y dando un paso al frente por el bien de un extraño, muy por encima de las obligaciones que te han impuesto. Pero fue ese coraje y ese amor propio lo que hizo que conquistaras al extraño más extraño de todos: a ti misma. Fueron esas ganas de renacer las que te llevaron a reinventarte y metamorfosear en la mujer que eres y serás. Nacer no conlleva ningún tipo de esfuerzo, autorrealización o amor propio, a menos que seas responsable de tu propio nacimiento. No son muchas las personas que pueden disociar el nacimiento de la salida del vientre materno luego de los nueve meses de gestación. No son muchas las personas que logran trazar una línea entre el nacimiento obligado y el nacimiento buscado y consciente. Deberías estar orgullosa de ti misma. Mi intención no es sonar soberbio pensando que para ti es relevante mi estimo, pero diré de todos modos que yo sí estoy orgulloso de ti.

Estoy escribiendo estas palabras sabiendo lo que está por venir y cometiendo el descaro de espiarte mientras te das un baño luego de la larga madrugada que nos tocó vivir. A pesar de tu sensualidad al hacerlo y de la química que siento entre nosotros, no me parece oportuno interrumpirte. No quiero que me asocies a algo tan bonito y puro, mucho menos en este momento de tu vida... que ya ha comenzado.

Me descolocas, Atalía. No te puedo leer, no me puedo anticipar. Rompes con cualquier tipo de costumbre o comportamiento que pueda tener diagramado en mi cabeza. Hablo contigo y me siento mínimo, iletrado. Cierro los ojos y escucho a una líder que inspira. Una líder que no se sabe como tal, pero que de forma orgánica, con la cabeza puesta en donde la tiene puesta, tendrá ese destino. Quién sabe cuántas revoluciones dirigirás y cuántas historias dejarás en ridículo y romperás. Ha sido la decisión más dura de mi vida escaparme de esta realidad en la cual podría haberte visto caminar ese camino y seguir aprendiendo una que otra cosa. Y confía en lo que te digo, he tomado muchas decisiones.

Te pido disculpas, sé que te hubiera gustado que estuviera ahí. Pero mi presencia no hubiera funcionado para ti. Mi realismo parcial sesgado por años de experiencia, mi falta de capacidad de sorprenderme, mi nula apertura a ser desafiado, la mentoría accidental... no puedo ser tan egoísta de quitarte cosas importantes para darte otras menos importantes. Con mucha congoja y angustia prefiero dar un paso al costado para que el mundo disfrute de ti y tú del mundo. Siento que mi cobardía está justificada y siento también que te debo esta explicación. Ya has perdido mucho tiempo, y una persona sin tiempo a tu lado no hará más que evitar que aproveches lo que te queda de él al máximo. No sería justo. El mundo no lo es... pero esta es una pequeña injusticia que puedo ahorrarle. Por más de que no se lo merezca.

También está en mi humildad decir que lo que pueda aprender yo de ti es mucho más de lo que tú puedas aprender de mi... y a la vez está en mi soberbia que esa sea una de las razones de nuestra separación, por más minúscula que sea dentro de la lista de razones.

Teniendo en cuenta las historias y todo lo que hemos hablado sobre ellas, existen dos cosas en el mundo que, desde el inicio de la raza humana, han creado roles convenientes para unos pocos. Corrompido los sentimientos, dividido a sus individuos y sesgado su capacidad de elección: el dinero y la religión. Religión como "cualquier tipo de deidad", sea fantástica, sea monoteísta, sea politeísta, sea inventada por uno mismo para convencerse de algo o intentar organizarse y motivarse de alguna manera. El religioso no puede dejar de serlo porque el cambio de propósito es un trauma brutal. Prefieren morir sabiendo que no están en lo cierto que cambiar de vida en vida. Ya has vencido esto y mostrado capacidad de ver por encima de tus hombros para lo que vendrá. Vaya sorpresa. Pero de todas formas es inevitable a esta altura de tu vida que tu capacidad de elegir se vea sesgada por la cantidad de dinero que tengas para poner tus necesidades en marcha, sean básicas o complejas, sean verdaderamente necesarias o no. Más allá de lo horrible y turbia de esa frase, es la realidad. No mereces eso, amiga. El mundo no puede desperdiciar semejante ser, no quiero que pierdas ni un momento pensando en ello o planificando el resto de tus días para ello. Al dorso de estas notas verás una dirección y un código. Allí encontrarás una salida directa a tener que vivir para y por eso, a necesitar del dinero. El dinero nunca será un problema para ti, quédate tranquila y déjame obsequiarte eso. Quiero quitarte ese desagradable problema de tu vida. Poco tiempo he gastado de las mías en conseguirlo y aún así se ha sentido como una eternidad. Y aún así puedo decirte que no vale la pena invertir en ello.

Pero no te has liberado de todos los males, no. Si algo puedo y quiero hacer es dejarte algo que te prevenga o, como mínimo, alerte de algunos que inevitablemente comenzarás a conocer. Es hacer el esfuerzo astronómico de liberarme de las historias y dedicarte algunas líneas para que tu camino sea más llevadero y no cometas los mismos errores que yo y que todos. No dejarán de ser palabras en un papel, historias. Pero sé que con tu cabeza e intelecto no las tomarás al pie de la letra y las interpretarás siempre buscando tu bienestar. Ya lo has hecho con tu dogma y has entendido el valor de las historias que se relatan en su libro, tanto las positivas como las negativas, tanto las literales como las metafóricas. Entenderás que a veces las historias sirven para sobrevivir. Y entenderás también que a veces la forma en la cual estamos sobreviviendo... necesita de una insurrección personal. Sobrevivir no es únicamente evitar el dolor y buscar el placer, planificando ya sea a corto o a largo plazo. Sobrevivir no es más el buscar el pasaje de tus genes a la siguiente generación, no. Tus genes ya no son tuyos. Espero que sepas bien que todo lo que hablamos y todo lo que intentaré relatar no son verdades universales, ni que las son para oído de todos. Me tomo el atrevimiento de volcar estas palabras en ti porque tienes la capacidad suficiente para entenderlas, para aplicarlas y evitar disgustos. Tu primera sublevación ha sido monumental. Pero el axioma humanista lleva principios sectarios mucho más siniestros y macabros, duros como el diamante y contagiosos como la peste negra.

Nunca fui bueno con la pluma, nunca fui bueno escribiendo. La ansiedad de saber que es inevitable que desarrollando algo en papel deje mi mensaje a la merced de la cabeza del lector hace que borre y reescriba constantemente. Mi exigencia con la interpretación de lo que quiero escribir es imposible de extinguir; intento abstraerme de mi propia interpretación pero me cuesta simular y vivir el relato desde una mente que no es la mía, desde el espectador. Y si lo logro hacer... confirmo de una forma pseudocientífica que existen otros enfoques u otros sentidos que pueden tender a la infinidad misma. Que existen interpretaciones más allá de la intención del creador de esa pieza, de ese arte. Esa belleza ilimitada que algunos destacan del arte que enamora... a mi me atosiga. Ese mundo interminable yo lo conozco, y me aterroriza. Pero contigo siento que no debo preocuparme. Siento que no hay arte más claro y directo, siento que todo es objetivo. Te lo agradezco, seas o no consciente de ello. Intentaré hacerlo lo mejor posible, por ti.

Y sobre el arte intentaré expresarme. Y sobre historias seguiremos hablando. Pero para meternos en esos mundos, para aprovechar del conocimiento y de los caminos recorridos por otros, ten en cuenta una de las cosas que mayor diferencia te dará el "poder elegir": estudia. La búsqueda del conocimiento es una responsabilidad ética constante. Pero antes de siquiera abrir un libro, desvívete estudiando desde la prueba. Desvívete probando. Busca lo que te motive, y busca lo que te transporte. Y cuando estudies, estate atenta a lo que estudies. Siempre recuerda las historias, nunca seas ingenua ya que en el momento que te abres al conocimiento te abres también a las historias y a sus desafueros. Sé hábil para diferenciar el método científico del pasaje de conocimiento subjetivo. La enseñanza es a veces una forma tendenciosa de contar historias con un sentido parcial de las cosas. Detéctalo. Entrénate para hacerlo. Hazte preguntas, duda. Habla una vez, escucha cien veces más y habla contigo misma por mil veces. Ya lo has hecho, ya has sentido la adrenalina interna de concluir cosas por ti misma. Te has dado el lujo de investigar incluso contra tus propias creencias personales y fe. No se me ocurre mejor ejemplo de método científico y eliminación de sesgos que ese. Y cuando te sientas contenta de lo que has logrado, de lo que has aprendido, debes seguir haciéndote preguntas. Vivir es arder en preguntas, arder y ser uno con ese fuego. Disfrutarlo y nunca agobiarte con su calor. Porque a pesar de que pueda disminuir, siempre estará ardiendo. Siempre quemará y lo sentirás. Todo dolor lleva placer. Todo dolor te indicará que estás viva. Por eso tus lágrimas de hoy, por eso también tu rapto artístico que eclipsó a todos los presentes y que aún sigue haciendo eco en mi cabeza.

El arte es tomar preguntas nunca antes contestadas y crear tus propias respuestas. O mejor aún, crear preguntas nuevas a través de respuestas a preguntas que nadie realizó. Para disfrutar completamente del arte debes ser una gran científica y una gran exploradora. Para ser buena en algo debes saber aplicar los principios básicos, pero para ser la mejor tienes que saber cuándo perturbarlos, cuándo pervertirlos. Crear tu propio mundo, crear tus propias reglas y usarlas a tu placer. No puedo dejar de destacar lo importante que es esto.

Estudia política con la historia de liderar y cambiar al mundo, sé profesor con la idea de enseñar y cambiar al mundo, sé médico con la convicción de sanar y cambiar al mundo... y te darás cuenta que has perdido el tiempo con el humano y sus problemas psicológicos no resueltos, heredados generación tras generación. Y su ego, su avaricia, su ceguera y su estupidez mental. Recuerda siempre que en el momento en el cual te pones en contacto con la variable humana te pones en verdad en contacto con millones de historias y torcedumbres que te terminarán modificando a ti si vas distraída. No hay educación que pueda prevenirte de esto más que el estudio activo de ti misma. También sacarás la misma conclusión si estudias a la especie como unidad, como organismo interconectado. Pero eso te llevará más tiempo y disgustos. Y no quieres perder lo primero con lo segundo.

Ya te lo enseñará el arte, pero prefiero ser redundante: sé sola. Estate sola. Ese es el secreto de la invención suprema. Estando sola es cuando las ideas nacerán. Luego sí, esas ideas crecerán y se desarrollarán ya sea en ti misma o explorándolas con más gente. No te cases con tus ideas, no cometas ese pecado soberbio. Pero sí confía en que si te entrenas y te haces preguntas, nacerán en ti. Cuanto más verdadera, única y original sea una mente, más buscará la cueva religiosa de la soledad. Sé tu propia deidad en esta soledad, reza por ti y para ti. Dale el lugar justo y necesario al amor. Es probabilísticamente imposible que conozcas al amor de tu vida. Con diez mil millones de personas en el mundo actual, más todas las que han vivido y vivirán, es imposible que el amor de tu vida siquiera se cruce contigo. Eso no significa que no ames, sino que le des ese valor a tu individualidad. Que tu estado natural sea sola y que estar acompañada no sea una excusa ni la ósmosis cultural que percibes de la comunidad. Pero eso sí, cuando ames... que sea consciente y con todo tu ser. Cuando ames que no sea un escape, que sea una elección verdadera que te permita disfrutar aún más de tus momentos de soledad. Si amas para vivir, vivirás sin amar realmente. Ama con consciencia y sin obligación, ama eligiendo. Cualquier otra forma de amar será dañina. Ojalá únicamente te enamores de esta manera, pero será difícil. Pasará, no te juzgues.

Ten cuidado con los conceptos de amor que te impone el presente en el cual vives. Ten cuidado con los parámetros de "correcto" e "incorrecto" que te impone la sociedad con respecto al amor. No pienses tampoco que engendrar una vida es el "estadio supremo" del amor. No tengas hijos si los vas a tener para amar a algo en tu vida. No tengas hijos si lo harás por ti o por una eventual necesidad emocional. Escucharás a psicólogos contemporáneos decir que todos tus antepasados han tenido hijos y linajes, y que quién te crees tú para decir que eso no es lo correcto. Son acusaciones basadas en antigüedades, con ese mismo criterio sería correcto utilizar aceite de ballena para encender una lámpara. Si de todas formas eliges tenerlos, que sea una elección verdadera y no una herencia cultural. Abre los ojos, deconstruye esas historias, jubila ese concepto de supervivencia y de linaje. Si de todas formas eliges hacerlo... adopta. Rompe la primitiva asociación de la procreación con el progenie. Mira al mundo que te rodea, adopta. No existe excusa válida en este siglo para seguir procreando, para pensar que el mundo sigue necesitando de nuestro vientre. Si decides engendrar porque lo que quieres es tener hijos que se parezcan a ti genéticamente, pues no los tengas. Tan egoísta, vacío y retrógrado es ese deseo que de seguro generará que ames sin sentido, ya sea a corto o a largo plazo. La genética individual hoy es obsoleta, no te ha garantizado tu supervivencia ni garantizará la de tus descendientes. Si tienes dudas, mira a tus ascendientes: te guste o no, todos descendemos de colonos y/o violadores, de esta era o de otra. Todos los que vivimos inevitablemente compartimos una línea genética con algún violador, conquistador despiadado u oportunista que hizo lo impensable por sobrevivir. Es inevitable. Teniendo en cuenta eso, dale el valor adecuado a la familia. La familia como solía ser está muerta. Nadie de nosotros puede sobrevivir solo con su familia, por lo que la familia son todos... y a la vez nadie. Antes la familia educaba, hoy la familia es solo una puerta económico/alimenticia hacia la adultez y a herencias psicológicas a resolver. Pocos son los afortunados que elegirían la familia que les tocó.

Tus genes no te trajeron a donde estás hoy, sino tu herencia situacional. Es el conjunto de individuos, que no son parte de tu árbol genealógico, los que te trajeron aquí hoy. Tu árbol está rodeado de un bosque mucho más vital y determinante para tu existencia. Tus genes como tales son insignificantes para este mundo. Si estas líneas te ayudan a que te sientas como una pequeña mancha mezquina perdida en este universo vacío e indiferente, entonces estoy conforme de haberlas escrito. No ganaste la carrera de los espermas. Fuiste seleccionada por el ovocito femenino, que te eligió liberando componentes quimioatrayentes que hace que los espermas cambien la dirección de nado.

Si lo que quieres es tener una descendencia para que tus valores y formas de ver la vida prosperen en el tiempo, pues tampoco lo hagas. Hoy la educación es menos personal que nunca. Tus hijos estarán expuestos a un mundo de datos ilimitado, gestionado y controlado por gente que ni siquiera conoces. Con compañeros de escuela, barrio y amigos que no serán elegidos por ti ni por nadie. Con profesores y mentores que no serán los que tú elijas. Estarán más expuestos a lo que el mundo se ensañe en enseñarles que a tus enseñanzas. No serán tus hijos, no serán tu imagen. Las civilizaciones ya no funcionan de esa manera, la vida se abre camino de otras maneras. Esto no significa que no puedas inspirar, educar, motivar o guiar a otras personas. Esto no significa que no puedas aportar ese pseudoaltruismo al mundo, si así lo deseas. Pero para eso no necesitas tener hijos.

Y es este mundo compuesto por personas, por gente, quien tendrá más influencia en tus hijos que tú. Inevitablemente será así. Y sobre la gente hay mucho que se puede decir... pero intentaré resaltar dos temas. No sus "por qué", pero sí sus "qué". Debes empatizar con ciertas cosas y prevenirte de otras. Cada persona con la que te cruzas está librando una batalla personal en su cabeza, nunca lo olvides. Una batalla en su interior, una guerra sanguinaria de dudas, preguntas, desconfianzas, historias, alegrías y tristezas. Y son estas historias y conflictos las temáticas más importantes y más prioritarias para cada uno. No existirá nada más potente en ese momento. En esa batalla tú no participas, no figuras. En esa batalla tú no eres tenida en cuenta.

Cuando entiendas esto entenderás que no debes tomarte las cosas personales, no te ofendas. No solo porque no tiene sentido, sino porque a nadie le importará. La razón de la ofensa vive en la cabeza del ofendido. No seas uno de ellos. Todo el mundo lo estará, todo el mundo se lo tomará personal. Todos pensarán que las injusticias que le ocurren son las más injustas del mundo y que son puntualmente contra su persona. Ya sea porque es hombre, porque es mujer, porque es latino, porque es ario. Siempre es personal. No te ofendas, no lo hagas. No seas así. Vive y deja vivir. Entiende también que para poder pensar tienes que aceptar el riesgo de resultar ofensivo. No dejes que opiniones adversas te ofendan. Que te ofendan si son infundamentadas o en base a historias. Y en ese caso, si puedes hacerlo, aplástalas como a una mosca.

Ten cuidado con el morbo. No es culpa de la gente, no lo hacen a propósito ni es su elección personal y real… pero son morbosos. Es el residuo, el caldo de una cultura colectiva formada por individuos. El morbo es una moneda corriente en nuestra sociedad. La gente se unirá para festejar los éxitos y se dividirá para culpar y lamentarse por los fallos. A la gente le gustará sentirse parte de las victorias pero negará y mirará hacia otro lado en las derrotas. Destacará su individualismo y sus aptitudes personales (y no tan personales) cuando algo esté bien y culpará al otro cuando algo esté mal. Juzgará a sus genios por situaciones negativas de las cuales ellos mismos son responsables o cómplices. El morbo hará que la gente aplauda al deportista más trascendental del mundo cuando gane un partido por su cuenta, pero lo critique cuando se equivoque en su vida privada. Hará que le exija explicaciones cuando haga algo que no es un parámetro para la civilización que le han inculcado en las historias. La gente lo abrazará cuando levante la copa pero le soltará la mano cuando esté deprimido por no poder caminar por la calle sin ser detenido para pedirle una insulsa firma en un papel. Lo juzgará por sus adicciones y su mala educación causadas por una realidad en la cual esa persona no ha hecho más que cuidar a sus seres queridos desde niño dado su contexto de pobreza extrema, en base a su talento por el deporte y al negocio del entretenimiento. Esa persona que no ha sido niño, esa persona que ha sido el padre de sus padres y sus hermanos desde su adolescencia, esa persona será dejada de lado por la gente cuando falle. Esa canallada de nuestro pensamiento colectivo, de nuestra civilización y especie, de la falta de soluciones que tenemos como conjunto... será individualizada en una persona en vez de reconocida y mejorada entre todos. Pero se le seguirá exigiendo victorias por el bien del grupo, obviamente. Y se festejará por ellas mientras se horrorizará por todo lo demás. Seguiremos bailando la música de los mejores artistas que luego abandonaremos cuando les arruinemos la vida en los momentos más cínicos de la sociedad... mientras cambiamos de disco y escuchamos historias en un mar de morbosidad.

Según las eventualidades de tu vida, te podrá tocar estar en cualquier lado de la línea. Quizás no siendo parte de un ejemplo tan marcado como el que te di, pero sí con uno en el cual el morbo esté presente. Ese morbo al final es el sudor resultante de varias historias que en algún momento fueron claves para la subsistencia de esta especie, lamentablemente.

Nunca le digas a una persona que no puede hacer algo, nunca le digas que no a sus sueños. En cambio, destrozalos con fundamentos. Soberbiamente bien preparados fundamentos. Ordenados de menor a mayor, por color, por peso. Perfumados, vestidos de gala y con gomina.

Ahora, estando fuera de estas historias y fuera de estos contextos que ya hemos hablado. Estando un pie fuera de toda esta podredumbre que ya has demostrado poder tirar a la basura, reinventando tu empatía y extinguiendo historias: te ordeno imperiosamente que no te inhibas. No te inhibas, de nada. Haz todo lo que sientas. Todo lo que te haga dudar pruébalo antes, no lo sepultes. Pide más perdón y menos permiso. Emociónate con las cosas y nunca des por sentado ni minimices las emociones de otros, por más de que no sean como las tuyas. Si la pregunta en tu cabeza tiene respuesta en una acción, por más mínima que sea, hazla.

Y debes ser astuta con tus acciones. Esta es quizás la recomendación más difícil de seguir de todas, en verdad. Tus acciones no siempre resultarán en lo que quieres, obviamente. Pero que esto no te desmotive a actuar, que esto no te genere un letargo. Sé astuta identificando cuándo la quietud es tortura y cuándo el movimiento

228

también lo es. Es una de las grandes incongruencias de la vida, y hay que tener cuidado con ella. A veces el siguiente estado sí o sí será doloroso, pero eso no significa que no debas tomarlo. Todas estas incongruencias son parte y también consecuencia de las historias. Todo con lo que debes tener cuidado lo es. Debes tener aún más cuidado con las historias propias, las que viven en tu subconsciente y ven la luz en tu psicología. Invenciones de que algo que hemos visto o aprendido es menester, sólo porque ha existido. No, amiga. Tú ya lo has demostrado, has sentido ese placer de destruirlas. No hay mucho más que pueda escribir al respecto.

Ya te he comentado qué tipo de líder veo en ti. No sé qué harás de tu vida o si te interesará serlo, pero si en algún momento lideras hay algo que debes entender. Cuando un verdadero líder entra en la habitación los seguidores se sienten intimidados y los próximos líderes inspirados... pero son las ratas quienes se sentirán amenazadas. Verás esta realidad con los años, y será inevitable. Es la supervivencia básica de los básicos. Imposible y tortuoso vivir con esto en la cabeza en cada situación, pero importante recordarlo para que los golpes sean más llevaderos y te puedas anticipar a los baches que vendrán.

Escucho que has apagado ya la ducha. Me estoy quedando sin tiempo, qué ironía. Es la primera vez que me siento verdaderamente apurado y en cierto modo nervioso. Mi muñeca empieza a temblar, mi letra y el orden de mis párrafos a empeorar, te pido disculpas. Espero no haberte hecho perder el tiempo leyendo estas notas y que puedas hacer uso más eficiente del tiempo gracias a ellas.

Atalía... existen solo dos placeres en esta vida, de los cuales descienden el resto de los placeres y en los cuales cada uno hace foco como quiere, puede y le enseñaron activa y pasivamente: el placer por vivir y el placer por morir.

El placer por vivir no significa que seas optimista o vivas más, ni el placer por morir significa que estés buscando constantemente la agonía del último respiro de una forma masoquista. No todo es blanco o negro, ni siquiera la vida y la muerte... hasta eso es una historia, me da rabia. No todo es tan literal. Si así lo fuera no existirían tantas preguntas sin contestar en este mundo. La literalidad vive en nuestras cabezas y en cómo interpretamos las cosas, pero la vida y la muerte son mucho más que eso.

El placer por vivir está en las necesidades básicas y en la química que se dispara generando satisfacción en tu cerebro. A fin de cuentas, te irás de este mundo por un desperfecto técnico de tu cuerpo. Por un desperfecto del conjunto de células, de los pedazos de carne y tejidos que irguen tu cuerpo y sostienen tu cerebro arriba y funcionando. Sin esta estructura tu cerebro no podría recibir la energía necesaria para funcionar, ni desechar todo lo resultante. El placer por vivir es un placer técnico, es un placer que nunca acaba, es un placer renovable que tendrás que ir generando cuando tu cuerpo y cerebro te lo pidan. Obteniendo energía, descansando, llegando al orgasmo y liberando energía y residuos en todas sus formas. La evolución como consecuencia de adaptarse al máximo y buscar explotar esos puntos, que en sumatoria te dan la vida física como la conoces.

El placer por morir reside en el arte y el alimento cerebral. En muchas ocasiones la línea entre ambos placeres es lo suficientemente fina como para no notarla, pero existe al fin. Lograr abstraernos de lo que somos y crear algo para lo cual no fuimos preparados, algo que repentinamente se manifiesta en nuestro consciente sin entender de dónde viene. Lograr romper con las limitaciones físicas de nuestro cuerpo y cabeza, lograr traer a la vida preguntas, respuestas, ideas y conceptos que no viven en nuestro cerebro pero que de alguna manera allí aparecen. Lograr buscar pistas en el más allá, abrir ese portal y traerlas al más acá, siendo dueños del universo y creadores del todo. No tenerle miedo a lo magnánimo ni despreciar lo minúsculo y ser consciente de que están solo a un paso de distancia, a un abrir y cerrar de ojos, a un respiro. A una nota musical, a un trazo del pincel, a un fotograma en movimiento, a un punto de la pluma. Crear tu propia historia en la cual nadie puede participar, a menos que tú los hagas entrar, ni asignarte un rol que no quieras. Una historia la cual puedes encender, apagar, canibalizar y replantear infinitamente, buscando la inmortalidad y viendo tu vida pasar por delante de tus ojos una y otra vez. Si logras sustancialmente alcanzar y superar todo esto, dentro de muchos años cuando seas vieja y estés descansando en tu cama, sin arrepentirte de nada, sentirás ese mismo placer. Ese mismo placer que sentirás en tu descanso diario cuando consigas pasar un día dedicado a ti y a tu arte, a tus preguntas y a tus respuestas, a tus creaciones. No es un sentimiento en común para todos, no es algo empaquetable en una experiencia. Son pocas las personas que tienen el privilegio de dedicarse y lograrlo realmente. Pero te garantizo que las que no lo logran tendrán miedo durante toda su vida, tendrán miedo a morir y no sentirán ningún placer en ningún momento. Ahí está el verdadero privilegio y la verdadera sensación de placer. Cuando estés en ese lugar habrás desmitificado la muerte como la conoces y entrarás en paz con ella, verás lo linda que es como aliada. A fin de cuentas, ella es la verdadera líder y dueña. Como afirmaba Séneca, nos engañamos al considerar que la muerte está lejos de nosotros, cuando su mayor parte ha pasado ya, porque todo el tiempo transcurrido pertenece a la muerte.

Lo que sentirás cuando te transportes a tu propio mundo es algo que no se puede explicar realmente. Mucho menos a alguien como tú que ya ha estado allí. Ya te he visto allí, ya he sido testigo de ello. Por favor no dudes en volver a visitarlo, haz todos los esfuerzos para volver allí con tu canto y tu arte. Y debes ser extremadamente exigente contigo misma. Si el arte no te llena de dudas, entonces no te estás empujando lo suficiente. Si consumirlo, hacerlo, probarlo, no hace explotar tu curiosidad y desconocimiento entonces te falta dar un paso más. Empieza con un punto y verás que inevitablemente todo terminará en otro, no hay mucho más que eso. Verás que los puntos a seguir irán apareciendo en tu cabeza, verás que todo marchará mejor y más fluido con cada punto. No te tomes personal la muerte, no te ofendas por ni con ella, no creas en el morbo que te han enseñado sobre ella ni te inhibas de zambullirte en cualquier sentimiento que empieces a amar, por más mínimo que sea. Aquí es donde convergen todos los puntos que acabas de leer. Sé la creadora. Crea, vive y muere todos los días.

Puedes perder el tiempo dando vueltas hasta arrimarte a estas ideas, pero te aseguro que a fin de camino llegarás a esa conclusión.

Explotar tu lado artístico debería ser tu objetivo supremo. La realidad a veces nos lleva varios cuerpos de ventaja por lo que no podemos analizarla realmente. La vida a veces es más compleja de lo que podemos entender. Pero es compleja cuando la pensamos de más, cuando nos corrompen la facilidad por entender. Es compleja cuando nos hemos creído las historias de que hay que pensarla de más.

Sigue cantando, no lo dejes. Sigue creciendo, no te permitas otra cosa. Y gracias, Atalía. Gracias por todo. Por leer estas líneas. Por la sonrisa que me estás dando ahora mismo mientras te secas el pelo y escribo esta carta. Por los fugaces momentos que vivimos, por las lecciones y por ayudarme a morir. Gracias por creerme.

Buscas mi atención. Intentaré seguir escribiéndote más tarde, que ahora elijo amarte un rato más. Nos queda poco tiempo juntos. Debemos irnos, urgente.

Luego de dar varias vueltas a la manzana buscando lugar para estacionar sin éxito, Laura se dio por vencida. No por el temporal que seguía avivándose afuera, por más de que intentara convencerse de lo contrario. Aún habiendo tenido mucho tiempo para pensarlo, seguía sin tener del todo claro qué decirle a Marco ni cómo decírselo. Lo que había ocurrido en el hotel alojamiento la noche anterior no hacía más que nublar su juicio y quitarle ganas de volver a confrontar a Jok, su ex pareja. Detenida en doble fila sobre la avenida en la puerta de la casa de su mejor amigo, veía cataratas de agua sucia correr por ambas manos de la calle. Las bocas de tormenta del barrio yacían tapadas por la basura de la ciudad, lo que inevitablemente incrementaba el oleaje. La goma desgastada del parabrisas haciendo ruidos hipnóticos contra el vidrio empañado de su coche la ponían aún más inquieta. Un arrebato de pesimismo le hizo recordar que su auto último modelo había sido lavado la semana anterior, y que estaba insistiendo en hablar con el hombre que había elegido terminar con su relación luego de la muerte del fruto de su unión ya extinta, cambiando rotundamente su vida y encontrándose ahora en una relación esporádica con una voluptuosa mujer varios años mayor que él, pero con un cutis que competía con la más bella veinteañera. No existían celos por ni hacia ella, pero sí por la vida que le hubiera gustado seguir viviendo a su lado. Era consciente de que Marco se sentía igual y de que las relaciones serias habían acabado desde aquel día también para él. A pesar del final abrupto de su relación sentimental, ambos seguían ligados el uno al otro de muchas maneras.

Lo que sentía esa noche era diferente, mucho menos optimista y esperanzador que lo habitual. El acostumbramiento de esa nueva normalidad ya era distante de ser nuevo, y había involucionado a una costumbre apática cada vez más fastidiosa, monotonal y menos placentera. Por primera vez se dispuso a pensar enteramente en ella y en lo que sentía. Estaba preparada para dejárselo en claro o borrarlo de su vida para siempre.

Luego de varios llamados sin contestar al celular de Marco y segundos después de poner primera marcha para volver vencida a su casa, Laura divisó un lugar vacío para estacionar en la esquina de su espejo retrovisor derecho. A regañadientes dio marcha atrás y aprovechó su suerte, con mucha pereza por haberse quedado sin excusas para no bajar. Decidió dejar su paraguas en la guantera teniendo en cuenta la cercanía con el portal. Laura caminó distraída los diez pasos que separaban a su auto de la puerta del edificio, pensando y verbalizando en su cabeza cómo le diría las cosas a Marco y cómo evitaría sus testarudos monólogos, sabiendo que si entrara en esa cadencia de conversación se perderían en otra noche de pasión pasajera que moriría sin dejarles nada nuevo luego de un par de horas. Tal era su distracción que no se dio cuenta de que sentado en la escalera de entrada había un joven malherido con un aspecto sombrío, respirando agitadamente buscando apaciguar un evidente dolor. La oscuridad de la calle hizo que por accidente hicieran contacto visual al encontrarse súbitamente a centímetros de distancia. Laura contuvo su aliento y apretó fuerte las llaves de su auto, recordando la violencia con la cual la habían asaltado en esa misma calle pocos meses atrás. Kaba notó el nerviosismo de Laura y corrió su vista hacia la calle cortando la mirada.

—Perdón, no fue mi intención —comentó Kaba apoyando su cabeza contra la pared y entrelazando sus brazos con signos de agotamiento. El revestimiento de mármol púrpura levemente mojado por las salpicaduras de la lluvia enfriaba su frente y bajaba su temperatura corporal. Una tos rasposa lo ayudó a despejar su garganta mientras se hacía un masaje en el cuello, que vestía un collar de moretones nuevo. Todavía lucía las heridas de la batalla en el club, pero mucho más las de la tortura posterior de los moteros.

—¿Estás bien? ¿Querés que te llame una ambulancia? —Laura sintió que el joven no era un peligro, por lo cual se tranquilizó ofreciéndole su ayuda y sacando a la luz su característica generosidad.

—No. De ahí vengo.

—¿Vivís acá?

—No.

Se hizo un silencio por varios segundos, con Laura clavando su mirada en los ojos cerrados de Kaba esperando una reacción.

—¿Seguro que no puedo hacer nada por vos? —Laura empujó la puerta para entrar, pero estaba cerrada desde adentro.

—Estoy esperando a alguien.

Ante la negativa del joven Laura buscó la llave del departamento en su cartera apresurándose para entrar. Con torpeza dejó caer su teléfono al piso y se agachó para tomarlo, poniéndose a la misma altura que Kaba.

—Vos sos la mujer... —Kaba volvió a mirarla con más detalle aprovechando la luz del interior del edificio que la alumbraba. Acercó su nariz e inspiró de forma holgada, cerrando los ojos y reconociendo el aroma recién al exhalar.

—No sé de qué estás hablando...

—Si, sos vos —Kaba miró hacia la calle nuevamente, todavía exhalando y quedándose sin aire mientras hablaba—. ¿Ya hablaste con él? ¿Está acompañado?

Laura se reincorporó rápidamente dándole la espalda, apurada e incómoda por la situación. Entró al edificio, se aseguró de que la puerta de vidrio estuviera trabada y trotó levemente hasta el ascensor. No se calmó hasta que la puerta automática se cerró del todo.

—Tené cuidado, mucho cuidado —murmuró Kaba.

Laura intentaba abrir la vieja puerta de madera temblando, todavía perturbada por el singular encuentro con el joven moribundo en la planta baja. Conocía los problemas de la cerradura por lo que luego de unos empujones y giros de llave poco ortodoxos pudo entrar. El monoambiente la recibió en penumbras, justo en el cenit de la tormenta. Nunca antes había visto la persiana cerrada del todo, ni siquiera era consciente de que el ventanal tenía persianas por lo que la oscuridad era aún más peculiar para ella, descubriendo nuevas siluetas y formas. Habiendo notado las llaves de Marco en el aparador, era aún más extraño que Barón no la hubiera recibido como solía hacerlo. Después de todo ambos lo adoptaron aún estando en pareja, haciendo de la nostalgia y del reencuentro con su perro escenas infinitas de demostraciones de afecto bruscas. Tal era lo anormal de la visita repentina de Laura que se había olvidado de una golosina para él.

Una luz vertical colándose en la rendija de la puerta cerrada del baño destacaba entre las sombras, lo que llamó la atención de Laura.

—Marco, soy yo.

Laura sabía que la última y ya no tan nueva mujer de Marco se había ido, al no haber visto su auto en el estacionamiento lindante donde tenía una plaza alquilada. La luz del baño se apagó al mismo tiempo que Laura se acercaba a su puerta.

—¿Marco?

Laura intentó abrir la puerta pero alguien sujetaba la manija fuerte del otro lado previniendo su accionar. Un quejido agudo hizo evidente que era una mujer.

Sin tapujos la blonda hizo fuerza con ambas manos hacia abajo y con un firme golpe con el hombro abrió la puerta de par en par, haciendo retroceder a Atalía que cayó sentada en el inodoro. Laura prendió la luz y se encontró con una chica aterrada que se hacía más minúscula con cada paso.

—Buenas noches, perdón —dijo esbozando una sonrisa irónica—. ¡No nos conocemos! ¡Qué joven que sos! Disculpame, ya me iba.

Laura se fue del baño convencida de que estaba interrumpiendo algo. Con la luz del baño imprimiendo formas en todo el apartamento, camino a la salida pudo ver un bulto en la cama tapado con una sábana. Una pata musculosa y peluda se escapaba por un vértice, dejando ver unas uñas mal cortadas y desgastadas por el cemento crudo de la ciudad que adornaban una suave y esponjosa almohadilla gris.

Caminó lentamente hacia la cama y destapó el cuerpo inmóvil de Barón, sabiendo con lo que se encontraría apenas notó la silueta. Se sentó a su lado y comenzó a acariciar su cabeza con movimientos largos, agarrando sus orejas entre repetición. Sus lágrimas comenzaron a caer y su boca a temblar, mutando en una sonrisa nostálgica.

—Está afuera —Atalía se dio cuenta de que la mujer no era un peligro. No había captado los comentarios irónicos de Laura—. Perdón por asustarte.

—Perdoname a mí —Laura secó sus lágrimas y se puso de pie, intentando mantenerse calma—. Ya los dejo. ¿Pero qué pasó?

Laura volvió a quebrarse al terminar la frase.

—No... no sé. Estaba bien cuando nosotros llegamos, durmiendo tranquilo al lado de Marco. Todavía respiraba —Atalía hizo la señal de la cruz, tomó un rosario de su bolsillo de forma automatizada y comenzó a recitar una oración por lo bajo. Detuvo su rezo a la mitad de la segunda estrofa, consciente de que esa acción era un hábito que nunca le había dejado nada más que una dependencia ansiosa y enmudecedora—. Toda mi vida me enseñaron a pensar que iban a un mejor lugar, uno en el cual nos estuvieran esperando a nosotros, uno en el cual no existiera el sufrimiento ni el pecado. Que iban a poder correr libres y jugar entre ellos —hizo un bollo con el rosario y lo guardó de forma desabrida—, pero entiendo que eso no es así. Si no es así para nosotros, no tiene por qué ser así para ellos.

—¿Con quién viniste? ¿Quiénes llegaron? —Laura la interrumpió, se estaba metiendo a un nivel de detalle que poco le interesaba. Se dio cuenta rápidamente de que la agraciada adolescente no era del paladar de Marco, mucho menos con sus hábitos de plegaria, por más minúsculos y raros que hayan sido.

—Yura, con Yura —contestó Atalía, con una luz en sus ojos que parecía iluminar todo alrededor.

—¿Quién?

Un grito repentino de negación proveniente del balcón se superpuso a los borborigmos del agua que seguía cayendo a borbotones. Pensando lo peor Laura corrió hacia el borde de la ventana e izó la persiana con dos movimientos largos. Tuvo que realizar un tercero para destrabar su mal funcionamiento. Se detuvo sin llegar hasta arriba de todo al ver unas piernas largas que acompañaban a una espalda apoyada contra la pared. Se agachó un poco para pasar del otro lado.

—¡Qué hacés! ¿Estás bien?

Laura ayudaba a Marco a reincorporarse justo en el momento en el cual Atalía se unía a ellos en el inundado balcón. La sangre mezclada con el agua de lluvia teñían a Marco, evitando que Laura pudiera entender en dónde estaba herido.

—¿Yura? ¡Yura! —Atalía miraba confundida a ambos lados del balcón, repitiendo el movimiento intentando romper con la realidad del ambiente vacío.

Marco no emitió un sonido, no necesitó aclarar lo que había pasado. Con un cruce de miradas lo dijo todo.

Atalía se asomó por el balcón buscando evidencia de lo que intuyó desde Marco, pero la altura del edificio y los primeros reflejos de sol no le dejaban ver nada. Con medio cuerpo afuera largó a llorar con gritos prolongados. Laura notó la desesperación de la pobre joven, tomándola por los hombros intentando reconfortarla. Asegurándose de que los dos estuvieran por delante de ella, obligó a todos a entrar a la casa y resguardarse del vértigo del balcón.

Atalía cayó vencida de rodillas al piso apenas entraron. El llanto afligido no se detenía, por más de que ella no tenía completamente en claro por qué. Laura cruzó miradas con Jok desconcertada, sin entender lo que estaba ocurriendo. Buscó el interruptor de luz en la pared para romper de una buena vez con la oscuridad. Las marcas de sangre revividas por el agua de la lluvia hacían una acuarela de tonos rojos en la ropa de cama de Marco, mezclándose con el olor a humedad. Laura se quedó en silencio viéndola petrificada, sumando incógnitas en su noche mientras los lamentos de Atalía seguían resonando. Sus chillidos agudos la irritaban, pero al no ser difícil para ella darse cuenta de las razones decidió respetar su luto.

Jok estaba con los ojos perdidos y cansados, todavía sin poder asimilar todo lo que había ocurrido. Se sentó en la cama, volvió a tapar a Barón y se echó a llorar justo en el momento en el cual Atalía se calmaba. Laura seguía firme, en parte ofendida por ver a Jok en esas condiciones y con tanta historia singular como protagonista del momento. Al ver a su amigo con las guardias vencidas terminó sentándose a su lado tomándolo en sus brazos, sin importarle las manchas de sangre que empezaban a ensuciarla. Su impoluto vestido ya no volvería a ser el mismo, pero ni se inmutaba.

—Cuando te escuché gritar... pensé que eras vos. Pensé que vos habías saltado. Me imaginé la última vez que nos vimos y...

Jok la interrumpió abrazándola con todas sus fuerzas, en parte para hacerla callar y en parte para liberar un cúmulo de energía angustiante. El cansancio de toda la jornada comenzaba a sentirse en sus párpados a pesar de la extensa siesta que había concluído minutos atrás. El dolor incipiente volvía a sus huesos y músculos, su cabeza empezaba a subir el volumen de la distorsión otra vez.

—No —contestó Jok, apretando fuertemente los anillos que aún tenía en sus manos—. No podría hacerte eso.

—¿Hacérmelo a mí? No me involucres en esto —desafió Laura, pasando de la preocupación al enojo.

—Si no fuera por las personas que me quieren... que no son muchas... ya no estaría en este mundo.

—Entonces hacelo por las personas que te quieren —Laura miró hacia la ventana—, si vas a estar mejor ahí tenés la salida. No lo dudes más.

Laura lamentó su frase por un segundo, dándose cuenta de la frialdad de la misma. Justo antes de corregirse interrumpió sus pensamientos convenciéndose de que aquella respuesta desafectuosa era la correcta. La velocidad de su respuesta reflejaba la verdad, por más sombría que sonara.

—No lo voy a hacer —replicó Marco, recostándose de lado y dándole la espalda a Laura.

—Y me parece bien, pero si no lo hacés que sea por vos. Dejá de tirar la pelota afuera. Ya no es una conversación sobre los "por qué" de tu estado mental, ya me rehúso a seguir hablando de eso. Pero de esto otro... lo hablamos las veces que quieras —Laura secó sus últimas lágrimas poniéndose de pie y tendiendo su mano a Jok, ofreciéndole su ayuda para levantarse—. Vamos al hospital ¿Qué pasó?

Marco no le contestó ni aceptó su mano. Analizó con detenimiento los anillos uno por uno, con cierta deshonra e incomodidad. Con cada observación se acrecentaba su posición semi fetal, queriendo meterse en su interior hasta autoconsumirse y desaparecer. Al terminar los depositó con cuidado sobre su mesa de luz y se acostó boca abajo buscando ocultar sus ojos, nariz y cara de la escena, dándose solo unos centímetros de lugar para respirar. La hinchazón de su cara contra el colchón le dolía, pero ya estaba acostumbrado. Prefería continuar con algún sentimiento que lo alejara de la realidad. Sabía que Laura jamás pensaría en un asesinato, por lo que ni siquiera aclaró esas incógnitas obvias.

Laura intentó interceptar su atención dando unos pasos hacia su mesa de luz. Viendo el estado físico de su amigo y su apatía por conversar, descartó totalmente hablar sobre lo que había ido a hablar. Jok se sintió invadido y giró hacia el otro lado pero, al darse cuenta de que tanto Atalía como Laura no mostraban intenciones de irse pronto, se reincorporó para asumir el momento.

Mirando al suelo ubicó el pantalón de Yura. Hurgando en él tomó dos papeles mojados y se los entregó a la joven. Dada la lluvia ambos estaban maltrechos con la tinta corrida haciendo surcos zigzagueantes que, sumados a una desprolija caligrafía causada por la sobrepresión de la mano sobre la pluma y una alta velocidad de escritura, transformaban los párrafos en jeroglíficos.

—De él. Para vos. Ya te podés ir.

Atalía los miró sin sorpresa. Con mucho cuidado evitando romperlos los ocultó en sus manos como si estuviera haciendo algo mal, con cierto pudor y paranoia. Con sus ojos fijos en el piso y sus manos en penitencia, lentamente caminó hacia la salida.

—La lluvia va y viene. Tomá.

Jok dio el abrigo de Yura a la joven que, todavía mojada y consternada, aceptó sin dudar. Luego de olerlo brevemente y ponérselo, guardó las cartas de Yura en su bolsillo derecho abandonando el departamento. Dudó por unos instantes en pedirle ayuda a Marco, después de todo no tenía lugar a donde ir ni persona que la estuviera esperando en algún lugar. Se dio cuenta de que el desafío que se le presentaba esa noche estaba mutando y aún no terminaba. Puso su orgullo y su nuevo ser por delante y se fue sin pedir permiso. Se juró a sí misma que la dependencia tanto de su dogma como de su difunto amigo e inicio de amante se quedaban atrás al cruzar la puerta de salida.

Por fin solos, Laura y Jok se quedaron en silencio por un buen rato. Marco con una vergüenza que lo petrificaba, sin saber qué decir ni tener ganas de explicar todo lo que había vivido aquella noche. Pero más vergüenza sentía consigo mismo al haber cambiado de parecer nuevamente. Era consciente de que no era un acto de cobardía, sino una indecisión constante en la culminación del acto. Casi de forma irónica, el sobre análisis y la ansiedad lo perturbaban hasta con una decisión de ese calibre. Pero luego de lo ocurrido estaba completamente convencido: a pesar de sus varios intentos, aún no estaba preparado para irse del mundo. Mejor dicho, estaba preparado para irse de su mundo pero no de esa manera. Un nuevo miedo estaba naciendo en él. Un miedo que le hacía dudar sobre cuánto perdería realmente si se extinguiera su existencia. El miedo a perder la oportunidad de probar la trascendencia o intrascendencia de su vida, o por lo menos el potencial o el desperdicio de ella. Quizás miedo es todo lo que se necesita para querer vivir. Ya sea más, mejor o simplemente vivir. Ahora sentía algo diferente, desde el olor del mundo hasta el tacto del ambiente. La apuesta existencial sobre la mesa era mucho más grande que su pesar, al cual extrañamente parecería ya estar acostumbrado. Un nuevo filtro a su voz mental estaba naciendo. Había tocado fondo y encontrado herramientas y procesos para buscar otro universo personal que, hirientemente, no había podido hacer solo. No lo tenía controlado, no lo tenía dominado, pero sabía que ese propósito estaba ahí. Quizás perdiendo ese control lograría encontrar su sentido. Sabía que ese propósito existía en algún lugar; el miedo a morir que le estaba quemando por primera vez se lo estaba comunicando. Ese miedo, por más de que no lo quisiera, era una nueva esperanza. Sintiéndose ingenuo optaba por seguir adelante, aceptando su ingenuidad pero con ciertas condiciones claras que estaba dispuesto a poner sobre la mesa cuanto antes. Para nadie más que para él.

—No, amiga. No me voy a matar —La miró a los ojos vacilando unos segundos impactado por su belleza. Era el primer contacto visual directo que tenía con ella en toda la madrugada. Recién después de verla pudo empezar a olerla mejor—. Pero necesito que me hagas un gran favor.

—Ya basta de pedirme cosas —Laura fue tajante. Todos sus límites habían sido cruzados de alguna u otra manera, sintiéndose resentida por todo lo vivido.

—Es la última. Te lo prometo. Y no requerirá ningún esfuerzo de tu parte. Si en verdad deseás no verme nunca más.

Laura frunció los labios y pestañeó lentamente.

—¿Te acordás de una de las últimas noches que cenamos en casa con nuestra hija? —continuó Jok.

—Me acuerdo de muchas últimas noches.

—Cuando vino de la excursión al acuario —Laura sonrió luego de que la escena apareciera en su cabeza como un rayo—. Nina estaba muy enojada, rabiosa. Casi ofendida por las historias que le contaron. Ella estaba convencida de que la historia que ella conocía era mucho más verídica que la que le había contado el profesor. ¿Te acordás?

—Sí… me acuerdo del berrinche. Me acuerdo que estaba inquieta, como frustrada. Que la reté por insultar en la mesa pero que vos, con una mirada, me pediste que la dejara seguir hablando. Que aceptara ese brote de personalidad y rebeldía.

—Estaba muy metida en su argumento, y había que dejarla hablar. Era una nena muy educada y medida, si estaba puteando es porque así lo sentía de verdad, no por "boca sucia" —Marco hablaba lento, estaba agotado pero decidido a dar los detalles necesarios para respetar la memoria de su hija.

—Bueno. Sí, me acuerdo del momento. No de la conversación.

—En las típicas rondas y actividades escolares en las cuales tratan a los niños como idiotas, les estaban haciendo preguntas intentando darles datos curiosos sobre los animales.

—Ya me acuerdo —Laura respiró hondo y cerró los ojos, manteniéndolos así para evitar llorar—. Pero seguí. Siempre das detalles que se me van borrando y no me gustaría perder.

—Ya la conocés a Nina… una nena callada, monosilábica. No estuve ahí pero con lo poco que nos contó me imagino la situación. Todas las preguntas y acertijos que les planteaban, ella sabía las respuestas… pero por vergüenza nunca levantaba la mano. Ni siquiera le interesaba participar. Hasta que llegó esa pregunta que la sacó de su centro. "¿Cuál es el animal más inteligente?". Todos los nenes como locos queriendo participar, para que se grite por un lado "perro", por otro lado "mono"... y que el profesor los pueda corregir con un "delfín". Con el estereotipado y aburrido "delfín", estudiado por la Universidad de Hawai y miles de etcéteras.

—Si, delfín… me acuerdo.

—Y ahí es cuando Nina rechinó los dientes, dejando escapar al "pulpo" entre sus encías, letra por letra. Ella sabía que el pulpo es más inteligente, pero que no lo podían analizar de la misma manera. Que cuando lo exponían a las pruebas de inteligencia "de cátedra" para los animales acuáticos, el pulpo no hacía más que sabotearlas. Que, dada su consciencia de estar en cautiverio y haciendo cosas en contra de su voluntad, en vez de "tirar de una palanca" simplemente la rompía. Que los premios y alimentos que le daban no le importaban, por más de que tuviera hambre y su instinto básico estuviera muy presente. Que en vez de participar del juego, escupía agua a su captor e intentaba ser lo más cabrón posible para no ser sumiso a sus captores. Que la hostilidad de su vida, del encierro, de su consciente encarcelado hacía que, por lo menos para un ojo crítico, cualquier experimento resultara dudoso o fallido. Y un "fallido" jamás será categorizable ni mucho menos clasificado.

—Sí, me acuerdo —Laura abrió los ojos.

—Y ella no podía vivir con eso. Y entonces pasó de su monosilabismo a un ensayismo digno de ella.

—Y de su padre —interrumpió Laura.

—Y de su madre —siguió Marco con una sonrisa—. Y nos lo relató con esa vocecita tierna, que te daba un sopapo de conocimiento.

Porque no le contestó "no, el pulpo". O "quizás el pulpo profe, depende". Sino que se empecinó en que ese profesor de turno entendiera que no necesariamente el más inteligente es el que toma el examen de inteligencia y saca la mejor nota. No necesariamente la mejor nota está basada en el mejor cuestionario. No necesariamente un cuestionario será "mejor" o "peor", sino más adecuado para demostrar cierto "fin", creado por el que está detrás del cristal polarizado. No necesariamente la veracidad de una historia está basada en cuán bonita es, o cuanto conmueve, sino en qué tipo de parámetro de "bien o mal", de "correcto o incorrecto" se pone a prueba y de cómo viven sus actores. La verdad por sí sola parecería no existir porque toda ella está filtrada por algo o alguien, buscando un resultado puntual... sesgando toda esa verdad misma. O mejor dicho, llegando a verdades no verdaderas.

—¿Me estás diciendo que vos sos más inteligente que un pulpo? —Laura se mofaba de él, necesitaba que parara porque la nostalgia le hacía temblar las piernas y latir el corazón.

—No, te estoy diciendo que no quiero destruir a nada ni nadie alrededor mío para que me dejen en paz, para cumplir con mi propósito o para llevar a cabo mis caminos. Para que me dejen ser en mi mundo, sin exámenes ni pruebas ni ecosistemas que me exigen formas, cosas, trabajos, procedimientos, simpatías, antipatías, entre otras cosas. Que están regidas por un cortador de galletas puntual, al cual conozco y desprecio. Que no quiero escupir ni lastimar a nadie, solo quiero paz. Ni siquiera sé si la voy a encontrar, pero así no. De esta forma no. No voy a participar. No me alimenten más, no me pongan más a prueba.

—¿Por qué no podés vivir en paz? ¿Por qué no podés vivir feliz?—interrumpió Laura con aires de amor y protección. Por más que se había prometido evitarlos, su naturaleza y el amor que le tenía a Marco eran más fuertes que su planificación.

—Lo vivido, la experiencia y el conocimiento. Llegan a una magnitud que pasan del poder a la debilidad. Del poder al sufrimiento, a la agonía. Los animales en el acuario no tienen idea que están en un tanque de agua. Pero el pulpo sí. Sabe que él está adentro y el resto afuera. Sabe que los de afuera se entretienen con él. Es el animal más miserable de todos por ello. Porque esa es la ironía máxima del conocimiento profundo. No importa lo que hay de este lado de la pared, sino que del otro lado existe el infinito. Ser consciente de esas cosas no te permite vivir. Ya que sabes que eso no es vida. Ya que sabes que las cuatro paredes, sea de forma literal o figurativa, son paredes. Y que sabes que si escapas al océano... primero dejas a muchos captivos atrás, y segundo ese océano ya no es más océano. Es lo que ha resultado de milenios de especies en cautiverio. La definición ya esta corrompida y no hay vuelta atrás

—¿Qué necesitás? —Laura cerró el tema. Lo veía demasiado decidido y con una frialdad que lo alejaba de ella.

—Voy a desaparecer. Llegado el momento te voy a decir en dónde estaré, para que te quedes tranquila. Merecés por lo menos saberlo, y es lo mejor que te puedo dar. Pero no me busques, no me encuentres, ni lo intentes. Lo único que tenés que tener en mente es que yo voy a estar mejor así, confiá en mí. Tengo mucho que hacer, mucho más que dejar de hacer y sobre todo mucho más que aprender. Si elijo esto es porque aprenderé más que nada. Extraño esa sensación la verdad. Pero seguir viviendo con estos parámetros y en esta pecera: no más.

Laura se quedó inmóvil intentando procesar el escenario. Jok no quitaba los ojos de ella, sabiendo que estaba meditando su pedido pero sin querer darle el lujo de esperar infinitamente. La blonda rompió la quietud empujando a Marco a la cama. Se subió encima de él y lo rodeó con las piernas. Haciendo movimientos lentos pero profundos comenzó a erotizar una situación incómoda. Sabía muy bien que Marco era una persona visual y táctil.

—Me estás pidiendo mucho. Mucho de verdad. Pero no quiero verte más yo tampoco. Quiero que desaparezcas.

Por primera vez en mucho tiempo Laura y Marco tuvieron relaciones con ella encima. Nunca antes había marcado los tiempos ni acortado los ritmos como aquella noche. El cansancio físico de Marco no tuvo nada que ver con la iniciativa y el liderazgo de Laura. Parecía mirar a otro lado y estar conectada con otro lugar, pero su actitud y fogosidad nunca estuvieron tan presentes. Era su manera de verdaderamente ponerse al frente y tomar decisiones, cortando de una vez por todas con los vaivenes de toxicidad y placer de la relación. Era momento de tomar las riendas de la situación y llevar a cabo lo que necesitaban.

—Marcame —balbuceó Jok. Laura estaba en trance con los ojos cerrados y no lo escuchó—. Marcame —repitió esta vez con más fuerza.

—¿Qué? —Laura dejó de moverse, apretando de forma vigorosa a su compañero contra la cama. Puso todo su peso sobre su pelvis.

—Que me marques, que te quedes en mi cuerpo, que dejes una parte tuya aquí que no me pueda quitar nadie.

—Hacete un tatuaje si querés una marca —contestó Laura con ironía, tuvo que reprimir un insulto teniendo en cuenta lo cursi del pedido. No era del estilo de Jok, ni de ella—. Tatuate mi nombre si querés, pero que no lo pueda ver. Aunque ya no te voy a ver más, me importa un carajo. Ponete una grasada bien grande en la cara si fuera por mí.

—Esos son dibujitos, quiero que me marques en serio. El tatuaje en cualquier lugar sería una grasada para vos. Rajame la piel, rasguñame.

Jok todavía abajo tomó fuerte a Laura del cuello con su mano izquierda y acercó su cara a la yugular. Sacando las pocas fuerzas que le quedaban en su interior la apretó con intensidad, hasta que Laura no tuvo más remedio que abrir la boca y ocupar gran parte de su cuello con ella. La blonda se dio cuenta de que Marco no iba a ceder hasta que la cerrara y apretara la carne entre sus dientes. Cuando Jok sintió la mordida dejó de presionarla, pero Laura no cedió y duplicó la tenacidad. Cerró con furia su mandíbula ganando milímetro a milímetro más espacio en la piel, mientras su lengua se accionaba de forma pasional. Marco comenzó a sufrir el beso e intentó empujarla, pero Laura ya tenía sus fauces bien cerradas y su posición de sometimiento trabada. Llegaron al éxtasis al unísono, pero sin ser vocales.

Una Atalía confundida y pensativa se había quedado en las penumbras de la entrada observando la escena. Luego de llegar al clímax Laura se puso de pie y sin mirar a Marco enfiló hacia la salida. Sus labios quedaron embadurnados de sangre y saliva, pero a ella no parecía importarle. Sus ojos a media asta acompañaron su camino, mientras escupía a un lado para quitarse el sabor a cobre y dejar todo rastro de Marco atrás. Atalía fue más rápida que ella por lo que ya había desaparecido.

Marco ni siquiera osó llamar a su amiga, sabía que ya no estaba allí. Cuando pudo recuperarse, viró hacia su velador y analizó anillo por anillo con cuidado nuevamente. Buscaba material para soñar una vez más con la figura que ya no existía en su plano, buscando otros mensajes que lo convencieran aún más de la decisión que estaba por tomar. El cansancio y las horas de tortura tanto mental como física se apoderadon de él y colapsó en su cama. Durmió profundamente.

Laura y Atalía se enfrentaron en el pasillo esperando al elevador. La blonda ni siquiera lo pensó y tomó las escaleras, buscando evitar cualquier tipo de conversación con la extraña. Sus perfumes se mezclaron dada la velocidad con la cual encaró los escalones. Llegó a la planta baja antes de que la joven pudiera abrir la boca.

Atalía intentó leer las cartas en el corto viaje del ascensor, pero la tenue iluminación y el mal estado de los papeles no se lo permitieron. Al abrirse la puerta automática notó que Kaba estaba todavía en la entrada del edificio, de pie con las manos en los bolsillos mirando hacia adentro expectante. Parecería que Laura tampoco se detuvo al confrontarlo; el motor de su coche arrancando ya se escuchaba de fondo. Atalía sin miedo abrió la puerta de vidrio y se enfrentó al muchacho, mientras veía al auto de Laura abandonar la escena derrapando dejando un fuerte sonido prolongado.

Por más de no haber cruzado ni una palabra en la noche ni haberlo visto lúcido, pudo reconocer fácilmente que era parte del grupo aprisionado. Su cara de niño y cabello rapado con desprolijidad no hacían más que acrecentar tanto sus heridas como la pena que la joven sentía por él.

—Hola. Estás… estás bien, estás vivo —Dio un paso al frente y lo abrazó por el cuello poniéndose en puntitas de pie como si lo conociera de toda la vida. Kaba no esperaba esa reacción.

—¿Cómo te llamás?

—Atal… no. No sé cómo me llamo. No lo sé.

—¿Está Yura? ¿Está Marco? —indagó Kaba a pesar de estar petrificado por la belleza de Atalía.

—Ya no hay nadie. No queda nadie.

—¿Dónde está Yura? Es muy peligroso.

—Está muerto. No hay nadie. Están todos en paz.

Atalía volvió a abrazarlo, esta vez con un aire optimista esbozando una sonrisa. No le importó en absoluto la advertencia, aunque ya no sirviera de nada. Kaba también sonrió, mientras metía sus manos en los bolsillos del abrigo del difunto Yura con alevosía. La joven cortó con el abrazo y se fue corriendo sin despedirse ni darse cuenta del hurto de las cartas. Su sonrisa se transformó lentamente en un sollozo.

Kaba bajó a la calle buscando ver si Atalía doblaba en alguna esquina. Pegó algunos gritos para llamar su atención, pero su garganta estaba seriamente lastimada por el ahorcamiento de Yura horas atrás y no logró imprimirles el volumen necesario. Tampoco pudo correr, era casi un milagro que estuviera de pie. Sus puños cerrados con fuerza terminaron de destrozar los papeles que le había robado a la chica. Sus nudillos trazaban mapas blancos y rojos por la tensión, con una presión que clavaba sus uñas en sus palmas. Luego de apretar con su máxima fuerza por varios segundos, abrió sus manos y los papeles volaron con la cálida brisa de la calle, hasta caer en sendos charcos de agua.

No necesitó más explicaciones para saber que, una vez más, había llegado tarde. Su viejo conocido había escapado como nunca antes lo había hecho. Ya no sabía si volvería a tener otra oportunidad mejor que aquella. Cuando la imagen de Atalía comenzaba a hacerse borrosa a lo lejos, la joven detuvo su camino. Dio media vuelta y volvió lentamente hacia Kaba, atraída por aquel grito que nunca salió.

Te pido disculpas. No fue mi intención haberme relacionado contigo, la verdad que cuando te hablé por primera vez lo hice sin medir las posibles consecuencias. Sé que tampoco fue la tuya; sé que tú estás acostumbrada a relacionarte con personas perdidas y que no todas ellas buscan un norte, una salvación... pero que a veces las asistes en encontrarla, por más de que adentro tuyo sepas bien que no la tienen, o que ni siquiera son capaces de entender que la necesitan. Sin darte cuenta eres una más de la tripulación en aquel navío irónico de la vida que es el propósito, pensando en uno verdadero que es imposible de abordar pero que lo navegas de todas formas con ímpetu.

Bueno, tampoco creo que sea correcto llamarme "persona perdida". Es imposible perderse si ya lo has conocido todo, si nada es ajeno, si ya no te queda nada por encontrar. No obstante, más allá de mis distracciones y verborragia: te pido disculpas. Esto no tendría que haber ocurrido. No me importabas, pero ahora sí. No corrías peligro, pero ahora sí.

Tú no tienes que formar parte de mi vida, más que nada porque te acerca peligrosamente a formar parte de la de él. Bueno, todos forman parte de la de él porque él las ha cambiado para siempre, él las ha modificado con sus planes y manipulaciones. La vida de los humanos transcurre en base a las consecuencias de su designio. La vida de todos es la que él quiso y querrá para todos. Me guste o no, la vida no es orgánica, es artificial en base a su artificio.

A mi me importas, pero te aseguro que a él no. A él no le importa nadie. Solo él y su propósito.

No tenemos tiempo y no sé si volveré a verte. En todo caso, ya me he encargado de él antes de que sea tarde. Por lo menos por los próximos años. En fin, no sé si servirá de algo, en unos años volverá. No soy único: él es eterno, como yo. Y sigas aquí o en otro lugar, volverá. No sabrás su etnia, su raza, su sexo ni su nombre. Pero te darás cuenta de que será él. No buscará salvarte ni que lo salves, él solo tiene resentimiento y sed de venganza contra todos nosotros.

<ininteligible>

No hables con él. No interactúes con él. No cruces miradas con él. No le mires los pies, el cuerpo, los hombros ni siquiera las orejas ni el cabello. Tapa tus oídos y tu olfato cuando ande cerca. No corras porque te seguirá, enfrentalo obviándolo. Mas no lo enfrentes: que su presencia se transparente en tu realidad, es la única manera. Porque no se detendrá, y tarde o temprano allí estará. Y tarde o temprano te llegará de alguna forma. Conoce, construyó, y posee todas las herramientas del lenguaje y del hombre, y sabe qué botones pulsar para desencadenar tanto comportamientos típicos como no tan predecibles.

Él las ha creado, él las ha perfeccionado, él las ha destruido y vuelto a crear. Y lo seguirá haciendo a menos que mi aventura sea exitosa y él deje de buscarme.

<ininteligible>

Él lo ha inventado todo, Atalía. Bueno, en verdad no ha inventado nada. Exactamente esa es la cuestión. Ha logrado todo sin inventar nada, ha cambiado todo sin ajustar absolutamente nada. A través de la palabra ha movido multitudes y tumorado el gen humano, mientras otros creaban y contaban en base a sus ideas y falacias. No somos lo que fuimos creados para ser, y se bastó de historias para lograrlo. Él no nos ha creado, pero nos ha moldeado como arcilla fresca mientras esbozaba una sonrisa cínica.

<ininteligible>

No por su nombre lo reconozco. Han pasado incontables eras viviendo juntos, eras viendo los cambios causados por su rabia. Tiene muchos nombres, no los he conocido todos porque no lo he visto siempre, pero sé que es él.

Es ese muchacho. Él, de cara de niño. El que reía mientras lo torturaban, el más destrozado a golpes de todos nosotros. Lo que hemos vivido ha sido un paseo en el parque comparado con lo que ha vivido él. Y bueno, comparado con lo que he vivido yo también. Junto a él también, pero en soledad la mayoría de las veces.

No te compadezcas de él. Nunca estuvo desmayado, nunca estuvo fuera de sí, fue todo un timo, como todo lo que crea y lo que toca. Ha estado atento, escuchando, entendiendo. Sabe de ti y sabe de mí, pero lo peor de todo, sabe lo importante que tú estás comenzando a ser para mí. Y de ahí mi preocupación.

<ininteligible>

Si te contacta, si te habla, si se presenta... recuerda lo vivido conmigo y recuerda estas palabras. Intentará inundarte con mentiras, como lo ha hecho y hará con todos. Después de todo, el "todos" se debe a él. Sin él no habría "todos", por lo menos no de esta manera. De seguro tú no estarías aquí y lo que tienes alrededor no existiría. De seguro nuestra raza no se hubiera multiplicado de la forma que se multiplicó, ni sería ni lo más remotamente cercana a lo que es. Tanto en lo malo como en lo bueno.

Si esto ocurre, no temas. Escucha, analiza, pero no temas. Las palabras no te lastimarán, siempre y cuando no actúes luego de pasarlas por tu cabeza. Medita, pon distancia, e intenta continuar. Si es posible, lo más lejos de él.

<ininteligible>

Es probable que ya te haya contado todo esto personalmente, pero ya no sé qué pensar sobre esta noche por lo que no quiero dar lugar a más problemas para ti. Las constantes interrupciones no hacen más que destrozar mis intenciones; no quiero quedarme sin la oportunidad de pasarte este mensaje. Confío en que lo tengas en tus manos y lo leas redundante.

Espero que sepas entender que hay cosas más importantes que nosotros ahora mismo y que por eso no puedo explayarme demasiado ni pasar tiempo contigo. Después de todo, y no estoy intentando ser frío ni distante con esto… estás estorbando un bien mayor.

<ininteligible>

Espero que no haya sido muy tarde y haya podido protegerte a ti y a Marco. No intentes proteger a Marco. Tú no puedes hacer nada por él, más allá de lo que yo pueda ayudar él debe hacerlo solo. De todas formas, no es a él a quien busca. Kaba tiene intenciones mucho más, digamos, universales y atemporales.

En esta vida y en las que vendrán, lo mejor es que yo no forme parte de la tuya... para que él esté lo más lejos posible de ti. Aléjate de él, aléjate de Kaba… y sé consciente que volverá. Siempre. Al igual que yo.

—Nací pobre. Perdón, nací pobre otra vez. Perdón, ¿por qué pido perdón? —El pequeño Yura cerró los ojos por primera vez luego de haber nacido, observado el contexto a su alrededor y sentido ese frío que solo se siente al estar desprotegido y abandonado estrenando piel.

Yura hablaba consigo mismo constantemente, fuera la vida que fuera, tuviese la vida y la edad que tuviese. Cómo no iba a hacerlo si a fin de cuentas su conciencia seguía ahí, con la misma voz, la misma tonalidad y el mismo idioma que él recordaba de la primera vez que logró comunicarse con un lenguaje verbal. Por más de que hubiera sido él el creador del mismo, se veía sorprendido por lo primitivo que era comparado con los lenguajes contemporáneos, mucho más ricos en conceptos y profundidad, más preparados para expresar experiencias e historias. De todas formas no solía pensar con otro lenguaje que no fuera el suyo. En parte por el ego que lo caracterizaba, defendiendo su propia creación, y en parte por sentirse más cercano a su individualidad y existencia, por sentirse más cercano a su única familia.

La etapa de neonato era tanto la más pacífica como la más claustrofóbica de las etapas. Pacífica por su logística neonatal: comer, dormir, descansar, llorar para comunicarse y sobrevivir. Sombría y claustrofóbica por la prisión que significaba estar preparado para la vida y sus decisiones pero encerrado en un cuerpo prematuro semi inmóvil, sin capacidad de accionar absolutamente en nada, con completa dependencia de un tercero y sabiendo que ante la falta de atención del mismo el sufrimiento sería agudo y prolongado. Una cosa es ser un inocente ser, esponja del mundo y sus estímulos, y otra cosa es tener a todo el mundo en tu cabeza y el entendimiento a través de la experiencia de que año tras año todo iría a peor, si las condiciones no eran privilegiadas.

Después de cursar varias vidas Yura ya estaba acostumbrado a ese sentimiento dicotómico. Forzosamente debió entrar en paz con ello y así evitar la histeria y la pena constante. Así lograba llorar solo cuando era hora de comer, como un bebé normal.

—A ver cómo muero esta vez...

Luego de varios cientos de años no fue muy complicado entender los patrones, las probabilidades y acostumbrarse a ese tipo de desenlace sabiendo que sus chances de vida eran muy pocas. Como cada vez que las cartas salían de esa manera, solo deseaba que fuera rápido e indoloro. Pero aquella vez, la vida volvió a soprenderlo de forma no agraciada mostrándole un nuevo abanico de sensaciones. No era la primera vez que le ocurría, pero nunca estaba preparado del todo. Su memoria siempre fue muy selectiva con respecto a recordar los límites del dolor. De las pocas cosas que compartía con el resto de los seres humanos.

Ya había muerto, una vez más. El calor en la espalda era tan fuerte y la luz que lo rodeaba tan blanca y brillante que no sentía sus pupilas. Podía notar que estaba acostado boca abajo y con un aturdimiento considerable. Se sentía pesado, percibiendo un hundimiento de todo su cuerpo que tiraba para abajo acompañado por una leve gravedad. Abrió sus ojos e intentó acercar su mano para verla. No podía divisar ni reconocer ningún tipo de forma, solo un cosquilleo en todo el cuerpo que no se detenía. Sentía las gotas de su baba hormigueando en sus labios, mucho más fría y pegajosa que de costumbre. Intentó generar más saliva empujando la lengua contra el paladar y sintió el chirrido de la arena entre sus dientes, rompiendo grano por grano causándole dolor en sus encías y acrecentando el olor a polvillo, vidrio y tierra molida. Con cada segundo que pasaba le fue más evidente que no era arena, sino su propia memoria gustativa y olfativa de un objeto que se sentía similar en boca. Pero no tenía nada en ella, solo sensaciones. Podría ser el sesgo corporal por su constante experiencia de tener un cuerpo humanoide, podría ser el dolor fantasma de que le faltara el cuerpo completo. Pero eran solo sensaciones en su conciencia, que era lo único que tenía en ese lugar, en esa especie de playa remota que aparecía como pasillo entre cada muerte y vida.

Luego de despertar, por verbalizar una acción que no era clara, fue inevitable gritar desaforadamente. A pesar de ya haber muerto de forma lenta y dolorosa, sentía que seguía siendo aquel bebé recostado en aquella improvisada cuna de hojas, rodeado de huesos de animales y comida en estado de descomposición llena de hongos y bichos de tamaños considerables. Él era tan minúsculo que, por fortuna para su desenlace, aún no tenía muy desarrollados sus sentidos. Con los músculos todavía no espigados del todo como para sentirse incómodos o contracturados, con cualquier mínimo estímulo visual molestando a la vista, sin dominar ningún tipo de sentido primario... pero sí con la capacidad de entender lo que estaba ocurriendo y de percibir lo que su sistema nervioso quería hacerle percibir. Esa alerta de que algo no andaba bien.

Las mordidas de las ratas vecinas del descampado se sintieron desde sus rechonchas piernas hasta la suavidad de sus mofletes. A pesar de la malnutrición de su madre, igualmente había nacido sin complicaciones y con un peso mayor que la media de los bebés de esa región. Al principio, dada la desconfianza de los roedores en tener a su disposición semejante manjar desprevenido y al olor a veneno en la yerba alrededor, las mordidas eran tímidas, soportables y superficiales. Pero con el correr de los minutos y lideradas por alguna que otra valiente y más desesperada por alimentarse, cada vez más ratas se unían a la acción con menos escrúpulos. Con mayor competencia venía más voracidad por morder más rápido y abarcar bocados más amplios, por lo que lentamente la tortura ascendió a algo mayúsculo. Muriéndose aquella vez sufrió sensaciones más vivaces que nunca, mordisco a mordisco recibiendo la electricidad del masticado, el rechinar de los dientes y el frío apoderándose de su carne y huesos. Seguía arrepintiéndose de haber girado su cabeza para evitar los ataques en la cara y alejar las ratas de esa zona. Pensándolo con más tiempo, y tiempo es todo lo que tuvo Yura como plato principal del festín, quizás si se lo comían comenzado por la cabeza el desayuno de las ratas hubiera sido más veloz. Comenzando por las piernas y los brazos, son muchas las pequeñas panzas de roedores a llenar antes del colapso completo del organismo. No tenía esperanzas de que su madre volviera a por él; percibió rápidamente indicios de abandono y de lejanía de cualquier tipo de salvataje. La parálisis completa de su sistema motriz y nervioso no le permitieron siquiera llorar. El hecho de saber lo que le estaba ocurriendo generaba un pesar aún más grande y morboso. Hubiera sido menos agónico tener el lujo de no saber lo que le estaba pasando, como lo hubiera vivido cualquier bebé en la marginalidad. Si solo hubiera sentido el dolor físico, no hubiera sido más que una experiencia mortal tormentosa, como tantas otras. Pero saber lo que estaba ocurriendo, saber lo que era una rata, saber lo que era la muerte y que tardaría horas en llegar... no hacía más que incrementar el pesar y traspasar límites físicos y mentales. Sumido en una pesadilla real que nunca parecería acabar, no tenía otra alternativa que estar desconcertado por la resiliencia del cuerpo humano en mantenerse vivo a pesar del extremo dolor.

Por más de que todo hubiera acabado, seguía sintiendo ese suplicio como si estuviera allí. Cada célula de su cuerpo, sin saber si células eran lo que lo conformaban en aquel plano, seguía rogando que se terminara. Era imposible saber si habían pasado minutos, horas o décadas desde su última muerte, ni tampoco si esos términos eran relevantes al espectro en el cual se encontraba. Aún sin entrar en plena consciencia en la playa su grito mutó en un llanto profundo, extinguiéndose el dolor corporal y sintiendo nuevamente el martirio de repetir semejante escena una y otra vez en sus vidas. Tarde o temprano un evento de ese calibre se materializaba para devolverlo a aquella playa, y aquellas muertes que tenían desenlaces similàres solían estirar más la transición y la aflicción entre realidades. Irónicamente las muertes agónicas parecían ser más recordadas, extrapolándose a esos lugares en donde ocurrían y agudizando sus sentidos incrementando cualquier percepción.

Luego de que su última muerte quedara atrás y de que fuera nuevamente consciente del repetitivo lugar transitorio en donde estaba, secó sus lágrimas y se puso de pie. De forma automatizada intentó quitarse la arena de las manos y rodillas, pero no había ni arena ni cuerpo. Obviamente, tampoco lágrimas ni llanto. Sentía absolutamente todas sus partes, todos los huesos y sus músculos, pero no podía tocarlos ni verlos. Todo, incluyendo su ser, era blanco. No podía oír nada, por más de que aplaudiera, ni podía oler nada, por más de que se agachara y pusiera su nariz contra el piso. Había un piso, por lo menos. La antesala era la de siempre y poco a poco la iba recordando detalle por detalle.

Habían sido cientas sino miles las veces que se había materializado allí, pero de todas formas hacía los mismos rituales de observación y de análisis. Mirar hacia arriba, sin encontrar ningún tipo de rasguño en un cielo igual de blanco que él. A lo lejos, una línea del horizonte tímidamente gris rompía con la monotonía, permitiendo diferenciar lo abajo con lo arriba y cierta sensación de profundidad. A metros de lo que serían sus pies, y acompañándolo sobre su izquierda, una sábana transparente inmóvil cubría todo el terreno llegando hasta esa línea del horizonte, con una terminación cercana a él un poco más oscura similar a la espuma del océano. Era imposible interactuar con ella, no podía alejarse ni tocarla. Cuando caminaba o se transportaba en dirección contraria, la sábana mantenía la misma distancia como si lo estuviera siguiendo. Cuando se acercaba a ella, parecía estar caminando sobre sus propios pasos. Olía a lo que él estuviera pensando que olía.

Él ya sabía lo que iba a ocurrir estando allí, y hasta cuándo iba a ocurrir. Mientras tuviera imágenes y pensamientos en su cabeza, seguiría en esa orbe: solo con la mente en blanco, en limpio, iba a lograr salir de allí nuevamente, con el brillo intensificado hasta volver al vientre de una madre, su madre, sus madres. "¿Y qué pasa si la razón por la cual sigo reviviendo y naciendo es porque no me estoy haciendo las preguntas correctas?", se decía una y otra vez. Después de todo, algo o alguien lo mantenía en esa playa mientras su consciencia no estuviera vacía. Por más de que ese "alguien" pudiera ser su propia consciencia, de todas formas era "alguien". Lo único que lograba ese debate era mantenerlo en ese plano por unos instantes más. Ya había probado con todo tipo de preguntas, con todo tipo de planteos, con todo tipo de refutos y mucho más con todo tipo de comportamientos en vida. Tarde o temprano su capacidad filosófica y analítica se acababan y todo volvía a comenzar, quisiera o no. Tardó muchas vidas en entenderlo, pero inevitablemente tuvo que dejar de luchar.

Ese momento estaba llegando, nuevamente. Yura se sentó sobre sus talones, estirando sus brazos hacia adelante y mirando al piso con la frente apoyada en él, esperando el estallido que lo llevara una vez más a la vida. Un agudo e irritante sonido rompió con el silencio detonando en su tímpano, logrando que abriera los ojos inintencionadamente. No se inmutó; incontables veces en ese lugar le habían enseñado que todo sonido provenía de su cabeza y que no eran más que espejismos de vidas pasadas. Lo único que iba a lograr esa perturbación era poner frases en su cabeza y demorar su partida. Logró poner su mente en blanco una vez más sin mucho esfuerzo. Pasaron varios minutos y nada ocurría. "¿Acaso lo he logrado?", por más de que no entendía bien qué debía lograr. "¿Acaso algo ha cambiado?", por más de que el cambio siempre fuera relativo.

Manteniendo su postura, intentando no llenar su conciencia de pensamientos otra vez, abrió los ojos y sin mover la cabeza prestó atención a su campo visual. En la rendija inferior izquierda veía una parte pequeña de la espuma, estática e impoluta como siempre. Intentó acercar su mano y como era de esperar no pudo tocarla. Repentinamente, esa espuma empezó a vibrar recibiendo la terminación de ondas circulares hacia su final, como si alguien hubiera tirado una piedra en el centro de un lago calmo. Era la primera vez que Yura percibía movimiento en ese lugar. Un poco aterrorizado viró su cabeza a la izquierda, notando que esas ondas eran parte de ondas transversales que provenían de la sábana, pero que no podía divisar su epicentro. Sorprendido dio un brusco salto y miró las ondas, notando que con el correr de los segundos incrementaban su frecuencia y su magnitud. Parecería que algo se acercaba a él, que algo inimaginable estaba generando esa disrupción del universo hasta aquel entonces estático e infértil. Definitivamente no era una fantasía, eso estaba ocurriendo y podía verlo. Luego de llegar a un punto máximo en el cual el tamaño de las ondas generaba olas de la altura de sus tobillos, todo se detuvo súbitamente y volvió la quietud. Yura movió su cabeza de lado a lado con nerviosismo, buscando nuevos estímulos en la sábana. Pasaban los minutos y todo seguía igual, estéril e inerte. Se rehusó a darle un carácter alucinador, intentó emitir sonidos y gritar, pero no se escuchaba a él mismo. Puso toda su garganta a tope, dando alaridos de vocales intentando llamar la atención. Su clamor se apagó y terminó siendo un lamento que solo él podía contemplar en su cabeza.

Cuando estaba dispuesto a rendirse y volver a ponerse en pose de espera, por segunda vez su oído se activó. Aquello no era ningún pensamiento ni ninguna rabieta mental. Era un mensaje claro y directo. Era un grito que provenía de una dirección puntual. Era un llamado que parecía venir desde el epicentro de las ondas ya desaparecidas. El llamado vino acompañado del presentimiento fuerte de una presencia. Yura abrió sus ojos con emoción e intentó contrastar ese reclamo, sorprendiéndose de que por primera vez pudo escuchar su propia voz. No recordaba esa voz, no podía determinar de qué vida era. Pero de seguro no era de las últimas voces que tuvo.

—¡Hola! ¡Aquí! —insistió con un volumen magnánimo. Pasaron varios minutos y nada—. ¡Ayuda!

Por las dudas repitió el mensaje en todos los idiomas y dialectos que conocía hasta aquel entonces.

Casi sin notarlo, al terminar de insistir se enfrentó a una silueta blanca. No fue una aparición repentina, sino una especie de manifestación gradual. El susto lo hizo dar varios pasos hacia atrás, pero aquella silueta estaba posada justo sobre la sábana en frente de él por lo que no pudo alejarse de ella. Comenzó a sentir un dolor fuerte en el pecho, y un vértigo que lo hacía sentir que su tamaño era minúsculo y el de la silueta mayúsculo. Luego de unos segundos de esa oscura sensación sintió una calma profunda, justo en el momento en el cual la entidad comenzaba lentamente a materializarse en una nube.

—Quién… ¿Quién eres? —La silueta dio un paso al frente, casi al borde de la espuma, transformándose en un cuerpo bípedo masculino, joven y robusto que hablaba su mismo idioma mental. Detrás de la capa de espesa niebla había una persona. No se notaban claramente sus facciones dado al brillo de todo el ambiente, pero se podía percibir una cara de angustia y preocupación grande con un porte encorvado y tembloroso que acompañaban a una voz quebradiza.

Yura intentó acercarse pero el terreno en donde estaba la silueta seguía prohibido para él. Con cada paso con que intentaba arrimarse la silueta se daba cuenta de que Yura no podía avanzar hacia ella. Con sencillez y sin miedo, la entidad cruzó la línea de espuma y enfrentó a Yura. En ese momento, Yura también se materializó y pudo por primera vez notar sus manos y cuerpo tímidamente. Aquel individuo le estaba dando cosas nunca antes vividas en ese lugar.

—Yura. ¿Y tú?

—¿Eres Dios? ¿En dónde estoy? —La silueta se echó a llorar, se podía oír claramente y sin eco. Parecía que era la primera vez que estaba allí, y Yura ya se había dado cuenta.

—No —sonrió con mesura—, y no sé dónde estamos, pensé que me ibas a poder ayudar a descifrarlo ¿Cómo te llamas?

—No lo sé.

—¿Cómo que no lo sabes?

—No lo recuerdo. ¡No lo sé! —La silueta comenzó a desesperarse y a respirar con agitación, por más de que no hubiera oxígeno ni estuvieran verdaderamente respirando. Dio media vuelta y comenzó a alejarse de Yura mientras balbuceaba—. No debería estar aquí. ¿Qué ha pasado? ¡No debería estar aquí!

—Déjalo de una vez, no tienes mucho tiempo. Bueno, no sé si hay tiempo aquí.

—¿Qué? —La silueta se detuvo.

—Estás muerto, colega. Y muy pronto todo este lugar en donde estamos, todo esto va a desaparecer. No sé a dónde irás ni qué ocurrirá, pero todo esto va a desvanecerse.

—¿Que estoy muerto? —Exclamó la silueta poniéndose de rodillas estremecida— Pero mi madre, mi padre. ¿Todos muertos? ¿En dónde están? ¡En dónde están!

—Ya deja de perder el tiempo y céntrate, muchacho —Yura lo ayudó a levantarse. Pudo tener contacto físico con él—. No sé qué realidad vives, pero teniendo en cuenta todo lo que he vivido yo insisto en decirte que esto es temporal. Pronto iremos a un nuevo lugar, así que si quieres aprovechar este tiempo mejor céntrate.

—¿Realidad?

—Si, realidad.

—¿En dónde están los demás?

—No lo sé. He estado aquí muchas veces y eres la primera persona que veo, si es que puedo definirte como una persona.

—¿Muchas veces? ¿Cómo llegas aquí? ¿Cómo te vas?

—Es una larga historia, pero fácil de resumir y entender si te permites no sobre pensarla. Llego aquí luego de morir así como lo has hecho tú, y me voy… no sé cómo me voy, pero solo sé que me voy. Una y otra vez. De nuevo al mundo, de nuevo a la vida, de nuevo a comenzar… de nuevo. Mantengo mi conciencia, mi cabeza, todos mis recuerdos. Vuelvo.

—¿Pero cuántas veces has vuelto?

—No lo sé, imposible saberlo ni contarlas.

—¿Y qué te hace pensar que yo también volveré? Somos extremadamente diferentes, Yura.

—¿A qué te refieres? —comentó Yura con sorpresa. La silueta pasó de la desesperación al debate sin término medio.

—Por empezar, yo no sé ni cómo me llamo. Pero tú… parecerías recordarlo todo. Gran diferencia, ¿no crees? —La silueta secó sus lágrimas. Buscaba calmarse para comprender la situación lo más que pudiera.

—Sí, bueno… pues sí.

—Segundo, intenta pisar ese océano —Yura no se movió—. Yo vengo de allí, y podría volver si quiero —Pisó la espuma con pasos fuertes a modo de prueba—. Pero veo que tú no.

—Estás en lo cierto. Pero igual, no hay tiempo. Que de todas maneras…

—Y por último, no creo que tengas ánimos de estar mintiendo o de hacer bromas, pero dices que has estado aquí innumerables veces, yendo y viniendo desde "otro lugar"... y yo, que no estoy pasando el mejor día como para timarte, te digo que no sé en dónde carajos estoy, ni con quién estoy hablando, ni si es verdad que acabo de morir y de que estoy en algún lugar de este puto universo. ¡Y encima hablando tu mismo idioma!

La silueta dio un paso al frente intentando tomar a Yura por algún lugar, pero no lograba hacerlo. Sus agarres traspasaban su difuminado cuerpo. Luego de varios intentos, se dio por vencida.

—¿Y si eres tú el timador? —retrucó Yura—. Porque esta es mi segunda casa, he estado aquí incontables veces... y tú no. ¿Y si toda esta realidad es parte de tu plan? ¿Y si tú estás detrás de todo esto y has decidido estar aquí por algo?

—Bueno bueno, podemos pasarnos el resto del tiempo que estemos aquí hablando de "realidades". Tu sospecha hacia mí puede ser igual de fundamentada que la mía hacia ti, por lo que voy a ser práctico: ¿Hay algo más aquí? ¿Hay algo más que tendría que saber?

—Si lo que he vivido en este dominio se respeta, mientras nos mantengamos con la cabeza en movimiento estaremos aquí por un largo rato. Por lo que no nos detengamos.

Yura hizo caso omiso a su paranoia de que la silueta podría ser la responsable de todo aquello. Pero no porque confiara en ella, sino porque con acusaciones nunca llegaría a saber la verdad. Necesitaba mantener la conversación y seguir presente en aquel plano. Quizás de esa forma podría sacarle más información, si es que la tuviera.

—Definitivamente nuestras realidades no son las mismas. Veo poco probable que tú y yo terminemos de la misma manera.

—No sé si hablar de probabilidad, pero te sigo. Hay algo diferente.

—Esto es terrible, terrible ¡Esto no está pasando! —Luego de un amplio silencio la silueta perdió su cordura y volvió a exasperarse por la situación. Cayó al piso, vencido y polarizado.

—Mantente entero, muchacho. Que podría ser peor.

—¿Cómo podría ser peor, eh? ¿De qué mierda me estás hablando? ¡Tú por lo menos sabes de dónde vienes y a dónde vas! Yo no recuerdo mi nombre y ve tú a saber cuántas otras cosas importantes he olvidado. ¡Ni tampoco sé a dónde iré!

—¿Cómo sé yo que el azul que yo veo es el azul que tú ves? ¿Cómo sabes si un puñal en el ojo a ti te duele lo mismo que a cualquiera? ¿Cómo sabes que ser comido vivo duele más que una vida entera de pobreza? ¿Cómo sabes si una vida entera de hambre duele más que una entera de soledad? Yo lo he vivido prácticamente todo, niñaco. No me vengas con tus aires de desesperación y de dudas existenciales, que vayas por donde vayas no habrá respuesta si te pones a comparar. Porque yo he estado de este lado del océano y en el de enfrente. En cualquier puta isla habida y por haber. A ninguna de ellas le importa tu desesperación, tu ofensa o cualquier tipo de sentimiento histérico y victimizado que puedas llegar a tener.

—Es verdad —La silueta se reincorporó—. No me compadezco de ti, no te conozco. Pero es verdad. ¿Qué podemos hacer? Como tú dices no nos queda mucho tiempo, de eso seguro.

Yura permaneció quieto y pensativo por varios segundos.

—En caso de que tú estés iniciando o continuando el camino que yo estoy viviendo y he vivido toda mi vida... debemos buscar y garantizar la manera de encontrarnos.

—¿Qué?

—Si en un segundo tú despiertas nuevamente en el mundo y yo también... debemos encontrarnos. Es la única manera de empezar a entender qué nos ocurre, por qué, y cómo salimos de esto... si salir de esto es lo que quieres. Y te lo digo en base a mi experiencia: es lo que querrás tarde o temprano.

—Vale. Entiendo. Pero es imposible saber si nos deparará lo mismo.

—Por supuesto ¿Pero qué otra alternativa tenemos? ¿Qué otra cosa sería más astuta hacer ahora y aquí? Tuviera la probabilidad que tuviera, debemos prepararnos para esa opción. Y esa opción, si se presenta, será la opción más significativa que tengas para vivir... y más nos vale que estemos preparados.

La silueta suspiró frustrada. No recordar su nombre parecía ser el más leve de sus problemas. Colgó sus brazos mirando al piso y luego de negar con la cabeza varias veces intentó relajarse. Se sentó con las piernas completamente estiradas hacia adelante, apoyando sus manos en el piso detrás de sus hombros e intentando apreciar el panorama vacío. Luego de regalarle algunos minutos de privacidad, Yura tomó asiento a su lado. Ambos estaban mirando hacia el horizonte en dirección a la sábana. Era el lugar con mayor contraste de toda la escena.

—Cómo me gustaría que existiera el cielo. Que existiera el paraíso —La silueta interrumpió el silencio con lamento.

—¿Y cómo sabés que este no es el paraíso? Acá estamos, después de morir. Se siente nada… no lo sé. Es bastante parecido a lo que me imaginaba.

—No. Es imposible que el paraíso sea individual, y lo digo sin querer faltarle al respeto a tu presencia aquí.

—¿Pero ese paraíso que mencionas es uno en donde estamos todos juntos? ¿Y si hay "ene" paraísos, uno por cada persona? Todos sendos multiversos diferentes en donde quedamos flotando por ahí… ¿solos?

—Pero dejame soñar un poco, no nos vayamos a teorías físicas o técnicas o como las quieras llamar. Por lo menos ahora no. Si las religiones pensaron en el paraíso como lo pensaron… es porque es un lugar de felicidad y paz.

—¿Y si estamos solo tú y yo porque el resto de las personas no es importante? ¿O porque no se han ganado su "entrada" al paraíso? ¿O porque son un… accidente no planificado?

—Basta.

—Bueno —Yura se propuso ser más constructivo—. ¿Y cómo sería tu paraíso?

—Pues bastante similar, sino igual, al que te pintan algunas religiones "estándar". Estás en la edad que quieres estar, o sea, tienes la edad que quieres y que mejor recuerdas de tu vida. Y estás con las personas que quieres. Y ellas están contigo. Y te recuerdan, te estaban esperando y estarán juntos por siempre.

—Pero, ¿qué pasa si las personas que quieres no quieren estar contigo?

—¿Cómo?

—Que es algo bidireccional, ¿no? ¿Qué pasa si tú quieres a alguien, estar con alguien en el paraíso… pero ese alguien no te quiere? O más fácil, si en tu "paraíso" quieres estar con una persona puntual... que también quiere estar con otra persona puntual, pero tú no puedes ni ver en figuritas a esa otra persona. ¿Cómo se resuelve ese conflicto, esa transitividad?

—Todos están con todas las personas que uno quiere.

—¿Entonces acaso se "duplican" o "triplican" dependiendo de cuán demandados son? Son copias semi vacías (o semi llenas, depende de cómo lo quieras ver), creadas por algo o alguien con un criterio puntual... ¿para hacerte feliz a ti?

—Pues no lo sé —contestó la silueta, deslucida.

—Quizás existe, pero aquí no es de seguro —Yura dejó vencer sus manos acostándose boca arriba, mirando el blanco infinito a lo alto—. Preferiría que no existiera nada, que fuera totalmente el fin... a que existiera este lugar. Pero estando aquí, si existiera ese lugar que describes, por más de que no fuera ni siquiera parecido... me gustaría saberlo.

—A mi también.

—Sea como fuera, pero me gustaría saberlo. Pero creo que me gustaría aún más saber por qué no estoy ahí —Se hizo un silencio incómodo mientras la silueta se recostaba a su lado—. Y espero que tú también.

Parecieron olvidar la urgencia y la incertidumbre de la situación y se perdieron en conversaciones esporádicas. Luego de platicar varios temas sobre curiosidades de sus vidas y un corto debate técnico, ambos acordaron intercambiar nombres que recordarían. Llevaron a cabo el pacto necesario para encontrarse tanto nominativamente como físicamente en la tierra, siempre y cuando ese destino fuera el de ambos. Con nombres claros, con ubicaciones geográficas atemporales claras, ubicándose en tiempo y espacio de la mejor manera posible. Segundos después de terminar con la conversación, ambos cerraron los ojos intentando despejar su mente. Horas después de permanecer inmóviles, la silueta se esfumó con un agudo chirrido dejando a Yura nuevamente solo y con la duda de si lo recordará, o de si siquiera recordará su nombre.

Yura no se desesperó al verse aún materializado en ese plano. Confiaba en que si despejaba su mente él iba a seguir con su reencarnación, pero tenía todavía muchos pensamientos e ideas en su cabeza. Todo lo que había realizado en los últimos miles de años había llegado a eso, y no dudaba por un segundo en que había sido el mejor plan. No dudaba que los hechos ocultados y las mentiras inevitables que tuvo que plasmar frente a la silueta eran para su bien mayor, y solo el de él. Tenía una gran oportunidad.

Cuando comenzó a sentir la desmaterialización y volatilidad en su cuerpo, sonrió y se dejó ir. A partir de ese momento sabía que existía alguien que podía, por lo menos, acercarlo a descubrir si había un destino final a su vida o a su propósito.

Marco Nnadi iba a ser el nombre de esa persona de ahora en más, fuera la cultura que fuera, naciese donde naciese. Siempre y cuando se dignara a recordarlo, a reencarnar y a querer contactarlo, y siempre y cuando verdaderamente estuviera viviendo lo que le relató.

A pesar de no haber visto a Kaba nuevamente por cientos de años, en ningún plano ni universo material o inmaterial, sabía que esta nueva aparición no era él. Sabía que algo había ocurrido en el universo, si se podía llamar de esa manera, que lo había puesto en contacto con un individuo mucho más particular que él y Kaba, las únicas entidades que compartían maldiciones existenciales similares.

Ese tercer eslabón que súbitamente había aparecido de la nada era quizás lo que necesitaban para concretar el siguiente paso en su realidad, ya sea terminarla o encontrarle explicación. Nacimiento, vida y muerte eran estadios separados, pero vivirlos todos juntos era su normalidad. La sensación de fracaso existencial de volver a despertar aquella vez se había extinguido, y estaba ansioso por renacer y buscar una respuesta encontrando a Marco y avanzando. Aunque no pudiera confiar del todo hasta volver a verlo, aunque no tuviera ningún tipo de plan de qué hacer luego. Sólo sabía que esa persona era única y que las respuestas y el fin podrían estar cerca. Esa unicidad era más única que la suya y lo más cercano a un propósito que jamás tuvo. Tal conocimiento no debía ser compartido con Kaba.

Las fatalidades no habían sido altas. Después de todo, en esas épocas los grupos de homínidos no eran aún muy numerosos. El mundo era un lugar violentamente frío, primitivo y amplio, con reglas de supervivencia sencillas compartidas por todo ser vivo. Cada contacto entre cualquier tipo de grupo era esporádico pero salvaje, usualmente terminando en copulaciones o en muertes, fueran o no intraespecie. Luego de vagar durante muchos años por lo que hubiera sido el África Subsahariana, había sido un verdadero privilegio ubicar aquel oasis de paz en ese mundo repleto de peligros y riesgos. Sin embargo, los básicos mensajes de comunicación a través de gruñidos y algún que otro gesto nunca eran suficientes ni para amedrentar ni para planificar y proteger un terreno de otros seres buscando sobrevivir. Encontrar aquellas parcelas de quietud solía ser, tarde o temprano, una sentencia de muerte. Las reglas eran veloces e impetuosas, siendo únicamente los más fuertes físicamente los que sobrevivían. Y si tenías esa fortuna, tarde o temprano siempre aparecía alguien más fuerte para quitártela.

A pesar de haber experimentado ya decenas de vidas reencarnando en diferentes tipos de homínidos, sobrevivir seguía siendo un suplicio. En esa oportunidad el adolescente Yura, todavía sin haber escogido ese nombre, distaba mucho de tener oportunidades de convertirse en el líder de su pequeño grupo familiar. El espécimen macho que lo concibió, un homo sapiens híbrido de contundentes hombros y pectorales más grandes que lo normal gracias a la procreación entre dos subespecies homínidas diferentes, se encontraba solo junto a sus tres consanguíneos prácticamente en estado de desnutrición. Técnicamente no estaban juntos, los hermanos lo seguían desde lejos intentando protegerse pasivamente de otros peligros que rondaban la zona. Carroñeando de los restos que dejaba en el camino incluyendo los de su difunta madre que, debido a las heladas del último invierno, había sido utilizada como alimento por él. Tampoco se puede discutir que haya sido un último recurso, sino simplemente un recurso más. Procesos y costumbres de supervivencia claves para la época que, sin la existencia de conceptos ni debates morales o continuistas, hacían sentido.

Las pérdidas no habían sido altas, pero sí absolutas. Se encontraba una vez más solo, escapando de la voracidad y la resistencia de un grupo de homo neanderthalensis notablemente más fuerte en todo aspecto genético relevante para aquellas eras extremas, inclusive con un cráneo más voluminoso y una masa física superior. En una batalla cruda, desordenada, rápida y mano a mano, se habían cargado a todos sus parientes sin sufrir ninguna baja. Para sobrevivir, y gracias a su experiencia, Yura tuvo que esconderse entre los muertos y otros restos de homínidos y mamíferos que rondaban la zona de entrada al oasis. En un momento voraginoso de violación necrofílica neandertal mezclado con alimentación, pudo escabullirse entre la yerba para ponerse a salvo y seguir escapando camino al norte.

El destino norte no era casualidad, como tampoco lo fue seguir a su grupo en ese sentido. Dada la época del año y el continente en donde estaba, una de las pocas razones que lo mantenían con vida era la motivación de llegar a su guarida atemporal: una cueva oculta en los límites de la meseta de Gilf Kebir, lugar suficientemente remoto como para que ni neandertales ni sapiens se animaran todavía a aventurarse. La densidad de individuos y otros animales en esa zona era tan baja que tanto Kaba como él, luego de experimentar varias vidas y de haberse topado con aquel escondite accidentalmente, estaban seguros de que podía albergarlos como punto de encuentro privado eterno. Todos los grupos de homínidos solían emigrar al norte, pero muy pocos tenían la valentía y la resistencia para seguir camino hacia esas cuevas lejanas. Ambos sabían que mientras estuvieran medianamente cerca y con chances de sobrevivir, ese era el lugar de reencuentro. En cada vida en la cual se materializaban remotamente cerca de ese lugar, no dudaban en arriesgarse a emprender la travesía hacia allí, por más de que en la gran mayoría de los casos no lo consiguieran y murieran en el camino.

Luego de centenares de leguas de recorrido sin encontrarse con nadie, Yura pudo llegar arrastrándose a su cueva. Era consciente de que dada la magnitud del mundo y el avance en la reproducción de los homínidos iba a ser complicado volver a encontrarse con Kaba, pero nunca perdía las esperanzas. Habían sido decenas las oportunidades en las cuales había podido llegar a la cueva y permanecer allí toda su vida sin contactar con Kaba ni con nadie. Filosofando, aunque en aquellos momentos aún no se podría llamar de esa manera, y haciendo pruebas y cálculos constantes para entender mejor el mundo e incrementar sus chances de sobrevivir, ya sea en el presente o en el futuro. Ningún ser homínido hasta ese entonces tenía la capacidad cerebral para desarrollar tales competencias e intentar siquiera entender o formular soluciones y mejoras para la vida cotidiana, pero Kaba y él eran notablemente diferentes. Tenían aquella ventaja de recordarlo todo y de poder estar ubicados en un mundo mucho más grande que el de sus cerebros, que el de sus limitantes físicos. Eran miembros de sus propias comunidades casi infinitas en sus cabezas.

En aquellas meras oportunidades en las cuales lograban reencontrarse, los avances en su vida al compartir conceptos, planes y estrategias eran vastos. No solo poseían un consciente perpetuo y perdurable, sino dos. Su genética era limitada y primitiva, pero su conciencia sostenida en el tiempo tenía la capacidad de transmitir toda información, experiencia y prueba de error existente. La única razón de volcar energías en algo que fuera más allá de la supervivencia base era el conocimiento de que había algo más allá, y de que también habían infinidades de maneras de adaptar y sacarle provecho al más acá para mejorar ese propósito primitivo pero universal de supervivencia. O evolucionarlo.

La cueva no solo era ventajosa por su oculta y remota ubicación, sino por sus características como pequeño ecosistema autosuficiente. En un paisaje histérico y cambiante aún no tenían la capacidad de estimar cuándo vendrían las sequías y cuándo las heladas, pero el extraño fenómeno de condensación que ocurría en aquella cueva mantenía una temperatura decente durante todo el año. Esa misma condensación también les daba agua desprendida de las paredes y estalactitas, lo que les permitía sobrevivir en momentos en los cuales afuera todo se sintiera más hostil. Una entrada muy estrecha y complicada de divisar, oculta entre dos fallas cubiertas por vegetación, hacían que ni el más intrépido explorador pudiera encontrarla, evitando así situaciones bélicas estandartes de cualquier grupo homínido. Pequeñas aperturas naturales en su techo lograban un controlado efecto de arrastre del viento hacia un acantilado, lo que les permitía no solo tener aire fresco todos los días sino ocultar sus olores de otros depredadores y competencias.

A pesar de ello, la mayoría del tiempo en la cueva era tortuoso. Estar allí también significaba alejarse de la mayoría de los alimentos potenciales, por lo que la nutrición empeoraba inevitablemente. La leve vegetación que los rodeaba solo contaba con alguna que otra especie de artrópodo y hongos comestibles únicamente durante algunos meses del año. Por un lado, a pesar de haber sufrido varias muertes en esa cueva, el hábitat seguía siendo de los más seguros del continente. Y para consuelo, cada muerte sufrida en esa zona les dejaba grandes aprendizajes para sus próximas vidas. Por otro lado, con infinidades de vidas vividas y por vivir, la supervivencia podría no tomarse como algo tan crítico. Pero el sufrimiento de la repetición vida a vida de los mismos patrones sí, por lo que constantemente buscaban estirar su vida lo máximo posible, disminuir el sufrimiento e intentar cruzar cualquier límite viable, ya sea de conocimiento, de estabilidad de los sentidos, de mejora de condiciones, de placer, o de perpetuidad en vida. Eso no quitaba que siguieran buscando los por qué de sus situaciones eternas, por más de que fuera de forma tímida y sin saber bien en dónde.

Luego de varios años de espera, Yura comenzó nuevamente a perder la ilusión de reencontrarse con Kaba en aquella vida. Tampoco era muy grande, pero siempre existía y por ello prefería no alejarse del área de la cueva más allá de alguna que otra expedición en busca de los escasos víveres que pudiera encontrar. Él ya había muerto por inanición en el pasado, tanto siendo un niño como siendo un joven adulto. La recordaba como una de las muertes más largas y agonizantes de todas, en donde el cuerpo comienza a devorarse a sí mismo lentamente como un parásito convirtiéndose en su peor enemigo. La falta de líquidos y nutrientes haciendo que el cuerpo se secara como una hoja, dando indicios a todo el sistema nervioso de una alarmante situación, con dolores en todos los órganos principales pero especialmente en el estómago e intestinos. Debilidad extrema y delirios, matando primero el autoestima, luego la voluntad y por último la capacidad física. La agonía corporal es inexistente comparada con la mental.

Se había dado por vencido luego de volver sin éxito del último viaje por provisiones. Sin fuerzas para mantener los ojos abiertos se preguntaba cuánto más iba a soportar aquella dinámica de atravesar el mundo para esperar a Kaba. Más allá de aquella espera interminable y de la incertidumbre que hacía que a veces no se volvieran a ver durante milenios, su inevitable duda existencial era lo que más lo atormentaba. Sentía de una forma extraña que su necesidad imperiosa de relacionarse con Kaba era más importante que su necesidad biológica de sobrevivir, y no se había dado cuenta de ello hasta esa vida. Ese cambio en su propósito lo hizo plantearse si aquel nuevo propósito era lo suficientemente grande y verdadero. O si tenía la capacidad de siquiera idear alguno que lo satisficiera teniendo en cuenta lo insulso que era sobrevivir siendo eterno.

Al borde de entrar en un sueño profundo, escuchó el silbido de un pájaro a lo lejos. Conocía el mundo lo suficientemente como para saber que pájaros que emitieran ese sonido no moraban por esas latitudes. Reconocía de todas maneras esas notas musicales, esos intervalos de voces y esa melodía, pero se encontraba demasiado débil para procesar de dónde. Intentó responder al llamado, pero el desmayo se anticipó. No volvió a despertar en aquella vida. No logró saber si era Kaba el que se aproximaba; había llegado tarde una vez más. Tampoco le consolaba demasiado saber que su cuerpo sin vida podía ser el alimento de su colega, ya estaba cansado de ese tipo de optimismos y altruismos miserables.

Millares de años después seguían sin haber contactos directos con Kaba. Yura sabía que no se había podido liberar de su estado infinito porque de vez en cuando se encontraba con rastros y cuerpos en estado de descomposición en la cueva, con claros indicios de cierto progreso en supervivencia y alguna que otra simbología plantada adrede para mantener una señal de comunicación. A pesar de ello sentía que se agotaban los motivos para acometer las travesías hacia la cueva; el seguir intentándolo iba perdiendo su sentido año tras año.

Sintiendo la muerte cerca, decidió deshacerse de todo rastro suyo de la cueva. Nunca más iba a aparecer por allí, su próxima vida volvería a tener una búsqueda de propósito diferente y lejos de Kaba. Era muy sencillo para ellos identificar los últimos momentos y respiros antes de la muerte, podían anticiparse con una exactitud de horas. Estaba dispuesto por primera vez a tirarse al vacío cuando experimentara esa sensación, para deshacerse completamente de cualquier huella.

La fiebre y cansancio mental que sufrió en aquel día fueron particulares. A pesar de la anemia por no comer durante semanas y la notable deshidratación, su cuerpo todavía luchaba por mantenerlo con vida. Cometió el error de cerrar sus ojos, no pudiendo controlar el desvanecimiento y el plan de deshacerse de su cuerpo.

Yura despertó varios días después del inicio de la temporada seca. Sentía su boca mojada y su barriga medianamente llena, con un leve olor a sangre en el ambiente. Una robusta piel de carnero no dejaba que su cabeza yaciera apoyada sobre la dura roca. Giró la cabeza a su derecha con una severa tortícolis debido a su largo reposo, notando un cuenco de un material que parecía arcilla conteniendo un líquido viscoso de tinte marrón y restos sólidos posados en su fondo. Del otro lado reparó sobre un grupo de grandes hojas de un árbol que no era de la zona. Parecían envolver algo abultado que desprendía un fuerte olor, rodeado por moscas y polillas del tamaño de puños. Con una gran jaqueca se reincorporó, sentándose y apoyándose contra la pared. Era evidente que todas esas cosas no estaban allí antes. Sus ojos tardaron unos segundos en poder enfocar y ver la forma de una persona en la entrada de la cueva, con una piedra filosa quirúrgicamente tallada cortando el aductor posterior de un cuerpo sin vida. La persona notó que Yura se había despertado y miró en su dirección con excitación. A diferencia de él, aquella persona era una mujer de origen neandertal y se veía bien nutrida y vital. Yura reaccionó con pánico e intentó agarrar algún objeto contundente alrededor, pero no tenía nada a mano. La neandertal sonrió acercándose a él, mientras buscaba algo en una especie de bolso hecho con el estómago de algún mamífero cuadrúpedo contundente.

—Despacio, quieto. Duerme.

Yura sabía que solo un homínido más allá de él tenía la capacidad de comunicarse verbalmente de esa manera, por más básica que fuera. Dada la poca práctica y de lo primitivo del dialecto, a pesar de haberlo creado él mismo seguía siendo difícil de entender. El lenguaje era extremadamente ligado, con movimientos pobres de lengua y la boca prácticamente cerrada en la mayoría de los sonidos.

Después de tanta espera lo habían logrado una vez más. Internamente sentía cierta culpa porque no estaba emocionado del todo por la situación. Sabía que seguía siendo poco probable que se volvieran a encontrar sino miles de vidas después, y que sus vidas actuales eran igual de frágiles y precoces. Encontrándose aún muy debilitado, prefirió dejar esa tortura mental de lado y descansar. Bajó las palpitaciones y se serenó, volviendo a acostarse y quedándose dormido mientras lagrimeaba de felicidad.

Había comenzado la estación de los días largos, aquella en la cual se podía ver la salida del sol desde el fondo de la cueva y los enjambres de mosquitos acompañar el ocaso. Un leve rayo de luz molestó el párpado de Yura, imprimiéndole un calor suave lo suficientemente fuerte para despertarlo. Yura abrió sus ojos y respiró el aire fresco de la mañana. Lo primero que vio fue a Kaba humedeciendo sus labios con una especie de flor carnosa.

—La luz… ¿de dónde salió? No tenemos nada, no tengo nada aquí. No hay…

—Tenemos muchos. Los suficientes. Que bueno que he llegado a tiempo una vez más, amigo.

Era imposible estimar la cantidad de años que habían pasado desde su último encuentro. El mundo no había cambiado mucho, pero ellos sí. Kaba y Yura se dieron un fuerte abrazo. Ambos habían tomado como propio ese gesto viendo a otras especies de mamíferos entrelazarse ya sea con sus cuerpos, brazos o trompas, como señal de afecto y de calor recíproco. También lo utilizaban para compartir información, midiendo sus fuerzas, analizando sus aromas y su temperatura corporal. Yura seguía débil, por lo que Kaba tuvo que aminorar el abrazo y ayudarlo a recostarse con cuidado.

—Come. Ahora sí, necesitas algo más sólido.

El cuerpo sin vida que Kaba estaba carneando al principio de su encuentro era ya un cúmulo de huesos sucios, y los bultos de hojas se habían multiplicado por decenas al igual que los insectos que los rodeaban.

Los hallazgos que había realizado Kaba en el mantenimiento y la cocción de los alimentos habían sido determinantes para mantenerse con vida, como también para salvar a aquella de su compañero. Ambos habían logrado incrementar significativamente sus capacidades de supervivencia casi a la par, pero lo que caracterizaba a Kaba eran sus avances en materia de aritmética, geometría, astrología y alimentos. Luego de decenas de pruebas y errores, tenía la capacidad de ubicarse en tiempo y espacio de manera infalible gracias a la observación y el análisis de las estrellas, junto con el obvio reconocimiento de la puesta y salida del sol. Necesitando expresar los cómputos necesarios para explicitar e interpretar distancias, tiempos y esquemas fue que comenzó a cuestionarse y a diagramar en su cabeza los lineamientos mismos del pensamiento matemático y el cálculo. En paralelo, su capacidad de manipular el fuego y de ubicar, resguardar y utilizar alimentos para capturar a presas más grandes le habían permitido transitar distancias mayores y de forma más saludable. Por otro lado, Yura parecía más avanzado en su capacidad de comunicar, de transmitir mensajes y de materializar experiencias en cosas concretas. Cada avance que lograba giraba alrededor de la gramática, la dialéctica y la retórica. Gracias a él, practicando diferentes sonidos, posiciones de lengua, entonaciones y tipos de gesticulaciones, junto con centenares de experiencias de vida observando otras especies, ya poseían un lenguaje que les permitía una comunicación básica pero suficiente.

La clave del desarrollo de sus especialidades era la capacidad suplementaria del uno con el otro, ese refuerzo que ocurría en base a percibir un pensamiento o un enfoque distinto sobre las cosas. Las vidas más fructíferas para ellos eran las cuales podían encontrarse y compartir conocimientos, aprovechando dos conciencias con tantos factores en común pero con muchos más factores divergentes. Acompañando la capacidad de recordar que ambos poseían, todos los aprendizajes y enseñanzas de sus vidas vivían documentados en sus cabezas, por lo que vida tras vida sus chances de sobrevivir se incrementaban. Juntarse con su contraparte existencial no hacía más que multiplicar esos conocimientos y posibilidades drásticamente, en verdaderos recitales eternos de difusión de conceptos y análisis del mundo y sus reglas. Que uno desarrollara un área significaba tarde o temprano que el otro también lo haría. Conectando esas áreas florecían nuevos mundos y ciencias de todo tipo, mejorando su capacidad de relacionarse con el mundo alrededor y sus fuerzas. Ellos llamaban a sus afortunados e improbables encuentros "las entrevidas", esas rupturas de la rutina de la vida en busca de un detenimiento de la experiencia solitaria y la potencialidad del espectro intelectual y físico, aún más provechosos que lo que pudieran experimentar en una única vida en el mundo y en incontables transiciones en la playa blanca. Las vidas volcadas únicamente a la supervivencia sin la capacidad constante de aprendizaje solían ser las más desmotivantes, por más de que en muchos casos eligieran olvidarlo.

Los interrogantes primigenios y tímidos avances en cálculo de Kaba fueron útiles exponencialmente luego de que Yura le enseñara a volcar esos debates y conocimientos en las paredes de la cueva, utilizando tintes de diferentes tipos de roca y orina. Las capacidades de abstracción, lógica y concretización de Yura sumado al poder de deducción de Kaba les daban herramientas de creación impactantes. En cada entrevida que compartían podían notar cómo las ilustraciones evolucionaban de conceptos muy explícitos y concretos, con dibujos representativos de animales, objetos y situaciones, a conceptos más abstractos, con simbologías y transformaciones de esos objetos y situaciones en cosas más complejas, con adiciones, sustracciones, permutaciones y hasta guías metodológicas con ideogramas avanzados. Con cada entrevida que pasaba sentían que se quedaban más cortos con esas representaciones, con ese sistema básico de volcar información y razón natural. Sentían que ese conjunto de normas y reglas implícitas les era inútil para quitar la información de sus cabezas y llevarla a un plano físico en la cual pudieran conectar sus sentidos para compartir sus vidas, ya sea de forma visual o auditiva. Tomando aquello como motivante no hicieron más que extender conceptos básicos en ciencias enteras, siendo arquitectos de todas las bases habidas y por haber.

Con los fundamentos matemáticos de Kaba y el ímpetu retórico de Yura, lograron en conjunto esbozar los primeros indicios del lenguaje, la necesidad de la gramática y la escritura. Con aquellos cimientos fue más fácil para Yura nombrar también a sus propios descubrimientos y compartir instrucciones. Al principio Kaba difería de la importancia de crear ese sistema para su desarrollo ni confiaba en que iba a cambiar su enfoque al aprendizaje. No necesitaba explicitar nada en ningún tipo de lienzo, si todo lo recordaba y todo lo podía plasmar en su cabeza no veía necesidad de reflejarlo en otro medio. Lo entendía como involucrar a otro sentido en vano sin razón alguna, ya que ningún otro ser del universo conocido lo podía comprender y aprovechar. En aquel momento no tenía magnitud de ello, pero bastaron solo un puñado de entrevidas para que entendiera el potencial del mismo y convencerse de no poder pensar de otra manera. A pesar de ello, las primeras peleas y desacuerdos entre Yura y Kaba tuvieron que ver con inconsistencias entre lo vivido, lo relatado y lo escrito en la piedra. Mientras más milenios pasaban entre sus encuentros y mientras más se complejizaba su lenguaje, mayores parecían ser las incongruencias causadas por la expresión.

Kaba comenzaba a sospechar de que su compañero lo hacía adrede y que estaba inventando cosas que jamás habían ocurrido, que nacía un factor que verdaderamente existía en la cabeza de uno solo.

Luego de recuperar su energía y vigor, Yura pudo comenzar a absorber los nuevos conocimientos que Kaba le traía en aquella oportunidad. Kaba seguía los mismos patrones y costumbres en sus lecciones y demostraciones, mientras Yura se obsesionaba por volcarlos en la pared. Borrando y reescribiendo, sus manos se llenaron de duras costras a través de una piel escamosa y seca. Pasaron muchos días comiendo poco y comunicándose mucho, a veces de forma acalorada contradiciendo conceptos y fundamentos, y a veces con una humildad digna de una relación cuasi paternal, en la cual los roles de maestro y alumno iban pasando de mano en mano a la velocidad de la luz. La cueva era estrecha, rodeada de paredes rugosas y zigzagueantes, con excepción de la pared noreste que poseía un pulido natural asemejando una gran pizarra. Más allá de la vorágine de colores y conceptos que se podían volcar en todos los ángulos de la cueva, aquel lienzo en blanco fue clave para explicitar mejor sus ideas, para lidiar con frustraciones compartidas y para intentar materializar sus experiencias cercanas en fórmulas y reglas universales.

El cansancio y la mala alimentación parecía poco a poco estar apoderándose de ellos, en parte por los limitantes en alimentos de aquella temporada y en parte por la vehemencia con la cual habían vivido la simbiosis de aquella entrevida. Con cada semana que pasaba, ambos sentían que estaban llegando al límite de sacarle el máximo provecho a su encuentro. A pesar de todo lo aprendido, había un sentimiento implícito de derrota dada a la dependencia total que sabían que tenían con sus limitantes físicos, a aquellas cosas que no estaban preparados para controlar o formular. Eran conscientes de que aquel era de los pocos sucesos o condiciones existenciales que no podrían ya sea descifrar o trabajar para una mejora. A Kaba le fastidiaba, pero ese sentimiento no era nada comparado con el desengaño e ira de Yura.

En una de las últimas mañanas de otoño, ofuscados y fatigados ambos decidieron hacer una pausa para comer y recibir un poco de calor de la salida del sol. Se sentaron en la boca de la cueva mirando hacia afuera al infinito, con las piernas colgando por el pequeño abismo. La suave brisa ayudaba a secar el barro que habían improvisado en sus cuerpos para disminuir la picazón de los mosquitos.

—¿Qué tienes en la pierna? ¿Qué es esa marca? —rompió el silencio Yura, mientras mordía con fuerza uno de los últimos pedazos de carne desecada. Tanto su compañero neandertal como su propio cuerpo homo sapiens estaban repletos de pelo negro duro y seco, pero había divisado una pequeña zona lampiña en su pantorrilla.

—Me hice una herida con una rama en la última excursión. Pero logré que parara de sangrar gracias a estas hojas —Kaba sacó un ramillete de hojas bordó de su bolso y se lo entregó a Yura, mientras señalaba a su cicatriz pobremente curada y extremadamente sucia.

—Esto es… sorprendente.

—Con cuidado. No las he vuelto a ver y no sé si volveremos a hacerlo. He probado con muchas y solo esas tienen este efecto.

Yura rasgó accidentalmente una de las hojas con torpeza. Viendo la reacción de Kaba se dispuso a analizarlas con mayor precaución. Este pequeño desacierto llamó la atención de Kaba, haciéndolo detenerse pensativo mientras veía a Yura separar las hojas restantes con más cuidado. Se adentró de manera fugaz en la cueva y miró fijamente varios bosquejos que su compañero había diagramado en la pared lisa. Sus dedos ya estaban sucios con restos de sangre de su refrigerio, por lo que pudo volcar nuevas formas en la pizarra sin utilizar un tinte extra.

—Come un poco más —Yura intentó llamarle la atención sin éxito. Kaba seguía sumido en la pizarra, y cada momento que pasaba se lo veía más inmerso en ella. La concretización que le había enseñado su compañero parecía abrirle nuevos horizontes, aunque sentía que seguía teniendo ciertos limitantes para expresar sus cálculos.

Lo único que le quitó el foco fue una pila de rocas que había recolectado y posado sobre un pozo poco profundo en medio de la cueva, que utilizaban para humedecer tierra tanto para crear barro como para mezclar nuevos tintes. Se acercó a ellas casi sin apartar la mirada de la pared, las tomó y se sentó al lado de Yura mientras seguía pensando. Su compañero se dio cuenta rápidamente que necesitaba darle espacio ante su posible epifanía, que necesitaba dejarlo carburar en solitario.

Empezó a agrupar las rocas creando diferentes cantidades incrementales en cada grupo, comenzando por una roca, siguiendo con dos, luego con tres y así sucesivamente. No tenía más materiales para utilizar como unidades, por lo que tuvo que detenerse en el ocho. Tomó el ramo de hojas bordó y contó un total de cuatro; las posó sobre el cuarto grupo de rocas. Intentó que Yura lo siguiera con la vista. Observó sobre su hombro los bultos empaquetados por hojas que les quedaban, logrando contar siete; empujó el séptimo grupo de rocas hacia Yura.

Todavía con las manos con sangre, buscó un claro en el piso y comenzó a trazar diferentes símbolos de forma secuencial, intentando representar aquella cardinalidad una por una con los símbolos más intuitivos que se le imaginaban en ese momento. Luego de representar los primeros ocho números, se detuvo por un instante. Yura seguía sentado en silencio, sin querer interrumpirlo en su rapto de creación y respetando su momento a pesar de que todavía no había visto nada contundentemente novedoso. La retórica y expresión física eran sus áreas, pero cuando su compañero lograba tangibilizar cosas él confiaba en que pronto se iban a abrir nuevos caminos a conjeturas potencialmente más avanzadas.

Luego de intentar borrar y reescribir varios símbolos, Kaba respiró con calma confundido y volvió al desayuno. Ambos se quedaron quietos y pensativos, masticando sus duras carnes resecas y observando las rocas estériles. Casi sin quererlo, los dos empezaron a contar y a agrupar diferentes conjuntos de cosas en su cabeza. Luego de fallar en varios intentos de cálculo y expresión interna Kaba gruñó, tomó la primera roca que pudo alcanzar del piso y la lanzó con todas sus fuerzas hacia el interior de la cueva, rompiéndose en pequeños pedazos y en varios sonidos. La humedad del barro y el frío de la roca aventada dejó trazado un círculo mojado en donde había estado posada, representando con una huella ovalada la falta de cualquier número natural. Yura mojó sus dedos con esa agua sucia y trazó un cero en los garabatos de Kaba, imitando el oval del vacío y la base para la representación tanto de la nada como de los múltiplos de diez en el presente y futuro de la ciencia. Todavía no habían sido conscientes de la importancia de ese descubrimiento y de esas pautas básicas de expresión. Yura se veía mucho más entusiasmado sobre aquella nueva forma de comunicación, sobre haber descifrado la importancia de representar la nada, de representar el cero. A partir de ese momento comenzó a hablar menos y a diagramar más. No era su intención el crear un lenguaje complejo, pero a medida que iban avanzando las historias que debía contar iban aumentando las cualidades y características útiles de los símbolos, cómo se relacionaban entre ellos y cuán atómicos se convertían para expresar cosas.

Aquella pequeña nueva invención les dio la energía y motivación necesarias para volver a concentrarse en el estudio de lo vivido en sus últimas vidas, pero semana tras semana su salud seguía deteriorándose. La esperanza de vida en aquel entonces era de unos meros veintitantos años, y ambos ya los habían cumplido con holgura. Todas sus raciones más proteicas ya se habían acabado y la temporada les estaba jugando una mala pasada, con provisiones más complicadas y menos voluptuosas alrededor. A esa altura de sus vidas no tenían la resiliencia física suficiente como para emprender un nuevo viaje fuera de la cueva.

Ambos sabían que estaban condenados a morir pronto a menos de que uno sirviera de alimento para el otro. En aquellas últimas horas Kaba parecía estar apagándose con mayor velocidad, siendo notablemente el que peor panorama tenía de los dos. Yura había donado sus últimas provisiones y llevaba varios días sin consumir ningún tipo de alimento, pero se veía activo y extremadamente pensativo. El estado demacrado de Kaba ya lo había postrado en el rincón más cómodo de la cueva, sencillamente haciendo tiempo para lo inevitable. Lejos de ello Yura se veía vivaz, con los ojos bien abiertos e impregnados de luz y esperanza, sentado a su lado pero ausente con la mente fija en la pizarra. Con cada minuto que pasaba parecía obtener fuerzas de algún lado, su voz se aclaraba y su lenguaje se entendía de forma cristalina. La vida que ahora podía expresar y registrar en el plano visual lo hacía sentir que no estaba solo, que podía hacer crecer de forma exponencial sus posibilidades de supervivencia en el futuro. Kaba, en parte por su delicada salud y en parte por su escepticismo de la utilidad que habían creado, no lograba seguirle la excitación. Tener la capacidad de replicar sus conciencias en la piedra no lo exaltaba demasiado, a pesar de haber sido clave y protagonista de su creación.

Yura se puso de pie.

—No importa lo que hagamos —Kaba hizo el esfuerzo por prestar atención, abriendo sus ojos y mirando a un Yura que se veía y sonaba ofendido dándole la espalda—. Allí se nos va otra vida. Aquí se nos va otra vida. Pero no se nos va sin hacernos agonizar. Una vez más.

—Fue buena esta, ¿verdad? Hemos avanzado mucho.

—¿Avanzado?

—Sí.

—¿Avanzado por qué? ¿Qué sentido tiene avanzar si sabemos lo que llega al final? ¿Si sabemos lo que se aproxima a lo lejos, si sabemos que la muerte nos frena y todo comienza de nuevo?

—Fue buena —Kaba ni le contestó.

—Buena...

—Sí.

—Esto no es vida. Y mucho menos "buena". Hemos sobrevivido solo porque ya hemos vivido mil vidas y experimentado mil muertes. ¡Qué digo! Cada supervivencia nuestra sigue siendo un misterio. Sigue siendo esa fortuna basada en dónde y cuándo nacemos, y en dónde y cuándo nacen el resto de nuestros, digamos, competidores. Sin importar lo que descubramos para estirar nuestra propia vida, nuestra propia individualidad... igualmente hay límites que no controlamos. Siempre habrá un límite, y además dolerá igual que siempre. Tú deberías saber bien que si tú y yo somos así de especiales, entonces no deberíamos estar en paz con esas mismas reglas. Y mucho menos con el consuelo inerte de sobrevivir, eso no es nada para nosotros. Me descolocan esos límites que parecerían no importarte.

—¿Qué límites? —La voz de Kaba era disfónica y débil, pero quería participar.

—Vivimos de una vez, compañero mío. Tu cabeza, la mía. Tu cuerpo, el mío. Somos dos eternos en un mundo dispensable, que seguimos regidos por las mismas reglas en vida que ellos. Así no podemos sobrevivir. Sobrevivir jamás debería ser lo mismo para nosotros. Así el "saberlo todo" no sirve para nada. Podemos seguir formulando y mejorando nuestra comprensión de todo, pero nuestros cuerpos son iguales que los demás. Y nuestro sufrimiento también. Que digo, nuestro sufrimiento es aún mayor. No podemos seguir conformándonos con tener las mismas características físicas que ellos y mucho menos con las mismas aspiraciones que ellos. Ellos deberían adaptarse y evolucionar a nuestra forma de vida, ¡no al revés! Dime qué diantres hacemos descubriendo cómo funciona el mundo alrededor si nosotros no nos comportamos igual que el resto del mundo. ¿Para qué buscamos explicación a algo que no es natural para nosotros? ¿A algo para lo cual es evidente que no formamos parte?

—Yo no soy igual a ti —sonrió la neandertal, ironizando agobiada por el rapto de filosofía que no estaba dispuesta a procesar teniendo en cuenta que volaba en fiebre y que estaba sufriendo sus últimos respiros.

—Exacto. Somos diferentes. Pero sin contar nuestros físicos, mucho más diferentes somos nosotros de ellos. Y mucho más diferentes son ellos entre ellos. Por eso solo quedan vivos los fuertes. Una existencia tan, digamos, carnal y física… no concuerda con nuestra infinidad de mente, con nuestro plan infinito de seguir encontrándonos y con nuestro propósito. Estoy cansado, harto. Nuestros cálculos no sirven de nada si mueren en esta cueva, mientras el resto del mundo sigue en esa línea recta de fornicación y muerte.

—Por supuesto que no mueren aquí —Kaba hizo esfuerzos para sentarse.

—Por supuesto que no. Pero hablo más allá de nosotros.

—¿Más allá de nosotros? ¿Y para qué querrías hacer eso?

—No lo sé... sencillamente... no lo sé. Lo que sí sé es que esta repetición... ya no tiene sentido. Sin importar todo descubrimiento que hagamos, con qué propósito.

A Yura le dio pereza buscar otro enfoque para que Kaba empatizara y entendiera completamente su punto de vista. Se calmó y volvió a sentarse junto a Kaba. A pesar de reencarnar eternamente, seguía sintiéndose minúsculo y defraudado por la vida y sus circunstancias particulares con él. Poco a poco iba conociendo mejor las reglas tanto sencillas y primitivas como complejas de la misma, pero se rehusaba a conformarse con que todo debía quedar allí y funcionar de esa manera. Se rehusaba a que su vida existiera para estar mejor preparado para la siguiente, o para sufrir lo menos posible en la actual.

—Naciste... naciste en un mundo incorrecto —rompió el silencio Kaba luego de unos minutos.

—No, no nací en un mundo incorrecto. Todo esto que me pasa a mí y a nosotros no le pasa a todos. Hay algo único en mí que requiere que yo haga cosas únicas en este mundo. ¿El correcto soy yo y el incorrecto el mundo?

—En nosotros. Hay algo único en nosotros.

—No estoy muy convencido de que tú estés alineado a lo que estoy sintiendo. No estoy muy convencido de que tú seas tan único como yo.

—En parte sos caprichoso y en parte sos algo que nació en un mundo incorrecto. Si es por capricho, entiende que esto nos ha tocado y que es así. Y si sientes que naciste en un mundo incorrecto, báncatela. Creo que ya estamos haciendo lo suficiente como para entenderlo mejor, y como para buscar hacerlo lo más correcto para nosotros.

—No, no es así. Definitivamente no es así. Todo esto que tenemos alrededor —Yura apuntó a las paredes—, y en este interior —Yura se golpeó la cabeza con fuerza con ambos dedos índice, incrementando el volumen de su voz—, este es el mundo incorrecto, no el correcto. Pero incorrecto no es malo. Todo esto morirá siempre en esta cueva si no causa un cambio sustancial en nuestra próxima vida. Pero en la nuestra a través de la de todos los demás, de todo el mundo. Piénsatelo un poco —Kaba tomó un último respiro haciendo contacto visual con Yura y su monólogo—, piénsatelo.

Kaba murió sin siquiera poder procesar las últimas palabras de Yura. Obviamente iba a tener tiempo para ello más adelante, pero tuvo que ahogar una respuesta en aquel presente. Yura prefirió tirar su cuerpo sin vida por el abismo antes que alimentarse de él, más que por el enojo y el resentimiento que le había surgido de la última conversación que por cualquier otra cosa.

Yura murió días después mientras dormía, sin sufrir ni padecer la muerte ni un minuto y, por primera vez en mucho tiempo, con muchas cosas pendientes por las que seguir viviendo.

Durmieron durante dos días enteros luego de que Yura llegara a la cueva con provisiones para meses. En aquella oportunidad, miles de años después del último encuentro, Kaba había estado agonizando en la cueva durante prácticamente toda su vida, fruto de una amputación parcial sufrida por una enfermedad crónica que aún no habían logrado comprender. Irónicamente cada uno de ellos era de la misma subespecie y sexo que la última de sus entrevidas juntos, pero en Kaba su cuerpo y genética se notaban mucho más frágiles y débiles que en las de su compañero. Kaba ya había pasado varias semanas con una fiebre constante y sentía que su fin, nuevamente pero transitoriamente, estaba cerca.

A pesar de su estado físico, Kaba estaba preparado para el encuentro con centenares de nuevos descubrimientos, fórmulas, teoremas y avances científicos de todo tipo. Seguía sintiendo que ese era el camino más próspero y el propósito más correcto para su vida. Yura, por el contrario, parecía tener más ideas y reflexiones que conceptos concretos y experiencias vividas. No estaba muy claro si era por su falta de motivación en lo segundo o que para volcar sus ideas con éxito en el futuro iba a necesitar que fueran solo suyas. En aquella entrevida se notaba un misticismo y una reserva particular en todo lo que Yura decía y hacía. La confianza comenzaba a fluctuar en ambas partes.

Yura despertó primero, sacudido por la tormenta otoñal que caía afuera que hacía que las inundaciones rozaran la entrada de su guarida. Tardó varios segundos en darse cuenta de que Kaba seguía respirando. El lenguaje que expresaban era de un nivel mucho más abierto y articulado, con alternativas de adjetivos, verbos y sustantivos mucho más extensas y ricas. Habían podido compartir sendas reglas gramaticales básicas gracias a los dibujos en las paredes que dejaban en cada vida posible. A pesar de tener una manera gráfica de comunicarse, no habían explicitado ningún tipo de mensaje para seguir el debate terminado abruptamente en su último encuentro.

—Lo he estado pensando —Yura gritó adrede, logrando despertar a Kaba—. Todo lo que tenemos en nuestra cabeza, especialmente yo... no sirve para nada.

—¿Cómo que no sirve para nada?

—No sirve para nada utilizándolo de la manera que lo estamos utilizando. Seguimos en la misma, vida tras vida Kaba —Era la primera entrevida en la cual ya se conocían con un nombre específico—. Y el mundo durante miles y miles de años desarrollándose exactamente igual. Todo es igual, las mismas reglas, en todas las especies, en todos los individuos... menos en nosotros. Y al final este conocimiento es casi un martirio en un mundo de ignorancia y nula capacidad de empatizar con nosotros. Nadie ha vivido lo que nosotros vivimos, ni lo vivirá. ¿Cómo le cuentas a un bípedo de dónde venimos? ¿Cómo siquiera puedes "contarle" algo? ¿Cómo le cuentas sobre la playa? ¿Cómo tratas a un ser mortal que desaparecerá antes de que pueda entender un grano de arena de lo que entendemos nosotros? ¿Cómo siquiera motivas a alguien a entenderte a ti y a mi cuando su propósito es "sobrevivir"? ¿Cuando el sobrevivir, nos guste o no, tiene otra trascendencia para nosotros?

—¿Lo has intentado?

—Por supuesto que lo he intentado. ¡Y sé que tú también! Pero sabes bien que la supervivencia es otra cosa, es algo diferente a lo que tenemos en la cabeza y te diría en el instinto, tú y yo. La competencia constante por estar vivo, alimentarse, fornicar. Eso es muy retrógrado para nosotros, que estamos intentando descubrir todo lo que hay detrás. Que estamos intentando descubrir el por qué de nosotros. Que estamos enhebrando otro tipo de hilo en otro tipo de manto de existencialidad.

—Lo intentaremos… y seguiremos intentándolo.

—¿Pero intentar qué y para qué? Tú y yo hemos tardado miles de años en estar donde estamos. Ya basta. Ellos son, además… más débiles.

—Quizás tú con tus planteos te estás alejando de lo básico, ¿no? De esos sentidos de supervivencia que tanto defenestras. Quizás ni siquiera debemos intentarlo, ya que ellos solo tienen una vida para vivir y preocupaciones que pueden y deben palpar. Por más de que merezcan entender estas cosas que entendemos, y también saber que hay un más allá.

—Entonces debemos dar por sentado lo únicos que somos, debemos olvidarnos de eso y sufrir todas sus consecuencias negativas. ¿Acaso a eso te refieres?

—Lo estás pensando mal. Quienquiera haya decidido que nuestros cuerpos sean iguales de frágiles, pero nuestras mentes infinitamente más robustas y perdurables… tenía en mente un propósito de perdurabilidad de conocimiento en este mundo, y un propósito de perdurabilidad de eso a través nuestro.

—¡Falso! Si fuera así entonces todos tendrían mentes infinitas y no pondrías esa condición solo en dos entes. Si solo nosotros somos los agraciados, perdón, los maldecidos por esto es porque es algo que solo debemos disfrutar nosotros dos. Es algo que es para y por nosotros dos, de provecho de nosotros dos, y de nadie más.

—Creo que es un privilegio saber lo que sabemos, y que todos los seres de este mundo merecen saberlo. Para mejorar su propia supervivencia, por lo menos.

—¿Pero lo merecen? ¿Por qué lo merecen? Si algo o alguien nos ha hecho así de especiales, o de diferentes mejor dicho… ¿Por qué debemos regalar estos conocimientos y esta experiencia? Solo tú y yo somos inmortales, ¡nadie más lo será ni lo merece! ¡Ni a través de la playa, ni a través de nuestros conocimientos!

—¿Te estás escuchando? ¿Quién te crees que eres para decir esas cosas? ¿Quién puede usar en toda la eternidad la palabra "merecer" sin ser subjetivo? —Kaba ya estaba bien despierto, y sacaba cada vez más fuerzas de adentro para poder debatir.

—No, no lo intentaremos —Yura decidió no meterse en ese embrollo—. Ni los tuyos ni los míos pueden hacerlo, todos los seres que habitan este mundo funcionan igual y lo sabes. No podrán comprenderlo sin la motivación que tenemos nosotros, esa motivación de entenderlo todo para poder salir de esto, sin saber lo que es nacer una y otra vez. Sin una razón más grande aún que la supervivencia como la entienden. Sin esa base lineal en donde los fuertes no dejarán de lado su liderazgo a través de la fuerza, imposible de que siquiera entiendan que "estar vivos un día más para volver a hacerlo al día siguiente" no es todo en la vida. Para ellos sí, pero para nosotros no. ¡Para nosotros no!

—No me involucres en tus conceptos y frases, no me incluyas en tus ideas. El resentimiento por lo que te ocurre no debería salpicar a nadie más que a ti, y a lo sumo a mi.

—¿Cómo buscas "enseñar" algo a alguien que solo se preocupa por su próxima comida y resguardo del siguiente más fuerte en la cadena? Y si algo raro pasa y un pequeño grupo se puede organizar... sigue siendo a través del más grande, del más fuerte. Y seguirá siendo así hasta que aparezca uno más grande y más fuerte.

—¡Pero no estamos buscando enseñar!

—Hasta que no les demos una pizca, una pequeña idea de que existe un más allá... seguirán viviendo en base a la norma básica de la supervivencia, de estar vivos, respirando, matando a todo contrincante, follando a todo lo que les genera follárselo, y seguir el ciclo.

—Pero si eso es suficiente para ellos. Pero si su vida funciona así, ¿por qué entrometernos? El resto de todas las especies y todos los organismos funciona de esa manera, ¿por qué querer entrometerse en algo que no nos compete?

—Eso no nos servirá para prosperar a nosotros, para lograr mejorar nuestra propia vida. Esto es por nosotros, no por ellos. La vida ha demostrado que ellos son desechables, pero no nosotros.

—¿Desechables? Pero... —La debilidad física volvía a apoderarse de Kaba, mientras Yura parecía que se alimentaba de vigor y energía con cada párrafo.

—Desechables, esporádicos, atómicos, mínimos —Yura lo interrumpió, cansado de escucharlo hablar con lentitud—. Sí, desechables. Podría decirte que los bípedos de mi tipo son, digamos, más organizados. Bueno, permíteme decir "de mi tipo" solo porque me ha tocado eso en esta vida. En fin, parecen más despiertos y cuidadosos en tomar ciertas decisiones, más propensos a pensar las cosas dos veces. Quizás si me apuras en encontrar más diferencias, también veo que destacan un poco más por la gestión del tiempo y el espacio, la imaginación visual, las relaciones sociales e incluso la creación de herramientas. Pero ya sabes que de nada sirve eso generación tras generación. Los tuyos son más fuertes, resilientes, competitivos. Prosperan. Con los lineamientos de supervivencia y propósito de aquellos mortales, prosperan. Y si prosperan... tarde o temprano nadie prosperará. Su fortaleza física seguirá estando por encima de cualquier avance que podamos hacer. Como bien tú dices, al igual que el resto de los seres que hemos conocido a lo largo de miles y miles de vidas.

—¿A qué quieres llegar con esto?

—A que la única manera de que nosotros podamos prosperar y tener un verdadero propósito en nuestra existencia es darle a mi subespecie razones del más allá para estar vivos, y debemos darle a la tuya la extinción total si queremos cambiar la base de la supervivencia. Si dejamos que sigan compitiendo entre ellos, todo terminará como siempre termina. Y no podemos perder esta oportunidad única para y por nosotros.

—¿Pero tu estás demente? ¡Qué estás diciendo!

—Que los músculos no servirán para descubrir el mundo y, lo más importante, descubrir lo que nos pasa. Los míos están más preparados para... para seguirnos más allá de su propósito. Para ser organizados en base a un propósito nuestro. En base a normas e ideas que podemos enseñarles. Eso sí que podemos hacer. Eso sí que necesitamos.

—Lo... ¿lo que nos pasa?

—Lo que nos pasa —Yura giró para mirarlo con sorpresa—. El objetivo de todo esto no es solo prosperar y sobrevivir cuando nuestra vida desechable nos lo permita... sino siempre. No quiero vivir más de esta forma. Y la única manera de lograrlo será utilizando al resto de los seres que nos rodean, solos no podremos hacerlo más. Debemos cambiar su propósito y acercarlos a nuestra eternidad de alguna manera. Debemos dirigirlos hacia nuestro propósito, porque el de ellos es dispensable y finito. Para sobrevivir siempre... o nunca más. En ambos casos, llegar al fondo de todo esto de una buena vez. Si su vida es desechable, entonces debemos crear normas y normalidades que lleven a la eternidad. A un propósito más allá.

—¿Y en verdad tú piensas que podrás lograr eso? —A Kaba le salió una risa fuerte—. Un solo sujeto no puede inventar un sistema así de complejo sin nada concreto.

—¿Un solo sujeto? —Yura rió aún más fuerte—. No descartes mi capacidad de reencarnación, el poder de una mente homínida inmortal que logra ver los comportamientos sociales década tras década, siglo tras siglo y logra atacar diferentes frentes en una historia mucho más compleja que un sistema por sí solo. Tiempo me sobra, y se necesita tiempo y conocimientos de las características del ser homínido para montar algo así. El resto es cuestión de probar e insistir. Total, los homínidos son descartables, nada puede salir mal.

—Insisto, ¿piensas que conoces lo suficiente a los homínidos para lograr eso?

—Es irrelevante lo que pienso, me sobran las vidas para probarlo. Para intentar cambiar o dirigir el comportamiento de estos idiotas del mundo y mantenerlo en el tiempo. Porque yo no puedo más con mis vidas así.

—¿Que no te das cuenta de que todas las especies del mundo funcionan con una moralidad natural y orgánica de cómo funcionan las cosas, de la vida, la supervivencia y la muerte? ¿Y que estas normas no-homínidas que te piensas puedes crear por ti serán algo artificial y estéril, muy fáciles de identificar como antinaturales?

—Antinaturales para ellos, naturales para mí. Extremadamente naturales para mí. Y si lo son para mí, serán fácilmente manipulables para que sean naturales para ellos.

Yura se puso de pie y comenzó a guardar varios objetos en su morral. Parecía apresurado.

—¿Qué haces?

—Debo irme. Esta cueva ya me queda chica. Y tu ambición, o falta de, también me queda chica.

—¿A dónde vas, no ves la que cae afuera?

—A donde sea menos aquí. No sabemos lo que hay más allá. Esa playa que nos alberga luego de cada muerte, incluso eso es muy pequeño para nosotros. Como también es pequeño este mundo, de esta manera. Debemos empezar a mover los cimientos de lo que está pasando en este mundo. Ya sea para entenderlo... o para que la rata que lo creó salga de una buena vez de su madriguera. Eso es. Si no agitamos el mundo... no caerá ningún fruto de su árbol.

—Sigamos avanzando como lo estamos haciendo, viejo amigo. Que no nos queda otra salida, que lo que comentas no tiene sentido.

—Yo no soy tu amigo, no te confundas. Cállate —exclamó Yura con furia—. Así como todos los mortales ahí afuera que comparten su mortalidad no son amigos entre ellos, tampoco lo somos nosotros en nuestra inmortalidad. Abre los ojos y entiende que quien quiera que haya decidido que solo existieran dos individuos así como tú y yo no creo que estuviera muy cómodo con que compartamos nuestra eternidad con el resto de los mortales. Y estos últimos miles de años lo están demostrando. Tú y yo somos el claro ejemplo de que hay alguien en algún lugar, o que hubo alguien en algún lugar, que creó reglas y normas para todo lo que nos rodea. Pero esto —Apunta a la pizarra—, esto no es suficiente para descifrar esas reglas. Y para descifrar algo, inevitablemente en algún momento deberás romperlo. Eso es, romper las reglas. Eso es ser dueños de nuestra propia existencia. Eso es controlar a todo y a todos, inclusive a nuestro creador y sus putas intenciones. "Creador", esa palabra me gusta.

Conociendo esas reglas... podemos utilizarlas a nuestro favor. Romper las que queramos, crear nuevas y... crear.

—¿A cualquier coste? ¿Exterminando especies enteras como tú dices? Nosotros somos la anomalía, no ellos. Por eso esa playa está vacía, por eso no podemos hacer nada en ella.

—No entenderemos lo que nos pasa si no controlamos nuestra vida. Y no podremos controlar nuestra vida si no controlamos "la vida" por completo. Si no hacemos que la vida cambie y nos guíe a nosotros a esas respuestas. Muriendo a la velocidad que morimos y con la frecuencia que morimos, no nos sirve. Vivir a la frecuencia que vivimos, mucho menos.

—El orden universal de las cosas es así. Todas las especies a lo largo y ancho del mundo funcionan así, y lo has visto y sufrido en carne propia por mucho tiempo. No te creerás tan ingenuo de tener la capacidad de cambiar el funcionamiento de la naturaleza y de las cosas.

—Somos especiales. Debemos expandir esa especialidad, querido Kaba. Expandir. A menos que expandamos, a menos que cambiemos y que aprovechemos de nuestro valor único, no lo lograremos.

—Debemos seguir buscando. Y entendiendo las reglas, cómo funciona todo. ¡Eso es todo lo que debemos hacer! ¡Tan sencillo y a la vez complejo como eso!

—Insisto en que te calles. En un mundo en el cual la fuerza bruta gobierna, estas reglas no se pueden utilizar más que para uno.

—Como en todas las especies.

—¡Pero tú y yo somos diferentes, ya deja de ser tan cobarde! —Yura tomó del cuello a Kaba, con los ojos llenos de rabia—. ¡Por qué esa apatía, ya basta de pensar en los límites de una especie que poco tiene que ver contigo! No veo a nadie más haciendo dibujos en una cueva remota, no veo a nadie avanzando hacia ese lugar. Muy lentamente como lo venimos haciendo, pero avanzando. Tenemos que cambiar de alguna manera cómo funcionan las cosas, sino estaremos a la merced de lo que nos toque en nuestras propias vidas, una tras otra. Y vamos miles, y son pocas las cuales tenemos la fortuna que tenemos ahora.

—¿Qué quieres hacer? —Kaba ya sentía su fin. Estaba sumamente preocupado por los aires filosóficos de su compañero, y no lograba materializar sus conceptos en algo que le hiciera sentido para el único plan que conocía, el de sobrevivir y seguir conociendo al mundo. Tampoco tenía energías para contrarrestar la agresión física de su compañero, pero estaba más asustado por sus palabras que por su embestida.

—Las reglas de este mundo no rigen para nosotros. El propósito en nuestra vida es diferente, me rehúso a seguir viviendo con el fin de no convertirme en la comida de alguien. Ya basta, me rehúso a seguir corriendo así. Pero lo lamento, este camino lo viviré solo. Tú no estás preparado.

—No... no entiendes la magnitud de lo que dices.

—Somos dos personas en este mundo salvaje que parecería tener las reglas claras. Mientras más las descubrimos, más claras son. Hacen sentido. Cierran. Estamos cubriendo el máximo de campo que podemos, y sin embargo es poco lo que logramos. Ahora que estamos descubriendo y traduciendo esas reglas a algo claro, tangible... debo hacerlo: yo debo salir de esas reglas, por algo soy así. Alguien me ha hecho así para que lo haga. Tiene que haber algo más allá afuera. Y si no cambio las reglas, no lo encontraré. Y si no me ha hecho así para que descubra esas reglas, pues lo encontraré de todos modos y entenderé por qué me ha hecho así.

Yura liberó el cuello de Kaba con un empujón. Hurgó en su bolso y le entregó las últimas hojas masticables que tenía guardadas, buscando calmar sus últimos momentos de vida con el efecto analgésico que poseían.

—¿Nos volveremos a ver? —Luego de varios segundos de silencio, Kaba necesitó escuchar algo más antes de morir.

—Moldear al mundo —Yura parecía sacar pecho, dándole énfasis a sus palabras y adentrándose en su propio ser—. Moldear, sí. Organizar mejor a estas masas. Pero no únicamente con los conocimientos que tanto tiempo nos han costado entender, no. Esas cosas son demasiado complejas para organizar a alguien, estos cimientos no ayudarán a desarrollar y organizar al resto de los seres primitivos que comparten mundo con nosotros. Se necesitan conceptos más potentes, que muestren no un mundo actual y su funcionamiento... sino una promesa de un mundo mejor, con un propósito más allá. Esa pizca de lo que vivimos nosotros. Solo así se evitará que tanta gente compita entre ella, sin que pelee por un liderazgo. Que la comida y la supervivencia pasen a segundo plano, que exista un propósito intangible pero muy motivador. Buscar la manera de que la gente decida ceder parte de su propósito, parte de su libertad personal para el desarrollo de gente y generaciones que ni siquiera conocerán.

—Estás... Yura...

—¡Privilegio! —interrumpió Yura con un grito—. Al mundo no le importamos un carajo o, mejor dicho, al que nos ha hecho únicos a ti y a mi no le importamos un carajo. Por eso vivimos y morimos y sufrimos igual que todos. Perdón, ¡más que nadie! ¡Repetir esa experiencia terrorífica es solo nuestro! Sabemos lo que viene y sabemos que no es temporal, que es eterno. Todo esto tenemos que usarlo para y por nosotros, para nuestro bien, para nuestra prosperidad. Para encontrarle nosotros un sentido a nuestra vida. No esa que estamos viviendo, sino "la" vida que vivimos en nuestra cabeza. Esa, la única, la que es inmortal y consciente. El resto del mundo tiene un sentido mínimo, tangible, obvio. ¡Nosotros no! Y este es el camino a descubrirlo. Llevará mucho aprendizaje, pero es lo que haré. Es lo que tengo que hacer...

Los aires de delirio de Yura le desenfocaban los ojos y agitaban el aliento. Sentía un éxtasis que le daba palpitaciones, viendo claro un futuro en el cual iba a intentar convertirse en amo y señor de su vida.

Luego de su monólogo dio aire para una respuesta de Kaba, pero el silencio de su muerte le había ganado. Apenas lo notó, sin sentirse mal al respecto ni mucho menos, tomó su piedra filosa y comenzó a carnear sus piernas con celeridad. Su último corte fue en uno de los dedos de su mano, birlando así el único anillo que Kaba llevaba puesto. A Yura le pareció muy peculiar ese tipo de adorno.

Ni siquiera se dispuso a crear un fuego para cocinar la carne, de forma apresurada y voraz comió varios gramos de su compañero mientras seguía diagramando sus ideas en la pizarra. Tomó a su muerte como la última señal que confirmaba su plan.

Las manos de Yura temblaban de dolor. La pizarra estaba repleta de conceptos y sus manos de tintes varios mezclados con sangre y ampollas abiertas llegando casi hasta el hueso. A pesar de ello, una sonrisa se dibujaba en su rostro.

Respiró hondo y observó los pocos restos desmembrados que quedaban de Kaba. Su cabeza, cuello y torso estaban aún intactos, y hacia ellos refirió sus últimas palabras.

—Romperé con la muerte —comenzó Yura—. Llevaré al mundo hasta el extremo, replicando los cimientos de la vida y rompiendo con la muerte. Llegaré al fondo de esto. Y al final... en el fondo... espero que estemos tú, yo y alguien que nos pueda dar explicaciones. Alguien que nos defina verdaderamente nuestro propósito.

Yura se acostó poniendo las manos detrás de su cabeza, mirando el techo oscuro y húmedo.

—Es nuestra misión existencial. Naturalmente esto se acabará. Naturalmente nos matarán. Naturalmente la entidad que nos puso en este mundo nos lo está pidiendo implícitamente, Kaba. Nos está pidiendo que hagamos esto.

Yura se puso de pie y abandonó la cueva.

Takatalvi

Marco solía aprovechar las primeras lluvias que daban al inicio de la primavera para despertar temprano e ir a recolectar setas. Era el único momento en el año en el cual se obligaba a utilizar cualquier tipo de despertador artificial para ganarle a la salida del sol, por más escueta y difusa que fuera. La perfecta mezcla de la tundra descongelándose y un suelo volcánico alto en minerales únicos de la zona hacía que la velocidad con la que se propagaban las esporas luego de una lluvia fuera única. De todas formas, aquel fin de invierno fue particular por varios motivos. Cuando parecía que la primavera estaba por comenzar, aquella última semana de marzo acusó temperaturas medias de menos siete grados, con mínimas de menos treinta, completamente inusual para el inicio de la estación de la floración. Aquel fenómeno anormal de invierno tardío podría causar problemas en sus expediciones hacia las afueras de Pauzhetka, por lo que tuvo que obviar su viaje culinario cercano y replanificar el peligroso cruce del bosque hacia el norte.

Su modesta casa de piedra estaba a dos kilómetros del volcán Kambalny, situado en el extremo sur del Krai de Kamchatka, entre el mar de Okhotsk y el lago Kuril. No era un lugar fácil de llegar, prácticamente imposible acercarse a menos de diez kilómetros con cualquier medio de transporte. Sus vecinos eran mayormente koriakos y rusos, aunque difícil llamarlos vecinos teniendo en cuenta que no había visto a otro ser humano vivo hacía ya siete años. No necesitaba acercarse más al pequeño pueblo de Pauzhetka gracias al acuerdo que tenía con Vadim, el único profesional notario de toda la región y el que además le permitió, innumerables coimas mediante, adquirir legalmente las hectáreas de su territorio. Varias décadas antes allí por los noventa toda circulación y permanencia por la zona entre los volcanes Kambalny y Koshelev estaba estrictamente prohibida teniendo en cuenta las decenas de bases militares secretas que se asomaban por el paisaje. Viejos carteles oxidados con mensajes de "Uso de fuerza mortal autorizada" y otros adjetivos rusos mucho más agresivos pero sin traducción al español mostraban las cicatrices de una Unión Soviética alguna vez intimidante y de cutis fino. Luego de la caída del régimen, los pocos habitantes locales lo suficientemente instruidos y con medio gen comerciante aprovecharon para lotear parcelas y venderlas ya sea a fanáticos geólogos, como también a renegados y delincuentes buscando escapar de la civilización. A pesar de las jugosas ofertas, la hostilidad de la zona y el poco desarrollo habían causado que el padre de Vadim muriera sin haber podido ganar un rublo con el emprendimiento, cosa que sí pudo lograr su hijo después de varios intentos.

El acuerdo entre Marco y Vadim consistía en que una vez cada tres meses el viejo koriako le depositaba en una caseta de madera construida en las afueras del pueblo tres cajas de medicación que le garantizaban su dosis necesaria por tres meses. La caseta tenía el tamaño de un baño químico, y fue construida específicamente para la entrega de ese tipo de correspondencias. Vadim, entre otras cosas, tenía los contactos necesarios para contrabandear su medicación sin problemas desde Japón a través del mar de Ojotsk. Con un sobreprecio de más del mil porciento, aunque los porcentajes de inflación no importaban para Marco que prácticamente no utilizaba el dinero más que para eso y para algún que otro misceláneo. Más allá del pago por sus hectáreas y la demorada construcción de su casa, la cuota trimestral que Vadim recibía era suficiente para que sus once hijos pudieran estudiar en el continente y su plato se mantuviera siempre lleno del humilde pero copioso borsch. Marco, ya entrado en su vejez, no tenía problema en pagar lo que fuera por no tener que pasar un día más en el hospital o haciendo trámites rodeado de otros seres humanos.

A pesar de no tener que ir al pueblo, llegar hasta las afueras en donde estaba la caseta era una odisea. No solo por su edad y su estado físico demacrado, sino por las condiciones naturales del lugar. Sin el equipamiento ni el repelente casero para osos pardos que le habían enseñado a confeccionar era prácticamente un suicidio, inclusive para los senderistas más experimentados. Por mucho que los peligros que albergaba el bosque y las cadenas de montañas volcánicas fueran conocidos, las continuas indicaciones que advertían a los geólogos no adentrarse en el terreno inhóspito nunca fueron suficientes. Eran muchos los fanáticos que no volvían a sus hostales en pueblos cercanos y que terminaban desperdigando infortunios y mitos por la zona, como también algún que otro abrigo semi comido que no hacía más que contaminar el bosque de su pureza y su paisaje virginal.

Luego de lo ocurrido en la madrugada de su último recital en el Club Axia, Kamchatka no había sido la primera opción ni el primer intento de exilio de Marco. Jamás reparó en gastos para comenzar su nueva vida, mas no buscaba lujos ni comodidades excesivas. Antes que nada había intentado vivir en una isla remota de la polinesia australiana en el pacífico sur, en una casa con su propia salida a la playa y hasta su propio muelle. A pesar de la privacidad no duró mucho, ya que en ese ambiente no pudo disfrutar ni sentir la verdadera soledad. El que vive cerca del mar tarde o temprano se da cuenta que, opuesto a lo que parece, escapa de la soledad. Que el movimiento de las olas y el ruido constante del océano no hace más que abrigarlo para no responsabilizarlo de su incapacidad de buscar la paz y el aislamiento. Jok encontró la verdadera soledad en la quietud. En el frío, la montaña, la inerte nieve blanca con un color lo suficientemente monótono y muerto como para clavarse en la vista con una intensidad estática pero movilizadora. Enfrentar el silencio cara a cara de esa manera era la única escapatoria real para forzarlo a lidiar con la verborragia en su cabeza. No le decía las mismas cosas que cuando vivía en la ciudad capital, pero seguía allí con la misma voz e ímpetu. Las primeras semanas fueron las más duras, pero muy rápido el cuerpo y la situación lo obligaron a acostumbrarse. Ni siquiera el desierto tiene esas mismas características de desamparo y aislamiento: el vuelo de la arena, el viento, los contrastes del cielo con la tierra y hasta el calor son acompañantes más cercanos. Fue en la verdadera tundra, luego de presenciar aquellas tormentas de nieve tan grandes que ni siquiera se permiten disfrutarlas ni mirarlas, que pudo enfrentarse a su realidad de espera y pausa. Una espera que él sabía que podría ser interminable, que podría acompañarlo hasta el final de sus días, pero que estaba convencido era la única manera de hacerlo. Aprendió muchas cosas también, sin quererlo ni necesitarlo. A pesar de las voces interminables en su cabeza, él siempre tuvo fe de que a veces escucharlas de cerca le iban a traer buenas ideas, de que no todo era agobio. Tuvo que vivir de esa manera por más de treinta años para entrar en paz con ello, aunque de forma esporádica y violenta los momentos de guerra volvían a aparecer. Lo que lo mantuvo cuerdo no fue la fe de que no aparecieran nunca más, sino la capacidad de poder controlarlos para que se fueran rápidamente.

De vez en cuando su cabeza le hacía sospechar y dudar que la razón por la cual decidió lanzar su ancla final en la vastedad de la tundra era porque su paisaje era el más similar a los techos blancos y fríos de las salas de urgencias de los hospitales. Con sus luces resplandecientes como el reflejo del sol en la nieve, y las grietas en sus paredes como raíces escapando del hielo. El sentimiento de la sangre ajena gélida entrando en el torrente sanguíneo comparable con el dolor de caminar por la fría nieve descalzo, y el sabor del suero intravenoso en el fondo del paladar con el olor a lluvia y piedra mojada. La molestia aguda y constante de una sonda mal aplicada por un enfermero residente emulando el mismo dolor de los labios y las comisuras destartaladas por el frío. Sabiendo todo el tiempo que él había pasado allí y sabiendo también que viendo esas imágenes y sintiendo esas sensaciones su hija se había ido del mundo en soledad y aislamiento, de alguna manera deliraba que aquella era su forma de acercarse a aquel momento y buscar una conexión obviamente inútil y masoquista. Su defensa ante ello era convencerse que la falta de foco y la sobra de tiempo no intentaban hacer otra cosa que jugarle una mala pasada. Solía olvidarlo cuando volvía en sí recordando que todo, inclusive las voces en su cabeza, dependían de él. Estaban bajo su dominio, inclusive hasta en sus sueños.

Por accidente, meses antes del inicio de las súbitas lluvias de fin de invierno Heimdal lo obligó a romper parcialmente con su soledad. Nunca fue su intención adoptar un gato ni cualquier otro tipo de ser. En el momento en el cual vio a aquel bobtail de las Kuriles agazapado en la puerta de la caseta de correspondencia no dudó en seguir de largo. No permitió que su distintiva cola corta y esponjosa y su color carbón rojizo le llamaran de más la atención, por lo que ni siquiera cruzó miradas con él para evitar la indecisión. Fue cuando notó que lo había seguido las tres horas de caminata desde Pauzhetka hasta su casa que se dio cuenta de que, quizás, aquel gato buscaba lo mismo que él y estaba dispuesto a dar todo lo que un pequeño gato podría dar para tenerlo. Solo por ello decidió darle una oportunidad y un techo. Después de todo, quizás esa parcela de tierra correspondía más al linaje y al propósito de Heimdal que al suyo.

Aquella paz que lo caracterizaba cuando estaba en su casa al lado de la chimenea desaparecía completamente en el exterior, como si fuera dos animales diferentes. Dentro de la casa era sumamente calmado e independiente. No le gustaban ni las caricias ni los toques, y jamás daba la espalda ya sea a la puerta o a Jok, ni siquiera cuando estaba comiendo o durmiendo. Su manera de defenderse de esas señales de afecto no era arañando ni maullando, sino sencillamente yéndose de la casa. Sin importar la tormenta que pudiera estar cayendo afuera y sin término medio, Heimdal simplemente se marchaba, intentando enseñarle a Marco que él seguía solo allí y que su compañía no significaba otra cosa, que iba a tener que aprender a lidiar con su soledad de otra manera. Jok sabía que de cierto modo no tomarlo en sus brazos aquel día de su primer encuentro fue ponerlo a prueba sobre sus ganas de vivir. A pesar del largo camino, de las lluvias repentinas e intermitentes y de los cruces con nieve más profunda y fresca que lo cubrían completamente, el hecho de que Heimdal lo hubiera conseguido era un claro indicio para Marco de que el gato iba a ser lo suficientemente independiente para gobernar lo más completamente posible su vida. De más está decir que si necesitaba medicaciones él lo asistía. Se las compraba por contrabando y obligaba a Heimdal a tomarlas, por más gruñidos y mordidas que le causara. Jok presentía que el felino hacía lo mismo cuando él necesitaba algún tipo de cercanía con otro ser. Nunca fue por maltrato, nunca fue por enojo, nunca por resentimiento mutuo.

Ambos sabían lo que su amo necesitaba y eran buenos diferenciando eso con lo que su amo quería, dos cosas tremendamente diferentes.

Por el contrario, fuera de la casa era un ser completamente opuesto. Protector de Jok, compañero fiel y aventurero, no se separaba a más de dos metros de su pierna derecha y descansaba posado en su hombro izquierdo en las pausas. Daba la sensación de que sabía que Jok no era un nativo de la zona y buscaba escoltarlo y guiarlo. El nombre le cayó bastante obvio dada su similitud con las actitudes y aptitudes del dios mitológico: una vista más fina que la del más experimentado búho, una intuición más aguda que la del lobo más viejo y una resistencia que le permitía no dormir ni comer por días. Su percepción era tan profunda que oía crecer las flores en primavera y marchitar las hojas en otoño.

Heimdal no era el único animal que vivía en la región. Las zonas cercanas a los ríos y arroyos estaban gobernadas principalmente por incontables osos pardos, mientras que los bosques y zonas limítrofes a su casa por una manada de lobos de alrededor de diez ejemplares, por lo que Jok tuvo que aprender a convivir con ambos. Los osos pardos eran más asustadizos, y conociendo qué tipo de gritos y olores despreciaban solía ser suficiente para no tener ningún encontronazo con ellos. Pero los lobos requerían de un trabajo especialmente arduo para mantener el equilibrio. Como canes alfa que son, no podían permitir ningún tipo de depredador cercano a sus zonas ya sea de caza como de crianza o descanso. La única excepción, para sorpresa de Jok, era Heimdal. Cada vez que cruzaban las miradas entre ellos no eran amigables, pero siempre mantenían una distancia y un respeto fuera de lo común. Especialmente raro teniendo en cuenta que la manada que vivía en la zona de Jok se había cargado a todos los perros y gatos restantes de toda la isla, no solo de esas hectáreas.

Era una actividad común y saludable para Jok y Heimdal el adentrarse en el bosque con carne de alce y dejarla en su paraje de caza como señal de amistad y sumisión. Una de las pocas rutinas que mantenía Jok era la de observar a lo lejos al lobo alfa mientras sus crías y pares de menor rango se alimentaban de sus regalos. La actividad de ver al gran mamífero proteger a sus súbditos mientras comían era un baño de humildad y de respeto, que le recordaba que él era solo un invitado en su territorio y que necesitaba seguir respetando sus reglas y condiciones. Aquella escena le generaba una sensación cálida, dándole en cierto modo un reconforte de familia. No existía ocasión en la cual Laura no estuviera en sus pensamientos mientras disfrutaba de observar la manada, y en la cual Barón no estuviera en sus ojos mientras veía esos músculos y colores actuar sobre las presas.

A pesar de la borrasca, Jok ya estaba a medio camino de vuelta de Pauzhetka. Después de todo, no podía darse el lujo de dejar la recolección de sus cajas para otro día. Ya había intentado desafiar la rutina de tomar su medicación diaria en varias oportunidades, pero el deterioro causado por eso era instantáneo y notable. La nieve que caía era tan fina que Heimdal se teñía de blanco, mimetizándose con el piso y ocultando sus pequeñas huellas. A pesar de ello su paso era firme, con sus ojos y olfato activos en todo momento. El silencio era tan profundo que se lo escuchaba caminar a su lado y estornudar alguna que otra vez sutilmente.

El camino era conocido y el paisaje también, pero aquella vez algo se notaba diferente. Marco sabía que no era algo visual, sino que el ambiente se sentía más denso y cargado que de costumbre. Descartó rápidamente que se tratara de alguno de los volcanes de la zona entrando en actividad, ya que ya había vivido eso varias veces y la sensación era muy fácil de diferenciar. De forma excepcional miró a su derecha prestándole atención a Heimdal por primera vez en toda la expedición.

—Ey... ¿sentís eso?

Heimdal se quedó estático antes de que Jok terminara su pregunta, inclusive con una pata suspendida en el aire congelando su movimiento de caminata. Sus ojos se veían más abiertos que nunca mirando al frente, y su pelaje se erizó tanto que desplazó toda la nieve que lo cubría.

—¿Estás bien?

El pequeño gato contestó con un bufido que más que respuesta era un llamado de atención para que Jok volviera a concentrarse en el camino.

Jok volteó confundido. La imagen de un lobo inmenso a menos de cinco metros cortó con el sendero velado. Sacando pecho y con la mirada fija en Heimdal, acusaba más de ochenta kilos y un torso musculoso muy bien alimentado. Definitivamente era un espécimen anormal para la península, tanto por su tamaño como por su excelente estado físico, abundante pelaje y belleza. No fue difícil para Jok reconocer que era el macho alfa de la manada. A pesar de ya haber conectado con esos amarillos ojos en los encuentros, la cercanía en aquella oportunidad le mostraba verdaderamente su volumen e intimidación. La parálisis que le corría por el cuerpo era más por respeto y acatamiento que por miedo.

Luego de que Heimdal entendiera su rol en el duelo, tranquilizó su postura y se sentó sobre sus patas traseras, no sin antes caminar lentamente y posicionarse entre Jok y el gran lobo. Sus ojos seguían clavados en el líder de la manada, ahora a media asta indicando su malestar pero consciente de la situación. Jok conocía todos los protocolos de encuentro súbito con un lobo, pero los olvidó por completo. Su pecho se contrajo y lo obligó a posarse sobre su rodilla derecha.

Pasaron pocos segundos de quietud que se sintieron como horas. El gigantesco lobo bajó su cabeza en señal de mansedumbre y les dio la espalda, mirando a lo lejos hacia un horizonte muy fino agrisado por la lluvia. Al sentir aún la mirada de Jok en él, con un fuerte gruñido largando vapor por su boca obligó a que prestara atención a donde estaba mirando. La vista no era de los mejores sentidos de Jok, pero luego de enfocar y hacer visera con las manos pudo notar un humo color bronce saliendo del medio del bosque. Analizando con más profundidad su distancia y sentido, podía estar casi seguro de que provenía de su casa. El color del humo hacía evidente de que la quema no era incipiente, por lo que le urgía aún más apurar el paso. Heimdal ya estaba galopando en dirección a la casa mientras Marco todavía no había movido un músculo. Pasó a centímetros de la pata del lobo alfa, que acusaba un tamaño de la mitad de su pequeño cuerpo. Marco no fue tan confianzudo y, a pesar de que también comenzó a correr, abrió un poco su paso dejando más distancia entre él y el lobo. Luego de adelantarlo unos cincuenta metros Jok miró sobre su hombro y el lobo ya había desaparecido.

Pasados varios minutos de trote lento por la nieve, el cansancio y la tracción de piernas hicieron que Jok tuviera que volver a caminar para recuperar el aire. Heimdal ya no se veía a la distancia. Caminando los últimos kilómetros, Jok llegó al paraje abierto que entraba a su casa por el sur. Luego de pasar por los últimos árboles, pudo notar para su tranquilidad que el humo provenía de la chimenea.

Aliviado pero todavía alerta sabiendo que no había dejado la chimenea encendida, tomó su daga de caza y lentamente se acercó hacia la ventana agazapado para intentar observar dentro. El ambiente no era muy complejo de analizar: en una pared la chimenea, con varios aplicativos de hierro antiguos que le permitían también utilizarla como cocina a leña, con algún que otro utensilio guardado en armarios de madera imperfectos hechos por el mismo y empotrados en la piedra. En la pared contigua una sobria cama de una plaza junto a un pequeño sillón desgastado que completaba el resto del mobiliario de descanso. La última pared libre estaba casi enteramente ocupada por la ventana, con varios libros apoyados desordenadamente en cualquier lugar que no tapara el sol. La diferencia entre temperaturas entre el adentro y el afuera no le permitieron ver mucho más detalle a través del vidrio empañado, pero sí notar que Heimdal estaba recostado tranquilo frente al fuego, dándole la espalda al centro de la casa.

Aquel curioso indicio de ver a Heimdal tan relajado le presentaba dos alternativas: que la casa estuviera vacía o que de alguna manera sin precedentes Heimdal no estuviera alerta a la persona que lo acompañaba. Teniendo en cuenta esta incertidumbre, Marco abrió la puerta lentamente con su daga apuntando hacia adelante. Nunca la había utilizado ante un humano, por lo que no sabía muy bien lo que estaba haciendo ni cómo atacar o defenderse.

Al entreabrir la puerta lo primero que notó fue a una mujer rubia de aproximadamente su misma edad acostada en su cama, con un paño húmedo en su frente, color pálido y en profundo sueño. Luego de abrir la puerta de par en par, con cada centímetro que se acercaba a la cama la mujer se le hacía más y más familiar. Pudiendo reconocer mejor sus facciones con cada paso que daba, se largó a llorar al mismo tiempo que se dio cuenta de que aquella mujer era Laura. Se abalanzó sobre ella y arrodillándose al borde de la cama la tomó de la mano, dejando caer su cuchillo y obviando torpemente revisar el ángulo opuesto de la casa. Su mano estaba congelada, al igual que su cara. Sus ropas estaban tendidas sobre una pequeña silla que había sido puesta junto a la chimenea. Habían pasado más de veinte años de su último encuentro y Laura estaba igual de bella que siempre, pero obviamente con una mayor edad que se reflejaba principalmente en su cuerpo y cutis. Su pelo era natural e igual de sedoso, sin ningún tipo de cana ni de rastro de tinte.

Marco pudo notar que Laura respiraba serenamente, pero con una cadencia y un ruido diferentes. Levantó levemente la sábana y advirtió su torso completamente lleno de moratones, con heridas penetrantes que habían sido cocidas torpe pero eficientemente hacía minutos. Su pierna además llevaba un torniquete y parecía que comenzaba a ponerse negra.

La situación conmovió a Marco sabiendo que estaban demasiado lejos de cualquier centro médico o transporte directo a uno. Se aseguró de que el torniquete estuviera bien ajustado sin intentar molestarla. No quiso despertarla a pesar de estar ansioso por verle los ojos y escuchar su voz una vez más. Luego de acomodar mejor las mantas y frazadas, apartó la vista y notó curiosamente que había una cacerola con una especie de guiso calentándose en la chimenea.

Un rechinido en la madera detrás de él lo precipitó. Poniéndose de pie y dando varios pasos hacia el costado buscó palpar la daga del suelo sin éxito.

—Perdón, perdón. Tranquilo.

El extraño levantó las manos en son de paz y dio varios pasos hacia atrás. Era un joven de tez medio oscura, que evidentemente no era un local de la zona ni del continente cercano. Su cara de niño era mucho más inocente que su tamaño y su ancho porte, con una prominente barba de varios meses. Su suéter arremangado dejaba ver unos brazos repletos de pelos. Sujetaba una cuchara de madera en una mano y un trapo sobre la otra, por lo que no parecía un peligro. A pesar de eso Marco siguió palpando el piso sin quitarle los ojos de encima, hasta llegar a su daga.

—¿Me permites? —insinuó el extraño mirando al fuego sin bajar las manos—. Se está quemando el conejo.

No le dio tiempo a contestar que avanzó fugazmente hacia la cacerola metiendo la cuchara y revolviendo con ímpetu. Negando con la cabeza se fastidió al ver al guiso un tanto pasado para su gusto.

—Me he tomado el atrevimiento de cosechar algunas patatas de tu huerta. Después de todo, veo que es lo único que crece por aquí.

—¿Quién eres y qué haces aquí? —Marco se acercó a Laura, protegiéndola con un brazo y apuntando su daga al extraño con el otro. Seguía en guardia y todavía perturbado por su estado de salud accidentado.

—Mi nombre es Risto, pero puedes decirme Cristopher que de seguro es más común para ti. O Cris, ya menos de eso sería demasiado optimizado. ¿Cómo se llama la chica? Parece que la conoces.

—Laura.

—¿Me permites servirle un poco de guiso a Laura? Te aseguro que está sufriendo el menor dolor posible, le he aplicado las mejores curaciones que he podido con los materiales que tenía. Es imperioso que descanse y recupere su temperatura, esto le hará bien.

—¿Pero qué pasó? —indagó Marco.

—La encontré con nieve hasta el cuello, tirada en la intemperie. Un tronco bastante viejo cayó sobre ella en medio de la tormenta. He tenido mucha fortuna de encontrar esta cabaña y tu hacha, sino no creo que la hubiera podido sacar a tiempo.

Al extraño no le asustaba la situación ni el arma de Marco. Sin esperar una respuesta tomó un cuenco de madera del aparador y le sirvió un abundante plato a Laura, que seguía profundamente dormida. Acercó el plato a Marco para que lo tomara y ayudara a alimentarla.

—¿Qué le hiciste a Heimdal? —Jok acercó la daga al cuello de Cris. No creía completamente su historia. Cris se cansó de sujetar el cuenco en el aire, con una mirada tediosa lo situó justo al borde de la cama rozando los pies de Jok.

—¿Al gatito? ¡Qué bonito nombre! Pues nada, entró un poco antes que tú, me miró con ojos curiosos, se lamió sus partes por unos instantes y luego se echó a tomar un poco de calorcito. ¿Qué le puedo haber hecho? —Sirvió otro cuenco—. Toma, dale ese a la chica, luego este es para ti. Cuidado que quema, Marco.

Heimdal pareció reconocer que estaban hablando de él y de forma presumida se echó panza arriba encorvando su cuerpo. Luego de pasearse por varias formas contorsionistas y desperezarse, se acurrucó en una bola en el rincón más cercano a la chimenea.

—¿Cómo sabes mi nombre? —interrumpió Marco.

—Ahora come. Si me permites, todavía necesito calentar mis pies. He estado un largo rato talando ese árbol, pero mucho más caminando hasta aquí.

Jok inevitablemente bajó la guardia viéndose conquistado por los aromas de la comida y las especias. El extraño lo notó y agradeció con una sonrisa contraída.

Hablándole suavemente y acariciando sus congeladas mejillas Marco intentó despertar a Laura, que seguía encontrándose pacíficamente cómoda en su especie de siesta. Sin insistir demasiado decidió dejarla descansar, por lo que se acercó a la olla y devolvió los contenidos de uno de los cuencos.

—¿Tú no comes? —Marco sospechó de Cristopher.

—Soy vegetariano. Pero si te genera seguridad —El extraño metió la cuchara y comió una pequeña porción de carne con caldo, para mostrar la integridad de la comida—. Vegetariano pero no estupidizado.

—¿Estupidizado?

—Si, disculpa. Es que no como carne pero suelo odiar a la gente que no come carne. Tengo bastante experiencia lidiando con ellos y cuanto más pasa el tiempo más los detesto. ¡Y no te imaginas el tiempo que pasa!

—La gente es detestable coma lo que coma —Jok empezó a comer lentamente. El guiso seguía caliente—. Y tampoco necesitas mucho tiempo para llegar al odio máximo.

—Sí, pero tú sabes a qué me refiero, particularmente con dogmas filosófico morales como el vegetarianismo —Cris respiró hondo con pereza, pero ya había iniciado el tema y no lo podía dejar de lado—. Lamentablemente la gente suele ser tonta o vaga, o lo más peligroso: ambas. Me saca de quicio cuando una creencia tiene pruebas reales, verdaderas y hasta tangibles de que es cierta, o de que está basada en lineamientos que cierran de todos los lados... pero sus fieles no son capaces de defenderla con altura, respeto y evitando argumentos y formas idiotas. No hacen más que destrozar los axiomas que intentan defender. Su estupidez práctica arruina una teoría infalible, con sesgos en su interpretación o sin la capacidad de narrar algo con organización y solvencia. Es muy fácil explicar las cosas con sentido común, los conceptos son fácilmente pintables en "un blanco o negro"... pero son las personas los que engricen todo con sus interpretaciones y sus formas de defensa. O su vagancia en instruirse un poco solo con el objetivo de hacerlo mejor.

—¿A qué te refieres? —Marco llegó a los bocados de conejo, que estaban suaves y jugosos. Entendía lo que le relataba Cris pero no tenía ganas de hablar, solo quería comer.

—El mundo después de todo tiene a la violencia tan metida bajo la piel que la sencilla idea de no matar a otros seres, de ser pacíficos con ellos termina sonando bizarro y extraño para la mayoría cultural. Ya sea por costumbre o por sabor.

—Claro, claro que sí —se mofaba Marco llegando a las patatas, tiernas y en su punto justo.

—Tú sabes lo que hay ahí afuera, no te burles de mí, si no hubiera encontrado ese conejo te hubiera matado a ti para darle de comer a la chica y al gato. Además déjame aclararte que estaba congelado, murió de causas naturales.

—Si no te mataba yo antes a ti. Pero bueno, por lo que me toca te agradezco.

—Por nada. Obviando esta situación extrema de supervivencia que, permíteme comentar al margen, vaya lugar has elegido para vivir... pero bueno. El mundo fundamenta a veces sus límites morales en base al sabor de una comida, en base a un instante de placer por sobre la vida de otro ser. ¿En qué momento el sabor de la comida, o el placer a corto plazo que nos genera se transformó en algo más importante que el acto de comer en sí, que el acto de transformar la energía del planeta en otra energía? ¿Alimento para gozar en vez de alimento para sobrevivir? ¿En qué momento el alimento se transformó en un placer, por decirlo de alguna manera, lúdico? ¿En qué momento un mundo cien por ciento conectado tiene muertes por obesidad y por desnutrición solo a kilómetros de distancia?

—Nuestros antepasados...

—Sí —interrumpió rápidamente—, nuestros antepasados necesitaron de la carne para desarrollar sus cerebros. Como necesitaron de la grasa de ballena como combustible para lámparas, como necesitaron de los esclavos para construir el mundo, para construir las pirámides, los raíles de los ferrocarriles, la Casa Blanca y el Capitolio. Como se tomaban un whisky para hacerse una endodoncia. Citar costumbres y cultura es de las cosas más retrógradas de la negación, y es sobreestimar parámetros y necesidades obsoletos a día de hoy.

—Si, es la gente —contestó Marco dejando el plato vacío. Mucho de lo que escuchaba le sonaba familiar—. El problema nunca fue de la democracia ni del comunismo, sino del demócrata y del comunista. El problema nunca fue del vegetarianismo, ni del feminismo ni del machismo, sino de la feminista, el machista y las personas vegetarianas. Desde un machista que se siente superior a una mujer, hasta una mujer que detesta a todos los hombres. Desde un vegetariano que se siente superior evolutivamente que un carnívoro, hasta un carnívoro que se ríe del sufrimiento de los animales.

—No hables de machismo o feminismo, la única realidad es que... todos los hombres son iguales.

Laura interrumpió la escena despertando con una voz pálida y extremadamente ronca. Se la veía temblar en sus pupilas con cada palabra. Jok sonrió y con lágrimas en los ojos se acercó lentamente al amor de su vida.

—Con ese desprecio y resentimiento se demuestra tu capacidad infalible de atraer solo a hombres pelotudos, incluyéndome obviamente a mi.

—Especialmente a vos.

Laura y Jok se fundieron en un abrazo con risas y lamentos. El abrazo se apretaba con cada segundo, trazando los límites en la fragilidad de Laura. El ruido de la chimenea se intensificó y sus latidos se sincronizaron con el crepitar de las brasas.

Estuvieron varios minutos hablando sobre sus vidas dejando completamente de lado el lugar y el momento en el cual estaban. Laura seguía débil, por lo que el ritmo de conversación era extremadamente lento. Cris estaba ocupado reviviendo la chimenea y observando la pequeña tormenta por la ventana, entendiendo la situación y buscando excusas para darles algo de privacidad. Se lo notaba ansioso pero pensativo, por momentos con los ojos perdidos en puntos fijos en la nieve y el fuego.

—Veo que finalmente te has salido con la tuya y no te has casado —cambió de tema Jok mientras miraba las manos de Laura—. ¿Hijos?

—Perdí un embarazo. A partir de ahí no tuve ninguna otra motivación para formar una familia más numerosa.

—Jamás tendría que haberte dejado ir —comentó Jok por lo bajo. Solo Laura pudo escucharlo.

—Ahora no, no lo hagas. No te pongas eso encima —contestó mirando incómoda hacia la chimenea—. ¿Acaso fue por eso que me escribiste?

—¿A qué te referís?

—A tu carta. Nunca te había leído así, y nunca me habías pedido eso. Me preocupé mucho. Sé que la última vez que hablamos no fue agradable, pero me salió del corazón decirte lo que te dije. Perdoná si fui tan dura con vos, perdoná lo que dije.

Marco se puso de pie apuntando su daga contra Cris nuevamente.

—Llevo años viviendo en esta cabaña y muchos más en este paraje. Dos encuentros humanos en un mismo día, en una misma semana, en un mismo mes... no solo es imposible sino que es evidente que tú tienes algo que ver con esto.

—Por supuesto que tengo que ver con esto, Marco.

—Más aún si nunca escribí ninguna carta. Y cómo te atrevés a arrastrarla a ella a un lugar así, solo para que te guíe a mi. Todo esto es tu culpa.

Marco se abalanzó sobre Cris y lo tomó del cuello. El extraño no ofreció resistencia, trastabillando varios pasos hacia atrás hasta chocar su espalda contra una pila de libros y finalmente contra la pared. La daga de Marco estaba ya en su yugular.

—Era la única manera de encontrarte. Tú solo elegiste este lugar. Yo la arrastré hacia ti, lo cual no veo que sea muy desagradable para vos. Pero tú la arrastraste a este lugar, no te confundas.

—¿Quién eres?

—¿Vas a bajar el arma o tendré que volver a ponerme en pelotas para demostrarte que no soy una amenaza?

La imagen de aquella madrugada volvió a su cabeza como un rayo. Los olores de aquel bar, de aquella prisión y de su antiguo departamento volvieron a su nariz. El calor de la ciudad comenzó a inundar su piel por sobre la fría tundra apaciguada por la crédula chimenea. Las manos de Marco empezaron a temblar, tanto que accidentalmente le hizo una herida superficial a Cris en el cuello. A pesar de ello presionó aún con más fuerza. Una vez la imagen se volvió difusa, soltó su cuello y lo dejó libre. Poco a poco sus sentidos volvieron al plano consciente.

Marco se acercó a Laura todavía con la daga en sus manos. El shock del momento hizo que tuviera que sentarse al borde de la cama, mirando fijo al piso y recordando detalle por detalle. Podía estar ante el inicio del día que venía esperando de forma inocente durante muchos años.

Cris dio un paso al frente.

—Quieto. ¿A dónde crees que vas?

—No voy a ningún lado. Tú vendrás conmigo, no iré solo. Ya lo sabes —Cris apuntó al aparador más alto por sobre la chimenea—. O, mejor dicho, espero que no lo hayas olvidado. He tenido tiempo para revisar tu casa. El hecho de que no tengas absolutamente nada menos libros, víveres no perecederos y mis anillos me reconforta. Yo no lo hubiera hecho igual, pero me reconforta. Te pedí acción, no perfección.

Cris caminó lentamente hacia el aparador, dejando ver sus manos y sus intenciones a Marco en todo momento. Llegó a él, lo abrió con cuidado y tomó una bolsa de tela atada con un cordón deshilachado. No necesitó desatar el nudo, el hilo era tan precario que se rompió con solo tirar. Dentro de la pequeña bolsa se encontraban doce anillos. Cris se sentó en posición de loto justo en frente de Marco y Laura, que dada su precaria condición no lograba diferenciar si estaba viviendo y escuchando o delirando la escena completa. Cris apartó varios libros que habían quedado desperdigados por el piso luego de los forcejeos. Notó que el único que había caído boca arriba era Moby Dick, por Herman Melville. Sonrió y lo puso a su lado, dándole una pequeña palmada.

Cuidadosamente colocó todos los anillos en fila en frente de él, con un orden en particular y a una velocidad tal que parecía que los mismos ya estuvieran numerados.

—¿Siete millones y cuánto?

Marco quedó perplejo viendo los anillos y escuchando su voz.

—Marco, ¿siete millones y cuánto? Vamos, sé que lo recuerdas —Cris incrementó el volumen de su voz.

—Cuatrocientos… cuatrocientos ochenta y cuatro mil —susurró Marco.

—Y cuatrocientos —interrumpió Cris.

Tomó los anillos uno por uno y los puso estratégicamente en sus dedos correspondientes. Los mismos eran bastante gordos, por lo que algunos calzaban con suma justeza. Repitió el ejercicio anillo por anillo. Terminó con las manos completas y mostrando sus palmas abiertas hacia Jok. La imagen replicaba a la perfección lo vivido décadas atrás en su departamento.

—De esas millones de combinatorias de cómo quitarme los anillos... imposible olvidar la que demuestre exactamente que era yo aquel día. "Call me Yura" —posó la mano sobre el libro a su lado—. Y lo digo en inglés porque la traducción pierde la esencia que quería volcar Melville en el inicio de su novela. ¿Acaso debe ser "Llámame Yura"? ¿Acaso debe ser "Pongamos que me llamo Yura"? ¿O será "Me puedes llamar Yura"? Lo crítico de la traducción de esa primera frase puede cambiar toda la novela. Como lo crítico de lo que hagas a partir de ahora puede cambiar toda tu vida. Pero no, no es mi caso. Creo que ya no hay interpretación sobre mi, acabamos de pasar la subjetividad de las interpretaciones. Soy Yura, llámame Yura y recuerda bien quién es Yura. Pero especialmente, lo que te ha prometido Yura.

Marco miró fijamente sus anillos y frunciendo el ceño se reincorporó, tendiéndole la mano a Yura para que se pusiera de pie. Tenía sentimientos encontrados y le molestaba no entender por qué.

—Estoy sin palabras. Tantos años de espera... al principio esperaba todos los días este momento, pero luego de que pasaran los años lo dejé ir. Ahora me tomas por sorpresa y me vuelve toda una vida y una búsqueda de propósito a la cabeza.

—Me alegro. Eso es bueno. Porque estás más cerca que nunca. ¿Estás listo?

—¿Qué necesitas? —Marco estaba completamente deslumbrado por la situación. Sus pulsaciones iban a un ritmo incontrolable, con una energía y vitalidad nueva que le corría por la sangre. Era inevitable poner aquello en el centro de su corazón, a pesar de lo que había ocurrido.

—Necesito que confíes en todo lo que has presenciado, en todo lo que hemos hablado y en todo lo que te diré. Y que confíes que la iluminación de tu propósito en este mundo ya está cerca. ¿Confías en mí?

—Sí, confío —contestó luego de un silencio sostenido—. ¿Qué debo hacer?

Laura observaba por detrás sumamente confundida. No tenía fuerzas para hablar ni prestar mucha atención por lo que ni siquiera interrumpió la conversación. Poco a poco sus ojos comenzaron a cerrarse y el agotamiento y la debilidad volvieron a apoderarse de ella, entrando en sueño casi de desmayo. Jok lo notó, pero no había nada que pudiera hacer al respecto en ese momento.

—¿Alguien más se te ha acercado? ¿Has tenido algún contacto con alguien extraño?

—Años. Años sin ver a nadie. ¿Además quién podría acercarse?

—Eres especial, Marco. Todo lo que he vivido y descubierto en todas mis vidas me ha llevado a ti, y a este momento. Eres la llave con otro mundo, un mundo trascendente en el cual nunca he visto a nadie salvo a tu padre y a otro individuo. Y como especial que eres, no soy el único buscándote. Pero soy el único que busca un beneficio mutuo con este encuentro. Por eso he tenido que hacer lo que hice para que entiendas de mi trascendencia, y de la trascendencia del mundo al cual te llevaré.

—¿Pero quién me busca?

—Esta tercera persona... su nombre es Kaba. Al igual que yo es inmortal, trascendente en varias vidas. Pero su cobardía y ambición no han permitido que tengamos una vida próspera de trabajo en conjunto buscando las respuestas del más allá. Es una persona que solo busca su propio beneficio y que es un enemigo de la vida y las respuestas... y sabe que evitándote a ti y a tu padre no hará más que escapar de sus horribles realidades. Podemos seguir contando la historia y las intenciones de esta persona, o aprovechar el tiempo y actuar. De seguro que si yo he llegado a través de Laura, él también lo hará tarde o temprano.

—¿Qué debo hacer?

—Te prometí respuestas. Te prometí también que las respuestas estaban en el más allá. Que en algún punto se conectaban con tu padre. Por lo que lo único que te pido ahora mismo... es que mueras. Que mueras conmigo, por una primera vez para ti y espero una última vez para mi. Debes morir Marco. Morir y acompañarme al más allá. Allí estaremos un paso más cerca de nuestro propósito de enfrentar al creador y conseguir respuestas.

—¿Cómo? ¿Que debo morir?

—He vivido incontables vidas descifrando qué hacer para llegar al final. El resumen de mi existencia es decirte que es la única manera de terminar tanto con tu suplicio como con el mío. Que nos vayamos de este mundo juntos. Es el designio del creador hace milenios, y hoy lo lograremos. Y es la manera de enfrentarlo y de que entiendas cuál es tu trascendencia real en esta vida.

—No puedo hacerlo.

—¿Qué dices?

—Que no puedo hacerlo. No con Laura aquí. Morirá si no recibe atención pronto, no podrá sobrevivir a esto sola —miró a su amiga que seguía agonizando dormida.

—Vaya excusa barata que acabas de poner sobre la mesa.

—¿Excusa?

—Sí, excusa. Pero siguiéndote el juego, tu excusa no sirve: Laura está muerta, Marco. La ayuda jamás llegará a tiempo, y lo sabes. Tiene un pulmón perforado y cada minuto que pasa está más cerca de su muerte —Marco miró al piso, sabía que lo escuchaba era cierto—. O la dejas aquí agonizando más, o muere con nosotros.

—¿Pero tú estás loco?

—¿Ves otra alternativa?

—¡Que no la hubieras involucrado en esto!

—¿Ves otra alternativa que no mire al pasado y que mire al futuro? Deja tu capricho de lado. Lo mejor que podemos hacer es quitarla de su dolor y lo sabes.

—No —Marco volvió a sentarse al borde de la cama—. Debemos buscar una manera.

—Tú has elegido que no haya alternativa viviendo aquí. De alguna manera en el momento en el cual elegiste aislarte ya decidiste que lo más importante eras tú. Entiendo que te dé miedo pensar los detalles. Entiendo que te dé miedo científica y psicológicamente pensar en ellos. ¿Pero piensas que no sé que sabes que has venido a vivir a este lugar de mierda para cultivar año tras año más razones de hacerme caso en este encuentro y quitarte la vida para seguirme? Ya deja las estupideces, que hemos demorado una vida en llegar aquí y ahora, y ya no hay marcha atrás. Soy la prueba viviente de que hay algo más allá. De que no es una simple equivocación o adaptación matemáticamente improbable, pero realista. Estás a las puertas de tu deseo existencial.

—Ahora debo ocuparme de ella —Marco no cedió—. Vete por favor.

—Te hubieras ocupado de ella evitando desaparecer del mundo y darle el único dato de tu paradero a ella. De alguna manera, querido Marco, te guste o no... querías que esto ocurriera. No podías soportar enfrentarte cara a cara con tu propósito sin que ella estuviera presente. No podías soportar irte solo de este mundo. Tenías que matarla para tener la libertad de matarte.

—¡No me iré a ningún lado!

Yura agarró del cuello de la chaqueta a Marco y lo tiró al piso. Se le posó encima ejerciéndole presión en el tórax.

—¿No tienes ganas de morir? —gritó Yura, mientras le efectuaba un golpe en el rostro con la palma abierta— ¿No te sientes más vivo que nunca? —le dio otro golpe—. Ahora que me ves, que te he probado lo que te he probado... ¿En qué parte están separadas la vida de la muerte? ¿No te das cuenta que se unen en tu propósito? Pero conocer no es suficiente... ahora debes aplicar. Ya basta de vueltas.

Marco no ofrecía resistencia. Yura salió de encima y lo ayudó a ponerse de pie. Heimdal no movió ni un músculo. Marco tragó fuerte los rastros de sangre en su boca y no lloró ni una lágrima. Por dentro sabía lo que tenía que hacer pero la decisión era muy dura como para explicitarla sin pensar en otros caminos y enfoques. Todas las decisiones que había tomado en su vida eran un caldo comparado con lo frío de lo que debía considerar.

—De acuerdo. Lo haremos —Marco dio la espalda a Laura con vergüenza y duda—. Confío en vos. No me gusta sobreestimar los finales. Creo que en general estamos acostumbrados a esperar un final poderoso con una enseñanza o con un cierre cálido y sin asperezas. Las historias que nos han contado huelen así. Pero todo lo vivido, todo lo sufrido, todo el tiempo esperado, incluyendo tu demostración de la inmortalidad... es mucho más rico y poderoso que el final de esta historia, de mi vida. Si la vida es dura, es imposible que la muerte lo sea más. Y mucho menos si me decís que hay un más allá, que hacia allí vamos y que me espera algo más grande que cerrará el círculo de mi propósito.

—No círculo, la línea de tu propósito. Y la línea no tiene fin. Aprenderás hacia dónde se dirige, eso te lo aseguro. Pero este no es el fin de tu historia, por lo que de acuerdo. Hagámoslo.

Los dos quedaron en silencio mirando la chimenea. Jok volvió a Laura y la vio más pálida y estática que nunca. La marca en su pierna ya llegaba de los dedos hasta la ingle. Su torso pasaba minuto a minuto de un violeta oscuro a un negro profundo. Intentó despertarla sin éxito. No sabía hacía cuánto que estaba desmayada, pero todavía le quedaba algo de calor en el cuerpo.

—Déjame a mí, no te preocupes —Yura puso una mano sobre su hombro. Sentía que se aproximaba lo inevitable.

—No, no te metas en esto —replicó Marco pidiendo espacio.

Jok tomó una almohada y la posó suavemente sobre la cara de Laura. No necesitó de mucha presión para quitarle el poco aire que tenía. No tuvo tiempo para seguir sintiendo culpa, pero si para sentir resentimiento hacia Yura.

—No sé lo que ocurrirá. Entiendo lo más básico que me decís de que nos vamos a morir los dos y vamos a ir a un más allá en donde no sé quién ni qué me espera. Pero esta... esta me la vas a pagar. De alguna manera posible que se le pueda hacer pagar a un inmortal.

—Por más que yo no sea culpable de nada, te lo pago como quieras. Me sobran las vidas para pagarlo. Pero confía que este es un mal menor, que verás que tanto Laura como tú agradecerán y entenderán pronto. Y que esto a fin de cuentas no habrá sido un mal.

Jok pasó unos momentos con Laura, pensando en todo lo que había vivido los últimos treinta años de su vida y pensando en lo que vendría. Después de la vuelta de Yura su confianza en sus palabras se multiplicó hacia el infinito, por lo que de una manera morbosa que le incomodaba no estaba del todo afectado por la muerte de Laura. Recordaba las cosas bonitas en vez de la situación que acababa de vivir. Tenía el presentimiento de que Laura pronto estaría en un lugar mejor, estuviera o no con él.

—¿Algún deseo antes de morir? —interrumpió la escena Yura—. Estamos en peligro, debemos actuar. Si Kaba llega antes de que muramos juntos todo se habrá arruinado y no habrá vuelta atrás.

—Mi deseo es... tener unos minutos más con ella.

—Claro, lo sé. Pero entiende que todo ser humano después de dejarse llevar por sus costumbres sociales familiares y amorosas suelen llegar a lo mismo. A la misma, digamos, desesperación existencial antes de morir. Cuando te queden minutos antes de morir las imágenes en tu cabeza girarán alrededor de las mismas cosas de siempre.

—¿Qué cosas?

—Bueno, lamentablemente por el lugar que elegiste para tu exilio no te puedo ofrecer una copiosa última cena ni nada por el estilo. Tampoco te recomiendo que salgas afuera a disfrutar de tu última deposición, no será una experiencia agradable con este frío. Dormir... pues no te lo puedo permitir, ya no podemos perder el tiempo. Además de seguro no podrás pegar un ojo con la adrenalina que debe estar corriendo por tus venas. Y por último... pues siempre fui un depravado pero también tengo mis límites: no te dejaré sobrepasarse con el cuerpo de tu amada en este estado. Y tampoco me apetece donar mi carne para saciar tu sed de lo que sea.

—No quiero nada. Quiero terminar con esto de una vez, necesito irme de aquí. Siento el mismo agobio y las mismas ganas de irme que hace treinta años, así que adelante.

—Vale.

—¿Cómo lo hacemos?

Yura se quedó pensativo por unos momentos. Analizó la situación y las diferentes alternativas que tenían para irse del mundo.

—Debemos irnos juntos. Bueno, lo más cercano posible el uno del otro. Sólo de esa manera podremos estar cerca en el más allá, de una extensión incalculable. ¿Aceptas recomendaciones?

—Sí.

—¿Alguna pauta?

—¿A qué te refieres?

—¿Has soñado con algún tipo de muerte? ¿Has soñado con experimentar algo?

—Nunca lo he pensado. Bueno, sí. No lo veo factible ahora pero mi idea era morir durmiendo.

—La muerte de los cobardes. Toda una vida pensando esporádicamente en la muerte para morir sin darte cuenta, para morir sin sentirlo. Igual de insulso que taparte la nariz al saborear una comida o cerrar los ojos en una montaña rusa. Pues déjame recomendarte, tengo bastante experiencia al respecto.

Yura hurgó en su bolsillo izquierdo y sacó dos cigarros gruesos montados por él mismo. Se acercó a la chimenea y los encendió con el rescoldo que quedaba. Luego de varias pitadas para asegurar que estuvieran bien encendidos, compartió uno a Marco. Comenzó a caminar relajado y con pasos lentos, disfrutando de su cigarro y del planteamiento.

—Las armas que tenemos son malas para morir. Y además no nos permitirían morir en conjunto. O, mejor dicho, corremos un alto riesgo de que el último en morir, el que tenga que quitarse la vida... no logre morir. Yo te puedo matar con aquella hacha, pero posteriormente cortarme el cuello con ella y tener una eficiencia del ciento porciento... pues puede fallar de muchas maneras. Además, los ruidos, la sensación del corte, la sangre. Será peor de lo que te imaginas. El cuerpo peleará, siempre lo hace. Pero no podemos permitir que gane.

Marco escuchaba con atención y pintaba las escenas en su cabeza. Se le ocurrían algunas maneras descabelladas teniendo en cuenta su creatividad y que estaban en una cabaña en medio de la nada, pero no quería ponerlas sobre la mesa hasta que Yura dispusiera de todas las opciones.

—Armas de fuego no tenemos, ¿verdad?

—No, mi escopeta se rompió la temporada pasada y no la he repuesto. Prácticamente nunca la he usado.

—Morir ahogados... es una opción. Pero el colapso del sistema respiratorio y la invasión del agua es muy particular. Definitivamente llega en segundo lugar, la descartaría teniendo en cuenta la siguiente.

—"La tierra nace del fuego y es bautizada por el rayo, puesto que antes del comienzo de la vida ha sido y es un planeta de fuego" —interrumpió Marco.

—Exacto. Bajando a Komarek a algo más táctico, el hombre aprendió a entender el fuego luego de ver como relámpagos que tocaban con la tierra quemaban pastizales y vegetación, haciéndolas involucionar dando pasos agigantados hacia atrás en su cadena evolutiva, destruyéndolas de raíz del planeta. El fuego ha sido el mayor regulador no humano del mundo, y es lo que necesitamos para el siguiente paso. Queremos entrar con grandeza al más allá, pues alejémonos del humano lo más posible.

—No sé si me apetece la idea de agonizar de esa manera.

—¿A qué le tienes miedo? No tienes idea de lo que es sentir a tu cuerpo gritar de esa manera. No sólo acabará antes de que lo sufras, sino que los sentimientos serán tan intensos que hasta los disfrutaras. Los iroqueses fueron los primeros que lo hacían, prender fuego a bosques y praderas para aniquilar toda hierba y residuo nocivo, a fin de desarrollar mejor la siguiente vida. Es exactamente lo que necesitas, quemar este residuo de una vez. Tú deberías verlo y saberlo bien viviendo en un paisaje volcánico como el que has vivido. Las llamas arderán tanto que las terminaciones nerviosas no llegarán a enviar el mensaje de dolor a tu cerebro. Al principio sí, pero nada que no hayas sentido antes. Cuando estés verdaderamente en un punto de no retorno, ya no sentirás nada y verás pura luz. Y serás de los pocos privilegiados en ver las llamas desde dentro y sentirlas como propias.

Yura comenzó a revivir la chimenea utilizando las últimas reservas de madera medio seca que quedaban en la cabaña.

El silencio se apoderó de la sala por unos minutos que se sintieron décadas.

—¿Qué te pasa? —rompió la quietud Yura.

—No lo sé, no es como me lo imaginaba.

—¿A qué te refieres?

—No estoy extasiado, no estoy emocionado, no estoy... no estoy para nada expectante. Tengo la mente horriblemente en blanco, hace mucho que no sentía este silencio.

—Esto que me dices no hace más que confirmar que este es el paso que debes dar. Si ya nada te emociona ni te pone nervioso. Si esto no te motiva, es que la vida no tiene nada más para darte. O que le estás exigiendo a la vida algo que no puede darte, o que la has idealizado de una manera que no es correcta.

—Supongo que sí. Supongo que tengo miedo.

—Más te vale que tengas miedo. Pues tener miedo es que estás haciendo las cosas bien. Si no tuvieras te diría que no te estás empujando lo suficiente. Ahora, teniendo ese miedo... pues elige cómo confrontarlo —Yura acomodó las maderas encendidas alrededor de ellos, rodeándolos en un círculo. Soportaba el dolor de tener las brasas en sus manos—. O te quedas sentado y ves a tu amada morir, para mañana vivir un día más. O te tiras de cabeza a tus miedos. Y no solo te tiras de cabeza, sino que antes te bajas los pantalones y te agarras bien fuerte de tus pelotas con una sonrisa, mientras te truenas el cuello y llenas tus pulmones de humo por última vez. Esa es la manera.

—Laura viene con nosotros —insistió Marco.

—Como gustes. Ella ya no está aquí.

Kaba había llegado tarde una vez más. La puerta de madera ya se había consumido por las llamas que seguían brotando sin control en el interior, rodeadas por las resistentes piedras. La tormenta se había detenido y el viento no hacía más que avivar el fuego a bocanadas, lanzando una humareda que se veía a kilómetros de distancia. En el monte la manada de lobos observaba con atención mientras el resto de los animales huían en dirección contraria al incendio.

Kaba observó a los cadáveres consumirse por el fuego y pudo estimar que no había llegado tan tarde después de todo.

—Mi amor... ya sabes lo que tengo que hacer —dijo Kaba a la chica que lo acompañaba.

—No es justo que te vayas, Kaba.

—La justicia para el humano es un concepto moral... pero la moralidad es un invento de Yura. No lo olvides. Nunca lo olvides.

—Sí, soy consciente no te preocupes. Estoy preparada para lo que sea. Por eso estoy acá para acompañarte y verte por última vez. Lo entiendo. Te amo —Atalía echó a llorar.

Kaba y Atalía se dieron un largo y sentido beso. Atalía lo abrazó con fuerza y fue la primera en darse vuelta y alejarse. La vida la escupía sola una vez más y nadie estaba mejor preparado para eso que ella. Kaba entró a las llamas y, poniéndose de rodillas, se desvaneció en segundos.

Atalía se detuvo en medio de la nieve luego de oír un suave maullido a su espalda. Se dio vuelta y no notó nada. Sintió un cosquilleo repentino y bajando la mirada encontró a Heimdal refregándose contra sus tobillos. Lo tomó en sus brazos con delicadeza. El viento se intensificó aún más, despejando las últimas nubes de la tormenta por completo y dando inicio a la primavera. El gato ronroneó por primera vez.

—No le gustan las uvas tintas, haz desaparecer esa fuente ya mismo. Eso sí, que no se te ocurra tocar las blancas.

El joven sin nombre tomó la fuente con celeridad y vergüenza. Se agazapó a la espera de nuevas críticas por parte de Sadiki, su superior.

—Tampoco los ojos azules, llévate ya mismo a esa esclava si no quieres volver a los campos. No puedo creer que pongas en jaque tus privilegios con semejante estupidez. ¡Hemos estado planificando días enteros! ¡Hemos estado preparándonos de más para esto!

El joven empujó a la niña apurándola hacia la salida.

—¡Y cómo no te das cuenta! Basta de sahumerios que aquí no se puede ni respirar. Y ya vete... que por suerte hoy me encuentro con demasiada paciencia.

El aprendiz tomó un cuenco repleto de varillas humeantes y, sin apagarlas, corrió hacia la salida de la cueva. Interceptó a la niña de ojos azules en el camino sujetándola del brazo con firmeza, obligándola a trotar igualando su paso apresurado.

Dentro de todo, los preparativos fueron exitosos y afortunados teniendo en cuenta que Yura llegó a la cueva minutos más tarde de las confusiones, lo suficientemente tarde como para que el aire se respirara medianamente renovado. De todas formas notó que ciertas cosas habían sido solucionadas a último momento, pero dadas las circunstancias decidió dejarlas pasar.

Sadiki, uno de sus súbditos de mayor rango, ya lo estaba esperando en la entrada cabizbajo y con el detonador de todo el entramado de dinamita en sus manos. Un largo tendido negro y grueso se adentraba profundamente en la cueva, recorriendo todas sus paredes y recovecos. El olor a nitroglicerina había ayudado también a extinguir el excesivo aroma a kyphi antaño.

—Disculpa Sadiki.

—¿Si? —contestó con la voz afónica y temblorosa.

—¿Alguna duda, Sadiki?

—No...

—¿Tienes fe, Sadiki?

—Sí.

—¿En mi o en lo que vendrá, Sadiki?

—En ambos, señor mío.

—Eso es lo que quería escuchar. Sabes bien a dónde vas, y deberías saber también que las dudas son normales. ¿Necesitas que oremos? —Yura lo tomó de las manos al notar sus gestos de nerviosismo e incertidumbre.

—No, señor mío —Sadiki se petrificó de la emoción. A pesar de incontables años a su entera disposición, era la primera vez que su majestad hacía contacto físico con él. Las manos de Yura estaban frías, congeladas, pero su voz serena, cálida y penetrante. Su aura era aún más elevada y sobresaliente que su porte. Las decenas de anillos que vestía parecían brillar con luz propia, más aún teniendo en cuenta que eran pocas las oportunidades que se lo veía sin guantes en público.

—Entra en paz con tus dudas, es normal tenerlas. Pero respétame a mí y en consecuencia a ti: hasta aquí deben llegar. Tienes que saber que esas voces volverán a tu cabeza. El desafío no es callarlas o hacerlas desaparecer, sino saber lidiar con ellas —Yura soltó sus manos—. Es imperioso dar ese paso para estar preparado para lo que viene.

—Sí señor —Miró al piso sin hacer contacto con sus ojos, con sumo embarazo y aún emocionado por el roce. Había estado preparándose toda su vida para ese momento y sentía que su propósito estaba cerca de cumplirse. Estaba haciendo esfuerzos abismales por mantener la concentración y dar lo mejor de sí mismo en cada interacción, intentando no dar nada por sentado ante su sentimiento de felicidad.

Yura se acercó lentamente a la fuente con uvas blancas que habían meticulosamente preparado para él. Una fila de jóvenes mujeres y hombres con facciones que parecían talladas a mano lo rodeaban expectantes. Tomó un pequeño racimo y mordió una uva por la mitad. Entregó la otra mitad a la chica que estaba más próxima a él y guardó el resto del racimo en su bolsillo.

—A partir de ahora se cierra el paso detrás mío. Asegúrate de que nadie entre hasta que yo salga.

—¡Ya lo oyeron! —gritó Sadiki inflando su pecho y tragando su nerviosismo. Apoyó la caja con el detonador en la entrada de la cueva mientras los guardias armados asentían con la cabeza sujetando sus lanzas con ímpetu, claramente dispuestos a dejar la vida por hacer cumplir la orden de su mesías. También portaban armas semiautomáticas, en caso de que los intentos de intrusiones pasaran a mayores.

Yura, aunque no se hacía llamar así en aquella vida, ya estaba varios metros por delante en la galería principal. Alejándose de la pólvora y cualquier tipo de material ignífugo, Sadiki encendió una antorcha de azufre y cal con extremo cuidado. Tuvo que apurar la marcha para alcanzar a su amo que le había sacado varios cuerpos de distancia con paso lento pero firme en la oscuridad.

—¿En dónde está el prisionero? —preguntó Yura mirando a Sadiki acercarse por encima de su hombro.

—Reducido en la puerta de su galería privada, señor. Como lo solicitó.

—Entendido, buen trabajo. Deshazte de todos. Hoy somos tú, yo y el prisionero.

—¡Fuera!

Casi sin dejarlo terminar la frase y luego de dos aplausos fuertes de Sadiki los esclavos corrieron hacia la salida sin respirar, observando de cerca con envidia a la agraciada elegida que aún sujetaba la mitad del fruto desechado por Yura en sus manos, mientras lagrimeaba y tiritaba del éxtasis protegiéndolo como si fuera una moneda de oro.

Yura siguió su paso ya con Sadiki a medio metro por detrás, pero nunca a su lado ni interrumpiendo su campo visual. Su asistente debía estar siempre lo suficientemente cerca como para escuchar sus respiros pero lo suficientemente lejos para evitar pisar su túnica bordada. Principalmente confeccionada con seda de loto, se podían notar líneas finas de fibra de vicuña mezcladas en su entramado, con diamantes y rubíes de diferentes formas y tamaños incrustados con una precisión milimétrica. Su cara repleta de pendientes y maquillaje oscuro completaban la apariencia intimidante de un Yura anciano pero en excelente estado de forma, con un aspecto de épocas mucho más antiguas que la contemporánea Egipto en la cual había nacido y vivido aquella vida. Su perfume era fuerte pero fresco a la vez, con un aroma extraño que era evidente provenía de fragancias de otro continente.

La magnitud y ornamentación de la cueva distaba mucho del humilde y sombrío refugio de las primitivas entrevidas entre Kaba y Yura, por más de que la cueva fuera la misma. La entrada como la solían conocer estaba ahora cementada, con un jardín vertical artificial cubriendo cualquier tipo de rastro o huella de la obra. Los límites y profundidades de la cueva habían sido ampliados picados a mano por décadas, y conectados con su salida en la esquina opuesta de la misma, acompañando subidas y bajadas de la pequeña meseta que no eran lo suficientemente pronunciadas como para ser una colina. La nueva entrada era ahora mucho más prominente, con varias tropas guardianas garantizando que el templo sagrado no pudiera ser accedido por nadie a menos de que Yura así lo quisiera.

Los techos también habían sido expandidos y eran sumamente altos, con refuerzos de acero en forma de cúpula. Los pisos eran de un estilo cosmatesco, a pesar de las grandes distancias con la región europea que había visto nacer a aquel arte decorativo basado en el mármol. Todo el claustro principal era exagerado en su brillo a pesar de la penumbra, rodeado por estatuas de oro que representaban tanto seres humanos como seres mitológicos de religiones fuera del grupo de las populares con más seguidores. Quinientos metros más adentro llegando a la pared cementada, un prisionero recostado con la cara contra el suelo obstruía el paso hacia el final de la cueva, la que en siglos anteriores solía ser el inicio de la misma. A diferencia del resto del templo, aquella parte de la cueva se veía muy similar a lo que fue siempre. Estrecha con paredes escritas, borradas y reescritas por los siglos de los siglos, entrevida tras entrevida. La oscuridad a esas profundidades era agobiante, y el aire se notaba compacto y arcaico, con leves notas a sangre debido a los tintes milenarios usados para las pinturas.

Yura y Sadiki llegaron al final del camino.

—Ponte de pie —exclamó Yura al prisionero. Al estar maniatado, boca abajo e inmóvil, Sadiki se apresuró para ayudarlo.

—No lo toques —interrumpió Yura llamando la atención al intento de asistencia de Sadiki—. He dicho que te pongas de pie.

El prisionero hizo esfuerzos para mover su cuerpo, haciendo fuerza con sus piernas y levantándose contra la pared.

—No es la primera ni será la última vez que me prives o te prive de la libertad —exclamó Kaba en un idioma que Yura no había escuchado hacía milenios—. ¿Por qué no me has matado?

—Vidas y más vidas sin contactarnos, sin compartir, sin estimularnos, sin iluminarnos mutuamente. Cómo voy a hacer algo así —contestó Yura en la misma lengua antigua. Sadiki no pudo darse el lujo de mostrar ningún tipo de sorpresa, por lo que siguió cabizbajo y a merced de lo que necesitara su amo, a pesar de no captar ni una palabra de lo que decían.

—¿Cómo supiste que era yo?

—Solo tres tipos de personas osan intentar entrar a estos aposentos en contra de mi voluntad: mis enemigos, los idiotas o tú. Tanto a mis enemigos como a los idiotas los he erradicado de las zonas linderas, sin hacer diferencias en ímpetu ni salvajismo. Y tú, bueno... tienes esa característica que compartimos de ser perdurables. Aunque me sorprende que a veces tu imbecilidad supere tu perdurabilidad.

Yura acercó una cantimplora con agua a su prisionero. Con las manos atadas por las muñecas bebió todo de un sorbo, volcando parte de su contenido dada la desesperación del trago. Luego de saciar su sed, Kaba respiró aliviado y volvió a sentarse sin permiso. El silencio se apoderó de la nostálgica galería. Solo se escuchaba a la antorcha de Sadiki crepitar iluminando a su alrededor. No lo suficiente como para ver los detalles de las paredes, pero sí para ver un reflejo mínimo de las tres caras de los allí presentes. Los minutos se hicieron horas y todo seguía en silencio. Los tres permanecían con los ojos abiertos, ninguno con intenciones de bajar la guardia ni distraerse.

Viviendo la escena todavía mayormente en la oscuridad, Yura apuntó con su índice al techo rompiendo la quietud. Sadiki salió despegado de su pose de descanso y recorrió velozmente toda la galería, encendiendo varias antorchas incrustadas en las paredes en soportes de hierro cada diez metros. La cueva se iluminó dejando ver todos sus secretos y dibujos. Era la primera vez que Sadiki tenía acceso a esa zona restringida. La nueva luz dejó ver además varios sarcófagos y tumbas hacia el centro del corredor, en donde todos los obreros y artistas que habían participado de la amplitud de la cueva habían sido enterrados con honores. Más allá de Yura, Kaba y de forma novedosa Sadiki, nunca nadie había abandonado la cueva con vida. Los trabajadores sabían que una vez dentro de la cueva su destino final era ese, pero era un orgullo y un acto de compromiso monumental para ellos dejar la vida por su dogmático líder. Más aún con la promesa de prosperidad en el más allá.

—Quizás las cosas más trascendentales de nuestra vida ocurren cuando hacemos silencio y despejamos la mente. Quizás por ello esa es la única manera de abandonar la playa —comentó Kaba rompiendo el silencio, mientras miraba estupefacto alrededor.

—Pues es un gran "quizás", porque eso no funciona aquí —replicó Yura—. En este presente puedes estar en silencio y despejado y sabes bien que nada cambiará.

—¿Cómo te atreves a decir que estoy despejado? Imposible estar despejado en un sitio como este.

Luego de acostumbrar su vista a la luz del fuego, Kaba empezó a enfocar mejor y prestar atención a los detalles. Se notaban dos mundos sumamente diferentes plasmados en las dos paredes más grandes enfrentadas. En la pared en la cual él estaba apoyado, reconoció sus propios descubrimientos en los últimos milenios. Reparó los mismos tintes y garabatos que habían estado diagramando en sus entrevidas más fructíferas. Se notaba una capa fantasmal de fondo que había sido borrada y reescrita, con una capa más superficial remarcada y mucho más organizada. En ella había un orden exacto y conectado de fórmulas complejas, probadas y cerradas, con breves anotaciones de nombres dichosos para cada una de ellas. Puramente conceptos e historias de ciencia y desarrollo físico-matemático, y cómo el mundo conocido se relacionaba con ellas. Las bases eran las mismas que él ya conocía de milenios atrás, pero Yura se había tomado el atrevimiento de modificar varias conexiones, diagramas, resúmenes y hasta evoluciones de cálculos más avanzados, con nexos entre diferentes ciencias exactas y ejemplos concretos de aplicabilidad en el plano material.

Por otro lado, la pared de enfrente era mucho más misteriosa y desconocida para Kaba. Sólo recordaba su utilización para otros teoremas y pruebas matemáticas sencillas, pero no veía absolutamente nada relacionado con eso allí. Opuesto a la sobriedad y aprovechamiento de espacio de su pared, aquel lienzo de centenares de metros parecía estar pintado únicamente con pintura dorada, pero al acercar la vista se podía notar que eran surcos profundos esculpidos a mano y rellenos con oro, bordeados con finas capas de azul ultramar y un negro abisal denso y oscuro, colores preciosos que Kaba nunca había visto en sus vidas. Las siluetas formadas por los surcos pintaban figuras humanas y parcialmente humanas altamente detalladas con estelas y vivos que parecían ilustrar escenas de ficción, con su protagonista en suma posición de poder y vanagloria. No había ningún tipo de fórmula o número, pero sí listas interminables de palabras agrupadas acompañando a cada dibujo a modo de epígrafe. Se podía notar fácilmente que cada epígrafe estaba asociado a una imagen, y que era imposible mezclarlos entre ellos. Parecía un libro ilustrado pero escrito en la piedra por artesanos de la escultura.

—¿Me vas a decir la verdad de por qué no me has matado?
—Antes de comenzar a indagar en los misterios no identificados de las paredes Kaba prefirió ir directo al hueso.

—Cómo cambian las cosas, ¿verdad? Las últimas decenas de veces que nos encontramos aquí nos desesperábamos para no perder el tiempo en enseñar nuestros nuevos descubrimientos... mientras que ahora lo primero que haces es dudar de mis intenciones.

—Exacto. Tus intenciones han cambiado, ambos lo sabemos. No veo además más lugar en estas paredes para seguir compartiendo descubrimientos: con tu soberbia y tu mentira ya lo has llenado todo.

—Te cuento la única razón por la cual aún no te he matado —Yura desestimó la acusación de Kaba—. Pero antes me parece más dichosa aún tu razón de estar aquí, habiéndote dado la oportunidad en su momento de acompañarme o alejarte de mi. ¿Quieres contarme?

—Ingenuidad.

—¿Ah sí? ¿Ingenuidad?

—Sí. En verdad buscaba matarte, pero fui muy ingenuo al pensar que podía frenar lo que has puesto en marcha quitándote una mera vida.

—Ingenuo en verdad, sí. Pero entiendo que eso te queme por dentro si no tienes otro propósito en la vida. Después de todo, yo te ofrecí unirte a mi en el único y verdadero propósito que podemos compartir como dos entidades inmortales... y ahora que has ido por tu cuenta y ves que tu vida no tiene ni el más remoto sentido entiendo que el propósito de aniquilarme que estás transitando sea el más coherente. Patético, inviable, vacío, perezoso... pero coherente.

Yura tronó su cuello y se acercó a Sadiki. Un poco asustado el súbdito miró a su amo, haciéndose pequeño y asegurándose de no dar ninguna señal de rebeldía ni dominancia. Yura sonrió y tomó la antorcha de sus manos. Se acercó a las paredes doradas y entrecerrando los ojos buscó un pasaje en particular.

—Te voy a dar el contexto de por qué no te he matado, y tu reacción va a definir si te mataré o no. Pero lo más sabio antes para que entiendas ese contexto es quitarle peso e importancia a matarte. Mejor dicho, a la muerte. No solo a tu muerte, que por ahora te he ahorrado, sino a la muerte —Yura caminó en dirección a Kaba y puso la antorcha cerca de su cara—. La muerte está rota en nosotros, niño inmortal. Y déjame decirte "niño" como insulto porque parecería que aún estás viviendo en la niñez de tu inmortalidad, con suma ignorancia e inocencia. No sé por qué parecería obsesionarte tanto. Sí, la muerte está rota en nosotros. La última vez que hablamos me escuchaste luchando conmigo mismo buscando cómo lograr romper la muerte en los mortales. ¿Has pensado en ello?

—Creo que romper es un concepto muy etéreo cuando se trata de la muerte. No sé si es válido llamarla como un objeto o un sustantivo que se puede "romper".

—Bueno, ya que te veo tan literal entonces lo bajo de nivel: manipular su sentido, manipular su fin. Manipular su, digamos, "concepto". Y en consecuencia también, desdramatizarla. Quitarle su conexión con la terminalidad.

Yura volvió con la antorcha hacia las paredes doradas e hizo un repaso por las caras principales de las figuras del mural. En él se encontraban retratos de los líderes religiosos de las culturas más grandes de la historia del planeta. Se aseguraba de dejar la luz lo suficientemente cerca para que Kaba notara los detalles y los actores: los veintinueve Buddhas, los ocho principales dioses Egipcios, Jesucristo, el fundador del islam, los quince principales dioses Aztecas, las diez principales divinidades Hindúes, los más grandes Kami del Sintoísmo, los quince principales dioses nórdicos, entre decenas de otros de doctrinas tanto politeístas como monoteístas, de cada rincón de la tierra. Algunas doctrinas pasadas y extintas, otras presentes y otras del futuro tanto cercano como lejano. No estaban organizadas en un orden cronológico puntual, pero habían ciertos epígrafes más reescritos que otros.

—Pensar que todo comenzó con sepulturas de objetos personales del difunto, intentando manipular el concepto de muerte para traspasar la historia de que hay una vida más allá. De que debe existir una preocupación por la persona que nos abandona más allá de la vida. Que hay, valga la ironía, cierta inmortalidad en el más allá. Por más de que sabes bien que la única puñetera inmortalidad que conocemos sucede aquí. En fin, pequeña espina que una vez insertada en una conciencia finita logra abrir una herida que una vez cauterizada florece como un árbol de fe y de, digamos, trascendencia. Eso es, trascendencia. La manipulación de la trascendencia a través de la fe.

Kaba se quedó paralizado. En parte por ver un mural tan impactante aglomerando milenios de dogmas inventados por Yura y en parte para dejarlo proseguir sin interrupciones ni debates. A esa altura ya tenía decenas de preguntas, pero sentía que no era el momento para lanzarlas. De todas formas, la picazón impaciente en su cuello incrementó tanto que tuvo que interrumpir el monólogo de alguna manera.

—Todos los átomos en nuestros cuerpos regresarán a la infinidad del espacio cuando se desintegre nuestro sistema solar, para vivir por siempre verdaderamente como energía o masa. Eso es lo que debemos estar enseñándoles a nuestros niños, a todo mortal. No que su perro Bobby los espera en el cielo corriendo con otros perros.

Yura rió fuerte con el ejemplo, aunque no le gustó la interrupción y mucho menos lo vago y simplista del concepto. Intentó tronar su cuello nuevamente hacia el otro lado, pero no sonó. En su lugar le generó un agudo dolor articular.

Luego de una tos rasposa tomó una petaca de un brebaje claro de su bolsillo mientras caminaba hacia la pared opuesta para enfrentar a Kaba. Dio un breve trago y ofreció de beber a su prisionero, que negó con la cabeza.

Se enfrentó al paredón con las fórmulas detrás de Kaba y respiró hondo.

—Por otro lado, el lenguaje del universo. Ponte de pie —Yura quemó los amarres en los tobillos de Kaba, que se reincorporó apoyándose en la pared nuevamente. A Sadiki no le gustó tal acción y clavó su mirada en el prisionero con más atención para evitar cualquier tipo de sublevación. Encontrándose ya las piernas de Kaba con total movilidad, Yura pateó sus tobillos bruscamente exigiéndole que las abriera en modo de ve invertida—. Los conceptos los has delineado tú. Los conoces. Pero nunca fuiste bueno dándoles nombres. Expresar, literalizar y dar un orden es en la mayoría de los casos más importante que cualquier creación o descubrimiento —Acercó su antorcha a una pequeña pirámide pintada en el mural que se veía justo por debajo de la ingle de Kaba. Su tinte se notaba más nuevo y vivaz que las demás pinturas adyacentes, con textos pintados con una cursiva perfecta. Yura iba subiendo poco a poco la antorcha iluminando la pintura mientras la describía—. La matemática es la base de la pirámide de este universo. Podemos decir que la capa justo por encima, la física, vendría a ser el conductor del tren de la matemática, que sirve para explicar y transitar las leyes del universo. Por encima aparece el ser viscoso de la química, el piojo que da los primeros indicios de vida en el cabello del maquinista, utilizando la física para explicar cómo se relacionan las moléculas y átomos del universo. La orgía descontrolada de liendres y parásitos, la biología, esos piojos reproduciéndose explicando cómo estos procesos químicos hacen la vida posible. Y encima de todo eso estás tú. Más pequeño que los piojos, ni un polvo de insecto. Sólo un observador con sus piernas abiertas e infinitas vidas para observar. Tú has observado y delineado, conoces bien los principios de toda esta pirámide... mas no cómo funciona cada uno de los dioses de la creación en la mente humana. Has entendido la importancia del sol como fuente máxima de energía y astro clave para la vida de todos, pero no comprendes la importancia de ponerle un nombre divino, personificarlo en un dios y volcar ese peso de divinidad en los hombros de la raza humana. De transformarlo de algo tangible y medible a algo trascendente y celestial.

La debilidad corporal de Kaba y el cansancio físico causado por el sometimiento de los guardias no le permitieron mantener el equilibrio por mucho tiempo, por lo que tuvo que ceder la posición de sus piernas a una postura más erguida y equilibrada. Yura dio media vuelta y volvió a caminar hacia el paredón de los dogmas, mientras seguía bebiendo de su petaca en pequeños sorbos.

—Si la fuerza de gravedad fuera un 0,1% superior a la actual, el universo se llenaría de agujeros negros, mientras que si fuera un 0,1% inferior no se habrían formado las galaxias —continuó Yura, recitando datos de memoria—. Si el Big Bang hubiera explotado con algo menos de energía, el universo primigenio se habría comprimido por sí solo, mientras que con algo más de energía se habría expandido demasiado deprisa para que se formaran las estrellas. Si la fuerza electromagnética hubiera sido más débil con relación a la fuerza de gravedad, las estrellas habrían colapsado mucho antes de que pudiera evolucionar la vida. Si el protón tuviera algo más de masa que el neutrón, el hidrógeno se hubiera deteriorado y buena parte de la materia del universo se hubiera descompuesto. Si la intensa fuerza nuclear fuera un poco más intensa, no existirían los átomos. Sin su nivel de energía especial, no se habría fabricado carbono suficiente en las estrellas para que existiera la vida. Si las propiedades del agua fueran distintas... bueno, la lista es interminable.

—Realidad. Observación empírica pura y dura. Lo único trascendente —volvió a interrumpir Kaba, molesto por la ida y vuelta entre mundos—. ¿Cuál es tu punto?

—¿Cuán trascendente termina siendo algo si, a través de simples preguntas o tesis se pone en jaque su trascendencia y, por debajo de ello, la trascendencia humana? Mejor dicho, ¿si siquiera permites que existan esas preguntas? Por un lado las "tradiciones creadas" del conocimiento, como el cristianismo, el budismo, el confucianismo, y otros etcéteras. Por otro lado las verdaderas "fórmulas del universo". Por un lado dogmas que afirman que todo lo que es importante saber acerca del mundo ya es conocido, y que baja a los meros mortales a través de ciertos individuos superiores, con una serie de preguntas prohibidas. Por otro lado el conocimiento en su más atómica expresión, infinito y sin encorsetados. Con varias coincidencias que tienden a lo imposible, pero que allí están. Tienen también su nivel de prohibitismo, pero de otro tipo. Mi punto, ya que me lo preguntas, es que la única manera de llegar a la trascendencia máxima, a la respuesta al propósito máximo, es aprovechando lo mejor de los dos mundos para exigir que esa trascendencia se materialice. Para que el que tenga esas respuestas aparezca antes de ver a su mundo sucumbir en intrascendencia, como lo han hecho y lo harán especies tras especies. Mundos tras mundos.

—¿La trascendencia está en tener todas las respuestas? ¿Está en entenderlo todo? Cada milenio que pasa, cada entrevida que compartimos... te veo en el lado opuesto. Con más preguntas que respuestas.

—No te confundas, he descartado y sigo descartando preguntas inútiles. Si las fórmulas fueron creadas con la capacidad de ser descubiertas, es porque quien las creó quiso que fueran descubiertas. Si la raza más apta fue creada con la capacidad de ser manipulada con historias del más allá y alguna que otra del más acá, es porque quien creó sus planos mentales iniciales quiso que sean manipulados. Si los únicos dos seres pensantes inmortales están hoy en una cueva hablando de estos mundos... es porque su creador así lo quiso, es porque nos está empujando a ello. Es porque su creador quiso que nosotros juntáramos ambos mundos... para desafiar, para ir más allá, para encontrarnos con él. Por más que a uno lo descubramos, lo observemos... y al otro lo tengamos que crear.

—Tú elegiste crear esa mitad, nadie te impulsó a ello —Kaba apuntó al mural dorado, Sadiki se agitó con el movimiento súbito de su mano. Cada vez lo observaba más de cerca—, lo único real son las reglas que rigen que tú y yo estemos respirando aquí y ahora. Que ese cerebro que tienes esté controlando a una red de neuronas, vasos sanguíneos y otras carnes. Eso es lo único relevante.

—Lo que tú nunca has entendido, querido Kaba, es que solo en mentes inmortales es relevante el funcionamiento del universo, porque solo en una mente perdurable es relevante el propósito de ese tipo de trascendencia más allá de la supervivencia en vida. Más allá de mantener esa "carne" en marcha. Con las fantásticas fórmulas y descubrimientos del funcionamiento de este mundo no puedes dar una noción de la trascendencia de las cosas por sí solas. Tú me decías que lo que iba a hacer era antinatural. Pues todo lo opuesto: es sobrenatural... se acerca a la magia, a la adivinación, al creer: las bases de la fe.

—La fe... entonces... ¿Eso fue todo?

—¿A qué te refieres?

—A si eso es verdaderamente todo. Todo lo que pudiste aportar al mundo desde tu carácter inmortal.

—¿Cuál es la especie líder en el mundo hoy? Que, te lo remarco, se rige por tus fórmulas pero se ordena por mis dogmas y límites morales creados por esos dogmas.

—¿Así se encuentra la raza humana donde y como está?

—¿En dónde está según tu criterio? Porque la veo sobreviviendo. Sigue alimentándose y fornicando... pero a otro nivel.

—Rodeada y moldeada por historias y manipulaciones, siendo seguidores y partícipes de las mismas. Formada por linajes débiles prosperando, con sistemas y constancia para a largo plazo priorizar los resultados de esas historias por encima de la genética apta. Y continúa evolucionando en un organismo simbiótico que poco a poco, o mucho a mucho, va comiendo al resto de los organismos a velocidades que, comparado con cambios y eras de otros seres de este planeta, son ridículamente rápidas.

—Bueno no, no es sólo eso. No estás viendo la combinación. Se necesitó de tu ciencia, sí. Se necesitó desarrollo para albergar físicamente a tanto cambio. Después de todo, la muerte se debe a fallas técnicas del organismo. No importa la historia que se cuente, eso es ciencia. Hoy el humano está cerca de vencer esas fallas técnicas, cerca de vencer esa última barrera. El hambre, la guerra, la peste... cada vez son problemas menores. No han desaparecido, pero pronto lo harán.

—Me gustaría saber si entre todos los cálculos que has hecho, has calculado si vencer a esas cosas valió y vale la pena viendo al mundo resultante. Viendo cómo las enfermedades mentales van comiendo a la gente por dentro, en una hambruna existencial mucho más dura y dolorosa que la física, en una guerra perpetua con uno mismo, y expandiendo una peste que no hace más que matar y extinguir a un paso más violento e incomparable que ninguna otra cosa. Cuando saques ese cálculo estimo que te darás cuenta de que es imposible cambiar a un mundo regido por reglas físicas.

—Al mundo no, pero sí a sus habitantes. Todos los conceptos que hemos discutido sobre cómo los humanos tienen un afán por las historias es una parte vital de la evolución. Pero su contraparte exacto fue y será siempre carnal. Esa realidad en el funcionamiento de las cosas. Regla por regla, descubrimiento por descubrimiento. Entregado al humano por los únicos seres verdaderamente trascendentes. Quitándole el poder haciéndolo visible al ojo común, y entregándolo a humanos comunes y corrientes. Sean promesas del más allá y pruebas que se ven concretas para individuos como Sadiki. O sean debates con temáticas similares a las tratadas en nuestras entrevidas, con individuos curiosos como tú pero infinitamente más limitados, como Newton —Sadiki escuchó su nombre entre el mar de jeroglíficos orales y levantó la mirada. Yura negó con la cabeza e hizo un movimiento de calma con la mano.

—¿Newton?

—Sí. El querido Isaac... que a pesar de todo lo que la historia nos suele contar de él ha dedicado más tiempo de su vida al estudio de la Biblia que a las ciencias —Yura apuntó al epígrafe en el apartado del Cristianismo. El mismo estaba súmamente borroneado; era uno de los más complejos y desorganizados de todos—. Pero bueno, ha sufrido mucho desde muy pequeño con abandonos y violencia familiar y encontró en la fe una luz de esperanza para vivir. Encontró en esa mitad ya sea la motivación o la trascendencia para hacerlo. O una luz de odio, depende de cómo lo quieras interpretar. De los teólogos más ariscos que he conocido. Por más de que Robert Hooke haya formulado casi veinte años antes que él varias de sus teorías, él fue el privilegiado de popularizarlas. Eso sí se lo inventó Stigler sin mi ayuda: ningún descubrimiento científico recibe el nombre de quien lo descubrió en primer lugar. Te sorprendería saber cuántos teoremas y teorías interesantes se han creado de la nada sin nuestra participación.

—¿Nuestra participación? ¿Tú has conocido a Isaac Newton?

—Así como tú has creado las fórmulas base de su trabajo, yo he creado a Isaac Newton. Le di el empujón trascendental con el conocimiento. Hemos tenido una relación bastante cercana, era una persona brillante pero a la vez muy influenciable. La fortuna que lo hizo el científico más grande de todos los tiempos fue gracias a mi mentorismo y dedicación en su desarrollo, y a tus fórmulas exactas. Cielos, si hasta fui yo quien le monté su laboratorio de alquimia improvisado en el jardín de su casa. Obviamente, por esos tiempos era ilegal. En su momento fue clave para hacerle entender la relación de la alquimia con el lenguaje físico de las fuerzas.

—¿Me estás diciendo que lo de la manzana era mentira? —se mofaba Kaba.

—¿Lo de la manzana? Que caen por la gravedad es verdad, ¿o te refieres a la historia?

—Claro, lo de que estaba sentado bajo un árbol manzanero y...

—Tan real como esta uva —Yura metió fugazmente la mano en su bolsillo y lo interrumpió lanzándole una uva en la cabeza. Luego de que detuvo su habla, volvió a lanzarle otra—. Fueron uvas, plural, no una manzana. Y arrojadas por mí de esta misma manera. La historia contó que eran manzanas porque primero había que quitar a otro humano del medio y segundo, una manzana roja cayendo de un árbol se ve más bonita pintada en un cuadro que uvas con un color más similar a un fondo silvestre verde. Y de ahí se ha seguido tergiversando con los años: la historia está contada por alguien y manipulada por varios, como casi todo lo que ves en estos murales cuando se le aplica el factor humano. Ya lo sabes: entrega una historia a un humano y te la contará incluyendo un análisis psicológico de su cultura de turno. En fin, a veces ponerle cara a conceptos es una de las partes más importantes para que trascienda la historia. Pero tampoco se debe variar demasiado esas caras.

—"Al que tiene mucho, más se le dará, y al que tiene poco, se le quitará hasta lo poco que tiene, para dárselo al que más tiene" —recitó por lo bajo casi de forma autómata Kaba.

—Curioso que en una de tus vidas te hayan obligado a leer el evangelio de Mateo —Yura apuntó con su antorcha a la sección de los evangelios de la Biblia dentro del mural, haciendo énfasis en el capítulo 25, versículo 29—. No importa lo que hagas, sino quién eres y cómo cuentes la historia. Los trabajos de los autores poco o nada conocidos, aunque sean mejores, más novedosos o revolucionarios, suelen quedar en el olvido a no ser que alguien más prestigioso los publique posterior o simultáneamente. Es más probable que los trabajos de autores más prestigiosos tengan más difusión, impacto, viralidad, publicidad y, en el caso de teoremas y fórmulas que nos compete, más repercusiones y huellas en la historia.

—¿Y cómo entra la fe en todo esto? —Kaba intentaba volver al hilo de la conversación y así evitar hablar de sus vidas pasadas.

—Sí, la fe. El olor nauseabundo que queda luego de que pase una historia a la velocidad de la luz. ¿Cómo convences a un "ser de carne", como tú lo llamas, a pensar más allá de su supervivencia física? ¿Cómo creas normas, leyes, estándares que garanticen una trascendencia de estos "seres de carne" en su conjunto... y así evite el torbellino multiespecie de alimentación y procreación libre? Pues con esos hombres y mujeres de poder, niño inmortal —Yura alejó la antorcha del foco en la Biblia para expandir la luz en todo el mural dorado—, y milenios de prueba y error.

—Una ciencia o área, como quieras llamarla, como la religión... con mensajes y conceptos tan poco claros, solo puede ser relatada por alguien que quiera que la confusión en la interpretación de lugar a peleas y a divisiones. Si hubieras querido que esto funcionara de verdad hubieras hecho mensajes más claros. Solo algo con una realidad tan difuminada, tan delgada, y con tantas interpretaciones posibles... solo algo así da pie a corrupción y también a que sus oradores contemporáneos corrompan sus propios conceptos o interpretaciones a través del tiempo.

—No es corrupto ni da lugar a interpretaciones si se convierte en una ley para vivir. Ahí recién comienza la trascendencia y la mutación de la supervivencia y el propósito. Tus fórmulas del universo llamadas "leyes", son reglas difícilmente rompibles bajo contextos normales. Este concepto tan "científico" y "exacto" de "difícilmente rompibles" solo puede ser aplicado a algo matemático o físico. Todo el resto del funcionamiento del mundo es inexacto. No hay leyes para la supervivencia y lo sabes, lo has vivido en carne propia. Ya sea la creación de un material, la caída de un objeto, el cambio de estado de un material, lo que sea... es lo único que verdaderamente se puede llamar como real. Teorema, variables, constantes, causas y consecuencias. Como tú dices: realidad, observación empírica pura y dura. Pero a la vez, es esta observación empírica y dura la que es... cruda. Alineada con las mismas leyes de supervivencia del inicio de la creación. Y he aquí el principal problema para el humano y las ciencias.

—No veo ningún problema, veo la humildad y la simpleza del funcionamiento de las cosas —replicó Kaba.

—El principal problema de todas esas ciencias es que, sin apoyarse en los aspectos y cuestionantes morales de la religión, dada estas leyes tan estrictas y frías terminan siendo peligrosamente macabras. Para el universo como tal son "las reglas del juego", para un ser humano al cual se le ha convencido de que el propósito de la vida no es únicamente "sobrevivir en base a estas reglas"... es algo macabro. Sumamente macabro, frío, lineal y aplastante. No trascendente. Cortoplacista. Y ahí está la respuesta a todo.

—¿Qué respuesta?

—La búsqueda de un propósito más allá de lo reglamentado por el universo sólo puede prosperar si se inventa una historia que vaya en contra de sus reglas. Una historia de fe, de mentira y de prosperidad no real. Solo con esta historia de fe se puede tomar algo tan objetivo y real como las leyes de la física y el universo y ponerles una capa por encima que intente hacerlas irreales: la moralidad. Sin algo o alguien que nos juzgue en base a "leyes" inventadas... no existiría la moral. Lo único que hice fue inventar ese "algo", sea una entidad celestial superior con reglas divinas o un modelo organizativo o gubernamental superior con reglas gubernamentales. Llámalo como quieras, ambos son dogmas de fe. Es esa élite la que lidera el cambio. La que evolucionó claramente de manipulación a convertirse exitosamente en la especie líder del mundo.

—Algo perverso y aplanador más que exitoso —Kaba se abalanzó hacia Yura que, con un rápido movimiento esquivó su embiste. Sadiki lo placó y utilizó todo su peso para mantenerlo inmóvil contra el piso. Tomó un cuchillo de su cintura y lo puso contra su garganta.

—No, espera Sadiki. Libéralo.

—¡Pero señor!

—No me levantes la palabra. Libéralo, Sadiki.

—Sí señor —Sadiki guardó su cuchillo y se puso de pie.

—Nada claro, todo subjetivo —Kaba se reincorporó lentamente, sin ánimos de volver a pasar la escena a temas físicos—. ¿Para qué tanta mentira? ¿Por qué no intentar relatar exactamente lo que sí sabemos con claridad: la playa, nuestras características únicas y cómo funcionan las cosas y la vida?

—Pero si ni siquiera nosotros sabemos los por qué de la vida, ¿Cómo iba a dejar claro el más allá si no tenemos en claro nada?

¿Hubieras preferido que me posicione a mi en el centro como el dios supremo que no soy? No pelees contra ello niño, sin ambos mundos imposible el desarrollo de la especie e imposible entender nuestra inmortalidad. Sin esos lineamientos, mensajes, conceptos —Yura viró hacia el mural dorado y empezó a subir el volumen de su voz, desconectando con Kaba—. Esa fundación de la moralidad, de lo que está bien y está mal, de las normas sagradas. La sábana para desplegar tus fórmulas y tu ciencia. Cualquier imbécil puede seguir normas de moralidad, si se le hace una promesa y se le exige un salto de fe a futuro de un mundo en el cual su imbecilidad importe menos y todo sea disfrute celestial y prosperidad infinita.

—Tanta mentira y sufrimiento.

—¿Sufrimiento? ¿Por qué la "muerte por alimentación" es menos sufrimiento que la "muerte por una campaña santa"? ¿Quién eres tú para definir el sufrimiento?

—¿Y quién eres tú? ¿Quién eres tú para generar una excepción universal con una, solo una especie?

—Mira a tu alrededor —Yura volvió a hacer contacto visual con Kaba. Su ofensa le estaba comenzando a molestar. Sadiki se apartó viendo el ímpetu con el cual hablaba su amo—. Tú has vivido todas tus vidas preguntándote sobre el origen de las cosas. Yo con esa información y su aplicabilidad en historias, estoy más cerca del origen que nunca. De nuestro origen. Sí, a través de historias estoy más cerca del origen. Obviamente esto necesita de historias. De esas experiencias culturales para que alguien se vuelque a la fe. Conociendo la naturaleza de las historias, la poca necesidad de objetividad y de demostración de ellas, y el fanatismo sapiens por escuchar y creer historias... es fácil convertir al hijo de un católico apostólico romano en un satanista en un puñado de años. A un budista theravada en un cristiano evangélico. Y etcétera y etcétera. A pesar de que tú has vivido preguntándote el origen de las cosas, en busca de respuestas en datos y fórmulas concretas... sé que es fácil entender lo que te digo. Has sido parte de esto. Porque te he demostrado que el origen de las cosas también puede salir de una persona, de una serie de palabras e historias bien narradas y una serie de necesidades y propósitos grises con saltos de fe en satisfacciones del más allá.

—Mátame —Kaba estaba vencido. La jaqueca que lo invadía le zumbaba los oídos y no veía sentido en intentar asaltar a Sadiki y Yura nuevamente, por más de que en cada párrafo escuchado esa idea se le venía a la mente. Sus codos y rodillas parecían estigmas sangrantes luego de la reducción de Sadiki—. Sálvame. Pero si no puedes salvarme, mátame. Mátame ya, no sé que buscas con éste morbo, no sé qué esperas de mi. No necesitas de nada ni de nadie. Porque gente como esta —apuntó a Sadiki con la mirada—, ya ha nacido para seguirte. Ya vive en un mundo que no es más humano.

—Ahora menos que nunca, no te mataré. Estoy al borde del contexto, y de hacerte partícipe.

Yura empezó a señalar pasajes del mural de la religión. Kaba se quedó en silencio. Su poca predisposición a seguir prestándole atención y participando del casi monólogo frustró a Yura, que respirando hondo y tomando la posición de loto se sentó en el centro de la galería. Luego de calmar su temperamento llamó la atención de Sadiki, que con prisa se le acercó por detrás. Una mirada penetrante y una afirmación con la cabeza hicieron que saliera corriendo de la cueva en dirección a la entrada.

Volvieron a pasar horas en silencio en las cuales el hambre de las antorchas consumió casi todo el oxígeno. A pesar de no tener más sus ataduras, Kaba no le veía sentido a escapar. Con bastantes libertades para moverse por la cueva, se tomó el tiempo de recorrer y leer enteramente el mural dorado. Descripciones de dogmas, mandamientos, prohibiciones, éticas religiosas, villanos y héroes. Humanizaciones de astros, personificaciones de fuerzas de la naturaleza y transformaciones celestiales de cosas comunes, cruzando y confundiendo lo objetivo y subjetivo de la existencia y la vida misma.

—¿Te gusta esta cueva? —Yura abrió los ojos justo en el momento en el cual Kaba terminaba de instruirse y se sentaba a su lado.

—Era un sitio diferente. De conocimiento, humildad y descubrimiento. Tú la has corrompido con metáforas e historias mágicas.

—¿Te gusta o no?

—No.

—¡Haz memoria! No te dejes llevar por tu rabia, ¡haz memoria y luego simplifica! ¿Te parece acogedora, cómoda, privada?

—No —insistió Kaba con desgano.

—Cualquiera que no aprecie la comodidad de una cueva es que nunca fue emboscado en campo abierto, o sorprendido por una tormenta, o comido vivo por un ser sin siquiera saber de qué ser se tratase, y sé que tú has vivido esas experiencias decenas de veces —Yura señaló a unos diagramas en el muro de ciencia, graficando un triángulo rectángulo y varios comentarios alrededor—. ¿Lo recuerdas? Quizás no porque su aplicabilidad todavía no la habíamos discutido del todo, solo le sacábamos provecho para temas de navegación y distancia entre dos puntos en un mapa. Es verdaderamente sencillo, pero por detrás lleva un razonamiento y una serie de pruebas verdaderamente brillantes. Este teorema introdujo conceptos esenciales para la comprensión de la geometría y su relación con el álgebra, generando los cimientos de cualquier tipo de edificación o arquitectura medianamente avanzada, empezando por esta preciosa cueva y su desarrollo tanto vertical como horizontal. Ya sabes que tanto en Egipto como en el resto del mundo se han utilizado estas proporciones para construir refugios y arquitecturas monumentales.

—¿Hay algún sudamericano en tu lista de "popularizadores"? ¿O siquiera algún nativo Americano? —interrumpió Kaba.

—Pues no, pero sí... hay astrónomos muy buenos en civilizaciones avanzadas para su épocas como los Aztecas o Incas. Pero no era el lugar del mundo para impulsar estos conceptos, no. La élite fue inventada en otro continente —contestó Yura molesto por haber sido interrumpido con tal comentario.

—Dichoso.

—Dichoso tu irrelevante aporte. Para que trascienda obviamente se necesita un nombre y una escuela matemática filosófica fuerte, no sólo las fórmulas en un papel. Sólo intenta imaginar revolucionar la supervivencia sin la existencia de una razón más trascendental. Pues en este caso lo llamé el Teorema de Pitágoras. Vaya nombre, pero había que darle robustez. El nombre es sólo el nombre, y sus fórmulas son sólo fórmulas. Los Babilonios ya lo conocían miles de años antes de que el pequeño Pitágoras hubiera nacido. Yendo a algo simplista: las edificaciones necesarias para guardar los granos y alimentos del homo sapiens no-nómade no hubieran sido posibles. Se hubiera estancado el crecimiento, generado hambruna y desorganización... volviendo a limitaciones de crecimiento o, mejor dicho, limitaciones de expansión nómades. Es la proposición más conocida entre las que tienen nombre propio en la matemática, y con razón. Es más, el Zhoubi Suanjing, uno de los textos de matemática china más antiguos de la historia, contiene una de las primeras pruebas escritas del Teorema de Pitágoras... pero no es hasta la escuela pitagórica que se ha documentado una correlación concreta con este teorema. Ya sabes, en la historia es importante diferenciar a observadores de teóricos, a creadores de impulsores o, mirándolo de un modo más concreto, a documentadores de "popularizadores". Todo es parte del plan de trascendencia y, para que funcione, fue y será clave participar en toda la cadena. Sino se hubiera perdido por los anales de la confusión humana y, volviendo, a la supervivencia carnal. Los conceptos de expansión, de supervivencia más allá de la vida, de evitar el nomadismo, de organización... son conceptos de trascendencia sin los cuales el teorema hubiera fallado.

—Eso no es trascendencia. Sigue siendo manipulación —insistió Kaba.

—Claro que lo es, es trascendencia. Cada paso más cerca de conexión entre estas fórmulas, el mundo y nosotros... es un paso más cerca de encontrar patrones y factores en común que, además, no olvides pueden describir nuestra propia existencia única. Mira puntualmente esta misma escuela si no me crees. La escuela Pitagórica no se detuvo en el teorema homónimo, claro que no.

También en el mismo siglo introdujo al mundo el concepto de los números irracionales. Mis disculpas por este nuevo pero breve desvío de nuestra tarde, pero este hecho ocasionó una verdadera convulsión en el mundo científico antiguo y vale la pena mencionarlo. Luego de la exactitud y prolijidad del teorema que comentamos anteriormente, de repente la escuela Pitagórica nos dice que hay números que no se pueden escribir en fracción, en donde el decimal sigue para siempre sin repetirse. Esto significa que el número nunca termina... ni tiene un número periódico que se repite. La infinidad caótica misma. ¿Acaso la definición de nuestra propia infinidad, Kaba? ¿Acaso nosotros no tenemos una porción de caos? ¿Acaso el caos no puede ayudarnos? Debido al desembarco de este concepto, se abrió un mundo de números constantes que fueron utilizados en innumerables ecuaciones matemáticas. ¿Y si lo que falta para descifrar nuestra inmortalidad y perdurabilidad es una constante? Sea una persona, un número, una vida... ¿pero una constante? Entre los números irracionales más famosos tenemos a Pi, número clave en matemática, física e ingeniería, el número Áureo, proporción que se repite millones de veces en la naturaleza, o también el número de Euler... que viene como anillo al dedo ejemplificando una vez más todo lo que te estoy explicando. Para que veas que por más de que no hayas participado, tú sí o sí eres y serás un actor clave en este mundo. Vale la pena hacernos un momento para destacar el teorema del viejo Euler, propuesto allá por el siglo XVIII. Aunque fue Roger Cotes quien lo anunció y presentó por primera vez... recordando que es importante separar a los creadores de los impulsores. La fórmula de Euler —Yura apuntó a una sección bastante borrosa del mural de ciencias— se usa básicamente para definir las funciones trigonométricas, muy relacionado con lo que ya hemos visto de Pitágoras. No quiero ahondar en lo bonito de tu fórmula ni en estos fundamentos clave para la humanidad, sino en cómo esto abre la capacidad del estudio de las distancias sin necesidad de recorrerlas, en la determinación de los elementos desconocidos en función de los que se conocen. ¿Qué concepto más bonito, verdad? Poder concluir algo desconocido en base a elementos reales y concretos. De alguna manera, la base de la fé. Suena poético, es casi una filosofía de vida. Una manera de ser, de pensar, de resolver y generar nuevas preguntas. El poder absoluto de transformar una suma de objetividades en una subjetividad... objetiva. Encontrar ese objeto desconocido es exactamente lo que estamos intentando hacer.

—No puedes destrozar lo conocido y lo tangible con la excusa del más allá y lo desconocido. Como tampoco puedes crear tus propios "elementos reales y concretos".

—Puedo, y lo estamos haciendo. Quizás no somos más que un objeto del caos. Sin estos cimientos tampoco podríamos llegar allí. A finales del siglo XIX fue a través de Henri Poincaré que comencé a pensar en la posibilidad del caos. La posibilidad de lo aleatorio. Decía que... bueno, Poincaré decía que el azar no era más que la medida de la ignorancia del hombre. Pero en paralelo defendía que existen varios fenómenos que no son completamente aleatorios, sino que simplemente no responden a una dinámica lineal. Esta teoría trata de sistemas complejos que con pequeñas variaciones en condiciones iniciales sufren grandes diferencias en comportamientos futuros, haciendo prácticamente imposible una predicción largoplacista. Esto sucede aunque estos sistemas son en rigor deterministas... de ahí el nacimiento de esa hermosa palabra: caos. La consecuencia de ciertas cosas depende de distintas variables que son imposibles de predecir. Como el Doctor Ian Malcolm poniendo de forma libidinosa una gota de agua en la mano de la Doctora Ellie Sattler en Jurassic Park. ¿Cómo saber hacia dónde irá la gota? El más puro libre albedrío comenzó a tener espacio en la mecánica clásica. Fanatismo a parte, esta teoría es ampliamente utilizada en economía, medicina, meteorología. ¿Y si nosotros somos gotas aleatorias? ¿Y si nuestra inmortalidad es el "libre albedrío" de un creador que hizo mal las cuentas? ¿Y si es lo opuesto, y si los mortales son ese "libre albedrío" y el caos existencial?

—No creo que lo seamos.

—No uses palabras como "creer", no suenan bien de una voz científica como la tuya. Es una conclusión fácil de sacar, pero mucho más fácil con todas estas fórmulas y conceptos ya probados. Hoy te sientas cómodo en tu cueva juzgando lo que crees y lo que no crees.

Yo pasé milenios de desarrollo para llegar a ello. Debería darte vergüenza sacar conclusiones de mis trabajos.

—Lo único que falta es que te ofendas. Que te ofendas cuando lo único que has hecho es ponerte en el centro de todo.

—Rascando la superficie de una playa eterna de arena fina, respirando estas paredes y bellezas varias —Yura no le hizo caso y siguió apuntando a diferentes teoremas y fórmulas—, los logaritmos, las derivadas, la ley de la gravedad, los números imaginarios, la distribución normal, la ecuación de onda, la transformación de Fourier, la ecuación Navier-Stokes, la ecuación Maxwell, la segunda ley de la termodinámica, la ley de la relatividad, la ecuación de Schrodinger, la teoría de la información, la ecuación de Black Scholes. Los Einstein, los Pauling, los Mendeleev. Los Galilei, los Da Vinci, los Curie. Los Fibonacci, los Fleming, los Tesla, y la lista sigue y sigue, y no acaba porque es un círculo. Perdón, una línea. Siguiendo la línea que no quieres ver: la comprobación y posterior utilización de estas fórmulas y teoremas no hubiera sido posible sin el orden, la prosa y la élite.

—¡Esto no es orden! ¡La manipulación no lleva más que al desorden, porque todo apunta a los objetivos del manipulador! ¿Que no ves que son bombas listas para estallar? ¡No ensucies ciencias tan bonitas, puras y universales con tus historias!

—La religión y la ciencia son entidades simbióticas, cristalinas. Sin el orden sería imposible plantearse las dudas que la ciencia busca comprobar. Y como si no fuera suficiente, sin el orden sería imposible darle el lugar a estas personas a llegar a esas conclusiones y pruebas: sencillamente no tendrían lugar en su día para hacerlo, la asignación de roles permite prosperar en el tiempo. No en calidad, pero sí en cantidad y en... tiempo. En trascendencia. Todo lleva hacia el mismo lugar.

La discusión se vio interrumpida por Sadiki, que agitado había regresado con el detonador de dinamita en su manos y el cableado siguiéndolo desde lejos. Su intromisión dio un poco de espacio a Yura para darse lugar a respirar y a bajar las pulsaciones. Sadiki se quedó inmóvil a la espera de la siguiente orden de su superior. No le preocupó ver al prisionero con tanta libertad.

—Ve a una escuela de niños, de preescolar para atrás. Sea de la cultura y el rincón del mundo que sea —retomó la conversación Kaba—. Encontrarás una totalidad de cabecitas científicas. ¿Por qué la luna brilla? ¿Por qué me moja el agua? ¿Por qué me pongo triste? Es cuando pasan a la escuela primaria que empiezan a apagarse, que empiezan a cementarse de conocimientos... superfluos. Ya llegados al secundario empiezan a bloquearse con problemas mentales erguidos por la cultura y la educación... para llegar a edad universitaria ya jubilados de conocimiento verdadero y útil, y obesos de trastornos mentales.

—¿Verdadero y útil para qué?

—Para lo que les pide el cuerpo. Para lo que les pide su vida.

—Lo que les pide el cuerpo es esa supervivencia base que está en los genes. El humano no se rige más por lo que le pide el cuerpo, su mente ha bloqueado sus tecnicismos.

—Y es la única supervivencia real. El resto es inventado y manipulado por tu horda de normas y promesas. Eres culpable de todos los trastornos de todas las mentes del mundo, creando un ecosistema antinatural de pobres individuos finitos. De pobres animales... que ya no son animales.

—Ay, querido Kaba. No estoy diciendo que no sea así. Sino que es la única manera. Sino... sencillamente no tendríamos razones por las cuales estar aquí.

Yura tomó lo que quedaba del racimo de uvas de su bolsillo y compartió el refrigerio con Kaba. Luego de dudar por unos instantes, accedió a comer. Una pequeña lágrima empezó a acompañarlo en su pausa. El dolor en su pecho se acrecentaba con el pasar de los minutos. Aquella sensación de derrota e insignificancia fue la más grande que sintió en sus vidas.

—Habiendo vivido todo lo que hemos vivido. Creo que es factible volver a empezar. Buscar la manera de... sencillamente volver a empezar. No creo que nuestro trabajo de conocer el mundo, de conocer el universo y sus reglas haya estado lo suficientemente avanzado para que te lanzaras a hacer lo que has hecho.

—Desde el valle del Tigris y del Éufrates, liderando a los Sumerios en su desarrollo y en los inicios de los sistemas políticos. Pasando por Egipto y toda la gran cuenca del Nilo. Acercándonos a Pakistán y al valle del Indo. Pasando por China oriental en el valle del Huang He. Cruzando el océano y liderando Mesoamérica, sin olvidar también el litoral Peruano. Hemos estado ahí, ha corrido mucha sangre pero también mucho desarrollo de mi propósito. Que no lo ves, que no quieres reconocerlo, pero que será tarde o temprano tu propósito también. Solo siendo un líder con suficiente posición jerárquica, influencia y cuando fuera necesario terror se puede convencer a sus súbditos del trabajo verdaderamente pesado, de que cedan parte de su libertad personal para desarrollar un futuro de alguien que ni siquiera conocerán... como te lo había anticipado miles de años atrás. Ese es el verdadero peso del poder religioso, y en consecuencia también del poder gubernamental. Si esos líderes hubieran sido o fueran únicamente elegidos en base a su fortaleza física... entonces seguiríamos estando segregados en aldeas retrasadas de primitivos que pasivamente verán moverse su linaje en base al músculo, los sometimientos y las violaciones. Los limitantes genéticos de la especie la hubieran extinguido antes. Sin la fe, la moralidad... seguiríamos matándonos siguiendo nuestro instinto. Y nunca estaríamos tan cerca de entender nuestra situación. De llegar al responsable.

—No lo has dejado seguir su curso. Su curso natural, el mismo de todas las especies. Y que sea lo que el curso mande. Has creado un modelo de orden, una forma de dar poder a una élite que no ha hecho méritos para nada. El todo más fuerte que el individuo. Genes débiles pero imbatibles en conjunto. Lo único que lograrás con esto es que en el futuro cuando tú o alguien corte la cabeza de la serpiente, y no importa cuán grande y gruesa sea, morirá.

—¿Y cuál es el problema con la muerte? "Muerte" a coste de prosperidad, ¿Cuánto tiene que dar la cuenta para que estés en paz?

—La prosperidad por prosperar no es atractiva, termina haciendo más daño a largo plazo. Al final todas las cosas que comentas y piensas que son "complejas" mueren en un análisis simple, con centenares de ejemplos. Y una moral que, desde lo sencillo, pierde por muchos lugares. Si matas a una cucaracha eres un héroe, pero si matas a una mariposa eres un monstruo. La mayoría de las veces la moral tiene criterios subjetivos, no evolutivos ni genéticos, y eso has logrado.

—Tu ejemplo es muy básico.

—Los refutos que necesito son básicos, si me permites que me permita abstraerme de milenios de cultura sin sentido. La fe como último eslabón terminal del evolutismo es lo que terminará haciendo más daño que beneficio. Has de cierta forma terciarizado la razón de vivir, le has quitado al humano esa responsabilidad de vida, de vivir. Le has permitido excusarse por las cosas malas de uno mismo mientras le exige al más allá cosas buenas. No hay nada más siniestro posible, no hay nada más.

—Vaya historia, ¿verdad?

—¿Y qué sigue a todo esto? —indagó Kaba.

—Pero sí, hay algo más. Nada de este contexto era para convencerte de los métodos, ni para quedarnos en un análisis actual de las civilizaciones ni de la raza humana que hemos moldeado. Después de todo, no necesito tu opinión para hacer lo que quiera. Ya bastantes entrevidas hemos estado debatiendo sobre esto. Lo intenté, no voy a mentirte. Pero ya es suficiente.

—¿Qué más hay que esto? —insistió.

—Todo esto que ha pasado y está pasando en el mundo. Este terremoto de los cimientos de la vida, de los cimientos del desarrollo de las especies. Lo sobrenatural... pienso que ha dado sus frutos. Cumplir con mi propósito está más cerca que nunca. Después de milenios de dos inmortales, después de milenios de infinidad de mortales... déjame decirte que ha salido alguien, Kaba. Ha salido alguien. Y eso significa que después de milenios de golpear la puerta de la madriguera, las ratas están al acecho.

—¿Ha salido alguien? ¿A qué te refieres?

—Sí. Una persona que de verdad está entre medio de nosotros y el resto. Quizás con las novedades que te traigo pueda hacerte cambiar de parecer para que te unas al único propósito viable de nuestra existencia. No "a mí", sino al propósito. He visto a alguien... diferente. A alguien nuevo. No es como nosotros dos, pero es diferente.

—¿En dónde?

—¿En dónde piensas? ¿Cuál es el único lugar que conoces en donde verdaderamente pudiera entender que hay alguien "diferente"?

—La playa... ¿Pero cómo puede ser? —Kaba parecía recuperar la vitalidad con su curiosidad.

—Con características que no son como las nuestras, sería injusto definirlo como "un tercer inmortal". Parecería tener todos los beneficios de la inmortalidad... pero ninguna de sus desventajas. Cada vez que lo encuentro y cada vez que lo pienso estoy más convencido de ello.

—¿A qué te refieres?

—Antes que nada, este individuo tiene la capacidad de renacer. Como tú y yo. Pero a diferencia de nosotros no recuerda absolutamente nada de sus vidas. Hay un reinicio casi total de su cabeza, de su mente, de su consciencia, como lo quieras llamar.

—¿Por qué reinicio "casi" total? ¿Cómo haces entonces para confirmar su inmortalidad si no recuerda nada?

—Por dos particularidades: primero, que cada vez que nos hemos encontrado en la vida... físicamente es la misma persona. Se ve igual, Kaba. Y lo que es más fantástico: tú sabes bien que en la playa tú y yo no tenemos aspecto... pero él sí lo tiene. Y lo que es más singular aún es que, a través de él, yo me siento materializado también. Gano aspectos físicos en el plano de la playa. No me puedo ver la cara porque no hay reflejo alguno, pero sí que me materializo de forma muy similar que en esta tierra. De alguna manera él lleva vida única a la playa, él lleva una especie de mortalidad que termina contagiándome. Y lo segundo, como te decía, no recuerda nada. Ni siquiera su nombre. Sólo algunos rastros vagos de su familia, que suele olvidar rápidamente luego de vivir algunos minutos en la playa, como si se tratara de una descompensación de la última vida. Pero lo más particular de todo es que, a pesar de eso, en el momento en el cual buscamos seleccionar un nombre para recordarnos en la siguiente vida... siempre escoge el mismo. Siempre. Y eso es lo que más me entusiasma.

—¿Por qué?

—Porque hay una selección puntual de algo puntual que alguien ha escogido que él recuerde. Mejor dicho, que él repita entre sus vidas. Eso da la pauta de un plan, de una idea más allá de su particularidad.

—¿Cuál es su nombre?

—¿Cómo? —Yura estaba tan compenetrado en relatar las particularidades de sus encuentros que su cabeza hizo más ruido que la voz de Kaba.

—¿Que cuál es el nombre que escoge?

—Aquí es donde no pienso dar un paso más teniendo en cuenta tu estado actual, tu reacción y tu forma de encarar tu propósito. Si no se te ha presentado a ti, no creo que seas digno de saberlo. Quizás que tú no lo sepas es parte del plan mayor. Quizás el hecho de que yo haya caminado este camino solo hace que tú no hayas tenido el privilegio de verlo nunca en la playa.

—¿Y cómo sabes que no te está timando y que sí tiene una mente no perecedera como la nuestra? ¿Y que tiene sus propios propósitos que no ha compartido contigo?

—Ya lo he comprobado con diferentes formas y métodos. Luego de varios centenares de años, de encuentros entre este plano y la playa... te lo puedo confirmar sin dudar.

—Vaya... igual no veo cómo esto cambia las cosas.

—Con todas estas similitudes y diferencias que te he marcado, con todas estas pautas se hace evidente que alguien haya tomado la decisión de que quiera que lo encontremos: cada vez que se presenta ante mí con toda su hermosa ignorancia... a pesar de ignorar su nombre la única idea de nombre que le viene a su mente es el mismo. De alguna manera entonces tiene más identidad que nosotros. En una particularidad inmortal, pero con identidad de nombre y de aspecto físico. Es una evolución notable de nosotros. Si esa evolución, si esa situación que se ha presentado milenios después de nuestras iteraciones constantes de vida no es suficiente argumento como para entusiasmarme de estar cerca del propósito de nuestras vidas...

—¿Qué necesitas de mí?

—De ti necesito tus vidas, tu tiempo y el campo que puedas cubrir. Ha pasado bastante tiempo de no verlo. Sigue manifestándose, sigo encontrando su nombre en varias culturas y registros, pero no logro dar con él. Sigo encontrando sus imágenes y su físico gracias a la tecnología que hoy en día nos permite hacerlo... por lo que tiene una particularidad que todavía no puedo descifrar, si es algo o alguien que lo está protegiendo o si en efecto comenzó a recordar todas sus vidas y por un plan mayor busca obviarme, no lo sé. Tenemos que encontrar a ese hombre, Kaba. Millones de años tú y yo viviendo y buscando gente como nosotros. No sabemos si esta persona es la culpable, sencillamente una víctima más o alguien que puede ayudarnos a saber por dónde seguir buscando, o por dónde debemos continuar viviendo. Es a través de él que sabremos nuestro próximo paso en este mundo. ¿Y si descendemos de él y hemos perdido algún tipo de gen crítico? ¿Y si es lo opuesto y es una involución nuestra? Sea lo que sea, es la entidad clave para acercarnos a nuestro propósito, llegar al final de esto, llegar al final de nuestra vida. Cada vida que no me encuentro con él es una respuesta más sin contestar.

—No te ayudaré.

—¿Cómo?

—¿En verdad piensas que voy a ser cómplice de seguir retorciendo la vida misma a través de tus actos?

—No me eches la culpa de todo. Nada tuve que ver con Tomás de Torquemada, Atila el Huno, Iván el Terrible, Pol Pot. Ni con Eichmann, ni con Genghis Khan.

—No busques llevar las cosas a un extremo para ridiculizarlo. Además por supuesto que sí has tenido que ver con ellos.

—No estás pensando con claridad, es una oportunidad que no podemos desperdiciar.

—Ya bastante daño he hecho al compartir mis entrevidas contigo, al darte mi raciocinio sin medir las consecuencias.

—Sabes que te unas o no a mi yo seguiré agitando la madriguera para que las ratas salgan. Está en ti cómo lograré esta última milla. Si tengo que extinguir a todos los homínidos del mundo hasta que quedemos tú, yo y este individuo... lo haré. Lleve los milenios que lleve, sea lo drástico que sea el fin del mundo como lo conoces, como lo he creado.

Una multitud de personas irrumpieron en la sala súbitamente. Sadiki saludó uno por uno dándoles un beso en la frente y ayudándolos a ponerse en formación de bloque, aprovechando cada centímetro cuadrado de la cueva apretándose los unos con los otros. Una vez se ubicaban en sus lugares se tomaban de los brazos de las personas a su alrededor, haciendo una cadena humana. Todos comenzaron a cantar una canción al unísono y a pendular sus cuerpos de izquierda a derecha. Yura caminó lentamente hacia la salida mientras la multitud que seguía entrando se arrodillaba a su paso, agachando la cabeza y agradeciendo de forma acalorada su presencia. Los agraciados que se cruzaban con él en su salida lloraban de la emoción y gritaban de júbilo, sin poder creer la presencia de su amo. Sadiki los ayudaba a reincorporarse y continuar su camino a acomodarse en la galería. Kaba quiso seguir a Yura hacia la salida, pero la masa de gente era demasiado densa como para lograr moverse en esa dirección. A pesar de sus forcejeos, ya habían miles de personas entre Kaba y Yura, y la distancia entre ellos cada vez incrementaba más y más. La evidente falta de aire hizo que algunos de los fieles se desmayaran del ahogo, pero a nadie parecía importarle.

Una vez fuera de la cueva, Sadiki recitó una oración al aire y activó el detonador.

Yura aminoró el paso para sentir el calor de la explosión en su cuerpo, lo suficiente para quemarse levemente pero no para morir. Comenzó a librarse de todos los pendientes en su cara, mientras la cueva colapsaba por completo a su espalda. Sus súbditos lograron el propósito de sus vidas, con fe de que todo estaba a punto de comenzar.

La misma playa. Las mismas sensaciones, o la misma falta de ellas. Vacío completo; mismos movimientos y quietudes de la sábana y el horizonte. La misma intensidad al sentir de forma fantasmal los últimos respiros de la muerte anterior, difuminados en el panorama blanco de aquella realidad insípida, inodora e indolora. O, mejor dicho, tortuosamente dolorosa. Para enojo de Yura, a pesar del minucioso y estudiado plan nada parecía haber cambiado.

Yura divagó por varias horas con muchas cosas en su cabeza y varias más en su consciencia, si podrían llamarse de esas maneras en aquel plano. Sintiendo a Kaba a su lado, al principio le echó culpas de que Marco no hubiera aparecido junto con él en la playa, pero terminó dejándolo ir tanto por la falta real de evidencia de que él lo hubiera causado como por lo innecesario del resentimiento.

—Debo decir que me da alegría que las cosas, por una vez, no salgan como quieras —rompió el silencio Kaba de cierto modo mofándose de su compañero en la eternidad.

—¿Por una vez? Has sido brillante para las ciencias exactas, pero tu ceguera no te permite contar que la cantidad de veces que las cosas han salido exactamente como he querido son cero.

—No confundas matemática discreta con perspectiva. ¿Victimizándote otra vez? —interrumpió Kaba. Yura no contestó.

Ninguno de los dos quería abandonar la playa todavía, por lo que sin comentárselo mantuvieron sus mentes ocupadas para seguir allí. Yura pensando en sus próximos pasos, nunca quedándose quieto en ese sentido. Kaba pensando en lo en vano que había sido separarse de su amor Atalía para vivir aquel vacío nuevamente. A pesar de lo mucho que había analizado la situación y de saber que debía estar ahí, no podía evitar lamentarse un poco por ello mientras brotaban sensaciones de inseguridad y duda.

Por más que el concepto de "tiempo" fuera tan difuso para ellos, ambos sentían que no lo estaban aprovechando como debían. En sus fracasos más grandes residían sus dudas más sinuosas sobre el propósito.

—Espero que hayas disfrutado de mi fortuna, porque ya no volveré a juntarla nunca más de esa manera —reanudó Yura intentando sacar de quicio a Kaba.

—¿Qué dices? —Kaba estaba concentrado en otra línea de pensamiento.

—¿Te pensabas que cortejar a Atalía iba a generar cualquier tipo de sentimiento de enojo o consecuente venganza de mi parte? ¿Te pensabas que iba a hacerme una persona descuidada que mostraría sus pasos ante ti?

—Nadie ha tocado un centavo de tu dinero robado con manipulación y corrupción —Yura siguió en movimiento, esta vez transportándose más lentamente. Kaba le seguía el paso—. Sí, fue la madre de mis hijos y la líder absoluta de la familia. Se ha hecho sola, sin siquiera un gramo de mi ayuda ni mi conocimiento. Y mucho menos del tuyo.

—Lo dudo mucho.

—Dudas de cualquier cosa que no haya sido creada o manipulada por ti. Pero ella jamás recibió tu fortuna ni tus cartas que tan cobardemente has escrito.

—¿Cómo sabes de su contenido?

—No sé de su contenido.

—¿Y por qué acusas que mi escritura fue cobarde?

—Porque lo eres. Y particularmente en ti todas las cosas que haces, sea vivir las vidas o escribir unas cartas, califican como cobardes. Lo opuesto a Atalía, que me ha dejado ir para vivir este momento. No tienes ni puta idea de lo que me amaba.

—No tanto si te dejó ir así.

—Se nota que no te han amado. Se nota que nunca te han amado.

—Incluso el amor que tú mencionas es nada comparado con lo que hemos venido a hacer aquí. Una vida de amor no compite con la necesidad existencial de acabar con la vida.

Una violenta onda en la sábana blanca interrumpió su conversación súbitamente. Ambos la notaron en cada centímetro de sus seres espectrales, como si la ondulación final terminara dentro de ellos transformándose en propia. No eran conscientes de que podían padecer dolor en aquel plano hasta ese preciso momento. Quedaron petrificados sin poder moverse mientras percibían que la onda aumentaba más y más, haciendo subir la sábana hasta la mitad de sus cuerpos. Luego de sentir una tensión eléctrica y profunda, un repentino estallido color negro volvió todo a la quietud. Haber presenciado esa ausencia de color los conmocionó. Fue algo jamás vivido en aquella playa. Después de eones de vidas habían experimentado lo más único e irrepetible posible en cualquier plano, fuera corporal o espiritual.

La paz y el vacío volvió a apoderarse de ellos, que seguían en silencio e inmóviles mirando al infinito. Todo parecía volver a la normalidad anormal de la playa. Cuando Kaba estaba dispuesto a romper el silencio, una diminuta figura aproximándose a lo lejos rompió con la escena. Con cada metro que se acercaba incrementaba su nitidez, dejando ver un cuerpo cuadrúpedo bien marcado y rechoncho acompañado por una fina cola y dos prominentes orejas. Con cada paso que daba aumentaba su velocidad e iba dejando pequeños surcos negros en el suelo, como si proyectara sombras causadas por una luz que no existía haciendo añicos cualquier lógica o ley física. Luego de esperarla estupefactos, una pequeña rata llegó a su encuentro. Posándose sobre sus dos patas traseras se puso de pie de forma bípeda y husmeó sus cuerpos con su húmeda nariz, siempre manteniendo una distancia de seguridad. Kaba se agachó intentando tocarla y notó accidentalmente por primera vez que pudo ver su propia mano por completo, dedo por dedo. Ya no era traslúcido, ya no era una bola de energía. Tenía un cuerpo marcado, tangible, humano, completamente desnudo y sin vellos ni uñas. Al levantar la vista notó las mismas características en Yura, que estaba distraído viéndose las manos y los pies con el mismo asombro. La diafanidad y la materialización de la playa parecían ganar una calidad nunca antes vista, partícula a partícula.

Yura y Kaba cruzaron las miradas y se quedaron enfocados en sus ojos por un largo tiempo. Aquellas características físicas propias de cada uno podían decirse que eran novedosamente auténticas y verdaderas de sus seres. Infinidades de vidas cruzadas y era la primera vez que podían verse realmente. Por más de que no estuvieran respirando, se los veía agitados y faltos de control. La rata se mantuvo sobre sus dos patas por unos instantes y luego siguió su camino hacia la nada pasando entre los dos a toda velocidad, justo en el momento en el que consumaban sus estados físicos finales con un agudo y penetrante dolor mutado en placer.

—Está aquí. Lo he logrado... está... está aquí —rompió la tensión Yura con los ojos perdidos mientras la rata desaparecía a lo lejos. Estaba extasiado por dentro pero haciendo grandes esfuerzos por no perder la tranquilidad ante su colega.

El estallido color negro volvió a manifestarse, pero esta vez dejando todo en una plena oscuridad permanente. Ni Yura ni Kaba podían ver ni pisar algo sólido bajo sus pies, sentían que flotaban pero que a la vez caían a millones de kilómetros por hora. De una forma violenta vieron pasar lo mejor y peor de sus vidas delante de sus ojos aunque, a diferencia de ellas, todo ocurrió velozmente acabando en un soplo.

La playa blanca volvió a su máximo esplendor. Los blancos se veían más blancos y la sábana más densa que nunca. Se percibía una leve brisa que cortaba con sus pieles, aunque solo era una sensación.

Kaba y Yura ya no se encontraban más solos. Lo percibieron antes de siquiera verlo. Luego de haber pasado horas vagando por la playa, Jok ya había entrado en paz con lo singular del nuevo escenario y de su situación post mortem. Los llantos, la desesperación, el análisis, la filosofía y la fe habían quedado atrás en su caminata solitaria por aquella playa. La rata estaba a su lado, con una nitidez que parecía aún mayor a la del resto del grupo. Lo había acompañado en toda su travesía sin despegarse a más de un paso de su pie izquierdo. Marco intentó tomarla en varias oportunidades pero no lo pudo lograr. Se lo veía agotado, pero de cierto modo entero. Ver que finalmente no estaba solo en el desierto blanco lo serenó. Al divisarlos a lo lejos lentamente se acercó a su encuentro, dubitativo.

—¿Quiénes son ustedes? ¿En dónde estoy? —Marco mantuvo una distancia de seguridad. La rata también; ya no los olisqueaba como antes.

—Soy yo, Marco. Yura. Y estamos en, digamos, un pasaje entre vida y vida. Veo que... veo que tú te ves igual que en la vida que acabas de terminar. Con la edad que te fuiste, con tu rostro aquejado por el tiempo y tu piel arrugada de experiencia. Y sobre lo que tú estás viendo: pues supongo que estas son nuestras apariencias reales. Sin edad ni experiencia. Verdaderamente impolutas, vírgenes y reales.

—¿Reales?

—Bueno, que todo lo vivido ha sido verdaderamente real. No sé qué calificativo ponerle.

—Este es el más irreal de todos los lugares, por lo que... de seguro "real" no es el más adecuado de los calificativos —aportó Kaba.

—¿Y tú quién eres? —indagó Marco.

—Mi nombre es Kaba. Nos hemos visto hace mucho años, Marco. No me sorprende ni que no te acuerdes de mí ni que Yura no te haya siquiera mencionado mi rol en todo eso que llamamos vida.

—Me acuerdo de vos, me acuerdo de ese nombre y ese día. Eras un niño —Marco se concentró más en su recuerdo de los aspectos físicos que en sus palabras. Recordaba a aquel joven motero agonizante. Su apariencia era similar, mas no igual.

—Y puede que lo siga siendo —Yura quiso cambiar el enfoque de la conversación llevándola hacia él. Marco lo miró fijamente—. Es infinito, al igual que yo. Pero te garantizo que su eternidad no tiene nada que ver con su inmadurez. La segunda es aún más inexplicable.

—Este lugar, este pasaje... ¿Es el paraíso? ¿En dónde está?

—Pues no sabemos, no sabemos siquiera qué es este lugar con exactitud.

—Él o ella —insistió Marco—, o la definición que sea. ¿En dónde está? —subió el tono con impaciencia. Sus intenciones eran claras, iba a exigirle a Yura cumplir con su parte del trato a como dé lugar.

—Lo dijiste tú en la cabaña y no puedo estar más de acuerdo con aquella línea de pensamiento. Esa reflexión básica pero cierta de que los finales solo son finales porque "no hay nada más allá". Que es al final, valga la redundancia, un concepto más táctico y neutral que espiritual y optimista. Que porque sean finales no tienen por qué explicarlo todo o, mejor dicho, que todo lo que expliquen no tiene por qué cerrar como una historia bien contada o bien vivida. En consecuencia, y creo que a la vez es un poco ansioso e intolerante de mi parte: no me gusta la gente que espera el final para entender las cosas o para cerrar las cosas con un círculo. El final debe ser un punto, al igual que el inicio. Pero jamás cerrado como círculo. Ciencia antes que religión —miró rápidamente a Kaba con una sonrisa—. Pero ahora, hay algo un poco espiritual de los finales que sí me interesa, aunque no sé si "espiritual" es el término. Uno debe llegar al final curtido, destrozado, roto, descocido y arreglado luego de haber transitado todo el camino con sus espinas y sus caricias. El último paso de una carrera a toda velocidad se cruza caminando, casi gateando, y con una ventaja abismal con el que viene atrás que te permita transitar esos metros finales de esa manera. Sino no has corrido lo suficiente, no te has esforzado lo suficiente por destacar, por vivir, por comprender, por estar lleno. Creo que piensas que has llegado al final de esa manera, querido Marco. No hay respuesta que te valga, no hay final que hayas metaforizado como círculo. Has vivido lo que has podido y sufrido lo que te ha tocado. Pero bueno, lo has intentado prácticamente todo —Yura se sentó mirando hacia arriba esperando que lo acompañaran. Kaba y Jok se unieron en la tríada—. Pero ahora que te das vuelta a ver con quién compartes ese final, te contaré no solo que no es el final, sino un reinicio... que no comenzará sin susurrarte todo lo que has perdido.

—¿Un reinicio? —volvió a interrumpir Jok.

—¿Quieres saber la verdad, hijo mío? Te diré la verdad, pero te advierto: a través de ella verás que los villanos... no lo son tanto.

—¿De qué estás hablando?

—Ahora mismo cierra tus ojos y piensa en tu vida, por lo menos esa vida que sé que recuerdas. Piensa en todas las personas que han vivido dentro tuyo. Sólo en las historias de ciencia ficción puedes relacionar un personaje con un sentimiento, bien estereotipado para que la representación sea obvia para la audiencia. El héroe que es resiliente, líder pero a la vez empático y amoroso. El personaje cómico que a través de su transparencia y humildad demuestra miedo e inseguridad, pero siempre con un tinte humorístico y un lenguaje más crudo y básico. El violento que lleva la ira del grupo y los sentimientos más, digamos, rebeldes. El anti-héroe romántico, pero leal y bondadoso. Pero no, en la vida real eres tú todas esas personas y estás verdaderamente solo. Siempre acompañado de ellas, pero solo. Entonces, cierra los ojos. Piensa en ellas, piensa en ti mismo. Pronto todo esto se acabará. Kaba, te invito a acompañarnos. Aunque no verás nada nuevo, no sé qué más podrías hacer por aquí.

Pasaron varios minutos en los cuales el único movimiento en la playa fue la rata limpiándose la cara con sus patas delanteras, todavía escoltando a Jok. El silencio y el vacío mental de los tres no parecía mover nada, pero Marco no quería precipitarse pensando que pronto algo ocurriría. La confianza que tuvo que depositar en aquel extraño durante gran parte de su vida llegaba a su punto más crudo, pero a la vez concreto. Había esperado demasiado tiempo como para estar apresurado, y se lo repetía constantemente a él mismo luchando contra su ansiedad.

Sus cuerpos empezaron a oscilar, entrando y saliendo de sus estados físicos como si fueran partes de un latido al unísono. A la vez esta oscilación no se percibía pareja, diferentes sectores del cuerpo se movían de forma desigual, como si fueran escamas o polígonos irregulares de tierra seca rompiéndose por su aridez. La sensación de movimiento se frenó cuando Jok abrió los ojos.

Los tres volvieron a la estabilidad corporal. Ya con todo su cuerpo materializado y definido nuevamente, Yura se puso de pie intentando pasar por alto lo ocurrido. Comenzó a caminar muy lentamente, casi arrastrando los pies. Marco confundido tardó unos segundos en seguirle el paso. Kaba no se reincorporó, quedando rezagado mientras se alejaban. De todas formas podía oír perfectamente lo que hablaban sin necesidad de estar cerca de ellos. El desierto era lo suficientemente amplio y vacío para ser claustrofóbico.

—¿Lo has visto? ¿Lo has sentido? —susurró Kaba a la distancia.

—Sí. Lo he visto —contestó Yura.

—No he visto nada —se quejó Marco—. Desde que he aparecido aquí he visto lo mismo que están viendo ahora.

—Sí, lo has visto. Dame tus manos.

Yura sujetó las manos de Marco con delicadeza, haciendo especial énfasis en sus palmas. La rata parecía incómoda con la situación, y comenzó a trepar por la pierna de Jok con celeridad. Con cada segundo que pasaba Yura ejercía más presión, logrando que los cuerpos se transparentaran levemente causando una fusión de carne entre los dos. Jok no sentía ningún tipo de dolor pero quedó paralizado de la fascinación. La rata incrementaba su desesperación por llegar al nexo formado entre los dos a la vez que Yura su fuerza en el apriete. Cuando la rata cruzó hacia Yura a través de su brazo, atacó con ferocidad su muñeca clavándole los dientes en la piel. Yura soltó los agarres con agilidad y la tomó del pescuezo, obligándola a mantener la mordida mientras se sacudía intentando escapar sin éxito. Con un movimiento seco Yura tiró de ella abriendo una herida aún más grande en su carne. La violencia del acto hizo que empezaran a brotar hilos de sangre negra de la boca del ahora estático roedor. El líquido parecía tener movimiento y caudal propio, ganando terreno hacia Jok cubriéndolos a los dos poco a poco. A pesar de haber soltado los agarres, ambos parecían ahora unidos desde otro lugar.

El color negro de la sangre comenzó a ocupar más y más espacio en el desierto, inundando todo en una densa oscuridad de nuevo. Al ver la tenebrosa escena Kaba se puso de pie a lo lejos, no sin antes notar que él también comenzaba a tornarse oscuro. Estaba siendo parte de esa conexión a pesar de no haberlos tocado.

Con un fuerte estruendo, el color negro volvió a adueñarse de todo el universo en un abrir y cerrar de ojos. Fue en aquel preciso momento que Marco comenzó a vivirlo todo. No a verlo, no a ser testigo, sino a sentir que lo vivía siendo el protagonista. A la velocidad de la luz, pero con las sensaciones y los momentos completos: vivió las miles de vidas vividas por Yura, y las miles vividas por Kaba. Sus cinco sentidos al nacer y morir, al enamorarse y defraudarse, al reírse y llorar, al mentir y al ser traicionados. Cada inyección de adrenalina en sus cuerpos y cada liberación de dopamina en sus cerebros. Las razones de sus decisiones más pequeñas y más trascendentales, las relaciones con cada uno de los seres humanos y no humanos de toda la eternidad. El sabor de cada comida en sus bocas y el aroma de la última respiración de cada una de sus muertes. El túnel de luz de sus renacimientos y el relámpago de brillo del primer abrir de ojos. Lo vio y vivió absolutamente todo. Lo que parecieron milenios de vivencias duró solo unos segundos, si podían calcularse tiempos en aquel plano.

Volvió el blanco a la playa con los tres cayendo fuertemente desde un abismo hasta colisionar con el piso, aunque no tenían claro si había ocurrido o si era solo una sensación. No se hicieron daño pero si quedaron tendidos y aturdidos.

La rata seguía en manos de Yura, pero despierta. Solo ella continuaba manchada de sangre, aunque sin herida alguna.

—Tu padre nunca volvió a nacer —rompió el silencio Yura, impulsándose con sus brazos lentamente despegando el pecho del suelo—. Estuvo aquí, pero al igual que tú no era como nosotros.

—Mi... ¿Mi padre?

—Estuve el día de su muerte. Morí a su lado como tú conmigo.

—¿En dónde está?

—No ha vuelto. Y no ha vuelto solo porque tú existes. Él fue el primer Marco, y tú el segundo y el último. Se quitó la vida, se sacrificó matándome a mí pensando que de esa manera me alejaría de ti. Pero no. Pude encontrarte. Su único heredero. Lo único que no permite más que un punto, más que la unidad: solo puede haber un creador. Manteniendo la unicidad de tu linaje mantienes esos beneficios de la inmortalidad y ninguna de sus tragedias, y tu padre aún más cobarde que vos lo sabía.

—¿Qué estás diciendo? ¿Qué es lo que sabía?

—Vivirás por siempre, pero empezando nuevamente por siempre. Olvidándolo todo. Ese lujo, esa preciosidad de vivir la vida una vez, de no arrastrar existencias. Marco: solo el creador puede llegar a tener ese tipo de vida, ese beneficio... y súbditos o bandidos como nosotros esta tortura.

—Qué... ¿qué estás diciendo? —Marco hizo esfuerzos para ponerse de pie, mirando a Yura desde arriba. Sollozaba pero no podía producir lágrimas. Al haberlo visto todo ya sabía las respuestas a todas sus preguntas, pero el desconcierto no lo dejaba serenarse.

—Eres el padre de dios, el hijo del diablo. El juez de los sentidos y el universo. Y además, la única razón de nuestra existencia —Yura terminó de incorporarse—. El único responsable de ella. Y el único que puede acabarla.

Jok no necesitaba explicaciones. A pesar de las crípticas pero severas palabras de Yura, ya lo había visto todo. No solo lo ocurrido en manos de Yura, sino cada intención y situación. Cada instante de corrupción, cada veneno pasado de generación en generación. Cada consecuencia de la manipulación de aquel ser inmortal. Estaba en el borde del universo observando la historia de la línea evolutiva mayormente privilegiada sin ningún logro alguno, con todos sus conocimientos dados por Yura y Kaba, todas sus relaciones con otras razas aberradas y manipuladas por meras ideas e historias de trascendencia ficticias.

Las rodillas de Marco empezaron a tambalear y una náusea profunda se apoderó de él. Cayó vencido al suelo mientras Yura se le acercaba invadiéndolo. Cada centímetro que Yura le quitaba le resaltaba aún más los recuerdos tortuosos de sus vidas, especialmente los que tenían que ver con él. Los que habían afectado a la suya.

—Lo has visto. Lo sentiste en todo tu cuerpo. Maté a tu hija —susurró Yura, sabiendo que aquel susurro de todas formas iba a retumbar en el universo y en la cabeza de Marco—. Pero no rápidamente, ya que de esa manera hubieras sentido cierto alivio por una corta agonía de aquella persona que amabas. Y tampoco haciéndola agonizar, para que el trauma extremo no te diera pie a olvidar o salir resiliente del otro lado con entereza: tuviste la suficiente información para dudar, para echarte culpas y para encontrarte en un punto intermedio sin escapatoria. Y a la vez, el tiempo para pensar. Tiempo. Una sola vida y he hecho que te sobre el tiempo.

—Tú... tú eres... —Jok intentó reponerse pero todo su cuerpo temblaba, principalmente su voz. Sentía la carga existencial de toda una especie en sus hombros, que se hacía cada vez más pesada con milenios de resentimiento y hostilidad. Se quedó arrodillado mirando los pies de Yura, su cuello estaba tan tenso que no podía levantar la cabeza. El peso de todos sus pensamientos y súbitas vivencias parecía tirarlo hacia abajo con aún más ímpetu.

—Te hice matar al amor de tu vida. Tanto literalmente en aquella confortable cabaña, como existencialmente en tu odiosa vida de separación, conflicto y negación hacia ella, hacia su amor. Te hice matar a tus amigos, o llámalos como quieras.

—Lo he visto... —contestó Marco. Todavía estremecido se puso de pie haciendo esfuerzos por mantenerse erguido.

—Corrompí a tus padres —a Yura no pareció importarle—, arruiné la voz de tu conciencia por siempre, causándote preguntas vacías resultado de generaciones y generaciones envenenadas de un propósito ficticio. Te hice vivir en soledad exiliándote de tu propio mundo y exiliándote de la propia verdad, te hice sentir un vacío de propósito total.

Yura soltó a la rata, que totalmente cubierta de sangre ya no se diferenciaba con el ambiente turbio. El golpe de la rata contra el piso generó un choque en el pecho de Jok, que cayó desplomado. Boca arriba comenzó a tiritar con los ojos abiertos.

—Transformé cualquier tipo de fé de un culto de agradecimiento y unificación a un culto de petición, pelea, división y resentimiento. Arruiné las emociones y los pensamientos —Yura tomó del cabello a Jok, obligándolo a mirarlo a los ojos—. Te guste o no, la voz de tu cabeza no fue tu voz. Cualquier pensamiento que pueda haberse manifestado en tu triste cerebro nunca fue tuyo, sino el resultado de un lenguaje, una gramática y unas reglas que tú no creaste, con las cuales tú no has nacido, las cuales te han inculcado a la fuerza en contra de tu humanidad. En contra de la humanidad de todos —sujetó su cabello con aún más fuerza—. No existe un gen puro en la raza: todo linaje de la especie líder de tu mundo tiene en común la violencia o la violación a otro ser en sus genes, concibiendo al mundo mismo a través de ello, a través de generaciones de guerras y aberraciones. Fue y es inevitable: arruiné tu creación, milenios y milenios de propósitos equivocados, separando a la gente y callándola. Para luego unificarlos de forma global, dejando a un organismo interconectado envenenado por su cultura y su sufrimiento. Una humanidad perdida que busca de a ratos rastros de sus cimientos, pero que están tan sepultados con tanta carne putrefacta de sus muertos encima que ya son irreconocibles y lejanos. Sí, Jok. Lo has visto. Más te vale que lo hayas visto —soltó su cabeza con violencia—. Has visto la verdadera destrucción del humano, en solo un puñado de miles de años. Los genes de simio de tu invento no están preparados para la historia magnánima de la cual han sido, son y serán protagonistas.

Marco cerró los ojos. Las imágenes de su hija y de Laura eran las que más presencia tenían en su cabeza, a pesar de haber visualizado todos los males y sufrimientos del mundo, de todas las generaciones y de todos los rincones del planeta.

—La vida misma arruinada —continuó Yura—. Mantenerte al borde del abismo y la soledad. Mil maneras de arruinarte la vida... pero la mejor manera de todas fue arruinar la vida, y que pienses que la vida te hizo o te debió algo. Pues la vida la has creado tú, y tú también nos has creado a nosotros con la capacidad de arruinarla.

—Has hecho todo esto que me has mostrado, Yura —Marco se puso de pie—. ¿Buscando qué? Cómo has podido...

—Tú nos has dado la vida eterna, a coste de quitarnos el propósito. Nosotros le hemos dado vida eterna a tus mortales, a coste de quitarles también su propósito. Es difícil entender por qué un balance de tal calibre te puede llegar a molestar.

—¿Buscando qué? —insistió Marco—. Arreglas las cosas conmigo, no con el resto del mundo. ¡Cobarde!

—Está en tu entero control arreglar las cosas. Pero situaciones dramáticas requieren acciones dramáticas. Tú sabes lo que he buscado y lo que busco. Te has escabullido por milenios. Te has confeccionado a ti mismo para olvidar: tú eres el cobarde. A pesar de eso, espero que hayas encontrado tu propósito, querido Marco. Por más que quieras verlo, ya estás cara a cara con esa persona, como te prometí. Ha sido tu responsabilidad todo lo que ha ocurrido, te has manipulado a ti mismo a tener un propósito en la vida al elegir olvidarlo todo. Al crearla, olvidarlo todo y vivirla. Pero irónicamente tuviste dudas sobre tu propósito, y todo gracias a las manipulaciones y destrucciones que permitiste que tu creación ideara y viviera. Aquí nos tienes. Somos tuyos. Tus hijos, hechos a tu imagen y semejanza. Con ciertas diferencias obvias.

—Es el creador —interrumpió Kaba—. Lo has logrado, Yura. Te has salido con la tuya, has creado tus propias historias y prosperado a través de ellas, si se puede decir de alguna manera. Ahora, siendo eternos, sabes que nos sobra tiempo para pensar en cómo cambiar las cosas. Aprovechemos al creador y veamos qué nos puede dar, en vez de quitar. Tenemos tiempo y lo sabes.

—No veo ningún mérito en ser el creador. ¿Qué mérito tiene ser el creador si luego no has incidido en absolutamente nada de lo que le ha pasado a tu creación? ¿En no habernos detenido en ningún momento? ¿O acaso tu incidencia fue únicamente crearnos a Kaba y a mí? ¿Sin instrucciones, sin propósito, sin nada más que una eternidad de insignificancia? Eligiendo de forma cobarde no recordar nada de lo que has hecho ni por qué. Un dios desinteresado no amerita nuestro tiempo.

—Si sabes bien que no lo recuerdo, no veo sentido en tu planteo ni en tu confrontamiento —Marco seguía shockeado intentando comprender la magnitud de lo vivido, pero no estaba lo suficientemente lúcido.

—Yo soy más creador que tú al final —interrumpió Yura, dando dos pasos adelante y tomando a Marco por el cuello—, recuerdo todo lo que he creado y por qué. Así que tú deberías arrodillarte ante mi.

Kaba intercedió y luego de un forcejeo logró cortar con el agarre, tirando a Yura al piso de un empujón.

—Y qué pasa si esta no fue mi primera creación —indagó Marco— ¿Y si quizás eres así por las cosas terribles que le habías hecho a mi creación anterior? ¿Y si todo esto fue una prisión y tortura adrede?

—La prisión está en tu especie predilecta. Son rehenes de lo que tú puedas hacer ahora mismo. Entonces, te lo pido como creador, que termines con esto. ¡Acaba con esto de una buena vez! ¡Termina con nuestras vidas ahora y por siempre, que ya hemos pagado el precio! —Yura no se levantó, se quedó de rodillas. Su cara se había transformado, implorando piedad con desesperación y angustia, bordeando el llanto—. Porque si esto continúa, mi única misión en esta vida, qué digo, en todas mis vidas... será volver a hacer todo lo que te he hecho, mi querido creador. Prometerte que recorreré mar y tierra hasta volver a encontrarte, me cuesten los siglos que me cuesten. Y todo se volverá a repetir, y allí estaré para que vuelva a pasar. Y hoy también te dejo la duda de saber si esta fue, en efecto, la primera vez que te lo he hecho... y la primera vez que has estado en la playa.

Los tres se calmaron, sabiendo lo inevitable del pasado y lo eterno del presente. La rata había desaparecido en un mar de penumbra.

—Tuviste una oportunidad única —Marco rompió el silencio—. De aprovechar tu situación eterna para construir algo verdadero, no algo nefasto y manipulado.

—¿A coste de qué? —contestó Yura con ira—. ¿Acaso me estás exigiendo liderar el mundo? ¿Pero a coste de qué? ¿De que tú puedas esquivar esa responsabilidad? ¿Qué tipo de creador eres? Creas seres imperfectos con rasgos imperfectos, y les das dos seres también imperfectos pero únicos, mientras tú te apartas y vives unas vidas en el anonimato. Mira tú... ni siendo el creador has podido ser protagonista de tu propia historia. Aún siendo el creador has necesitado mentir para lidiar con tu creación. Sólo un dios que no dice la verdad puede crear a un ser que se permite creer mentiras.

—¿Quién me ha creado a mí? —Marco subió la voz.

—¿Qué dices?

—En la infinidad del universo no hay un inicio ni un fin. ¿En la infinidad del creador del mismo por qué debería de haberlo? Quizás elegí olvidarlo todo por la crudeza de esa realidad. Quizás elegí que ustedes lo recuerden todo para crear a mis propios creadores... pasando así la antorcha de mi propio creador. Quizás les evité ese dolor a ustedes.

—El camino al infierno está pavimentado por buenas intenciones... y alguna que otra calavera. No busques dar vuelta esta historia, que estás hablando con el creador de las mismas. Obligado a vivirlas todas, obligado a compartirlas todas. Sin tener paz —Yura comenzó a gritar—, ¡sin una puta vida de paz!

—¿Por qué nunca hemos vivido una entrevida aquí? —interrumpió Kaba, subiendo también su tono de voz.

—¿Aquí? —contestó Yura.

—Sí, aquí. En este lugar. Donde no hay absolutamente nada, solo espacio para pensar y para tu cabeza. ¿Por qué, Yura?

—Pues no lo había pensado.

—Déjame decirte por qué. Porque tu afán de vivir siempre fue más fuerte, tu afán de ver qué más había. No en el más allá, sino en la vida misma. Ese afán de tener problemas y resolverlos, de sentir con ojos y cuerpo entero las brisas y quietudes que se presentan en la vida. Tú no odias la vida, eres un adicto a vivir. Tú no buscas paz, tú buscas vivir la vida intensamente en su bella guerra. Con todos sus problemas y sus búsquedas de soluciones. Después de todo, qué es la vida sin ellos. Hayas hecho lo que hayas hecho, creo que eres un adicto. Y en tu adicción no lo disfrutas, solo lo necesitas. Y es por eso que no podrías vivir nunca aquí. La paz no va contigo. La paz no va con la vida. Tú has demostrado que por más de ser infinito no has vivido la vida sin ser un adicto a ella desde la eternidad. No has progresado, no has elegido nacer y reinventarte. Has dado por sentado tu eternidad.

—Es muy fácil decirlo, tú no has vivido lo que yo he vivido.

—¡Por supuesto que sí! —Kaba levantó aún más su voz—. Recuerda que tú eres particular, pero no único. Tampoco te digo que hace falta ser bueno. El mundo no es de negros y blancos, no hace falta ser bueno, sino menos malo que el malo. Y de seguro, dejar de quejarse sobre la puta vida e ir para adelante.

—¡Ja! ¡Quejarme de la vida dices!

—Quejarte de la vida, sí. Abandonando a todo lo que te cruzas, amortiguando tus realidades más reales y enalteciendo lo irreal. Tu incapacidad de saborear la vida hace que busques lo que sea para no enfrentarte a ella, para no aprovecharla al máximo. Por eso te sobra tiempo, no por tu eternidad. Sino por tu falta de propósito.

—¡Si hay algo que sí he tenido en mi vida es propósito!

—¡No! ¡Te mientes y lo sabes! La clave del propósito y la clave de la existencia macabra que has creado sabes bien que es tener identificadas qué mentiras nos hacemos para lidiar con la falta del propósito real. Todos lidiamos con la existencia a través de mentiras, lo que pasa es que cuando una mentira pasa al plano subconsciente o "a la costumbre" nos olvidamos de que es una mentira. Pasa a ser parte de uno, pasa a ser un salvavidas de supervivencia. El religioso con sus mentiras para digerir su fe y religión con más dudas que certezas, el drogadicto con su droga, el alcohólico con su alcohol, el ejecutivo de una gran empresa con su ilusión insulsa de aportar un valor de liderazgo, el padre o la madre pensando que el objetivo de su vida es un hijo, son todas mentiras que uno se hace o convencimientos que uno se quiere hacer que, a fin de cuentas, se piensa que son reales. Y de ahí la depresión, la crisis existencial, la ansiedad... que llegan cuando esa parte genéticamente primitiva pero real y pura nos hace replantear esas preguntas a esas mentiras. Y como tú, a veces esa mentira es tan grande, o su impacto es tan grande en la existencia de uno. A veces uno está metido en el fango a tal nivel con esa mentira que no puede cambiar: te metiste en una mentira cuya única salida era mantener esa idea de propósito. Pensaste que la única manera de tener un propósito era buscar una existencia en este mundo, de buscar una existencia tuya. Y cuando la vida misma, las cosas bonitas de ella, te hacían replantear ese propósito... ya estabas metido en eso a tal nivel que no podías salir. Tu propia manipulación te ha manipulado.

—¡Ya cállate!

Un Yura arrinconado cargó contra Kaba. Los dos comenzaron a sujetarse del cuello mutuamente, sin sentir ningún tipo de dolor pero liberando ira y resentimiento por todos sus poros.

—El único que debes callar eres tú. Y nadie más. Ya has hablado lo suficiente como para seguir exigiendo.

Yura comenzó a perder energía y su cuerpo densidad. Comenzó a latir nuevamente, pero esta vez estaba solo en ese trance. Cayó arrodillado vencido física y moralmente.

—¡Kaba, mira! —interrumpió Yura con cólera señalando al horizonte— ¡Mira, viejo amigo!

—¡No soy tu amigo, no eres digno siquiera de decírmelo!

—¡Mira! ¡Solo perdóname y mira!

Un espeso y encandilante astro blanco y negro comenzó a girar a lo lejos, con puntas de plasma siendo expulsadas por sus vértices como si se tratase una estrella cercana fuera de control. Con terror en los ojos y conmoción en su ser Yura vio que Marco se elevaba en los cielos, atrayendo a las puntas de plasma hacia él. Se acercaban a toda velocidad, pero todavía estaban lejos. Un intenso olor a azufre se mezclaba con un delicado pero estridente aroma a tulipanes, generando una polarización solo comparable con el frío y el calor extremos que se palpitaban en el ambiente. Kaba y Yura se veían empujados hacia el piso como si la gravedad se multiplicara por millones alrededor de ellos. Nunca se habían sentido tan mínimos en sus vidas. Una mezcla de miedo y serenidad no les dejaba moverse con libertad.

—¡Hazlo! ¡Acaba con esto! —Yura se veía más y más emocionado, implorando piedad alzando sus brazos a Marco, que seguía elevándose. A Kaba se lo veía más sereno, pero con las mismas ganas de que acabara todo.

Las puntas de plasma cambiaron de sentido de forma repentina, duplicando su velocidad. Marco bajó al suelo reculando y sus pies tocaron la arena suavemente. Pequeñas huellas de una rata que ya no estaba empezaron a multiplicarse a su alrededor, hasta desaparecer completamente en conjunto. La paz y la quietud volvieron a aflorar.

—¿Qué ocurrió? ¡Qué ocurrió! —Yura recuperó el control de su cuerpo, pero poco a poco perdía la poca cordura que le quedaba.

—Yura... —susurró Marco— Kaba...

Los dos se pusieron de rodillas. Una fuerza en su interior se los indicó, de forma inconsciente y prácticamente subordinada. El aura y la presencia de Marco se sentían poderosas. Algo había cambiado en él.

—Volverán. Esto no acaba aquí.

—Pero, mi señor... mi señor.

—Volverán. Y lo recordarán... todo.

—No lo haga señor. ¡Nos volveremos a ver! ¡Si lo hace se lo prometo, nos volveremos a ver! ¡Mil vidas de mi eternidad por horas de sufrimiento vuestro, pero las viviré!

—Volverán, y lo recordarán todo... pero será su última vida. No les quitaré ni un párrafo de conocimiento, pero será su última vida. Una vida más para luego descansar por siempre. No les debo nada, pero tampoco se las quitaré.

Los eternos estaban sin palabras. Siendo conscientes de la infinitud y de que la misma se acabaría en la próxima vida tenían más pavor pero a la vez más motivación que nunca. Listos para intentar descifrar y vivir su propósito al máximo, o para intentar siquiera comprenderlo.

—¿La vivirás como la primera... o como la última? —preguntó Kaba. Yura no contestó, sus ojos estaban desenfocados en el horizonte consciente de que era la última vez que iba a ver aquella playa y, con mucha probabilidad, a Kaba—. Tú decides, pero la vivirás en el mundo que tú has trazado. Conociéndolo quizás sea más fácil vivirla que no vivirla, ¿verdad?

—No... no lo sé.

—¿Y si no es el mundo que has trazado? ¿Y si llegara a comenzar todo de nuevo, cómo vivirías esa vida?

Por primera vez Yura se había quedado sin palabras.

Un golpe de negro acabó con la playa para siempre, con el destello más fuerte que jamás existió en el universo.

Y todo comenzó con un punto.